生命之羽

耿峻平 著

陕西新华出版
太白文艺出版社

图书在版编目（CIP）数据

生命之羽 / 耿峻平著. -- 西安：太白文艺出版社,
2023.6（2024.1重印）
  ISBN 978-7-5513-2410-6

  Ⅰ．①生… Ⅱ．①耿… Ⅲ．①散文集—中国—当代
Ⅳ．①I267

中国国家版本馆CIP数据核字（2023）第102629号

生命之羽
SHENGMING ZHI YU

作　　者	耿峻平
责任编辑	张　鑫
封面设计	王　洋
出版发行	太 白 文 艺 出 版 社
经　　销	新华书店
印　　刷	三河市嵩川印刷有限公司
开　　本	787mm×1192mm　1/16
字　　数	280千字
印　　张	19.5
版　　次	2023年6月第1版
印　　次	2024年1月第2次印刷
书　　号	ISBN 978-7-5513-2410-6
定　　价	68.00元

目 录

外面的世界很精彩

故乡的月亮就是圆

人间烟火味最真

外面的世界很精彩

外面的世界很大，我也不失时机地去外面走了走。

人的生命非常有限，山一程，水一程，总有逛不完的地方，总会留下一些遗憾。所以，每逢节假日，总喜欢攒三聚五，邀上亲朋好友，或者携家人出去，尽兴游玩。所到之处，游目骋怀，自然风光、人文历史、物产风俗，所见所闻，所思所感，尽量都默默地记录下来，叨空写成游记。感觉最大的收获就是：既丰富了阅历，又增长了见识。不料想，日积月累下来，便有了自己所谓的环游"列国志"。

偶尔出离红尘，放牧身心，来个无拘无束的逍遥游，简直如释重负。澄心静虑间，就像下了一场蒙蒙细雨，一下子惬意透了，清爽极了。

仁者乐山，智者乐水。山容水意，花态柳情，游人之乐也。

汉文化令我们陶醉

汉中是我心仪已久的一个地方。

算一算，这是我第二次有幸来到汉中。

记得第一次来汉中是在十年前国庆节假期，我们单位租了两辆商务车，载着同志们去九寨沟旅游。回来时，狂风大作，阴云密布，大雨滂沱，我们沿着一个巨大的水库旁蜿蜒的山路，马不停蹄地往汉中市赶。深更半夜，我们像落汤鸡似的投宿酒店。翌日清早，云散雨停，一轮红日冉冉升起。我们整装上路，风尘仆仆地赶了回来。由于行色匆匆，只是浮光掠影地穿梭，那次我对汉中没有留下什么很突出的印象。

记得孩提时候，村里的小伙伴杨永忠买了一整套《三国演义》连环画，吸引得大家经常围着他团团转。在快乐的暑假里，大家相约一块儿去沟里放牛。我曾躺在山坡上，坐在树荫下，饶有兴趣地读完了他所有的连环画。在这如饥似渴的阅读中，我才懵懵懂懂地知道了三国时期乱如麻的纷争，知道了好多来源于三国的成语故事，也知道了汉中这个地名，知道了它是一个又肥沃又富庶的地方。

大约到了五年级，有一次开学，校园里来了个卖连环画的书商，我买了一本《霸王别姬》连环画，不知道阅读了多少遍。它讲述的是楚汉相争到了后期，项羽被汉王刘邦十面埋伏，铁桶似的团团围在垓下，夜帐之外，四面楚歌，军心涣散，众叛亲离。他借酒消愁愁更愁，作出了最揪心、最恓惶、最无奈的垓下歌："力拔山兮气盖世，时不利兮骓不逝。骓不逝兮可奈何，虞兮虞兮奈若何！"为了消除霸王的后顾之忧，激励他奋勇杀敌，美人虞姬痛断肝肠，帐前自杀身亡。面对围追堵截，霸王披坚执锐，左冲右突，身受重创杀死不少来敌，但兵败如山倒，局势依然如秋风扫落叶，不可收拾。最后他只带着几十号人马冲出重围，来到乌江边上，乌江亭长划船过来，邀他渡江东归，以期东山再起，可他觉得大势已去，再也无颜见江东父老。眼看着汉军包围上来，项羽悲怆至极，觉得老天要亡他，便拔剑自刎，让他们拿着自己的头颅去邀功请赏。就这样，如此英勇，如此神武，如此悲壮的故事，从此扎根到了我的心里。可以说，西楚霸王项羽成了我少年时期心目中最敬仰最崇拜的一位英雄人物。记得南宋著名女词人李清照曾写下了一首咏史诗："生当作人杰，死亦为鬼雄。至今思项羽，不肯过江东。"她既表达了对项羽人格的敬仰，也抒发了北宋灭亡南渡以后的无奈。

坐在风驰电掣的动车上，我看到窗外的群山、原野、村庄，一片片向后哗啦啦退去。一旦钻进了长长的隧道，就只能看见倏忽一闪而过的电光。一路上，我寂然凝虑，浮想联翩，思接千载，头脑里不停地搜寻着汉中的历史故事，还有一大批历史人物。譬如刘邦、张良、萧何、韩信、刘备、诸葛亮……

汉中的"汉"字究竟有什么含义呢？为什么这个地方要取名汉中？

不知怎的，我忽然想探个究竟。带着疑问，上网查了查，我茅塞顿开，原来"汉"这个字，首先指的是汉水，接着才有汉中这个地名。在中国历史上，项羽大封诸侯时，刘邦被封为汉王，所以刘邦击败项羽后，就建立了"汉朝"。为什么我们这个民族叫汉族？我们写的字叫汉字？我们说的话叫汉语？还有汉服、汉化等。我在暗自琢磨，大概都是由于历史上有个国力强盛而四海宾服的汉朝的缘故吧。这么一想，就觉得汉中地域是汉水的发源地，是汉文化的滥觞地，更是所有以"汉"为名称事物和地点的源头。

如此，我们不能不承认汉文化对中国的影响有多么巨大，多么深远！

出了汉中火车站，一打听，酒店在前边不远处，我便慢悠悠地沿着街边朝南向市中心走去，寻找拜将坛和古汉台。不经意间，我发现汉中的街道两边都栽着桂花树。它们似乎都被精心修剪过，树冠不是很大，树叶青翠欲滴，密密匝匝，花儿很小，一簇簇的，黄灿灿的，空气中弥漫着一波一波浓郁的桂花香。

看到街边的石凳上，坐着一位年迈的清洁工人，我急忙凑过去，在他身边坐了下来，恭恭敬敬地与他搭讪起来。不料想，他人很爽快，很健谈，说桂花树是他们汉中的市树，这里的桂花树与别处不同，比普通桂花多两到三瓣，花茎大，花期长，每年开花两次，秋季为盛。现在正是盛花季节，香飘十里，清可洗尘，浓能溢远。有句古诗这样说："叶密千层绿，花开万点黄。"聊到这里，他说他们汉中的桂花树名字叫汉桂。南郑区圣水寺庙内有一棵古老的桂花树，相传是西汉初年大臣萧何亲手栽植的。这棵"汉桂"树长在寺院大雄宝殿前，主干胸径两米多，树高十三米，树冠覆盖面积达四百多平方米。树龄在一千八百年左右，至今生长健壮，根深叶茂，已被列为汉中的古树名木之列。

这位老人是名退休老干部，真可以称得上"汉中通"。他听我口音是关中过来的，就向我滔滔不绝、津津有味地讲起了汉中。他说汉中历史悠久，两汉三国文化底蕴非常深厚，这些年汉中人深入挖掘、持续打造的就是汉文化。他还说，汉中的市花是旱莲，花朵红白相间，花蕊粉红，花似莲花，叶如莲叶，被称为"旱莲"，因在3月开花，又被称为"应春树"。现在勉县武侯祠内，保护下来了一株迄今为止世界上唯一的古旱莲。过去文物普查时，专家确定它的树龄为四百多年，相当于明代万历年间，与祠墓志碑记载相吻合。目前，旱莲植株繁育被列入市级科研项目，现已繁育成功，可大面积广泛引种。如此一来，旱莲被汉中市确定为市花。

我觉得自己很幸运，竟不期然遇到了一位热情好客的"汉中通"。他说，想要充分了解汉文化的精髓，就必须到拜将坛和古汉台去，那里面集中保存着一部分汉文化的精华。随后，他便给我详细地介绍了前去拜将坛的路线。好在时间还比较充足，这两个地方离得都比较近，我赶紧搭上一辆出租车向拜将坛出发。

拜将坛的院子不是很大，里面有三三两两的游人。在院子中心，有一个覆斗形的五级台子，一个相貌堂堂孔武有力的武将雕像，高高地矗立在台子上，戴着头盔，披着铠甲，一只手背后紧握宝剑，一只手胸前平托着帅印，双眼目视前方，整个形象八面威风，气势咄咄逼人。台前左右，分别立着两通石碑，一通刻着拜将坛，一通刻着兵家神帅。在靠近拜将坛身后，又是一个高高的台子，上面有一座长方形的建筑，前面四根柱子上分别镌刻着两副对联，一副是："盖世功名三杰并，登台威望一军惊。"另一副是："两司马赞淮阴佐汉，一将台扬赤帝礼贤。"

走进后面的韩信事迹馆，只见四面墙壁上悬挂着壁画，我认真地观看一幅幅壁画，平生第一次彻底了解了大将韩信颠沛流离、曲折坎坷的一生。我终于恍然大悟，为什么历史上流传下来这样一句俗语："成也萧何，败也萧何。"为什么韩信在临死前发出了如此悲催如此绝望的浩叹："飞鸟尽，良弓藏；狡兔死，走狗烹；敌国破，谋臣亡。"于是，就有后人说，同为汉初三杰，张良功成身退，云游四方，得以善终，他不但是个聪明人，而且还是个世外高人。韩信功高震主，却不知急流勇退，竟祸起萧墙，招来杀身之祸。萧何作为相国，一步步受高人指点，韬光养晦，算是苟活了下来。韩信只能是个忠诚勇武的大将而已，他精通兵法，却不懂人性，更不谙政治游戏规则。他怎么就不知道伴君如伴虎的古训呢？

韩信的命运，之所以如此悲惨，让古往今来多少人扼腕叹息，也许根本原因就在这里。

接着，我又急急忙忙来到了汉中市博物馆。走进大门，一座高台赫然扑入眼帘，这就是汉王刘邦的宫廷遗址——古汉台，人工夯土筑成，具有典型秦汉宫廷模式，人们仰其历史久远，便称其为古汉台。20世纪50年代末，以古汉台为馆址的博物馆建立起来了，后又相继修建了石门十三品陈列室、褒斜古栈道陈列室，重修了宋朝时的望江楼、明朝时的桂荫堂，整个庭院经过全面整修，最终形成了以明清建筑为主的园林式风格。但我却始终感觉到，这里"汉"文化的味儿更浓郁，更隽永，更能浸润人的精神世界。

只见褒斜古栈道陈列室门前，挂着一副对联："秦汉足迹闻任贤达谒今汲古；褒斜当孔道凭学人探幽访踪。"走进去，发现里面内容充分展示了古代穿越秦巴两山之间七条古道的走向、褒斜古栈道南端石门隧洞的开凿和因地制宜修建栈道的各种形制、栈道沿途官方设置的邮亭驿站。眼前橱窗里的这些雕塑，让我看到了中国秦汉时期的发展历程，让我无比惊叹中国古代劳动人民的勤劳智慧和无穷无尽的创造力。石门十三品陈列室门前也挂着对联："石门蕴辉耀出书坛摩崖宝；汉片有幸犹存历史无价珍。"当年褒河修建水库，这些从褒谷石门隧洞内外凿迁下来的十三方摩崖石刻精品，具有很高的历史研究和书法艺术价值，它们曾让一个个前来瞻仰的文化人，目醉神迷，踟蹰徘徊，留恋不舍，回味不已。说真的，我很庆幸，很骄傲，也很激动，我终于在咫尺之间目睹了"石门""石虎""玉盆""衮雪"等一系列摩崖石刻，它们真的不愧是中国书法艺术宝库中的瑰宝。

汉中地处秦岭以南，巴山以北，汤汤汉江自西向东流过，周边山区丘陵绵延，气候宜人，物产丰饶。千百年来，汉中这块狭长肥沃的盆地，一直被金贵地养在深闺中，依偎着滔滔汉江，享受着它无私的滋养，被秦岭和大巴山悉心呵护着，紧紧搂抱在怀里。

第二天晚饭后，我走出邮政大楼酒店，沐浴着秋凉的气息，一个人悄悄地上了大街。街道上，高高的玉兰灯柱，洒下雪亮雪亮的灯光。疾驰的车辆像射箭似的，一辆追着一辆，汇成一条河，熙来攘往，川流不息。街边的店铺，家家玻璃门，户户落地窗，金店金灿灿，银店银晃晃，珠宝店珠光宝气，服装店明明赫赫。它们的店名起得考究，店招图案设计新颖，又气派又时尚，颇有些文化韵味儿，让人眼前一亮，又给人送来一股强烈的商业气息。

远处的十字路口，一座座商业大厦流光溢彩，霓虹灯闪烁不已，让我们这些外乡人总是不由自主地仰起头颅。沉沉夜色里，龙岗大桥架在水面上，一半倒映在水里，远远望去，简直像一条绚丽辉煌肆意奔腾的彩龙。岸边一幢幢高楼拔地而起，一扇扇窗口里的灯光，烘托出了一个安谧平和的夜。

十年不见，汉中突飞猛进，已经搭上了这个时代的快车。

久久地伫立在天汉桥头，恍惚间，我看见汉中像一个汉服女子，从汉江边上袅袅婷婷走来，越看越靓丽，越看越摄人心魄。

江城诗画里

说真的，我对水的迷恋几乎到了疯狂的程度。

也许是因为老家在渭北高原的一个山旮旯里，长年干旱少雨，曾经饱尝争水抢水的苦头；也许是因为深知水源充足的家园，一定会庄稼苗壮，草木葳蕤，植被旺盛，到处生机盎然；也许是因为想到山清水秀的村子，一定牛羊成群，民歌萦绕，充满诗情画意……

水啊，一切因了水的滋润，就会变得水灵灵的，就会滋生淳朴浪漫的民歌，就像《诗经》里描写的那些发生在水边的爱情诗篇，譬如《关雎》，譬如《蒹葭》，譬如《汉广》，如此等等。一首首羞涩至极，既单纯又美好，反复咏叹，哀而不伤，乐而不淫，让人遐想。因此，一到汉江边上，我总是下意识地认为，这是一个和《诗经》中的诗意有关的地方，一个和爱情、诗情有关的福地。

来到天汉大桥桥头，我首先看到了一通巨大的石碑，碑上刻着书法家雷珍民题写的"天汉湿地公园"六个行体大字，字为深绿色。碑子背面镌刻着"维天有汉，监亦有光"。一查，这几个字出自《诗经·小雅·大东》，后来又有"维天有汉，监亦有光。汉河不竭，大汉不灭"的说法。在古代，银河被汉人称之为汉河、天河、云汉、星汉、天汉等。这句诗的意思是说：天上有一条银河，闪闪发光。只要汉河不枯竭，汉族便不会灭绝。隐喻汉族的历史像天地的存在一样久远，汉族的光辉像星汉一样璀璨。"天汉"一词，既是汉人雄视天宇的象征，也成为汉人对自己的称呼。

这个偌大的湿地公园，是近年来汉中人民倾全市之力，集中全民之智，立足大视野，挥舞大手笔，拼足绣花功夫，打造出来的鸿篇巨制。它充分融合生态、休闲、健身、娱乐为一体，紧盯"江堤标准化、水系生态化、景观优美化"的整治目标，依托"一江两岸"重点项目，以汉江流域综合治理为轴带，突出现代、人文、生态元素，精心塑造建成的水利风景区。

据了解，眼前的天汉公园 2013 年开工建设，现已累计完成投资六亿七千万元。不必说景区自东向西建有雄伟的天汉大桥、壮观的翻板闸、奇巧的龙岗大桥，也不必说自下而上建有曲折的滩地走廊、平坦的滨水栈道、宽阔的堤顶公路、坚固的防汛堤防，就是那荟郁的植被、错落的林带、回廊式的景观栈道、原生态的滩地溪流，以及一片片生态湿地、一座座生态岛屿，就展现出了这个城市生态景区的最大魅力。

水韵汉中，真美汉中。这是多么吸引眼球的一张城市名片啊！毫无疑问，天汉湿地公园已经活脱脱成为汉中最华美、最富丽的会客厅。

那天，天高气爽、秋阳灿烂。作为一个来自关中北部山区的游客，我像刘姥姥走进大观园似的，恭恭敬敬地来到了汉江边上。无论滨水栈道，还是滩地走廊，所有的路都修得极富艺术品位，直道坦平如砥，回廊曲径通幽，且都被打扫得干干净净，就像刚刚出浴的美女的脸。大面积蔓延的是草坪，密密的，厚厚的，绿茸茸的。几个清洁工人，穿着黄马甲，在草坪上忙碌着。有的蹲在草坪上，手像个耙，一把一把将发黄的脱落的细草聚到一堆；有的弯腰捡拾着一片片黄黄的落叶。旁边，七八个天真烂漫的小孩子追逐着，嬉闹着，或抱着摔跤，或翻着跟头，或骨碌碌滚着，玩起"驴打滚"的游戏来。

不远处，是一片直冲霄汉的钻天杨，叶子已有些发黄了。一片一片，像万千金币闪耀着，像金色的蝴蝶颤动着，如一只只展翅欲飞的金凤凰。那些垂柳树呢，已风华不再，棵棵风雨沧桑之形，风鬟雾鬓之态，没有了一点翠生生青葱葱的媚姿。倒是那些青松翠柏，郁郁苍苍，依然焕发着特别旺盛的生命力。还有一大片的竹子，拔地而起，青青的竹竿，粗如镶头把，鸡爪似的叶子，任意飘摇着，既潇洒又风流。几只不知名的小鸟，像离弦的箭一样，从江面上你追我赶地飞过来，在竹林里扑腾起落着，啁啁啾啾，时不时唱起婉转的歌来，直听得人心醉神迷。

走到江边，我听见了轻柔舒缓的乐曲声。循声望去，天汉大桥横跨汉江，在桥下空旷的地面上，十几个年轻貌美的女子穿着飘飘汉服，正在优美的旋律中，翩翩起舞。我想，她们在这人迹罕至的地方悉心排练，估计是要参加什么比赛或者演出了吧？只是没有多少观众，只有几个上了年龄的人，默默地站在远处，目不转睛地盯着她们。江边倒是有不少钓鱼者，大多是中老年人。他们撑开钓竿，面对着亮晃晃绿莹莹的江水，入定似的，一动不动地枯坐着，即使相互挨得很近，好长时间，连一句话也不说。他们是钓鱼吗？是打坐吗？是忏悔吗？是凝思静虑吗？是洗心革面吗？是悄悄地酝酿着明天吗……究竟能否钓上鱼，我不得而知。但我却感觉他们是一群特别有趣的人。

汉江穿过秦岭和巴山之间，将汉中盆地劈作两半儿。它没有长江的浩荡，没有黄河的奔腾，没有渭河的浑浊。这是像我这样一个身处关中内地，从未曾出过远门的人料想不到的。

也许是我对汉江真的不了解，反正我的第一感觉是，她似乎很听话，也很温顺。要说暴戾的话，那也只能是过去了，现在她早已被两岸的人民驯服了。你们看！汉江，宽宽的、平平的，多像一匹偌大的绿绸，在眼前悠悠忽忽地飘着；汉江，静静的、柔柔的，多像一位温婉的女子，只是悄悄地在遐想；汉江，缓缓的、款款的，多像一支无词的曲子，让人心醉神迷。真的，走近汉江，我们几乎听不见她的喘息，更听不见她的鼻息。可她却千百年来哺育着、滋养着、呵护着两岸的人民走向幸福的生活。说她是汉中人民的母亲河，估计汉中人民是百分之百举双手赞成的。

在天汉湿地公园里，最吸引人眼球的当属银穗芒、狼尾草、细叶芒、蒲苇等湿地植物。汉江里有许多岛屿，岸边也有不少沙洲，上面都密密丛丛地长满了这些东西。它们既有效地起到了净水固土、涵养水源的效果，又充分美化了环境，给汉江两岸增添了无穷的诗情画意。现在是深秋，正是这些水草彰显魅力的时候。远远望去，那一簇簇的白，一团团的白，一片片的白，一堆堆的白，蠕动着，像一朵又一朵白云忽然飘落到了人间，像一场瑞雪绵绵密密覆盖住了汉江两岸，像一群又一群大白鹅被村姑刚刚赶下了河塘……走近看，我才发现它们的叶子一划细长细长的，头顶上的穗芒有的像毛笔，有的像鹅毛，有的像狼尾，有的像白蜡，在风里熙熙攘攘地飘摇着。这时，我突发奇想，它们是万千白天鹅正在引颈瞭望呢！

这就是汉江边上的芦苇荡！芦苇荡如波涛起伏的大海，人们拖男挈女，扶老携幼，无忧无虑，逍遥自在地游走在芦苇荡里。他们每个人既欣赏着眼前的风景，又被别人当作风景欣赏着。

这是个周末，芦苇荡中的栈道上，游人如织，络绎不绝，熙熙攘攘，川流不息。我一个外乡人，被裹挟在蠕蠕前行的人潮中，只有大饱眼福，尽情欣赏的份儿。我看见，这空前的人流中，有无所事事慢悠悠散步的，有搀扶着老人蹒跚碎步锻炼的，有热恋中手拉手肩并肩交头接耳的，有抱着牙牙学语的小孩子闲逛的，有推着酣睡的婴儿车转悠的，有兄弟朋友连说带笑一拨儿的，有姐妹闺蜜叽里呱啦一群儿的，有支着画板架子写生的，有挎着相机四处捕捉镜头的，有举着手机架子拍视频的，有腋下架着双拐挪脚攒步的，当然也有如我这样漫无目的独行的……简直热闹极了。

不是春游，却胜似春游。只见绿绿的草坪上，小孩子们趴着、翻着、滚着，连蹦带跳，你追我赶，玩得不亦乐乎，不时传来清脆的笑声。在高高的密丛丛的蒲苇前，年轻的小两口抱着可爱的孩子，摆出不同的姿势，让朋友拍着最甜蜜最幸福的全家合影照。在江边的开阔处，一个五十岁左右的男人，满脸长着黑黑的络腮胡须，披着蓬松的头发，穿着背带裤，扎着红色的领带。他是位画家，带着学生出来写生，此刻正站在画案前，挥毫泼墨，模山范水，画着眼前美景。他的身边里三层外三层围着一群年轻人。其中一个学生问："老师，您怎么命名这幅画呢？"画家头也不转一下，就毫不犹豫脱口而出："江城如画里，我还能怎么命名呢？"人群中忽地哗啦啦鼓起掌来。

好一个"江城如画里"！

我凑上前去。只见画面中，远处是巍峨苍茫的大山，近处还是巍峨苍茫的大山。中间是老龙一样曲折蜿蜒的江水，江边高楼鳞次栉比，一座现代化的城市拔地而起，一种欣欣向荣的时代气息扑面而来。哦，我突然大彻大悟：原来，那山是秦岭和大巴山，那水是眼前的汉江，那座城市就是眼前的汉中市。

啊，多么美好的时代！多么壮美的江山！多么意味深长的构思！

写到这里，我忽然意识到，汉中的确是在诗情画意里。

缘来，就结伴远游

这一天是个星期五。上午，所有学员参加了别开生面的结业仪式。既然培训圆满结束了，就应该立即起程，打道回府。我发现许多学员来时都预定好了返程票，有的顾不上吃午饭，就匆匆忙忙奔向汽车站或者火车站去了。

"两汉三国，真美汉中。"这是汉中市的宣传名片。在这座城市的大街小巷里，在许多高楼大厦的广告条幅上，在十字路口的宣传牌上，在单位门前的显示屏上，都极其醒目地打着这个口号。它给人们一个强烈的信息，汉中绝对是一个两汉三国文化历史底蕴非常深厚的地方。我想，既然有幸来到了汉中，刚好又赶上周末，何不慢下来，出去走一走，转一转，看一看呢？于是，我就在几百人的培训群里吆喝起来："约起来！"有两个人回应了，说正在饭厅里吃饭，邀我下去商量一下。我赶忙下去到饭厅。不料想找到对方以后，竟然是两个热情大方的美女。

下午2点前，我们收拾行李退了房，走上街头。一打问，女交警说，市内就有通往石门栈道景区的公交车。按她的详细指点，我们顺利地搭上了21路车。刚下车，一位五十多岁的师傅就开着面包车过来，跟我们搭讪起来，说他可以拉我们到石门。

一走进景区大门口，我们就看到了褒谷口瀑布。一挂潺潺的雨帘下，是个清凌凌的水池子。池子中央泊着块大石头，一个古典美女正如痴如醉地弹着古琴。案前，两只白鹤昂着头，展开翅膀，似在翩翩起舞，引吭高歌。

定睛一看，原来是一尊出神入化惟妙惟肖的雕塑作品。听了一下语音介绍，原来这个女子是西周第一美女褒姒。忽然，我就想起了千金买笑烽火戏诸侯的历史典故。

话说周幽王当政时，关中一带发生大地震，连年旱灾，民不聊生，社会动荡不安。周幽王不思救国，反而重用佞臣虢石父，层层盘剥百姓。大臣褒珦劝谏幽王，他非但不听，反而把褒珦关押起来。褒族人听说周幽王喜好美色，就把美女褒姒献给幽王，替褒珦赎罪。幽王见了褒姒，十分喜欢，立即封她为妃，释放了褒珦。不知怎么回事，这个褒姒虽艳如桃花，但自从进宫以来，却冷若冰霜，没有笑过一次。幽王为了博得褒姒开心一笑，竟然破天荒地悬赏天下，谁能引得褒姒一笑，赏金千两。这时候，有个叫虢石父的佞臣献上计来，说平白无故点着烽火台的火，招引诸侯前来白跑一趟，以此逗引褒姒发笑。周幽王采纳了他的建议，马上带着褒姒，由虢石父陪同登上了骊山烽火台，命令守兵点燃烽火。一时间，狼烟四起，烽火冲天，各地诸侯以为犬戎打过来了，立即率本部兵马火速赶来救驾。谁知到了骊山脚下，不见一个犬戎兵，只看到周幽王和褒姒坐在高台上，歌舞升平，饮酒作乐。周幽王派人告诉他们，没什么事，只是大王和王妃放烟火取乐而已，让诸侯们回去。褒姒见千军万马，召之即来，挥之即去，如同儿戏一般，觉得十分好玩，竟禁不住嫣然一笑。周幽王大喜，立刻赏虢石父千金。此后，周幽王为讨褒姒一笑，故伎重演，数次戏弄诸侯们。公元前771年，犬戎进攻镐京，周幽王惊慌失措，急命点燃烽火报警，让诸侯们救驾。不料，由于诸侯们屡屡遭受愚弄，再也不上当了。就这样，周幽王被杀死在骊山脚下，褒姒也被掳去，不知所终。

所以，后人说，褒姒一笑倾人，二笑倾城，三笑倾国。倾国倾城的成语就这样流传下来了。

接着，我们三人走进了"褒姒铺"。仔细看了看，我觉得这首先是一条精美时尚的商业街，可休憩，可饮食，可购物。为什么叫"褒姒铺"呢？据传说，绝色美女褒姒，曾经出生在这里，故而她的故乡叫作"褒姒铺"，后来人们就把新修的这条街道也叫作"褒姒铺"。它是一条古色古香的文化街。街道的左手边崇山峻岭，绵延不绝。紧靠山根，修了一长溜儿文化墙，橱窗里镶着大量壁画，也摆着少量泥塑。内容丰富多彩，涉及烽火戏诸侯、楚汉战争、三国演义等历史事件；右手褒河岸边修建了一个"两汉三国"历史文化广场，广场上雕塑着褒姒传奇雕像群、汉武帝刘彻雕像群、诸葛亮挥师北伐、曹操斩杨修等一系列雕塑，它们集中凸显了两汉三国文化的精髓及其特色。

我们一行三人之间，袁女士最小，三十多岁，来自延安富县。栗女士，四十多岁，来自西安碑林区。我年龄最大，五十二岁。两个美女落落大方，彬彬有礼，没有半点羞涩之态，都自觉地称呼我为大哥。我们沿着街道，一边走一边欣赏，一边欣赏一边赞叹，一边赞叹一边交流。栗女士对橱窗里的历史文化知识颇感兴趣，她的真诚乃至虔诚，她的言语表情，她对知识如饥似渴的心态，着实让我感动，也让我敬佩。每一幅壁画，每一个雕塑，她都用心去看，看得非常仔细，非常认真。壁画中，雕塑中，表现出来的每一个故事，她都想默默地装在心里。我感觉到，这些年来，她是我遇到的第一位对知识如痴如醉的都市女子。

毕竟，食物只能填饱人的肚子，知识才能满足人的精神需求。在扰扰攘攘的红尘世界里，她很淡定，也很沉静，一点都不浮躁，她实在是一位积极上进的知识女性。我很佩服她那孜孜不倦的学习精神。

说真的，是两汉三国文化让我们痴迷，让我们沉醉。在这条文化街上，我们走一走，停一停，瞻前顾后，左顾右盼，徘徊着，沉思着，留恋着……五点左右，我们终于走出了这条文化街，来到了褒河坝堤的一侧。我们踏上栈道刚走了几步，栗女士说她实在走不动了。就这样，一路上只剩下我和袁女士同行了。

抬头仰望，褒河岸悬崖万丈，绝壁千仞，崇山峻岭，风光旖旎。完全可以看得出来，那些史前的造山运动，将河谷两岸肆意拉扯，形成了歪歪扭扭、痛苦万状的山势。看吧，山势虎状峻嶒，翠峰兀立挺拔，峭崖直立，怪石嶙峋，危如累卵，似乎眨眼间，它们就会噼里啪啦砸下来。山上，百草丰茂，葱葱茏茏。那些木栈道窄窄的，紧贴在悬崖上，或攀缘而上，或跌宕而下，时而崎岖，时而平坦，左一弯，右一转，像一条穿行的老龙，蜿蜒于偃仰倒伏的灌木丛里。峰回路转，忽地又豁然开朗。只见身旁的绝壁上，大书法家雷珍民题写了"蜀道之冠"几个大字，苍劲有力，殷红如血，鲜艳无比，给人强烈的视觉冲击力。再往前走，又撞见了绝壁上的丹书石刻："栈道之乡，褒姒故乡。"大字红润，惹人注目。转过身来，俯视脚下的河谷，水清幽幽、绿汪汪，像绵软的绸缎，像精致的翡翠，像玲珑的玉佩，似乎被大自然这个美女，穿在了身上，抱在了怀里，挂在了脖颈上，真是美得让人惊心。难怪在这里，清代文人王晚香曾概括出了"石门二十四景"。

江山如此多娇！我们走在褒斜道上欣赏着美景，赞叹着大自然的礼物。脚下的这条栈道是新修的，虽说古栈道早已沉没在了深深的水库里，但脚下的这条仿古栈道，却将过去的路基抬高了近八十米，恢复了原来古栈道的奇观，重现了古建筑的辉煌。我通过手机翻查资料，发现在中国历史上，褒斜道开凿得最早，规模最大，最负盛名，所以一直被誉为"蜀道之冠"。

褒斜道北起关中眉县斜峪关，经太白，过秦岭，越石门，出褒峪关，进入汉中。由于贯穿褒、斜二谷，故得名褒斜道。这条栈道修在陡壁悬崖上，凿孔架桥连阁而成，具体是沿河谷悬崖凿孔，横木为梁，立木为柱，上铺木板，装上栏杆，连成栈道。它全程二百五十多千米，能通行车马，既是古代兵家行军之要冲，又是商旅过往之官道。据传，在最兴盛的时期，从长安到成都，褒斜道、子午道、金牛道、米仓道的里程累计达到了四万五千千米。它们凌空飞架，腾云驾雾，缠绕于连绵的青山之间，蜿蜒于湍急的绿波之上，时而一廊，时而一阁，时而一亭，时而一楼，非常壮观。当时，就是通过这些栈道，才让巴蜀之地丰饶的物产源源不断地运送到关中地区。

想起古代这些悬挂缠绕在绝壁上翻山越岭的栈道，我们就禁不住心潮澎湃，惊叹不已。

不妨试想一下，在那个物资极度匮乏的时代，在那个生产环境极度恶劣的环境里，我国古代劳动人民不畏艰辛，跋山涉水，在原生态的沟谷梁峁间修筑起了一条能通行车马的"高速"公路，这是多么不容易啊！这不啻我国交通史上的奇迹！他们的勤劳勇敢，他们的聪明智慧，他们永不枯竭的创造力，简直让我们这些后来者望尘莫及！是他们，在艰难的社会实践中，创造了历史，创造着未来。是他们，一次次增强了我们这些后来者的荣誉感，提升了我们这些后来者的自豪感。

石门，其实是褒斜道的一段隧道而已。它凿于东汉永平年间（58~75），有摩崖石刻专门记述此事。开通以后，那起伏跌宕的山川，那逶迤曲折的栈道，那沉雄峥嵘的石刻，充分激发了过往官员和文人雅士的情怀。于是，在石门洞壁及褒河两岸的悬崖上，他们乘兴把笔为文，留下了大量题咏和记事。1969年修建石门水库时，淹没区一些重要石刻被凿下来，迁移至汉中博物馆珍藏。这些珍贵的石头书，号称石门十三品，被誉为国之瑰宝，在中外书法界和金石学界享有极高的声誉。

"明修栈道，暗度陈仓"这个成语故事，就源于这条栈道。话说公元206年，鸿门宴之后，刘邦被项羽封为汉王，项羽的本意是要把刘邦赶出关中，可是万万没有想到汉中这块有着"天汉"之称的风水宝地却偏偏成就了刘邦。刘邦沿着子午道离开关中时为了防止追兵追击，烧毁了子午道，后来又听从张良的计策，烧掉了通往关中最为便捷的褒斜道，表示他将永居汉中，再也不会和项羽争夺天下，意在麻痹项羽。随后，刘邦于汉中休养生息，重整旗鼓，在萧何的劝谏下拜韩信为大将，派少数人明修栈道，以转移镇守关中西部的雍王章邯的注意力，暗地里却沿着西边艰险的陈仓道，北出大散关，攻占了陈仓城，进军咸阳，为统一天下建立大汉王朝奠定了基础。

感叹间，忽然看见古藤交错纠缠着，形成了一个绿色的蒙络摇缀的洞窟。袁女士索性拿出手机交给我，她在洞窟前摆出不同的姿态，让我给她拍照。天色暗了下来，我们只能继续紧紧张张地往前赶。不知怎么回事，我的潜意识里总有一种莫名其妙的想法，人的一生里，不必一条路走到尽头去，不然，就没路可走了。正这样想着，袁女士指着不远处说："看呢，到尽头了。"我赶紧说："那好，到此为止。我们赶紧回去吧。"接着，我又做了一番解释："不能说我们走到尽头了，这话很不吉利。因为你还很年轻，我们今后的人生路还长着呢。"袁女士点头称是。

原路返回，毕竟下坡路多，我们走得很快，几乎没用多长时间，就回到了石门水库的堤坝上，与栗女士会合。谁知，我们三个人刚刚走出石门栈道景区的大门，就瞥见通往汉中市的末班车从眼前一闪而过。我们感到非常懊丧，拖着沉重的脚步，闷闷不乐地走过石门大桥。

正在万分焦急，万般无奈之际，一辆面包车忽然在我们跟前停了下来。哦，又是您！我们喜出望外，纷纷感叹真是太有缘分了。就这样，那个司机把我们送到了汉中市火车站附近。晚餐后，我们三个人依依惜别，分道扬镳，两个美女坐动车回西安了，我走进假日酒店住了下来。

下午的石门栈道三人行，我们都很快乐，都很尽兴。夜里，望着我们三人的合影，我忽然深深地感觉到，缘分这东西真是个奇妙的玩意儿。

明年再看云海

去一趟汉中真不容易。培训结束当天，我便及时托当地一位从事融媒体的朋友，给我联系到了一家组织一日游活动的旅游公司。本意想趁着周末，去两汉三国文化重地勉县玩上一天。不料想，晚上一联系，居然没有去勉县的旅游大巴，很失望。旅游公司的人又给我推荐了附近的龙头山景区。我虽然不太情愿去，但也没奈何，只能凑合着去了。

龙头山，在哪儿呢？我怎么没有听过？

上网一查，才知这个景区在南郑区。有这样两句广告用语："西来秦巴第一峰，云端之上龙头山。"该景区位于川陕交界处米仓山主梁，汉中市南郑区小南海镇境内，景区规划面积有 86.09 平方千米，地貌属中山山地，系米仓山山系，龙头山主峰最高海拔 2336 米，最低海拔 949.8 米。境内拥有云海、日出、奇花、彩林、怪石、冰雪等变幻莫测的独特高山自然景观，还有莽莽苍苍的原始林海，稀奇罕见的珍禽异兽等，它们共同组成了一个奇山秀水、环境优美、风光迷人的高山自然风景区。

接着，我便打开景区网页先睹为快，跟着虚拟的网络进行了全景式漫游体验。只见山峦起伏，沟壑连绵，堆绿叠翠，一览无余；陡崖峭壁之上，曲栈回廊，龙蛇蜿蜒，有头无尾；绝顶深渊，悬空索道，腾云驾雾，虚无缥缈。好一片翁翁郁郁的原始大森林！还有广漠的滑雪场，颇有林海雪原的味儿……我隐隐约约感觉到，龙头山一定是个美丽的地方。

翌日清晨，一辆旅游大巴像一条雪白的大鲤鱼载着我们一车游客，撒着欢儿，向着龙头山深处疾驰而去。车窗之外，一条潺潺的溪流，沿着沟谷，弯过来，绕过去，唱着欢快的歌儿，指引着我们直奔景区纵深。抬头望，劈面而来的大青山，拔地而起，直插云霄，周围风起云涌，烟雾缭绕，山色忽而清晰，忽而空蒙。更远处，则全然呈现出烟雨溟蒙之色。不知不觉地，竟渐渐沥沥地下起雨来，珠子似的雨模糊了窗玻璃，外面什么也看不见了。

高山仰止，景行行止。经过一段时间的疾驰，我们终于来到了一片极其开阔的沟谷里。向前望，旅客服务中心背依大青山，赫然入目，显得极其宏伟气派。风，越来越大了，狂而不羁，不停歇地纠缠着雨脚，一会儿南溯，一会儿北溯，一会儿东溯，一会儿西溯；雨，莽撞而盲目，一下子没了头脑，也身不由己，东一榔头，西一棒子，噼里啪啦地砸下来，越下越猛了。真所谓雨横风狂正当时啊。很无奈，我们只能穿起雨衣，或者打起伞，遮着风挡着雨，慢慢往前走。山里天气就是凉，一股寒意径直扑面而来，我穿着单衫子和背心，冷得直打哆嗦。

山，也仿佛披上了灰蒙蒙的雨衣，简直让人看不清了。此时要到山顶去，也只能搭乘缆车了。

据了解，龙头山脱挂式极限仰角高山观光索道全长两千米，总高差约一千米，最大仰角近40度，运转速度可达每秒六米，六分钟即可到达山顶，单向运输能力每小时约一千二百人。上山前，导游再三嘱咐说，乘坐索道缆车，每两个大人一组，彼此做个伴儿，这样大家相互间有个照应。接着，就有一个年轻女子，跟我先后走进了同一个缆车。她个子不高，看起来很健硕，肤色黑里透红，圆圆的脸蛋，厚厚的嘴唇，一口牙齿洁白如玉，脑后扎着蓬松的马尾辫。缆车徐徐升起，一直斜斜地向山顶而去。窗外的山迅速向下溜去，缆车悠悠忽忽地摇着，让人心里顿生恐惧。尽管如此，我还是忍不住把头扭向窗外。向外看，高大的树木如同绿色的大鸟，展开巨大的翅膀扑面而来；又似乎忽然间倒塌，向我们直压下来，让人有点喘不过气来。低头俯视下去，那些树木倒下去，倒下去，高高低低，俯仰生姿。再接着，就看见了窗外，烟如轻纱，雾如白布，云如野马，驱驰着，奔腾着，瞬间淹没了眼前的整个世界。

转过头来，我审视着对面的姑娘。她好像面带羞涩，手足有些无措，心神有些不宁。我连忙和她聊了起来。问她是哪里人？在哪个地方上班？又问她以前来过这儿吗？……在我的主动热情面前，她的神情慢慢放松了，话匣子一下子也打开了。她很腼腆，说话细声细气的。她说，她是汉中洋县人，在市场局上班，离这儿不是很远；她说，这个景区是去年才开放的，生意火爆，客流量很大，是个网红景区；她说，她一直想着约几个闺蜜一起来玩，不料总是被这事那事给耽搁了，今天还是她一个人来了；她还说，听我口音好像是关中人……

人生路很长很长，能遇上一个有缘的人，走着说着，相互照应着，不知不觉，默默向前，实在是一件蛮惬意颇浪漫的事情。想到这里，我感觉自己非常幸运，竟然就真的遇到了这么一个素昧平生的朋友，她要陪伴着我走完短暂的龙头山之旅。就这样，我们仿佛一对师生一样，又似一对兄妹一样，一前一后，搭上了总长一百八十米的西北第一户外观光云梯。只见梯形宛若游龙，游客们立于其脊背上，任周围云雾缭绕，飘飘欲仙。那龙头山间的盘山公路——"六十九道拐"，多像阆苑仙女闪亮登场，甩起大动作的水袖来，飘飘曳曳，飞扬不已。随着扶梯冉冉上升，登高望远，真想意气风发地吼上一曲，或者奋臂高呼："我来了！我飞起来了！"

看！群峰竞秀，一览无余，江山绵延，如此多娇！

过了不久，霏霏秋雨，终于变得如丝如缕，慢慢消停了。既然老天爷赏脸，不愿意让游客们扫兴，我们就又络绎前行，蹀足踏上了龙头山的云崖悬栈。据路边牌上介绍，龙头云栈全长约三千五百米，海拔二千二百米左右。而我们看到的情景是，眼前的云崖栈道俨然一条巨大的游龙，曲曲折折，缠绕在悬崖峭壁之上，匍匐而来，逶迤而去。栈道旁，峻嶒的绝壁上，崎岖嶙峋的野树偃仰横斜着倒挂下来，哩哩啦啦给栈道洒下清露，从栈道经过的人身上都湿漉漉的。沿着云崖栈道向前走，这儿一个弯弯，那儿一个转转，时而一台，时而一亭，时而一阁，一会儿木质栈道，一会儿石头栈道，一会儿玻璃栈道，前前后后，一步一景，移步换形，处处有景。不信，你也可以听听那些景点的名字，盘龙台、沐风台、揽云台、掬翠台、龙王令、聚云台、听涛台、凤祥台……一个个名字多么好听，多么富有韵味。

这时候，我的同伴给我说，龙头云栈以雄奇险峻著称，这里的云海美景最为壮丽，人行走在上面，群山起伏，风云变幻，惊险刺激之余，仿佛置身仙境；绝壁览胜之间，可体验平步青云之趣。她简直像我的导游一样，提醒得非常及时。

既然如此，那么我们就站在悬空栈道上，居高临下，欣赏一下龙头山最美丽最壮观的云海奇景吧。心里正这样想着，眼下空阔辽远的沟壑里，乳白色的雾气，就咕噜咕噜卷过来了，翻腾着，汹涌着，澎湃着，像苍茫迷蒙的大海起潮。眨眼间万丈沟壑被雾气填平了，摊满了，而且马不停蹄地朝上涌，对面的山成了大海中的岛礁，越来越小，越来越小，只剩下一座座的山脊，似乎一只只黑苍苍的乌龟。此时，我们这些游客站在悬空栈道上，就仿佛站在了云海边上，站在了云崖顶上，站在了红尘世外，人人都身临其境地有了一种君临天下、御风而舞、腾云驾雾的豪迈。正当大家举起相机或手机想要抢拍时，眼前全变成了一片纯粹的白色幕布，万里江山倏地不见了。风急天高，瞬息万变；雾气流云，稍纵即逝。正疑惑时，对面的山不知被谁揭开了盖头，露出了胸脯，翩翩起舞……这就是真正的云海奇观，正如龙头山的简介：缥缈的白云，相互簇拥，随风而动，呈滔滔江海之势，气势磅礴，故称之为云海。云顶低于山顶，云雾围绕着连绵峰峦，如梦似幻，宛若仙境。白云滚滚形成浩瀚云海，立于高山之巅俯视云层时，看到的是漫无边际的云，如临于大海之滨。高山顶端的风，冷飕飕的。在风的强烈吹拂下，眼下滚滚滔滔的云海急剧变幻着。她多像一个庞大无形的巨人，拿着雪白的羊肚手巾，正在擦拭着大青山的脸面。云海退潮了，雾气终于薄了散了。

啊！原来山在虚无缥缈间。沟，还是原来的沟；壑，还是原来的壑；梁，还是原来的梁；峁，还是原来的峁；龙头山，还是原来的龙头山。在变与不变中，我们领略到了云山雾海的千变万化，领略了大自然的玄机。

呜呼！美哉！呜呼！妙哉！面对眼前的云海奇观，同伴手之舞之，足之蹈之，欢天喜地，情不自禁地大叫了起来。受到她的情绪感染和鼓舞，身边的游客们也纷纷感叹起来，赤裸裸地赞美起来，一个个都高喉咙大嗓门地说，今生从来没有近距离地见过这么雄奇壮美的云海。

"可惜，我们今天只能看到没有太阳喷薄而出的云海了。"同伴很遗憾地对我说，"以后，天晴了，有机会了，我约你再来望云海，行吗？"

"行啊！怎么不行呢？我一定赴约。"我说。她很满意地点了点头。

说着，我们跟着游客们继续向前走，不经意间看到一个叫龙牙的景点。这个景点乃是一块天然形成的奇石，极像巨龙之牙齿凛然有锋。传说古代有一恶龙，向龙头山神索宝不成，便作法火烧汉中。青龙与之大战九九八十一回合之后，一口咬住恶龙脖子，方才平息浩劫。后来，青龙将牙齿幻化显现，意在震慑邪佞，守护秦巴。

"看！那就是龙王令！"随着同伴的手指处，我看见了一柱孤峰突兀挺拔，像块令牌傲然矗立天地间。传说，汉中境内曾连年大旱，百姓四处逃荒。龙王下令，着龙头山青龙司云管雨，护佑百姓。青龙得令后，恪尽职守，民间年年风调雨顺，五谷丰登。由此，龙头山被奉为汉中的保护山。

走出了悬空栈道，下山的路，我们走得很快。临分手时，同伴郑重其事地对我说："谢谢您一路的照顾！后会有期！但愿我们明年春天一定再观云海。"

"好啊！我一定赴约。"

聆听黄河的心跳

从中国地图上看，古老的黄河发源于青藏高原，像一条莽莽苍苍的巨龙，浩浩汤汤，曲曲折折，穿越泱泱中国九个省（自治区），后注入渤海。几千年来，她滋养着、哺育着华夏儿女，形成了一部博大厚重的中华文明史，所以她被称作是我们中华民族的母亲河。

好像是在读小学五年级的时候吧，语文老师曾要求我们有表情地朗诵《黄河颂》，我也曾流利地背诵过《黄河颂》。也就是在那时，我第一次听到黄河壶口瀑布。长大后，我从报纸、杂志、电视上多次看到过黄河，从 1990 版的五十元人民币上欣赏过壶口瀑布的风采。记得更有纪念意义的是 1997 年，我的新诗处女作《鲜红的女人》被《延安文学》发表了，拿到杂志样刊时，竟然看到了封面上香港明星柯受良驾驶小汽车飞越黄河的照片，令我惊喜万分。这本杂志的意义非同寻常，至今还保存在我的抽屉里。到了 1999 年，黄河娃朱朝晖又骑着摩托车从壶口瀑布上空飞越黄河。除了现场万众欢腾，人山人海，我和许多人一样，只是在电视机前领略了他飞越黄河的壮举。作为黄河的儿子，他挑战自我的英勇气概，引得世人瞩目，让华夏儿女引以为豪。

我真正来到黄河边，是去年五一假期。由于都是第一次来，所以我们个个兴趣盎然，既敬畏于壶口造化的神奇壮观，又惊叹于瀑布的磅礴气势。在陕西宜川这边，我们背靠悬崖峭壁，站在参差错落的石岸上，凭栏俯瞰着，过饱了眼福。只见滚滚河水玉壶锁，滔滔浪花黄龙舞。一排排浪涛熙熙攘攘而来，横冲直撞，前赴后继，彼此推搡着，相互拥挤着，肆意踩踏着，大喊着，奋不顾身地跌下去，再跌下去。在浪花粉身碎骨的一刹那间，壶口里升腾起大片水雾，袅袅娜娜，迷迷蒙蒙。微风迎面送来冰冰凉凉的水汽。望着那奔腾咆哮的急流，听着那震耳欲聋的吼声，感受着那地动山摇的气势，一下子让我惊心动魄，两股战战，不寒而栗。

这就是我第一次亲眼目睹黄河壶口瀑布。

仔细了解，古老的黄河不远万里，一路披荆斩棘，越过千山万壑，跌跌撞撞，坎坎坷坷而来。到了吉县、宜川这一块，两岸石壁峭立，宽阔的河口突然收束起来，狭小如壶口，故名壶口瀑布。在它的上游，黄河水面宽达三百米左右，在不到五百米长的距离内，被河床猛然挤压到二十到三十米的宽度。倏忽之间，肆无忌惮狂放无羁的黄河水，从二十米高的陡崖上，陡然跳跃而下，一泻千里。就这样，在秦晋大峡谷里，出现了"天下黄河一壶收"的奇观。

壶口，多么形象的地名！壶口瀑布，多么神奇的景观！千百年来，它简直就像黄河母亲鲜活的心脏一样，像轰隆轰隆的战鼓一样，像沉闷嘶哑的洪钟一样，像奔突激荡的岩浆一样，始终铿锵地活跃着，蓬勃地跳动着，吸引着一代又一代、一批又一批华夏儿女，前来观瞻，抒发豪情，汲取精神的力量。

2022年的国庆中秋双节里，我第二次来到了黄河边。这一次，是儿子驾着车，拉着我们全家人，穿过黄河大桥，来到了黄河东岸上。他说，山西省吉县这边，川道宽畅，视野开阔，能看到在陕西宜川那边看不到的风景。

小车斜行向下，直奔景区。我们坐在车上看到，黄河川道两边，一疙瘩山梁连着一疙瘩山梁，上面植被很稀疏，几乎看不到高大的连片乔木。特别是山梁面对川道的那个侧面，大都斑斑驳驳裸露着，不是灰色的页岩，就是赭红色的砂岩。有些上面还生长着些稀疏的野草和弱小的松柏，长相楚楚可怜。远远望去，这些山梁有些灰褐，有些赭红，宛然一只只松鼠的脊背。接下来，就看见了一条弯弯曲曲的龙槽，在壶口瀑布千万年来的冲刷切割下，黄河的河床上留下了一道斑驳的深壕。古往今来，寒暑易节，这条深壕每年都在慢慢延长，至今已有十多里远近。极目遥望，它极似一条匍匐在地的长龙，故名十里龙槽。

真的，如儿子所言，山西吉县这边黄河川道非常开阔。

走近黄河岸边，导游忽然指着脚下说，你们看，这里有断断续续的摩擦痕迹，它就是壶口又一奇景，旱地行船的船道。在我国古代，黄河的航运作用非常大。明清时代的商品都是依靠黄河水运南下进行销售的。但是商船每每行到龙王汕时，都由于壶口落差大，龙槽窄，水流急，货船根本无法航行。如此，只能靠人力拉纤将货船拖出水面，沿山西这边拉过龙槽，再推入河中继续航行。旱地行船时，艄公们唱着船歌，纤夫们喊着号子，彼此推的推，拉的拉，前呼后应，场面格外壮观。可惜随着运输业的发展，这个行当早已没什么传人了。过去，壶口上游曾有个龙王汕古码头，码头边上是繁华热闹的集镇，集镇里有钱庄、盐店商号六十余家，四季有庙会，吸引了秦、晋、冀、陇等各地客商纷至沓来。据古籍详细记载，这个码头"客船云集，如鱼贯之相连；店铺林立，似雁行之不绝"。每天停靠在龙王汕的商船有很多条，码头上堆积着粮食、油料、药材、皮毛、瓷器、食盐等货物，它们都要通过旱地行船，绕过瀑布进入下游河中，然后销售到全国各地去。

听了导游的讲解，我的脑海里忽然跳出了一群黄河纤夫的形象：古铜色的脸庞，赤裸的脊梁，佝偻的背影，拖着南来北往的货船，迈着沉重迟滞的脚步，一步一步，极其艰难地跋涉在黄河岸边。皇天后土，大风流云，黄河号子喊起来了，时而高亢嘹亮，时而缠绵苍凉……岁月沧桑，斗转星移，他们早已退出了历史舞台，淡出了现代人的视野。但他们忍辱负重、不屈不挠、奋勇向前的精神，永远滋养着我们这些后世子孙。

让我没有料想到的是，一块囫囵的青石，竟然像一只巨大无比的土鳖，稳稳当当地嵌在黄河中央，黄河被撕成了两绺儿。所谓的壶口，就紧紧靠在陕西宜川那边的悬崖绝壁下。而山西吉县这边，这绺儿黄河不是很宽，水流比较平缓。水面上建着一座高低起伏、曲折多致的小石桥。北边不远处，也建着一座小石桥。我们跟着前边的人流穿过南边的小石桥，来到了黄河水中的那只大土鳖背上。

所有的游客都跨过小石桥来到了这只土鳖背上，远远近近到处都是拿着手机照相的人。不经意间，我看见了一个个陕北老农民，年龄大约六十多岁，脸上胡子拉碴，头缠羊肚手巾，上身穿着羔羊皮马甲，下身穿着黑老布裤子。他们一只手里攥着长长的烟锅杆子，烟锅杆子下面飘荡着一只绣花的烟包，另一只手牵着黑色的小毛驴。小毛驴不但很温顺，而且也很听话，头上套着鲜亮的花笼头，笼头上系着五颜六色的彩布花朵，其中头顶上那朵大红花最灿烂，也最亮丽。这朵花的下面，红底白字，挂着小毛驴的名字。我一看，有壶口星星，壶口欢欢，壶口花花……小毛驴的脊背上奤拉着两个花包袱，里面装着红袍子、红裤子和红头巾等道具。上前一问，骑着小毛驴照一次相需要二十元。许多女孩子都打扮一番，像个新媳妇，骑着毛驴照相了。女儿看得眼红心热，跃跃欲试，我们便鼓励她大胆试一回。她骑上去后，把我两岁多的孙女抱在了怀里。谁知，孙女被吓得龇牙咧嘴，咿咿呀呀，不停地哭鼻子。尽管这样，我们还是抢拍下了一些可爱又可笑的镜头。

黄河上，最壮观最精彩的就是壶口瀑布。人们都不约而同地向那里集结。向北望去，一大片混茫茫的泥汤汤水，荡漾着，汹涌着，澎湃着，一轮轮，一波波，径直掀了过来。忽然，它们拥着挤着，穷追猛赶，你不让我，我不让你，一股脑儿奋不顾身地跳下了壶口，宁为玉碎，甘作花飞，如万千银梭，似万千游鱼，像万千马蹄；腾跃着，滚沸着，咆哮着，怒吼着，裹挟着，喧闹着，跳着舞，唱着歌……然后，打着漩涡，相互包容，以势不可当的势头，浩浩荡荡，马不停蹄，一泻而下，千里万里，奔腾不已。壶口里顿时鼓响雷鸣，冒着蒸气似的，升腾起一片似轻烟般的水雾，凉凉的气息扑面而来。

　　也许是壶口太窄小了，一下子盛不了如此多的水，只见浑黄的泥水，铺天盖地，长驱而入，沿着堤岸滚滚向南，在遭遇石岸的强烈碰撞之后，又晕头转向地端直朝东迎着我们气势汹汹地扑来。一排排，又一排排，好像三级跳似的，毅然跳下去，再跳下去，溅起阵阵浪花。接着，与北面踊跃跳下的巨浪合流再合流，拧成一股劲儿，以迅雷不及掩耳之势，狼奔豕突而去。最终，十面埋伏，演绎成汪洋恣肆的态势。

　　这就是势不可当的黄河！这就是后浪推前浪、前赴后继的黄河！就是不折不挠、勇往直前的黄河！这时，我觉得壶口瀑布就是黄河的心跳！就是黄河的脚步！但是，谁又能说它不是我们中华民族的心跳呢？不是我们中华民族的脚步呢？

　　最后，我简直像发现了新大陆似的，看到了黄河西岸高高的悬崖上，悬挂着五个鲜红的大字：黄河大合唱。忆往昔，峥嵘岁月稠。1939 年 4 月，在风雨如磐的中国大地上，一部顺天应地横空出世的《黄河大合唱》，慷慨激昂，气贯长虹，唱响了时代最强音，唤醒了中华民族百年雄狮，鼓舞着所有中华儿女，战胜苦难，抵御外侮，自强不息，奋勇向前，走向胜利，最后迎来了新中国。

　　如今，聆听着黄河的心跳，我依然热血澎湃。黄河，您是中华民族精神的象征，就让您带领着我们继续勇往直前吧！

溶洞奇美在天工

天工开物，美了柞水溶洞。天工之奇，让我大饱眼福。

记得童年时候，坐在邻居的院子里，享受着遮天蔽日的核桃树的阴凉，听兴利哥给我们讲柞水溶洞。大概从那时起，我就萌生了很强烈的念头，日后若有机会了，一定要身临其境，美美地穿越一回柞水溶洞，好好地体验一回。

时光如梭，一晃几十年过去了，机会也终于降临了。

众所周知，溶洞属于典型的喀斯特地貌，一般只在我国南方才会有。但秦岭柞水的地貌确实很例外，尤其石瓮镇这一带，居然有很多溶洞，人们说这里"无山不洞，无洞不奇"，"北国奇观"的美誉便由此而来。

石瓮溶洞群是怎么形成的呢？

据专家说，两亿年前，这里曾是一个纺锤形的海槽，在长期的海洋环境里，沉积了广厚的石灰岩，其主要成分是碳酸钙。随着地壳变动，海水退出，秦岭隆起为山，受地壳抬升的影响，秦岭逐渐演变为七拱八翘的网状山地。雨水落在石灰岩上，溶解了碳酸钙，石灰岩表面被溶蚀出无数的小孔、凹坑和裂缝。岁月漫漫，岩溶的结果，使石灰岩的孔洞和缝隙不断扩大，加上地壳运动的作用，便溶蚀出一个个落水洞和漏斗坑。又经过千万年，这些漏斗坑就被溶蚀成一个个奇形怪状的溶洞。

所以说，溶洞群是地质运动的结果，是天工开物、大自然造化的杰作。

我们的车七拐八弯，刚转过一个谷口，老远就听见了哗啦哗啦的水声。

循声望去，一条白亮亮的瀑布悬挂在山崖前，水珠四溅，像花飞花谢一样飞舞，像乱琼碎玉一样晶莹，腾起袅袅娜娜的水雾，清凉的气息扑面而来。只见旁边的悬崖峭壁上，悬挂着又窄又陡的栈道，它们呈大大的之字形，缠来绕去萦回着。慕名而来的游客们，男男女女，扶老携幼，亦步亦趋，群蚁排衙似的，蠕蠕前行。

孙女还不到两岁，攀缘而上，显然很困难。于是，我们便乘坐电梯来到了悬崖边的溶洞口。

只见洞中空间，忽大忽小，四处奇形怪状，累累赘赘，岌岌可危，似乎眨眼间就会塌下来，让人感觉非常恐怖。脚下的走廊，忽高忽低，忽窄忽宽，忽左忽右，曲里拐弯，神出鬼没，极不规则。洞里上下左右安装着魅惑的彩灯，赤橙黄绿青蓝紫，一只只，不计其数，简直像魔鬼的眼睛，或者蓝莹莹，或者绿幽幽，或者白灿灿，或者黄蜡蜡，或者红彤彤……所有的灯，不但不是很明亮，相反有些幽暗，有些阴森，让人仿佛走进了老龙王的宫殿，或者穿行在偌大的迷宫里，每走一步，都要小心翼翼。

溶洞中的走廊，都是人工开凿修整出来的，镶嵌着一个又一个台阶，曲曲折折，极尽曲径通幽之妙。走廊两侧，高高低低的石笋前簇后拥，林林总总，气象万千。它们近在咫尺，伸手可触。有的像饿虎下山，有的像悬猿饮涧，有的像熊罴抱树，有的像金鸡报晓，有的像羊羔跪乳，有的像犀牛望月，有的倒扣若斗，有的倾覆如瓮……千姿百态，变化多端，给人以强烈的视觉冲击。单凭想象，在每个人的眼里，诸多石笋都可以变幻出好些东西来。也难怪，走进溶洞，各人的描写不尽相同，有的说像大鹏展翅，有的说像嫦娥奔月，有的说像吴刚捧酒，有的说像湘子吹箫，有的说像钟馗降妖，有的说像女娲补天……但仔细看，又觉得似乎什么都不像，只是一个个石笋而已。

接着，我们就看到了一汪碧水，说是叫莲花池。池中滴水叮咚，如磬如铃，极似美妙悦耳的轻音乐。一个个石笋逼人而来，走过去轻轻叩击，清音袅袅，非常动听。岩壁上的石幔，倒映在池水里，恰似一朵朵灿然盛开的白莲花。传说有首歌这样唱道："情歌唱，莲花放，碧玉潭中笑容妆，龙宫神女春意荡，莲花池畔觅情郎。"说是龙女每当听到洞外悠扬的情歌时，凡心便会蠢蠢欲动。我想，如果真的有人在莲花池边唱起情歌来，那龙女肯定会前来相会的。

洞里的光线的确太暗了，我们只能一步一个脚印，稳稳当当，摸索着慢慢向前走。走着走着，就来到了一个地方，石阶非常陡，几乎直上直下。我心里不禁打起退堂鼓，惴惴不安，趑趄不前。我很犹豫，甚至也很后悔，觉得自己确实有些莽撞。自己爬不上去好说，我们带着年幼的孙女，她怎么办呢？只能想办法，孙女似乎很听话，也很懂事，一边拽着她奶奶的手，一边拉着她妈妈的手，一步一个台阶，慢慢地慢慢地往上爬。我和儿子眼睛都不好，只能在前边上气不接下气，战战兢兢地独自走着，尤其是我，简直连头都不敢回。

不久，我们就辗转来到了一个很空阔的溶洞里，这里钟乳石琳琅满目，绚丽多姿，蔚然壮观，如同厅堂一样辉煌和气派。曾有资料介绍说，这儿就是龙宫，是天洞的最底层。龙宫顶部有垂灯、垂帘、垂帐，龙宫四周布满了刀、戈、剑、戟等各类兵器。在干涸的水潭边，藕头巧妙地联结在一起，构成了一幅美丽别致的围堤图。顶壁上全是形状各异的石珊瑚，好像一朵朵璀璨的海石花。那一根根石柱，宛如牛腿，宛如松椽，长短各异，粗细不一，密密匝匝，挨挨挤挤，流体状垂直而立，形成了规模巨大的石幔。不过，我却总觉得这里最像红尘世外一个和谐的极乐之地。

我认认真真地环顾着，审视着，抚摸着，感叹着。我感觉到那些石笋、石幔、石旗、石盾、石瀑布美不胜收，那些石象、石马、石豹、石猴惟妙惟肖，那些石花、石果、石蘑菇、石葡萄尽态极妍。它们一个个奇特美丽，鬼斧神工，都是造物主亲手打造出来的珍品。所以，也总是令一批又一批前来观瞻的游客们惊叹不已！天工开物，大自然真是美到极致了。

离开这个神奇的地方，我们又曲折回环地走了下来，来到溶洞的前厅。忽然间，我意识到女儿她们几个人没有跟上，赶紧打电话，电话却没人接。

就让儿子原路返回去找，还一路大声喊话，没有回应。这时，我便赶紧绕到那段陡坡处，继续大声喊话，仍是没人回应。无可奈何，我就又回到前厅找，如同热锅上的蚂蚁，坐立不安。

过了好久，她们忽然就出现在我的视野里。我长长地嘘了一口气，幸好只是虚惊一场。正这样想着，我们便从一尊大铜佛的袖口里，钻了出来，来到暖融融的红尘世界。

我们眼前一亮，不禁豁然开朗。

原来，天上人间，鬼斧人工。人法地，地法天，天法道，道法自然。

濯心金丝峡

五一长假里，儿子驾着车载我们一家人去游玩。

一坐上车，我忽然想到了金丝大峡谷。打开手机上网查了查，这条大峡谷在商南县，商南县也就在商山之南。这时，我就不由得想起了小时候，自己曾在家中墙面的旧报纸上，一遍又一遍地阅读过"商山四皓"的传说故事。就这样，我们的车改变了目的地，直奔商南而去。

到了下午3点多，我们才走进了金丝大峡谷的南门。脚下的道路平坦，眼前视野开阔。左手边是宽敞的河道，里面蓄着满盈盈的水，没有风，河道水平如镜，像块宝石，像块翡翠，也像块绿莹莹的琉璃瓦。湛蓝的天空，流浪的白云，重峦叠嶂的山体，蓊蓊郁郁的树木，都倒映在水里，像一幅美丽的画儿。

往前走着，不知不觉间，峡谷便弯弯转转，狭窄了起来，也陡峭了起来。只见漫长的栈道，蛇行蜿蜒，宽三尺有余，或者水泥铺面，或者卵石镶嵌，或者条石垒叠，或者木板连接。它时而穿过累累乱石堆，时而搭在咆哮的河谷上，时而又屈曲盘旋，缠绕在悬崖绝壁间。应该说，原生态的河谷里，是绝对没有路的。这些不同样式的栈道，都是旅游开发中，在尽量不破坏两旁原生态环境的情况下，一点一点，因地制宜修筑打造出来的。所以，我们不小心发现，河谷中其实有两条路，一条是最早修出来的，设计不太合理，狭窄而粗糙，险象环生；一条是前几年修出来的，比较平坦而且人性化，富有艺术趣味。一句话，游客便道要点石成金，锦上添花，让原生态的山水河谷更加美丽，更加深入人心。

向前走，栈道越来越陡了。忽然我们意识到，一路上和我们一样从峡谷往上走的，其实没有几个人，他们大都是从高处下来的。擦肩而过时，我总要禁不住打问一下离山顶还有多远。他们感叹道："离山顶还远得很！"听他们说了一遍又一遍，我们还是毫不在意，只管沿着曲曲折折的栈道，继续埋头赶路。

偶尔间，抬头看，天真的成了一线天。我们都很渺小很渺小，行走在大山深深的夹缝里，在青枝绿叶间，仰承着倾泻下来的缕缕阳光。只见峡谷两岸，悬崖千丈，绝壁万仞，危如累卵。那些疯长在崖壁上的树木，葱葱郁勃，恣肆倾斜着、倒挂着、摇曳着，似乎眨眼间要呼啦啦倾塌下来，天地间严丝合缝，我竟不由得产生了一种恐惧感。正如此想着，一股酥酥的凉风吹来，崖壁上的树木极其疯狂地摇晃起来，一块篮球大小的石块，从对面绝壁的树丛里，骨碌碌滚了下来，径直砸到这边悬崖边的木栈道上，发出了巨大的声响。好危险啊！它离我们仅仅七八尺远，我们吓得心惊肉跳，赶紧退了回来。

惊魂未定，我们就在栈道边上，看到了旁边一块警示牌，上书：山石易滑落处，请快速通过。没有办法，我们暂停下来，定了定神，稍作休息，就赶紧匆匆通过，向上游而去。

仁者乐山，智者乐水。一路旅行，游目骋怀，扑面而来的青山绿水，确实让人大饱眼福，心旷神怡。特别的是，我总有一种感觉，金丝峡中的水，千姿百态，极有特点，也极有诗意。你看，它时而断崖千尺，江流有声；时而激情直下，花飞玉溅；时而披荆斩棘，高歌猛进；时而铿铿锵锵，钟鼓不息；时而如泣如诉，不绝如缕；时而嘈嘈切切，争吵不休；时而咕咕哝哝，喁喁私语；时而呜呜咽咽，欲说还休……

不久，我们就来到了一个高峡出平湖的地方。

这里，两岸蓬蓬勃勃的绿色植物，紧紧怀抱着一片绿汪汪的水，它平平稳稳的，静静悄悄的，俨然一块晶莹温润的碧玉。这水，漫过高高的堤坝，淅淅沥沥跌下去，帘帘飞瀑，如花似玉，瞬间腾起袅袅的轻烟，远看煞是迷人。就在这里，我们一家人买了票，穿上橘红的救生衣，坐上了一只简陋的小船。船舱中，面对面摆放着两个长长的座椅，我们一家坐在这边，对面的座椅上坐着一对年轻的小两口，女的怀里抱着一个婴儿，呼呼酣睡着，嘴角偶尔抽动着，好像梦中在吮奶，忽而露出了又香又甜的笑容。快两岁的孙女，很不安生，竟然大胆地走过去，举着两只小手，咿咿呀呀，跟孩子的妈妈打起招呼来，还用小手抚摸起孩子圆圆的脸蛋。这时，孩子的妈妈发现孩子纸尿裤湿了，让身边的男子在包里找，尽管翻来覆去，还是没有找到。她用询问的眼神看过来，试探地问我们有没有。儿媳连连点头应声，说我们带着。说着，就连忙从包里拿出一片纸尿裤，给那个女子递了过去。看得出来，她感到非常意外，也非常感激。为我们驾船的是一个年轻的男子，他满脸春风，面带笑容，动作慢条斯理，驾轻就熟地摇着橹，载着我们悠然向前而去。

真所谓：山重水复疑无路，柳暗花明又一村。我原以为，过了这片水域就到了峡谷的尽头，不料想下了船，上了岸，却又看到栈道在峡谷间，像长蛇一样，缠来绕去，明灭可见。

翻过了一个又一个山嘴，忽然一扭头看到了金丝洞。一看到这个名字，我就不由得想起了《西游记》，竟潜意识里认为它是小说里的一个洞窟，里面肯定藏着一个什么妖魔。举目仰望，只见这里山势峥嵘，气象万千，这样难得的景色，为何不上去探个究竟呢？就这样，我让儿女们在下面喝口水，休息一下，等着我。

上去的路，很窄也很陡，全部是规整的石台阶，左一弯，右一转，只能小心翼翼地往上爬。说真的，我甚至有些犹豫，不敢左顾右盼，更不敢回头看，我担心自己万一头晕目眩腿发软，走不下来怎么办。但是，让我感到很意外的是，尽管我一步一个台阶，气喘吁吁，汗出如浆，行程却非常顺利。须臾间，我就来到了一座岩石错落似倾非倾的悬崖前，看到在空阔的溶洞里，有一尊巨大的观音菩萨像，慈眉善目，静穆地肃立着。脚下有两三个僧人，拿着笤帚，正忙着洒扫抹洗。大殿里，一个六十开外的男人，大概是个老中医，戴着副金丝边眼镜，穿着黑黑的长袍子，地道的学究模样，正在桌前给一位走上前的游客把着脉。他正对面的桌子边上，枯坐着一位没精打采的老僧人，穿着宽松柔软的长袍，手边放着几本线装古书，桌上藤黄色的签筒里，盛着一撮子卦签——原来他是僧人，也是职业卦师，几位游客赶紧围了过去。离开了溶洞，沿着石阶继续向上爬去。台阶很陡很陡，曲里拐弯，我来到了又一个石洞里。洞内，高高的莲花座上，端坐着一尊大佛，仪态雍容，双目炯炯，痴痴地望着峡谷中来来往往的游人，也似乎望着红尘世界里的芸芸众生。

有道是，黄金非为宝，平安值钱多。风风雨雨多少年，我的人生经历让自己明白，这是一句实实在在的真理。正因这样，现在无论何时何地，我心目中最迫切最殷切的追求，就是希望一家人能平平淡淡、平平安安、从从容容地生活。因为平安真的是一个人一生中最切身、最实惠、最幸福的事情，它是永远拿金钱买不到的。

这时候，我正往大殿里走着，不期一颗水珠从洞顶掉了下来，不偏不倚地滴到了我的头顶。准确地说，应该是滴到了我的百会穴上，给人一种凉凉的感觉。

怎么这么巧啊，有什么寓意呢？是给我滴水之恩吗？是被人醍醐灌顶吗？是上天点拨，让我茅塞顿开吗？

这是什么兆头呢？我感觉自己已经大彻大悟了。

如沐坐禅谷

坐禅谷是藏在丹江岸边的原始密林里的。

这天，一吃过早饭，我们跟着旅行团就来到了景区门口。经导游提议，随行摄影师贾永军及时为大伙拍下了一张合影照。

为什么叫坐禅谷呢？总该有些渊源吧。不错，一打问，还真的有这么一个故事。

说是唐朝时候，有一天夜里，慧忠国师正在香严寺禅房中静坐，忽然吹来一阵风，风里带着一股煞气，他心中不觉一惊：此乃佛门圣地，何来如此重的煞气？于是，他便走出寺外，寻找煞气的来源。不知不觉，竟然来到了一条山谷。只见谷内煞气缭绕不绝，慧忠掐指一算，此煞气日后会危害百姓，遂当即决定用自己的佛法来化解。他从谷口开始，三步一打坐，五步一参禅，直至第二天日出东方，才把这股煞气暂时化掉。其时，谷内山清水秀，一派祥和的气象。为了防止煞气再聚，慧忠回到寺院，告诫众僧，以后历任方丈，每年必须到这里坐禅修法。从此以后，人们便把这条山谷称为坐禅谷。

进了景区大门，逼仄的石阶，曲里拐弯，一直向下，颇有通幽之趣。走了不多远，就听见台阶旁边的竹林里传来叮咚叮咚的泉水声，哗啦哗啦的溪流声，像一支悦耳动听的古筝曲，低回而美妙，使人气静而神宁。循声望去，右手边有眼山泉，满盈盈的，清澈可鉴。水汩汩地流过花丛，在旺盛的水草滩里，赫然蓄起个明晃晃的水池，一架老旧的双轮水车静静地立在池边，圆圆的大车轮涉足水里，整个情景仿佛一位饱经沧桑的老者在悄悄地回忆着往事。

继续往下走，就来到了谷底，来到了龙王泉跟前。抬起头来，一面顶天立地的石崖高不可攀，望不到顶。陡峭的石壁呈现出赭红色，千年风雨岁月将它打磨得光溜溜的，没有一处巉岩，也没有一点棱角，整个看起来酷似一头倒挂的大鲸鱼。石崖的脚下，是一泓圆圆的大石潭，潭深二尺有余，里面胡乱堆着几块浑圆的石头。很明显，泉水从山顶落下来，在这里形成了一帘垂天而降的万丈瀑布，刀砍斧削的石壁被水摩挲得光溜溜的。想到这里，我的脑中突然忆起了唐代大诗人李白的《望庐山瀑布》："日照香炉生紫烟，遥看瀑布挂前川。飞流直下三千尺，疑是银河落九天。"但非常遗憾的是，不知什么原因，石崖上头没有水，更看不到蔚为壮观的瀑布。

"这是龙王泉吗？怎么没有水啊？"许多游客疑惑着，叹息着，失望地回过头来。

这时，我看到了龙王泉景点前木牌上的文字，茅塞顿开。原来这里还有一个美丽的传说。相传宋真宗咸平三年（1000），香严寺大旱，龙王奉玉帝的御旨，派龟王和豹王驮水到香严寺，并让豹王押运。两位兽王历尽千辛万苦，眼看快到香严寺了，路过坐禅谷便打起了瞌睡。不小心将所驮之水尽数倒在了地上，形成了龙王泉。哪知土地爷状告它们送水不到位，龙王勃然大怒，便将龟王贬为石龟，将豹王贬作石豹，让石豹压在石龟身上，永远看守着这眼涌泉。

看罢龙王泉，我们又沿着便道向上游走去，刚转过弯儿，一幅最绮丽最壮美的天然水景就一下子扑入眼帘。有人说，这就是坐禅谷最让人叹为观止的"白布朝阳"景点。只见几丈高的山崖绝壁，凸出来，凹进去，上面一股脑儿绣满了密密匝匝的绿苔；那繁茂泼辣的水草，一丛又一丛，像璎珞似的披下来，垂挂着；那生机盎然的灌木丛，一拨儿又一拨儿，倒挂下来，摇曳着。一泓清泉从山崖顶上连蹦带跳、滚珠溅玉、无拘无束地流泻而下。那水流击石的脆响，噼里啪啦，连绵不绝，像有人不停歇地甩着皮鞭。定睛细看，一点一滴，点点滴滴，像珍珠，像飞花；一丝一缕，丝丝缕缕，像蚕丝，像珠帘。它，上接着天，下连着地，既像袅袅娜娜的烟雾，又像一匹白布，悬挂在山崖上。

那肆无忌惮的流水，嘈嘈切切，淋淋漓漓，酣畅快活地跌入潭内，溅起阵阵水花，一丝丝凉意，扑面而来，沁人心脾。如此壮观的水景，也吸引不少人诗兴大发。话说康熙年间，附近香严寺的住持对此曾有诗云："万壑长溪云自开，碧涛一片布将来。险岩窄处难回互，声入江湖吼似雷。""白练长空下，奔涛万壑开。飞霞乘古木，花雨点苍苔。"可以看出，这两首诗充分描绘出了白布朝阳瀑流的旖旎景象。有人说，这道瀑布也非常神奇，若是上午，从下方往上看，可以见到彩虹。据说，人们只要喝了这瀑布的水，就能心想事成。不信你看，游客们来到这里，都要排着队等候着，站在小溪中凸起的石头上，仰起头，眯着眼，观赏着瀑布，琢磨着光和影，留下扬扬自得的记忆。真是没有想到，同行的贾永军眼尖手快，他为我和女儿及时抢拍下了最暖心的镜头。

接下来，我们又跟着众多游客，沿着石栈道，亦步亦趋，蹑足向前，饱览了雄奇壮美的千佛崖。据资料上说，这其实是庞大的钟乳石石群，也可以叫作钟乳石雕像，它们有三个特点。第一个特点是形状怪异，多似峰峦，表面凹凸不平，沟壑纵横，石脊线参差错落，状如群峰逶迤。细细凝视，拙中见巧，丑中透秀，越看越觉趣味无穷。第二个特点是洞眼密布，形状迥异，大小不一。纹路蜿蜒曲折，千姿百态，有的像梅花，有的像雪片，有的像树叶，有的像松枝，有的像马蜂窝，有的像乌鸦巢，有的像鱼鳞重叠，有的像旋涡飞花……一桩桩，一件件，俨然天公妙手造就的艺术极品。第三个特点是质地粗糙，犹似海绵，有着惊人的吸水性能。有水时，整块钟乳石很快就能浸润湿透，且久存不干，适宜青苔滋生。当青苔覆满钟乳石时，只见长势勃发，绿茵绒绒，颇似一座披翠挂绿的秀峰，令人赏心悦目。

它到底为什么被称作千佛崖呢？我盯着崖壁上或耸立，或倒挂的钟乳石百思不得其解。

正疑惑间，身旁有位游客说，唐代释迦牟尼佛塑成后，鸟兽虫鱼非常仰慕，纷纷来此崖投佛。见如此盛意，释迦牟尼便广施佛法，将它们都吸附于崖上变为佛，故名千佛崖。应该说，传说故事大多有穿凿附会的成分，并不靠谱。然而，经过仔细观察，我却感觉到那些奇形怪状的钟乳石，有许多既像人也像佛。我暗自思量，大概这才是被称作千佛崖的真正原因吧。

最后，我和女儿来到了通天洞前。通天洞原名羊洞，即野羊出没之洞。它之所以叫作通天洞，实在源于一段不平凡的历史。说是公元840年，唐朝太子李炎害怕光王李忱篡位，多次蓄意谋杀李忱。太后派人秘密将李忱藏于香严寺削发为僧，加以保护。后李炎当了皇帝，即武宗皇帝。他对李忱的迫害变本加厉，派人到处秘密查找李忱下落，得知李忱潜于香严寺，分别于842年和843年，两次派兵追杀李忱。当官兵来围攻香严寺时，智闲禅师两次带李忱越墙而出，逃入坐禅谷。官兵穷追不舍，捉拿李忱的呐喊声不绝于耳，眼看就要追到李忱，李忱在智闲禅师引领下，爬上此洞，藏于通天洞上方的楚国古寨。追兵至谷内，搜寻不见李忱的踪影。就这样，李忱成功地躲过了追杀。几次劫后重生，李忱再也没有当皇帝的念头，一心念佛修身。公元846年，武宗皇帝驾崩，身后无嗣，太后派官员仇士良来接李忱回朝继位。李忱不肯，经过苦苦劝说，才答应回朝，但有一个条件，就是要在两次救了他性命的通天洞上口举行祭拜回朝仪式。于是，仇士良率大臣们在通天洞上口为李忱回朝举行了隆重的仪式，李忱在此感叹道："此洞乃是我通天之洞也！"此后，人们就将此洞改叫"通天洞"了。李忱继位，是为宣宗皇帝。宣宗皇帝对香严寺和坐禅谷念念不忘。公元847年，在通天洞上口建亭一座，赐名转运亭。现在，亭虽已不在，但洞口犹存。

其实，通天洞是千百年来在雨水侵蚀下形成的一个天然溶洞。洞内，钟乳石千姿百态，通道崎岖艰险，有几处确须转一下身子才能通过，所以游人便风趣地称此地为转运台，并留下两句诗："天然奇窟通九天，一生转运通天洞。"转运台也好，转运亭也罢，不管怎么说，对于我都是非常吉利祥瑞的兆头呢！有道是猿猴怕黑猪，太岁当头照，想到年内的霉运，我便产生了强烈的欲望，决心带着女儿攀爬一回，好好转换一下自己的运气。我抬起头仰望上去，从谷底到通天洞的下洞口，铺砌着很窄很陡的石阶。有几位鬓发飞霜的老人，望而却步，悻悻地退下来了。来到台阶前，女儿愁眉不展，踟蹰不前，一脸畏难的神情。见此情状，我身边的几位同伴，都停下脚步，温言款语地安慰她，鼓励她。我有些急躁，一遍遍地刺激她：你年纪轻轻的，难道还不如我，不如你几位叔叔阿姨吗？你再看前面那位老爷爷，脖子上还架着孙子往上爬呢。这你都爬不上去，你将来还能干啥呢？经过一番又一番加油鼓劲，她终于战战惶惶，艰难地挪脚起步了。要说，这一级级石阶，也确实太陡了。每个人抓着扶栏一步一步地往上爬，我时不时下意识地回过头来看着女儿，看她是否掉队了。只见她脸色煞白如纸，走上几步，就停下来，大口喘着气。我惴惴不安，心里暗暗替她捏了一把汗，唯恐她打退堂鼓，半途而废。好在女儿前后左右被同伴们簇拥着，大伙不停地为她鼓着劲。就这样，走一走，停一停，我们费尽九牛二虎之力才爬进了洞子。

洞里空间非常狭小，石阶更窄也更陡，而且黑咕隆咚，没有灯光，全靠手抓着铁链子，脚下探索着，循序渐进。走着走着，我们终于小心翼翼，蛇行雀步，走出洞口，重见天日了。洞口前是座转运亭，我如释重负，像皮球泄了气一样，颓然坐下来，大口大口地喘着气。用手一摸，汗流浃背，衫子早湿透了。女儿上气不接下气，满脸的阴云，一肚子的怨气。

转运台，通天洞；通天洞，转运台。忽然，我思绪万千，感慨良多。在漫漫人生路上，像通天洞这样的关口、渡口，不知道要经过多少呢。但我们只要向善、向好，勇往直前，迎难而上，踏踏实实走下去，就一定会迈向更辉煌的人生极境。

女儿，你明白了吗？你已经战胜了你自己！请相信，这一定是你人生之中最难忘、最受益的一次历练。

丹江漂游记

　　一进入南阳，我便想起几位颇具名望的历史人物。譬如，春秋时期的范蠡，曾从楚国宰相的位子上，隐退江湖，成了富可敌国的儒商；三国时期的诸葛亮，躬耕南阳，刘备三顾茅庐请其出山，后辅佐刘备成就了西蜀霸业；宋代大学士欧阳修，曾在丹江沿岸的龙剿寺里埋头苦读……这些先贤名流及其掌故，让我感到南阳绝对是一个历史很悠久、文化底蕴很厚重的地区。

　　在西峡县的仲景养生小镇上，我们的旅游大巴停了下来。大家简简单单地吃了午饭，又急匆匆乘上车，开足马力，奔向丹江口水库方向。一路上，梁峁起伏，沟壑纵横，柏油路在石山的半腰里，撕开了一道长长的口子，千回百折，缠来绕去；路基靠里的塄坎上，几乎全裸露着开挖出的石层，它们像尖利的獠牙似的，上下斑驳错落，长短参差不齐，间或剥落着一些赭红色的沙石土。举目环顾，似乎每条梁每座峁，都由大大小小的石头密密堆积而成，一块块黑油油的石头，有的像碾盘，有的像碌碡，有的像粮斗，有的像米升，石头与石头的空隙里，一丛一丛野草，一拨一拨灌木，又低又矮，倔强地生长着。

　　一路上，我们目之所及，皆是一疙瘩石头山连着又一疙瘩石头山。我想，这种地形地貌一定是在史前的地壳运动中，海底突兀升起，挤压断裂塌陷，岩浆喷发冷却凝固之后才形成的。

　　过了香严寺，又转了几道弯，我们旅游团终于来到了丹江岸边。嗬！

一大片明晃晃、亮闪闪、绿汪汪的水，径直扑入眼帘，我们心头不由得一震，呜里哇啦尖叫起来。在不远处，岸边歪歪扭扭地搭建着一间小窝棚，旁边的树桩上拴着一只破破烂烂的铁皮船。我问导游："不会是坐着这只船去游览吧？"导游说："不会，这是农民的渔舟。我们乘坐的是游轮。""游轮呢？我们的游轮在哪儿？"有些人急不可耐地聒噪起来。午后的秋阳依旧很厉害，它像团灼亮的火镜似的，任火辣辣的光芒从对面的山头上直直地照过来，让人针扎芒刺一样难受，几乎每个游客的发际和脸上，都沁出密密的汗珠，甚至涔涔而下。还是女士们天生爱美，注意保养皮肤，有的戴上了遮阳帽，有的撑开了遮阳伞；还有的也不讲斯文了，竟然用衣服包了头脸，只露出无可奈何的眼睛。没法遮阳的人，则四散开来，躲进了两旁的树荫里。当然，也有不少人，背对着太阳，龇牙咧嘴，苦苦地等着。

岸上的游客，男男女女，老老少少，足有三百多人，人们都万分焦急地等待着游轮的出现。我向着丹江上游望去，江面上远远地卧着一座很气派很宏伟的大桥，来来往往的车辆，川流不息。昂起头来，天湛蓝湛蓝的，没有一片云，炎炎烈日就挂在头顶。从远到近，水面铺过来一条狭长而耀眼的光带。这条光带像无数碎银，像众多游鱼，闪烁着，摇曳着，波动着，一浪一浪地荡漾了过来。

一个小时过去了，游轮突然出现了，人们一下子骚动起来，喊叫起来，奔跑起来，甚至拥挤推搡起来。船板很窄，没有扶手，没有护栏，返回的游客刚刚走下船，岸上的人们就像疯了似的，你不让我，我不让你，一窝蜂往船上连拥带挤，我被汹涌的人浪裹挟着挤了上去。紧贴我身后的女儿，被一个又胖又高的女人竖眉瞪眼地推下了船板。所幸的是，她没有掉到水里，其他人也没有一个掉到水里。毕竟，平安才是人生最大的幸福。

眨眼间，救生衣被抢完了。舱内的座位，连同机动的凳子也被抢光了。

站得高，看得远。欲穷千里目，更上一层楼。这样想着，我便爬上了游轮的二层，扶着栏杆，尽情地饱览起丹江两岸优美的风景来。记得唐代诗人韩愈在《送桂州严大夫》这首诗里，写出了一个千百年来脍炙人口的名句："江作青罗带，山如碧玉簪。"仔细琢磨这句诗，我感觉它极其准确而形象地描写出了桂林水的清澈，还有桂林山的奇秀。望着眼前的丹江水，波光粼粼，悠悠荡荡，俨然一匹巨大的青绿色的绸缎，平展展地摊开了，被丝丝微风抖动着，我终于明白了韩愈的这句诗为什么成了最美的千古绝唱。恍惚间，我又觉得丹江水宛然一条莽莽苍苍的青龙，正塞塞窣窣地，逍遥平静地，蜿蜒于千山万壑的深处，如神话中的龙一样，见首不见尾。再环顾丹江两岸的山梁，高高低低，硬硬朗朗，如跳跃的巨鲸，似奔突的野兽，迤逦而去。它一点不像拔地而起的竹笋，更不像奇峰耸秀的碧玉簪。不过，刀劈斧削的绝壁肯定有，直立千仞的断崖也绝对有。你看，我们的游轮疾驰在绿波之上，人绕水转，山随人移，人如画中行，山似水上漂。这是多么浪漫的江山风景画啊！当转过一个 U 形大拐弯时，江面一下子变得窄了，夹岸奇峰对峙，陡壁峭拔，野藤倒挂，水草纷披，山环水绕。猛一抬头，千寻绝壁赫然入目，壁上竖行丹书"太白峡"。右下角题着当代诗人"汪国真"的大名。据身边一位知情人士说，太白峡属于丹江的"小三峡"（云岭峡、太白峡、雁口峡），太白峡完全可与长江三峡媲美一番。船再往前走了一段，我们又不期然发现远远的高高的山崖上，有一个外形峻嶒峥嵘的天然石龛，里面坐着一尊高大的石佛，面向幽静的江面，平视着环绕的群山，正襟危坐，神态安详，颇有一点乐山大佛的雄姿。其慈颜端庄肃穆，两手合十于胸前，仿佛正在给游轮上的人们祈福。

喜欢游山玩水的人，像孙猴子坐不住金銮殿，他们在船舱里肯定是待不下去的。他们要么挤坐在船舱周围的凳子上，全神贯注地欣赏着沿岸的风景；要么穿梭于船舱外的过道里，溜达来，溜达去，还时不时地举起手机，醉心地拍下美丽的江水风光；或者干脆以山水作背景，给自己留下最美妙的一页。比如我，喜欢文字，痴迷于文字，总想将美好的江山记于语言文字。也比如我的同伴贾永军夫妇，他们痴迷于摄影造型艺术，早已是永寿县本土摄影行业中的佼佼者，目前还想日日精进。所以，在这个游轮上，他们是最活跃的人才，最积极的元素。贾永军掂着摄影机，上来下去，前后左右，里里外外，来来回回，不遗余力地到处跑，寻找着角度，捕捉着镜头。一旦找到了绝佳的位置和角度，就给我们留下了最精彩、最持久的瞬间。

游轮继续前行，我们就遇到了各种式样不同的游轮，前后都插着鲜艳的五星红旗。有一层的小游艇，有两层的游轮，有三层的游轮，还有四层的豪华型大游轮。每遇游轮迎面而来，擦肩而过，或者飘摇远去，都有人扶栏目送，放开粗犷的喉咙，相互摇着手，高喊着，热情地打着招呼。最后，我们来到了水域最开阔处，就像走到了豁亮的沟岔里，一道道磅礴苍莽的山梁，横看成岭侧成峰，如巨龙，如老龟，如臂弯，包围着水，护卫着水。江上碧波千顷，烟波浩渺，游轮点点，连堤岸都远得模模糊糊，隐隐约约，几乎看不清了。

这时，我感觉好像走进了汪洋大海。导游说，这里周边沟岔多，众水交汇融合，是河南和湖北两省的分界处。对岸的丹江大观园景区从西向东依次分布着情人岛、龟岛、鹿岛和鹤岛。苑区内，依山傍水，山水相连，共同构成了一个美丽的天然港湾。

丹江口水库是亚洲第一大人工淡水湖，是中国南水北调中线工程的水源地，是国家一级水源保护区。这项浩繁的工程，始建于 1958 年，竣工于 1973 年，水域面积一百二十六万亩，蓄水总量达二百九十亿立方米。20 世纪 60 年代兴建的丹江口水库，位于汉江中上游，伏牛山和秦岭余脉交界处，水域面积四百平方千米，横贯鄂、豫两省。2017 年，湖北省丹江口水库风景名胜区，入选第九批国家级风景名胜区。

接下来，更让我没有想到的是，丹江的湖光山色之间，遍布着大量文物古迹，这些古迹让游览区锦上添花。在这座如此庞大的博物馆里，珍藏着豫西走廊的古老历史。南阳市淅川县是楚国第一个都城所在地，到如今已发现春秋时期楚国的古城址十三处，古墓五千座，出土文物两千多件。库区上游有我国北方十三个省、市唯一保存完整的清代五里长街、山陕会馆、法海寺等古建筑，下游还保存有河南省最完好的一幅幅唐代壁画。

库区 45 里顺阳川，既是楚文化的发祥地，又是楚文化与中原文化的交融地。据说这里是春秋战国时楚国的都城，被丹江库区淹没在了腹地；也说我国伟大的抒情诗人屈原流放时，曾在这里写下了许多优秀的诗篇，其中《国殇》里描写的秦楚丹阳之战就发生在这里；还说，水库的岸边，发现了春秋战国古墓群，出土了编钟、铜禁、府排箫等多件极其珍贵的文物，它们记载着几千年前顺阳川繁荣兴盛的历史和悠久灿烂的文化。

因为，只有文化现象才能成为一个区域永恒的地标性建筑。故而，来到这里，我是真的相信了那些传说呢。

看着丹江沿岸壮美的自然风景，我就不由得想起了沿岸一处处的文物古迹。于是，我想对着丹江大声说，感谢你啊，是你孕育了这片神奇瑰丽的风水宝地！

西湖烟雨中

到了龙翔桥，走出了地铁，才发现淅淅沥沥地下着珠子雨。我撑开雨伞，糊里糊涂跟着前面的人，曲里拐弯地来到了西湖边上。

极目遥望，整个西湖上白茫茫的，似乎披着神秘的面纱；远处环湖的青山，被雨雾笼罩着，氤氲着，隐隐约约露出了个轮廓，整个看起来，呈现出"山在虚无缥缈间"的仙境。湖面上，珠子雨铺天盖地，噼里啪啦，泛起密密匝匝的笑窝。一只只画舫，或远或近，隔着重重雨幕，似动而非动。湖畔上，铁栏杆以内，男男女女，老老少少，都擎着雨伞，或静静地站立着，或默默地徘徊着，或茫然无措地望着远方。栏杆以外，也停泊着几只楼船画舫。

忽然，我听到了一串清脆的鸟鸣，仿佛玉珠一样圆润。循声望去，在一棵葱茏的大树下，围着好些人，都仰着头。原来，鸟叫声来自青枝嫩叶间。凑过去仔细端详，一个十几岁的男孩子，手心里托着面包渣，哄唆着树枝上的鸟。呀，鸟是司空见惯的麻雀，浑身湿漉漉的。男孩高高地举着手，嘴里咕咕咕叫着，麻雀试探着，不放心地俯下身子，啄了一下就赶紧飞走了；在旁边觑着没事，又试探着啄一下。男孩倘若一握手，绝对会抓住它。看那边，一个鹤发童颜的高个男子，手里举着果子，引逗着树上一只可爱伶俐的松鼠，松鼠喜出望外，也惊恐万状，它紧盯着树下那么多人，贼豆豆眼睛滴溜溜地转着，忽然哧溜下来了，又哧溜退回去了。很不相信人似的，吃不准拿不定主意似的，如此反复试探多次，终于斗胆冲下来，叼着果子，眨眼间又溜走了。样子简直滑稽极了。

我感到非常吃惊的是，在我的人生记忆中，麻雀虽然紧傍着村庄这个人类的家园，但它毕竟是一种很机灵、很警觉的小鸟，我从没见过它离人这么近。更没有想到的还有松鼠这家伙，本来天生就那么胆小，那么惊觉，一看到人或受到惊吓，就一溜烟逃之夭夭，谁知它也会从人类的手里，肆无忌惮地觅食吃。

也许是适者生存，也许由于生存环境的不断改变，它们这些小生灵也跟着进化了，融入了城市人的生活。人类亲近自然，它们亲近人类，两者和谐相处，竟然达到了如此亲密无间的地步。

雨，终于小了些，变成斜风细雨，丝丝缕缕，吹面不寒，沾衣欲湿。我赶紧买了票，走进一只即将启动的画舫。这画舫浑身喜庆的朱红色，花格子门，花格子窗，图案比较精致。画舫内阔大而平整，铺着油光闪亮的红色地板。中间是通道，两边紧挨窗子分别摆着长方形的条桌，条桌三面摆着长条凳子，桌子旁边围满了人。

经营画舫的是两个年轻人，一男一女，看言语表情好像是两口子。看到人坐满了，那个男人就不慌不忙地解开缆绳，关上门，开动船，缓缓地离开了湖岸。跟着，船尾波光粼粼，就拖出了一道密密丛丛的细浪。那个江南女子，确实小巧玲珑，脸上细皮嫩肉的，说话柔声慢语。她用吴侬软语混合出了极不标准的普通话，给旅客们介绍着沿途的风景。倘不用心仔细聆听，简直什么也听不懂。见此，我赶紧从最后一排挪到了靠近她的第一排，因为我第一次来西湖，想听清楚她对杭州、对西湖乃至西湖周边的详细介绍。

她手持话筒，面无表情，背着台词："西湖，位于浙江省杭州市西部，是中国主要的观赏性淡水湖泊，也是中国首批国家重点风景名胜区。西湖三面环山，面积约六平方千米，东西宽约三千米，南北长约三千米，绕湖一周近十五千米。

"西湖被孤山、白堤、苏堤、杨公堤分隔开，按面积大小分别为外西湖、西里湖、北里湖、小南湖及岳湖等五片水面，苏堤、白堤越过湖面，小瀛洲、湖心亭、阮公墩三个人工小岛鼎立于外西湖湖心，夕照山的雷峰塔与宝石山的保俶塔隔湖相映，由此形成了'一山、二塔、三岛、三堤、五湖'的基本格局。2011年6月24日，杭州西湖列入世界遗产名录。"

"那是孤山！那是小瀛洲！

"那是白堤！那是苏堤！

"那是杨公堤！

"那是夕照山！山上有雷峰塔！

"那是宝石山！山上有保俶塔！

"那是断桥！

"西湖的南岸上有净慈寺，西岸上有灵隐寺，北岸边有岳王庙！"

在悠悠的湖面上，我们乘坐的画舫转了大半个圈子。画舫一边慢慢地向前走着，那个女子一边向旅客们介绍着沿途的风景。最后，她说眼前的岛就是小瀛洲，大家可以上岛去尽兴地玩玩。岛上有四个点可以乘船，要回到岸上去，游客们可自行选择。岛上百草丰茂，古树葱葱茏茏，雨水浙沥，烟雾朦胧中，颇感寒凉。每一棵树都是粗壮而高大的，树干上长满了青青的苔藓。林间小路，片石铺砌，一弯一绕一回环，极尽曲径通幽之妙。岂不知，虽然这里熙来攘往，络绎不绝，但感觉湿气重，凉得有些瘆人，我急忙搭上了一只即将起程的画舫，离开了小岛。这只画舫要阔绰得多，也大气得多，上下共三层，可以坐几百人，真是名副其实的楼船了。我一个人来去自由，从一楼爬上了二楼，又从二楼爬上了三楼。欲穷千里目，更上一层楼。站在顶楼上，我扶栏远望，游目骋怀，锦绣江山，悉入眼底。忽然，我看见不远处漂着一只小船，船老大蹲坐船头，戴着筛子似的斗笠，披着破破烂烂的蓑衣，慢条斯理地摇着橹，他这副过去的装扮，仿佛来自苍茫的岁月深处。船舱里的雨棚下，有靠背椅子，也有小杌子，上面坐着三个大人，两个孩子。他们的船似乎很轻很轻，在泛着水花的湖面上，忽悠忽悠地漂着。船上的大人，谈笑风生，孩子们喜笑颜开，看样子他们都很开心。

我忽然想到了关于西湖的美丽传说。说是在很久很久以前，天上的玉龙和金凤在银河边上的仙岛上找到了一块白玉，他们琢磨了很多年才做成了明珠。但不幸的是，王母娘娘发现并抢走了这颗宝珠。玉龙、金凤不甘心，赶忙去索珠，王母不肯归还，他们就争抢起来。哪知，王母娘娘的手一松，明珠就降落到凡间变成了西湖，玉龙、金凤也随之下凡了，化成玉龙山（玉皇山）和凤凰山，世世代代守护着西湖。

乌云翻墨，白雨跳珠。天地酝酿着，酝酿着，又疯狂肆虐地下起了瓢泼大雨。看着裤腿鞋袜都弄湿了，我就不由得迟疑起来，要不要继续游览？忽然，我想起了青少年时看过的电影《白蛇传》、读过鲁迅先生的《再论雷峰塔的倒掉》，就觉得这里的历史文化积淀一定很深厚。我再三犹豫之后，最终还是冒着大雨，搭乘着电梯，来到了雷峰塔前。走进一层，绕了一圈，我才发现新的雷峰塔是建在原来的遗址上，过去的塔基以及一堆堆断砖被当作文物保护了起来。在塔的二层中间，安装着直上的电梯，排队的人很多，一个挨着一个。我则从楼梯一层一层爬了上去。每一层的墙面上都有不同的内容，譬如诗词，譬如山水画，譬如历史典故等。而我则绕着圈儿，认认真真，欣赏着一幅幅关于《白蛇传》的精美绝伦的木雕壁画。在潜意识中，我曾不止一次地问着自己，善良的白娘子是真的被镇压在雷峰塔下了吗？

雷峰塔的每一层，都摩肩接踵挤满了游人。大家都挤到一米宽的环形观景台上，举着手机或相机，拍摄着茫茫烟雨中的西湖风景。当然，游人最多的还是顶层，简直难以下脚。不错，无限风光在险峰，远处山在雾里，眼前湖在雨中。一切的一切，都笼罩在烟雨溟蒙之中。触景生情，我想起了苏轼的《饮湖上初晴后雨》："水光潋滟晴方好，山色空蒙雨亦奇。欲把西湖比西子，淡妆浓抹总相宜。"

所以，让我说，古往今来，还是东坡先生的神来之笔写出了西湖山水之妙。

千年浩叹

那天早上 8 点多，我正在西湖湖畔漫无目的地走着，不料想一转身，竟看见了街道对面的岳王庙。我喜出望外，赶紧找到地下通道，急急忙忙走了过去。

忽然，我不由得想起了自己的青少年时期，想起了岳飞，这个历史上让我最崇敬也最揪心的英雄人物。那时候，我断断续续听过长篇评书《岳飞传》，起早贪黑读过演义小说《说岳全传》，更从小伙伴杨永忠手里，如饥似渴地看完了一本又一本《岳飞传》连环画。我记得很清楚，岳飞是河南汤阴人，呱呱坠地，就发生了滔滔洪水，情急万分，岳母抱着他坐在一个硕大的木盆里，被水漂着荡着，遇到一个好心人，才把她们母子救了下来。接着，岳飞就寄人篱下，艰难地生活，发奋读书，与张宪、牛皋等结拜成兄弟。不久，他就遇见了恩师周同，还被母亲在脊背上刺了字"精忠报国"。后来，经过南宋主战派大臣宗泽的扶持提携，他终于带着自己的一帮兄弟们，精心操练打造岳家军，走上了抗击金兵、收复失地、光复中原的路。令人叹惋的是，世事弄人，南宋王室软弱无能，投降派当道，他们狼狈为奸，沆瀣一气，以"莫须有"的罪名诬陷岳飞反叛朝廷，将他陷害致死。记得上初中时，我在历史课本中真真正正地了解到，原来他是中国历史上第一位精忠报国的英雄。

就这样，从青少年时候起，岳飞就作为一位顶天立地、光明磊落的伟大历史人物，他极其悲壮的人生事迹深植到了我的心里。当然，他精忠报国的民族精神，也让所有华夏民族的后世子孙，一代又一代，铭记在心里。

来到岳王庙前，我诚惶诚恐，恭恭敬敬地抬起头来。大门是一座二层重檐式的古建筑，正中悬挂着"岳王庙"三个字的竖匾，檐下由好几根圆圆的粗粗的直直的红色柱子高高地擎起来。整个庙堂看起来，巍峨庄严，宏伟壮丽，大气凛然，正气逼人。其中，最前面最中间的两根柱子上书写着这样的对联："三十功名尘与土，八千里路云和月。"我心里十分清楚，这两句话出自岳飞最有名的传世词作《满江红·写怀》。

记得上师范时，岳飞的好几首酣畅淋漓的政治抒情词作，我都抄写在日记本上，能摇头晃脑，滚瓜烂熟地背出来。首先，就是气贯长虹、震古烁今的《满江红·写怀》：

怒发冲冠，凭栏处、潇潇雨歇。抬望眼、仰天长啸，壮怀激烈。三十功名尘与土，八千里路云和月。莫等闲、白了少年头，空悲切。

靖康耻，犹未雪；臣子恨，何时灭。驾长车，踏破贺兰山缺。壮志饥餐胡虏肉，笑谈渴饮匈奴血。待从头、收拾旧山河，朝天阙。

还有一首比较沉郁苍凉的词作《满江红·登黄鹤楼有感》：

遥望中原，荒烟外，许多城郭。想当年、花遮柳护，凤楼龙阁。万岁山前珠翠绕，蓬壶殿里笙歌作。到而今，铁骑满郊畿，风尘恶。

兵安在，膏锋锷。民安在，填沟壑。叹江山如故，千村寥落。何日请缨提锐旅，一鞭直渡清河洛。却归来、再续汉阳游，骑黄鹤。

从这两首词作，我们后人完全可以看出，岳飞忧国忧民的志士情怀，以及他渴望建功立业的政治抱负。

走进岳王庙，这是一个天井院落，中间甬道上铺着青石，两旁古木森森，遮天蔽日。正殿的忠烈祠重檐上，悬挂着一块写有"心昭天日"的横匾，讲解员说这是叶剑英的手笔。我想，叶帅能如此题名，大概也是有着明显由头的。因为我了解岳飞的故事，据说他遇害前曾在供状上无奈而悲壮地写下了"天日昭昭，天日昭昭"八个大字。叶帅大概是受到了这句话的启发。只见大殿正中是岳飞的彩色塑像，有四五米高，双目炯炯，器宇轩昂，身着蟒袍，臂披金甲，腰悬佩剑，充分显示了一代名将英武神勇之气概。岳飞生前是无资格穿蟒袍的，后因被封鄂王，所以可以身着蟒袍。在他的坐像上面，悬挂着一块龙飞凤舞的牌匾：还我河山。笔意恣肆，气势横生，相传是岳飞手迹。在他的坐像两边，分别悬挂着"碧血丹心"与"浩气长存"的匾。正殿后面，两旁有岳母刺字等一系列巨幅壁画，展示了岳飞精忠报国的英雄业绩。

来到正殿西侧，我看到一组庭园，入口处有一座精忠柏亭，内有枯柏八段，传说这棵柏树原来长在大理寺风波亭旁边，岳飞遇害后这棵树就枯死了，后来就移放在岳飞的坟边上，被称为精忠柏。在精忠柏亭北面的侧墙上，有冯玉祥书写题词"民族英雄"的石刻。进入庭园后，我发现南北各有一条碑廊，其中北面碑廊陈列着岳飞的诗词、手札等真迹，南面陈列着历代重修碑记，更多的则是历代名人凭吊题咏岳飞的诗词。

在庭园中间，有一座石桥名曰精忠桥；过了精忠桥便是墓阙，造型很古朴，边上有一口井名曰忠泉。走进墓阙重门，就来到了岳飞墓园，墓道两侧分别排列着石马、石虎、石羊、石翁仲，正中墓碑上刻着：宋岳鄂王墓。它的左边是岳云墓，墓碑上刻着：宋继忠侯岳云墓。两墓保持宋代墓碑的式样。

徘徊在墓前，只见一对望柱上刻有这样的对联："正邪自古同冰炭，毁誉于今判伪真。"墓阙后面，两侧分别长跪着秦桧、王氏、张俊、万俟卨等四个陷害当朝忠良的刽子手，这些铁铸像，反剪双手，面墓长跪，世世代代，被千人唾万人骂。在墓阙后的重门旁，又悬挂着一副爱憎分明、脍炙人口的对联："青山有幸埋忠骨，白铁无辜铸佞臣。"据坊间好些人说，后来还出现了更有趣、更讽刺的对联，上联拴在秦桧身上，下联拴在秦妻王氏身上，原来佞臣夫妻两人蛇鼠一窝，还彼此相互间嘲笑奚落着对方："咳，仆本丧心，有贤妻何至若是；啐，妇虽长舌，非老贼不到今朝。"真可谓古往今来天下第一大笑话，嬉笑怒骂也成了文章。又听说，一位有志气的秦姓读书人，在瞻仰了岳飞墓之后，也留下了一副饱受秦姓之辱的对联："人从宋后少名桧，我到坟前愧姓秦。"古人曰："志士不饮盗泉之水。"千古罪人秦桧确实遗臭万年，玷污到了秦姓家族的名声。

记得有句话这样说：欲加之罪，何患无辞。秦桧一伙平白无故恶意诬陷岳飞背叛朝廷，试想，纵然他浑身是胆，敢冒天下之大不韪吗？纵然他有百张嘴，能说得清吗？有人听吗？无奈之下，绝望之时，岳飞面对着朗朗乾坤、昭昭日月，顶天立地地说出了"天日昭昭，天日昭昭。"事实上，他精忠报国，光明磊落，哪有个人私心呢？还是历史做出了最公正的评判。二十一年后，宋孝宗下令给岳飞平反昭雪，并以高价悬赏求索岳飞遗体，用隆重的仪式迁葬于栖霞岭下，这就是现在岳坟的所在地。到了1204年，也就是岳飞死后第六十三年，宋氏朝廷又将他追封为鄂王。这说明了什么呢？最终还是历史在不断地矫正着错误，还岳飞一个清白。

应该说，岳飞的命运是个典型的时代悲剧，因为他的死北宋难免落个亡国的下场。北宋靖康元年（1126），金人攻陷北宋首都汴梁，俘虏了宋徽宗、宋钦宗两位皇帝，中原国土全被金人侵占。赵构逃到江南，在临安即位，史称宋高宗。南宋绍兴二年（1132），赵构第二次回到杭州，眼见这湖光山色，冠绝东南，便贪图享乐，渐渐产生偏安一隅的念头。于是，上自帝王将相，下至士子商人，在以屈辱换得苟且偷安之后，不但大修楼堂馆所，大演歌舞升平，而且整日浑浑噩噩，灯红酒绿，沉湎于奢侈糜烂的生活中，致使西湖也被称作"销金锅"。且看看南宋诗人林升的《题临安邸》："山外青山楼外楼，西湖歌舞几时休？暖风熏得游人醉，直把杭州作汴州。"从这首诗中，我们不难看出，这伙寄生虫们始终把临时苟安的杭州当作了北宋的汴州，当作了他们醉生梦死的安乐窝。

天妒英才！可悲可叹！"鄂王墓在栖霞岭，一片忠魂万古存。镜里赤心悬日月，剑边英气塞乾坤。"有人曾这样说，英雄末路，报国无门。我想了想，岳飞的命运确实是这样呢。

九成宫的烟火光芒

　　大约八年前，我们去麟游县城时，走马观花地逛过九成宫。回来后，只记得县城很小，像个十分羞涩的村姑似的，深深地藏在深山旮旯里。

　　当时，正值暮春，丽日当空，和风荡漾。蔚蓝的天空中，白生生的祥云，飘荡着，缭绕着。蜿蜒的山路上，来往车辆很少。我们的小车如同脱缰之野马，快活地奔驰着。车窗外面，梁峁起伏，沟壑纵横。那一道道山梁，狼奔豕突，像驱驰奔腾的兽脊；那一条条沟壑，俨然像猛兽张着饕餮大嘴，彼此撕扯着，难分难解。恍惚间，眼前群山似海，峰峦如聚，波涛如怒。无论梁峁上，还是沟壑里，都铺展着青青的野草，像无边无际的大毡子，黄灿灿的野刺玫花，一团团，一簇簇，一片片，点缀在绿色大毡上。空气里，微风袅袅娜娜，送来一阵阵醉人的花香，带着甜味儿，径直沁入人的心脾。

　　真的，很难忘那浓浓的花香，那醇香如酒的暖风。

　　就是那一次去了，我才知道麟游县城建在一个巨大的壑口里，或者说空阔的沟岔里，几条小河从不同方向，哗哗奔涌而来，在这里交流汇合。站在县城这个盆子里，举目仰望，环城皆山，蔚然俊秀。这些山头分别雄踞四周，拱卫着山城，形成了百鸟朝凤、众星捧月之势。如此的山水形势，如此的地理风貌，无疑也是天赐天赋天成的。县城的空间虽然有点狭小，甚至有点局促，但每条街道都很干净，每个建筑都很精致，所以它整个美得像一处放大的盆景。

　　大概正由于拥有这样的资源禀赋，早在旧石器时代，麟游这一带就有人类活动，秦汉时即设县治，距今已有两千二百多年的历史了。"麟游"，顾名思义，就是麒麟经过的地方。凭我的直觉判断，这个名字很吉祥，也很神奇，必定有来头。因为麒麟是我国古代神话传说中一种祥瑞之兽，它并非凡间俗物。为何如此命名呢？还真有些渊源。相传隋朝期间，此地出现白麒麟四处祥游故而更名麟游。在隋唐时期，封建帝王曾在麟游县城所在地修筑了举世闻名的避暑离宫——仁寿宫、九成宫，两朝四帝曾二十次驾幸麟游避暑消夏。

前不久的一个周末，我们全家人像串门子一样，从永寿来到了麟游，直奔九成宫而去。

百闻不如一见。如今的九成宫大变样了！

先前那个有点荒凉的院子有了围墙，里面靠着围墙增加了一圈建筑，亭台楼阁，错落有致。门前广场中央，有座特别的雕塑，一枚红色的巨型印章上，醒目地篆刻着"九成宫"三个大字。走近大门，才发现是座隋唐风格的仿古院落，大门两旁建起了富丽堂皇的角楼。不远处，有了停车场，旁边设置着卖票窗口，现在只能凭票参观游览。进了门，扑入眼帘的是一堆长长短短的片石，它们参差错落地镶嵌在一起，拼成了突兀奇崛的假山。旁边一束束细细的水柱，喷起白莲花般的水雾，淅淅沥沥落下来。院子一边有曲折的木质回廊，除此之外全部硬化了，由低到高，一个大平台连接着另一个大平台。中间的水泥通道很宽敞，它的两侧站立着初唐一个个功名赫赫的文臣武将，比如长孙无忌、魏徵、徐茂公……再比如李靖、秦琼、敬德……整个气象宛若文武百官刚刚上朝列班，人人峨冠博带，个个姿容肃穆，恭恭敬敬地侍立左右。这难道不是李世民父子的朝堂大殿吗？想了想，这里曾是隋唐两朝四帝的离宫，隋文帝建了仁寿宫，唐太宗扩建后改名九成宫，唐高宗又改名万年宫。他们深居离宫纳凉避暑，处理一桩桩大事。

在最高处的那所院子正中央，有一个大四方台子底座，上面立着一支巨型毛笔雕塑，顶天立地，巍峨壮观。底座摆布着一个个斗大的楷体字，整体看好像又是一篇什么古文。这个宏伟的标志性建筑形象地诠释了欧阳询《九成宫醴泉铭碑》"天下第一笔"的楷书文化的历史地位。

从资料上看，九成宫遗址位于麟游县城边的天台山上，原为隋代仁寿宫，建于开皇十三年（593），由右仆射杨素监督，著名建筑学家宇文恺为检校将作大匠，承担设计和督促，开皇十五年（595）三月建成。隋文帝六次到此避暑。唐贞观五年（631）唐太宗加以修缮和扩建，并置禁苑、武库及宫寺，改名为九成宫。以后，太宗曾五次到此，每次住半年左右。高宗时，改名为万年宫，后又复名九成宫。"九成"者，谓"九重"或"九层"之意，言其高大，来之不易。武则天以后，九成宫逐渐荒芜，唐末毁于洪水。

接着，我们跟随三三两两的游人，从右手边的门里走了进去，终于找到了《九成宫醴泉铭》碑亭。千年古碑被装进玻璃框中，被严严实实地保护起来了。古碑虽然很厚实，但饱经历史的风雨烟云，碑面已有些坑洼，个别字迹漫漶，显得不太清晰。所幸的是，在碑亭的一面墙上，我发现了《九成宫醴泉铭》原文，就全神贯注地默读起来：

九成宫醴泉铭，秘书监检校侍中钜鹿郡公，臣魏徵奉敕撰。

维贞观（六）年孟夏之月，皇帝避暑乎九成之宫，此则隋之仁寿宫也。冠山抗殿，绝壑为池，跨水架楹，分岩耸阙，高阁周建，长廊四起，栋宇胶葛，台榭参差。仰视则迢递百寻，下临则峥嵘千仞，珠璧交映，金碧相晖，照灼云霞，蔽亏日月。观其移山回涧，穷泰极奢，以人从欲，良足深尤。至于炎景流金，无郁蒸之气；微风徐动，有凄清之凉，信安体之佳所，诚养神之胜地，汉之甘泉不能尚也。

皇帝爰在弱冠，经营四方，逮乎立年，抚临亿兆，始以武功壹海内，终以文德怀远人。东越青丘，南逾丹徼，皆献琛奉贽，重译来王，西暨轮台，北拒玄阙，并地列州县，人充编户。气淑年和，迩安远肃，群生咸遂，灵贶毕臻，虽藉二议之功，终资一人之虑。遗身利物，栉风休雨，由姓为心，忧劳成疾，同尧肌之如腊，甚禹足之胼胝，针石屡加，腠理犹滞。爰居京室，每弊炎暑，群下请建离宫，庶可怡神养性。圣上爱一夫之力，借十家之产，深闭固拒，未肯俯从。以为隋氏旧宫，营于曩代，弃之则可惜，毁之则重劳，事贵因循，何必改作。于是斫雕为朴，损之又损，去其泰甚，葺其颓坏，杂丹墀以沙砾，间粉壁以涂泥，玉砌接于土阶，茅茨续于琼室。仰观壮丽，可作鉴于既往，俯察卑俭，足垂训于后昆。此所谓"至人无为，大圣不作"，彼竭其力，我享其功者也。

然昔之池沼，咸引谷涧，宫城之内，本乏水源，水而无之，在乎一物，既非人力所致，圣心怀之不忘。粤以四月甲申朔旬有六日己亥，上及中宫，历览台观，闲步西城之阴，跻踌高阁之下，俯察厥土，微觉有润，因而以杖导之，有泉随而涌出，乃承以石槛，引为一渠。其清若镜，味甘如醴，南注丹霄之右，东流度于双阙，贯穿青琐，萦带紫房，激扬清波，涤荡瑕秽；可以导养正性，可以澄莹心神。鉴映群形，润生万物，同湛恩之不竭，将玄泽于常流，匪唯乾象之精，盖亦坤灵之宝。谨案：《礼纬》云：王者刑杀当罪，赏锡当功，得礼之宜，则醴泉出于阙庭。《鹖冠子》曰：圣人之德，上及太清，下及太宁，中及万灵，则醴泉出。《瑞应图》曰：王者纯和，饮食不贡献，则醴泉出，饮之令人寿。《东观汉记》曰：光武中元元年，醴泉出京师，饮之者痼疾皆愈。

然则神物之来，寔扶明圣；既可蠲兹沉痼，又将延彼遐龄。是以百辟卿士，相趋动色，我后固怀撝挹，推而弗有，虽休勿休，不徒闻于往昔，以祥为惧，实取验于当今。斯乃上帝玄符，天子令德，岂臣之末学所能丕显？但职在记言，属兹书事，不可使国之盛美，有遗典策，敢陈实录，爰勒斯铭。

其词曰：唯皇抚运，奄壹寰宇，千载膺期，万物斯睹，功高大舜，勤深伯禹，绝后承前，党三迈五。握机蹈矩，乃圣乃神，武克祸乱，文怀远人，书契未纪，开辟不臣，冠冕并袭，琛贽咸陈。大道无名，上德不德，玄功潜运，几深莫测。凿井而饮，耕田而食，靡谢天功，安知帝力。上天之载，无臭无声，万类资始，品物流形，随感变质，应德效灵，介焉如响，赫赫明明。杂沓景福，蕨蕤繁祉，云氏龙官，龟图凤纪，日含五色，乌呈三趾，颂不辍工，笔无停史。上善降样，上智斯悦，流谦润下，潺湲皎洁，萍旨醴甘，冰凝镜澈，用之日新，挹之无竭。道随时泰，庆与泉流，我后夕惕，虽休弗休，居崇茅宇，乐不般游，黄屋非贵，天下为忧。人玩其华，我取其实，还淳反本，代文以质，居高思坠，持满戒溢，念兹在兹，永保贞吉。

兼太子率更令勃海男欧阳询奉敕书。

好在铭文不太长，我仔仔细细读了三遍。碑文中说，贞观六年（632），唐太宗避暑九成宫，率群臣游历台观，无意中杖导出醴泉，龙颜大喜，便敕命镌碑立石于泉旁，以记其吉祥盛事。最后，碑以诤臣撰文、书圣书丹、名匠刊刻，而享有"三绝"碑之美誉。这篇碑铭全文叙述了九成宫的来历及建筑规模的雄伟壮观，歌颂了唐太宗的文治武功和节俭精神，介绍了宫城内发现醴泉的经过，援引典籍说明了醴泉的出现是由于"天子令德"所致，最后提出"居高思坠，持满戒盈"的谏诤之言。一千多年来，《九成宫醴泉铭》以文章书法俱佳而驰名中外，被世人公推为"人间第一帖，天下无双铭"，唐以后历代书法爱好者都将这帧碑帖作为临摹的范本和楷模。由此可以想见，它对于我们中国的书法艺术影响是多么深远。

从《九成宫醴泉铭》碑亭出来，我又跟着一群书法摄影爱好者，踏进了《万年宫铭》碑亭。我绕碑三圈，抚摩着，观赏着，品读着。我没有想到的是，一个深居宫廷的封建帝王，竟然也能写出如此绝妙的书法神品。

唐高宗李治登基后，曾将九成宫改名为"万年宫"，他和皇后武则天先后八次临幸过这里。史载永徽五年（654），27岁的唐高宗李治率三品以上的文武大臣及学士，首次驾临万年宫消夏避暑，御笔亲书写了《万年宫铭并序碑》，命随行大臣自书姓名于碑后。李治善书，且真、草、隶、篆俱佳，尤精行书。万年宫铭碑行草兼有，笔势婉润，风流飘洒，超脱俊逸，在书法艺术上享有很高的声誉，备受后世书法爱好者的赞誉和推崇。

后来，历史上有不少文人学士也曾造访过九成宫。王勃留下了《九成宫表与颂》，卢照邻留下了《病梨树赋》，王维、杜甫、李商隐、吴融等唐代著名诗人均留下了访山问水的不朽诗篇，就连药王孙思邈也在石臼山留下了采药的仙踪。

离开时，夕阳西下，九成宫披浴着满身余晖，旁边的河水里闪烁着橘红的波光。

忽然，听见前边几位游客边走边说："天，还是那个先前的天；山，还是那个先前的山；水，还是那个先前的水。"

"仁寿宫没有了，九成宫气数尽了，万年宫也灰飞烟灭了，唯有那个书法碑帖，千秋万代，光芒万丈长。"

何也？"大江东去，浪淘尽，千古风流人物。"

原来，历史是无情的！它辨识、选择、审判着每一种事物。

寻访侍郎湖

侍郎湖并不是一个陌生的地方。

20世纪80年代中期，我在彬县师范学校（现已撤销）上学时，就听宿舍里的彬县（现彬州市）籍同窗多次说到过这个地方。但从来没去过，留不下任何印象。2011年的春天，昔日同窗第一次在彬县聚会，相约赴侍郎湖畔游玩半天。记得当时侍郎湖的情形是，紧贴着山根，湖畔盘绕着曲里拐弯的水泥路，路边栽着飘洒俊逸的杨柳。沿湖转了一圈，只觉得四围青山环抱着一潭绿莹莹的春水，水面比较辽阔，仅此而已。

明明是个水库，彬县人为什么把它叫作湖呢？虽然我当时产生这样的疑问，但心里却在想，大概是湖比水库大气、苍茫，更有气势吧，故而才不严肃地如此称呼。

这些年，周边许多地方都如火如荼地搞旅游，彬县围绕侍郎湖，挖掘资源优势，趁势大干快上，也做起了生态旅游的大文章。在福银高速路的沿线，打出了响亮的招牌，一拨又一拨自驾游的人慕名前去了。到了周末，去消闲的人络绎不绝，回来了都说，好清幽的一潭水，就像仙女的梳妆镜。多么诱人啊！

就这样，我的心蠢蠢欲动了。五一假期的最后一天下午，我们驱车来到了侍郎湖。

看资料介绍，侍郎湖位于彬县城南四十千米处的底店镇牛北村，是山体滑坡形成的天然聚湫。湖面面积二十五万平方米，平均水深十三米，最深处可达十八米，总库容约一百六十六万立方米，是陕西省内较大的天然淡水湖，有"高原明珠"之美誉。侍郎湖四围群山环抱，空气清新，环境幽雅，风光旖旎。一年四季，景色各不相同。春天，鸟语花香，蜂飞蝶舞；夏天，郁郁葱葱，树影婆娑；秋天，风过林响，黄叶铺地；冬天，山色苍茫，如同一幅绝好的泼墨山水画。在这里，可以垂钓，可以避暑，可以休闲，可以娱乐。这里，不光是风景优美，更是吃住游娱为一体的生态乐园。

紧接着，我们便穿过了美丽的拜家河，经过了中国莓谷，翻山越岭，最后坐着观光车来到了侍郎湖景区。湖畔上的开阔处，修建着设计精致的花园，平整宽阔的大广场，高档时尚的星级酒店，边上还有一排富有地方特色的农家乐。这些场所，都是那次聚会时，我们没有见过也没有想到过的东西。一句话，这里的变化实在太大了。

我们徜徉在湖畔便道上，欣赏着侍郎湖优美的景色。那些过去栽植的垂柳长大了。它们披着秀顾的长发，宛若婀娜多姿的美女，静静地站在湖畔，正临水梳妆呢。在温煦的春风吹拂下，柳眉儿也开了，一朵朵，一簇簇，白生生的，轻飘飘的，袅袅娜娜地飞着。便道的路基早已升高了，也明显加宽了，观光车来来回回，一趟又一趟，马不停蹄地跑着。更让人惊叹不已的是，湖畔的便道边上，竟然安上了齐胸高的汉白玉栏杆。栏杆之外，靠近松软的湖岸边，摇晃着泼辣的水草，簇生着繁茂的灌木。有种叫野刺玫的花草，一大丛又一大丛，聚集着，抱着团儿，开着黄灿灿的花儿，散发出淡淡的香气。还有一种灌木，这儿一丛，那儿一簇，开着细碎繁密的白花，好像落上了一层薄雪。这种花儿，我最近才从朋友圈里认识，据说它叫荼蘼。"荼蘼"这两个字，让我竟然一下子莫名其妙地想到了"如火如荼"这个成语。

湖畔周围，就是我们眼中所谓的群山，梁接梁，峁连峁，每座山头都堆绿叠翠，膨胀起来，浑莽莽，青苍苍的，连绵起伏。陡峭的山坡上，丛生着各种灌木，也挤满了高高的洋槐树。特别是那些洋槐树，长得又野蛮又疯狂，密密匝匝，郁郁葱葱，动荡着，摇晃着，全向湖面倾斜下来，似乎眨眼间就呼啦啦倒塌了。浓重的树荫映到湖面上，那绿盈盈的水，那蓝莹莹的天，那白生生的云，那天光与水光，那云影与树影，彼此含蓄着，相互掩映着，蔚然壮观，煞是好看。

经过一个转弯处，我从路边一块木牌上了解到侍郎湖的神秘。它有三处非常神奇：一是侍郎湖"涝不升，旱不降"。无论雨水充沛，还是干旱少雨，都不会影响水位。二是"夏秋无落叶"。侍郎湖四面环山，树叶茂密，但湖面终年干净、没有落叶，如同碧玉般镶嵌在山谷间。三是侍郎湖湖面有时会出现一条神秘的水线，人们能据这条水线准确预测出降雨量的大小。不仅如此，侍郎湖还有水源之谜、出口之谜、古树之谜等众多未解之谜。这些谜一样的东西，都使得侍郎湖蒙上一层极其神秘的面纱。

忽然，在路旁的一棵垂柳下，我们发现了一块方形的木牌，上面密密麻麻地记载着一个关于侍郎湖的神话故事。

传说很久以前，侍郎神是一位天庭命官，专管池塘湖泊。他雄心勃勃，要用甘甜的水滋润焦渴的大地，使原野铺绿叠翠，五谷丰登，使天下的黎民粮丰食足。但是天帝由于听信了小人的谗言对侍郎神有所误解，便对他如此恩赐百姓的行为十分恼怒，每每寻衅闹事，加害于他，使他不得不弃官隐居，来到这群山对峙的米家沟。他丢了官，可他仍携带一池之水，继续救济当地百姓。山神唯恐侍郎神赢得百姓的敬仰，有失他的尊严，找碴要赶走侍郎神，派遣众将决堤放水。侍郎神不得安宁，怀着悒郁的心情再次迁徙。晚上他在梦中向村民借用黄牛车来载运湖水，百姓清醒后闻讯哭声载道，依依不舍。山神唯恐侍郎神因此而改变心意，他妄图用雷霆来驱赶牛群，刹那间天昏地暗，闷雷滚动，山崩地裂，气浪排空。但见山前高峰峻岭，瞬间倾倒，闪电般地竖起一座巍巍大坝，挡住了水车去路。倏忽之间，眼前出现了这泓清澈的湖水。原来侍郎神的慈悲博爱之心终于感动了天帝，天帝认识到自己之前的错误，有感于村民们的真情，于是施法留住了侍郎神，并将他的官邸赐予侍郎湖的湖底，让这泓清澈的湖水继续滋润着这里的百姓。百姓们为了纪念侍郎神，便在湖边村中修建了侍郎庙，代替了原来的山神庙，常年祭祀，也以他的名字命名这泓湖水，表达大家对他的感恩之心。

看完这个神话故事，我们又朝前走去。不经意间，又看到一块木牌，上面写道：

据说，明成化年间，湖畔的牛北村出了一个户部侍郎叫阎本，侍郎湖因此而得名。其实，侍郎湖的存在远早于阎本。这里自古就流传着小龙女湖边牧羊、柳毅传书救龙女、伍子胥怒斩泾河龙王救黎民的传说。伍子胥是春秋时期楚国人，死后被封为司浪水神，侍郎湖是玉帝封给他的一池清水，所以又名"司浪湖"。后来他把这湖又送给了受苦受难的小龙女作梳妆镜。

但据县志记载，侍郎湖形成于明嘉靖三十四年（1655）的关中大地震，当时"秦晋相交，地忽大震，五岳动摇，陵谷变迁"，侍郎湖极有可能就是在那次大地震中山体滑坡而形成的。

接下来，我们就来到了湖畔的一个沟岔里。一泓绿油油的水潭下面，几个工人正在忙着，安装一座木桥，桥由一块一块木板组件拼凑而成，看起来很结实，也很精致。忽然，听到一阵朗朗的嬉笑声，我们不由得抬起头来。原来沟岔上空架着一座明晃晃的玻璃吊桥，几个男孩子昂首阔步，大摇大摆，左顾右盼，呼啸着，呐喊着；他们望着汹涌而来的苍茫林海，舒展着双臂，抖擞着精神，似乎要腾云驾雾，凌空欲飞，那非常夸张的动作，简直惊险极了，刺激极了。不料，一个女孩子又一惊一乍地尖叫起来，大概胆子太小，两股战战，魂都被吓遗了吧。几个男孩子慌忙跑过来，嘻嘻哈哈地大笑着，架着她向前走去。我们沿着"之"字形石阶，一步一步地走了上去。望着高空中那个女孩子的窘境，我们忽然踟蹰不前，一下子心怯了，赶紧退了回来。

沿着便道转回来，我们坐在了湖畔看台的椅子上，稍作休息。舞台前的湖水里，停泊着一艘金碧辉煌的画舫，安着玲珑剔透的木格子窗。两边的窗口都很开阔，也很豁亮。从窗口里望进去，舱内特别宽敞，整整齐齐地摆着一张张桌子，桌前放着一把把椅子。据资料上说，舱内可以举办浪漫的画舫宴，食材就地而取。譬如现在，就可以大摆槐花宴，尝彬县御面，吃槐花饼，饮槐花蜜，品槐花酒。如果兴致来了，完全可以倚窗游目骋怀，尽情领略青山秀水，细观呷浪之游鱼，远望薄云之飞鸟，把酒临风，吟诗赋词，心旷神怡地享受另一种风情。正畅想着，一艘画舫徐徐而来，游客们说着笑着，鱼贯而出。只见另一拨游客又坐着画舫，慢悠悠地走远了，谈笑声变得越来越小。这时，一位彬县本土的游客，对身边的游客们说："有一个大型光影水上实景音乐舞台剧，名叫《丝路彬风》，是我们这里的品牌节目，去年已经正式在这里上演了。大家从这部舞台剧里，不仅可以欣赏到我们古豳大地的美丽风光和丝路文明，还能见识公刘故里悠久灿烂的历史文化，无限感受大美彬州的现代繁荣。

"当然，最为精彩的还是水幕电影、音乐喷泉，激光、水雷、水雾、火焰融为一体的豪华级水体景观！看那梦幻般的水景演艺，激情四射的水鼓表演，缤纷性感的比基尼秀场，强劲震撼的外籍摇滚，热情火辣的桑巴舞蹈，还有个精彩节目同步上演。狂欢！炫动！劲爆！沸腾的现场气氛，能带动大家狂欢到深夜。"

听着这位本土游客热情洋溢的介绍，我们真想住下来美美地感受一下。仁者乐山，智者乐水。还是让我们暂时远离都市喧嚣，把人生的疲累和风尘，一股脑儿地抛在青山秀水之间吧，吸吸新鲜空气，养养心和肺，放下疲累，轻装上阵。

但很遗憾，我们还是依依不舍地离开了。我们私下约定，有机会还要带着朋友一起来，回归自然，亲近山水，静静心，吸吸氧，体验天人合一的快乐。

袁家村走笔

五一节的最后一天，我们几位老同学电话相约，兴冲冲地去礼泉县的袁家村逛了一回。

其实，在少年时代，我就知道礼泉的袁家村在省内是颇有些名气的。

至今我还清楚地记得，有一年秋天，乡上组织镇、村干部去袁家村参观学习，邻居兴利哥也跟着去了。回来后，他就眉飞色舞地说袁家村，说起自己参观时的见闻。从他热情洋溢的情态中，我隐隐约约察觉到袁家村发生了翻天覆地的变化，这变化是我们周边的村子望尘莫及的。这其中，他总津津乐道一个人——郭裕禄。他逢人便说，就是这个人带领全村人，抓住改革开放的大好机遇，起早贪黑，多种经营，走上了勤劳致富的路子，家家过上了好日子。完全看得出来，他对于袁家村这个当家人的仰慕之心，情不自禁，时常溢于言表。

时隔三十多年，有一天，我无意间在一家网站上看到了一个关于乡村发展的高级论坛场面，台上站着袁家村的一名很年轻的当家人，他西装革履，容光焕发，英姿飒爽，滔滔不绝地讲述着他们袁家村的实践经验，讲述着东南沿海发达地区的先进理念，甚至还讲到了一些国外发达地区的典型做法。他渊博的知识，开阔的视野，精辟的见解，幽默的语气，强大的气场，赢得了台下经久不息的掌声。

这是非常精彩的一课，我曾认真地聆听了两遍，醍醐灌顶。我的直觉感受是，袁家村的这些先进干部是时代的先知先觉者，也是时代的弄潮儿。

他们的胸怀，他们的视野，他们的胆识，他们的尝试，他们的创新，他们的开拓精神，已经远远超出了周围许许多多的乡村干部。正因为这样，他们才带着袁家村像一股火焰似的，风助火势，火借风威，蓬蓬勃勃地发展起来了。

想着想着，我们就进了停车场。哇！好大的一个停车场，一排又一排的停车位上，停着一辆又一辆车，望不到边。正困惑着，惊叹着，只见中间的水泥路上，自驾游小车一辆接着一辆，鱼贯而来，穿梭而去，好多车绕来绕去，寻找停车位。也许是看到了我惊诧不已的表情吧，旁边一位游客说，袁家村景区用免费模式使游客增加了四倍，每天客流量超过了万人次，这些年光停车场已先后修了三个。不说别的，光这一项收入就非常可观。我忽然想，这位游客说得绝对没错，袁家村的乡村旅游真的火爆起来了！因为我曾亲眼看到、亲耳听到，许多人从袁家村回来后，都为这里蜕化蝶变而感到惊愕，为这里的华丽转身而感到震撼。

眼前的袁家村今非昔比，誉满天下，早已成为陕西省乃至全国最受欢迎的乡村旅游胜地之一，被誉为"关中第一村"。

街道里，男男女女，扶老携幼，摩肩接踵，熙来攘往。远远地望过去，简直像一条滚滚滔滔奔涌向前的彩色河流，壮观极了。我们夹在密匝匝的人流里，蹑足蠕蠕向前。忽然看见街口一尊宏伟的石碑，拔地而起。它光滑圆润，白里透红，像巨人似的高高地矗立着。走近一打听才弄清楚，1994年的春季，党和国家领导人华国锋来袁家村调研，喜出望外，有感而发，留下了题词："坚持社会主义方向，发展集体经济，走共同富裕道路，建设现代化新农村。"这些题字，游云惊龙，雄健有力，内容上极富时代特色，虽几经春秋，依然放射着灿烂的光芒。面对这尊厚重的石碑，我看见许多游客举起手机，调好镜头，拍摄了起来。

转过袁家村社区，我们从一户户农家门前经过。看见家家院子的门楣上都悬挂着名字响亮的招牌，门框上都装饰着内容绝佳的对联。我抻着脖子望进去，院子干干净净，大厅里摆满桌子和椅子，整整齐齐的。有的人家大厅里的桌子上，菜已经一碟碟端上来了；有的人家院子里的桌旁，已经坐满了吃饭的人。毫无疑问，这都是村子里墙连墙门挨门的农家乐。不过，从一个个店名看，家家的招牌菜都相互规避，迥然不同。再往前，忽然就听到了梆子戏的声音。循声望去，路旁的一个二层楼的阳台上，聚集着五六个古稀老人，好像是村子的自乐班，他们清唱的清唱，打板的打板，拉板胡的拉板胡，人人逍遥自在，怡然自得，玩得不亦乐乎。

走了没多远，又看见路旁挂着一长方形杏黄色的旗子，上面刺绣着"王家茶馆"几个字，旗子随风翩翩舞动着。在这面旗子的招引下，我们走进了王家茶馆。这个茶馆是纯木结构，面积足足有其他店面的五倍大，南北两面均有门，场面气派壮观，布置别具匠心。抬头看，房屋的木梁下，均匀地挂着好些六七十年代老牛车上才有的硬木圆辊辘，车轮上安着一圈小节能灯泡。往前走到茶馆的中间，只见眼前有个半人高的大台子，大台子上垒着半人高的小台子，台子两边对称地摆着两个风箱，风箱旁是两个火炉。一个清癯的老头身穿宽松的黑长袍，戴着黑色瓜皮帽和茶色眼镜，背稍微有点驼，左手端着细长的烟锅杆子，右手握着话筒，正在深情满怀地唱着《一壶老酒》。他一边嘴里唱着，一边脚下踩着节奏，身体前摇后晃，载歌载舞，显得油里油气，极像过去电影里的地主老财。特别是烟锅杆子上吊着的那个绣花烟包，就像只淘气顽皮的小猴子，尽兴地荡着秋千，惹得许多游客围到台前聚精会神地看着，并举起手机不停地拍照。台下摆着十几张圆桌，桌前都三个一团，五个一堆，坐满了人。他们端着茶碗，品着，说着，笑着，出神地看着台上的精彩表演，时不时地鼓掌喝彩。老人似乎很动情，慷慨而歌，台下好些人也跟着唱了起来。接着，一对年轻男女同时出场了，估计是小两口。他俩分别握住两个风箱的把儿，手一推一拉，脚步一进一退，在啪嗒啪嗒的声音里，踩着乐曲的节奏，于单调枯燥重复的劳动场景中，迈着婀娜的舞步，尽情地享受着烹茶的快乐。眼前，这看似老旧的装饰，让我们这些六〇后一下子就想起了过去的那个时代，想起了那个时代的老牛破车，想起了那慢悠悠的生活节奏和生活状态。现在，人们来到这里，就是要喝喝茶，聊聊天，忆忆旧，转一转，看一看，把心里的事放下来，让生活节奏慢下来，好好享受享受生活的乐趣。

离开了茶馆，我们又就近去看了关中老戏楼，戏楼烟熏火燎，饱经沧桑。进了财神庙，大殿里香烟袅袅，财神爷身后的整个墙上，挂满了一面面锦旗。殿内两边分别摆着一张条桌，桌前各坐着一个和尚。其中一个老和尚好像正在给一个中年妇女算卦，身边围了不少人；另一边那个小和尚桌前没有一个人，或许是百无聊赖了，或许是困乏极了，就毫无顾忌，趴在桌上呼呼睡大觉，尤其是那蜷曲慵懒的睡姿，让每个进门的香客不由得扭头去看。

随后，我们穿过了作坊街、祠堂街、回民街，体验了农家乐、小吃一条街。我们的总体感受是，袁家村的作坊颇有特色，小吃非常丰富，人流量相当大。一条狭窄的石板小巷里，两旁挨挨挤挤，全是古色古香的店铺，有德瑞恒油坊、稻香村醪糟坊、卢氏豆腐坊、天一阁辣子坊、五福堂面坊、童济功茶坊、五味斋醋坊、永泰和布坊、同顺堂药坊……这些店铺作坊，全是明清式建筑，店店古朴，铺铺典雅，颇有关中风味。再看那些小吃，有粉汤羊血、厚德麻花、生氽丸子汤、铁锅鸡、荞面饸饹、老豆腐、蜜汁酱菜、自制米线、武大郎烧饼……简直琳琅满目，无所不有。我们下意识地发现，这里除了关中小吃应有尽有之外，也吸引了外地许多特色名吃落户在这里。小街上，人流如潮。我们三个简直就像刘姥姥进了大观园，左顾右盼，满脸兴奋，被人流拥挤着，裹挟着，慢慢朝前走去。

最后，我们来到了客栈一条街。只见两旁高楼大厦，全是仿古建筑，雕梁画栋，明明晃晃，既豪华，又气派。但能看到的是，有些还在继续建设，有些还在招商阶段，有些还没有正式营业……总之，我的感觉是，袁家村正在不断地滚动式发展，正在如火焰般蓬勃发展。

回望袁家村，我边走边想：袁家村真不简单！

据说，十多年前，地处关中平原腹地、背靠九嵕山的袁家村，只是个有六十来户人家的小村子。虽然距离唐昭陵不到十里远近，坐拥区位优势的便利条件，但乡村旅游发展却几乎为零。为什么这些年，就如火如荼地发展到了今天这般地步呢？有人说，理念决定观念，思路决定出路，唯有开拓创新，方可创造未来。有人说，袁家村景区用免费模式走出了旅游的新天地。

"看得见山，望得见水，记得住乡愁。"这种乡愁是人的生命中最具有吸引力、最勾人魂魄的东西。袁家村将关中地区民俗传统文化与现代旅游融合在了一起，将特色民俗小吃、茶馆、技艺、游乐与文化创意、休闲体验、生活方式融合在了一起。所以，袁家村就成了关中印象的体验地。袁家村将乡村旅游做成了奇迹，探索出了一条"乡村振兴"的新路子。

穿越白鹿原

清明放假三天，我们攒三聚五，赴商洛自驾游浪荡了一回。

返回时，车疾行在高速路上，不经意间，我们瞥见了远处山顶上"白鹿原"三个特别醒目的大字。于是，就你一言我一语，扯到了著名作家陈忠实的《白鹿原》，以及根据这部长篇小说拍摄出来的影视剧。

我不禁想起了20世纪90年代初期，刚分到乡下的中学教书，见隔壁宿舍的杨老师买了本《白鹿原》，正在如饥似渴地热读。我便赶紧排队预约上，起早贪黑，手不释卷，像饥饿的人扑在面包上一样，一口气读完了这本书。

这时，忽然有人提议："出来逛也不容易，就顺路去白鹿原看看吧。"

就这样，我们的小车下了高速，七拐八弯，轻飘飘地上路了。大约十几分钟后，我们就来到了一个两山夹峙的沟壑口。沟壑口横卧着一道青灰色的城墙，城墙上有高大的城楼，中间题写"武观"两个篆体字。这是景区的南大门，门洞很开阔，它以武关为原型建成，具有很明显的关中建筑特色。关前是宽阔的广场，停满了各种各样的小车。游客们熙熙而来，攘攘而去，川流不息。广场中央砌着一个大的四方形台子，上面矗立着一座玲珑剔透的雕塑，三只黄铜色的梅花鹿雄赳赳气昂昂，扬蹄跳跃，似欲腾空而去。传说故事是很吸引人的，我在沉思默想，这里是因为有美丽又有灵性的白鹿，才有白鹿原这个地名吧。沟壑口另一边的山头上，"白鹿原影视城"几个大字，赫然映入眼帘。原来，之前在高速路上由于山势遮挡，我们只看到了"白鹿原"三个字而已。

在广场前，我们溜达了一圈，看到了如下的介绍文字：

白鹿原影视城位于陕西省蓝田县前卫镇（关中环线）将军岭隧道西一千米处，北部以横岭临潼区为邻，西部与长安区、灞桥区接壤，东南以秦岭为界，与商洛、柞水等县市相望，东与渭南相邻。景区距汤峪六千米，距蓝田县城十六千米，距西安三十六千米，西蓝高速、沪陕高速、312国道从周边经过，关中环线从景区南侧台塬坡脚下通过，交通条件便利，区位优越。

白鹿原影视城是陕西旅游集团有限公司斥资六个亿，以著名作家陈忠实先生的茅盾文学奖获奖作品《白鹿原》为依托打造的陕西首个以影视体验、文化旅游、欢乐休闲为主题的旅游目的地；以"天地白鹿原，一览大关中"为口号。整体占地近一平方千米，是陕西省政府重点文化产业项目。项目展示关中建筑、历史、宗法文化和居住、饮食、曲艺民俗，形成"景区入口、生态景观区、栈道水景、扶梯通道、白鹿村、滋水县城、麦塬儿童区、儿童游乐区、轮胎公园"九大功能区，同时选用关中周边最为典型"武关、萧关、大散关、金锁关、潼关"五个关口合围，形成"远望关口、身在关中"的景致。

跟着前面的游客，我们从一个侧门洞里走了进去。据介绍，沟渠所有的生态景观以"四季有景"为设计目的，以低碳、绿色、环保为理念，以区域内现有景观为基础，形成了具有观赏性的彩色植被带，最大限度地体现了周边生态资源和物种的多样性，集中反映人与自然和谐共处的主题。

看着夕阳斜挂山顶，我们有些焦急，就急匆匆踏上了扶梯通道。扶梯通道旁边有一级一级的人行步道。这条通道很长，在扶梯转换处设有观景平台。观景台上，视野非常开阔。站在最高处的观景台上，沐浴着冉冉清风，鸟瞰着沟壑之内，遥望着关中平原的苍茫远景，我想，这一定是一片神奇的黄土地；在这片神奇的黄土地上，往事必定沧桑，历史必然厚重。

滔滔渭水，暖暖远村。谁也没有想到，《白鹿原》作为经典，就诞生于这片苍天厚土之间。它的深沉，它的厚重，它的大气磅礴，让人叹为观止。作家陈忠实用春秋笔法，写出了一桩桩一件件发生在白鹿村里的关中往事，既波澜壮阔，又荡气回肠。眼前，白鹿原影视基地就是以这部长篇小说为原型，恢复了关中塬上传统的自然形态及生活形态的原始村落，让广大游客真实地体验到了丰富多样的电影拍摄场景，体验到了别具一格的关中建筑风貌，体验到了特色鲜明的关中文化风情。你看，就在这个白鹿村里，我们看到了小说中的祠堂、戏楼、关中广场等一系列建筑物。

基地建成了，影视拍过了，商业气息也就跟着一下子浓了起来。我们看到了小说中的那座滋水县城。一条青砖灰瓦的仿古街道打开了上一代人尘封的记忆。在这里，我们游览了关中戏院、文昌阁、衙署、城隍庙、同福文化客栈、白云寺等那个历史年代里的建筑物。我们深深地感觉到，以《白鹿原》小说为素材所建立起来的滋水县城，恢复了《白鹿原》中关于滋水县城的相关环境场景，既形成了以关中传统风貌、生活形态、民间习俗等为内容的核心景观，也形成了集游览、体验、商贸、休闲、餐饮、娱乐等多种功能于一体的主题区域。不信，你们看看，特色特产店、风味小吃店，一街两行，一家挨着一家，顾客盈门，生意红火。红尘漫漫，清风悠悠，空气里到处都飘着浓郁的香味。

穿过滋水县城的城门，在城前的广场上，我们看到直升机落下来了，又升起来了。落日熔金，暮云合璧。我们没有乘车，而是沿着盘旋的山道一步步走下来了。"看，那里是田小娥居住的窑洞！"顺着同伴的手势看过去，斑斑驳驳的黄土崖下，有孔黄土窑洞。院子里，放着个石碾子。田小娥，一个让人撕心裂肺的悲剧人物，她的悲惨命运有力地控诉了旧社会、旧制度、旧思想、旧礼教的不公。一个雷电交加、雨横风狂的深夜，黑娃的父亲残忍地杀害了她，还有她肚中的胎儿。跟着，白鹿村的人又都说，是她给村子带来了瘟疫，是她害死了一个又一个人。为镇压住她的妖气邪祟，村里老少爷们儿专门建造了一座六角青砖宝塔，把她的魂魄深深地压在塔底下，让她永世不得翻身。实在可悲至极！荒唐至极！愚昧至极！

望着山顶上那座镇压田小娥的塔，我的心里真不是滋味。

在空阔的沟道里，一潭又一潭活水，清幽幽的，像明镜摆在那里，能听得见涓涓溪流在路边草丛里的浅吟低唱。池水里，倒映着天空和树木的倒影，新荷还没有长出来，往年的残荷败枝横七竖八地乱参着。池子两边有精心设计的回廊栈道，草皮上长着一片一堆一簇的花草树木。沿着曲折迂回的栈道，我们慢悠悠地走着。夜幕，忽然像轻纱一样，在沟道里降落下来了。我们看到了一片片细碎的迎春花，也看到了一丛丛的丁香花。最让我惊奇的是，薄暮冥冥，我们听到了一串串珠玉一样温婉圆润的鸟鸣；循声望去，青枝绿叶里，又传出了一阵阵扑翅声。此时此地，此情此景，让我忽然想起一个成语：鸟语花香。

我不禁发出了一句感叹：人与自然如此和谐啊！

应该说，白鹿原影视城的景区栈道是一条重要的风景线。但由于天色已晚，陈忠实的老宅、巨幕影院、作家雕塑群、关中民俗浮雕墙、竹林、池塘、月光舞台、白鹿云梯等许多景观，我们都来不及到近前仔细观看，悉心感受了。

走出景区，我们松了一口气。回望山顶，不知什么时候，"白鹿原影视城"几个大字，一下子光彩夺目。望着南大门关楼珠光宝气的轮廓，望着金碧辉煌的剪影，我竟不由得想到了这么几个字：身在白鹿，远望天下。这句话，大概是对陈老心胸和眼界最好的写照吧。

白鹿原，好地方。如果有机会，我还想再阅读一回，再穿越一回。

漫川印象

绕过十字路口，远远就望见一块竖立的大牌子，上面写着四字成语——朝秦暮楚。当时，我的脑海里闪过"秦头楚尾"这个联语。我便想着，神奇的漫川古镇，应该就在眼前了。

漫川关，地处商洛市山阳县东南部。古时候，它曾被称为丰阳关、丰阳川，又称蛮子国。据说，陇海铁路通车前，漫川关是南来北往重要的水陆码头，商贸繁荣，人口稠密，"水码头百艇联樯，旱码头千蹄接踵"，"北通秦晋，南联吴楚"。眼前，我们谁也没有想到的是，中国古代"朝秦暮楚"的历史故事，竟然就发生于这一带。

这里，依山傍水，诸峰环拱，东有崔嵬的龙山，北有巍峨的鹳岭，西有磅礴的郧岭，南与湖北省郧西县接壤；这里，昔为秦楚之塞，今为陕鄂之边，从来就是兵家必争之地，历代设有水旱码头，曾是陕鄂豫蜀物资交流的重要集散地之一。因此，漫川关是陕西的边陲古镇，是陕西的"南大门"。它的地理位置非常独特，历史文化非常悠久。春秋时，这里属于蛮子国；战国时，留下了秦楚分界碑；南宋时，是宋金双方反复争夺的迂回战场。明清两代，这里水运特别发达，当时兴建的船帮会馆、湖北会馆、武昌会馆、骡帮会馆、武圣宫等历史遗存遗迹很多。正因为如此，漫川关也成了国家级历史文化名镇、AAAA级旅游景区。

春风轻拂，丽日当空。我们舍车步行，紧贴山根向前走。

走着走着，感觉到川道越来越狭窄，像一个茶壶嘴儿。刚刚转过一个大弯，就看到眼前矗立着巍峨的石牌坊。仰起头看，横梁顶上正中位置，雕塑着二龙戏珠，下面浮雕着喧嚣繁华的闹市，街道两旁店铺鳞次栉比，人烟辐辏，熙来攘往，颇有《清明上河图》的意蕴；再下面是醒目的横额，"漫川关"三个行体大字，遒劲有力。为何如此称呼这个地方呢？我之后上网查了相关资料，我琢磨大概因为地貌广阔，水域宽衍，川口狭小如壶嘴儿吧，故而美其名曰漫川关。横额底下又浮雕着一组商旅远行图，古道天涯，驼队马帮，络绎而行。当然，最引人注目的还是苍灰色的四棱石柱上，镌刻着一副大气磅礴的对联："秦风楚韵金戈铁马觅古道；襟江带湖百业兴盛看雄关。"这座石牌坊，极有气势，蔚为壮观。游客们一到这里，就不由得要仰起头来，欣赏着石柱上的对联，然后选个合适的位置，斟酌着光和影，给同伴们拍下美照，留下最永久的瞬间。

如果你是一个非常细心的人，欣赏过这座石牌坊，吟诵过石牌坊上的对联之后，你就一定会初步了解漫川关的前世今生，了解它是怎样一处历史文化积淀厚重的地方。

拍完照，我们信步向前走去。不料想，就在右手桥边，同伴用手指了指，"看！那是什么？""哇！""一柏担二庙！"这简直是天下奇观。原来，是河边凸起一块巨大的石头，石头上长着一棵古柏，苍翠葱郁，盘若飞龙。但更让人们惊叹的是，古柏两侧还修建了吕祖庙和鲁班庙，"一柏担二庙"，因此而得名。细观这两座小小的庙宇，构思别具匠心，建筑颇有风格，宏伟中显露着精巧，方寸里见证着奇崛。攀缘进庙，背依古柏，扶栏远望，周围山势逶迤，重峦叠嶂，川内高楼林立，古镇新姿，历历在目。转过身来，我们就看到了清末当地秀才阮文山题写的对联："左灵台右凤鸾古柏盖地；前玉带后回龙石柱擎天。"这副对联很抢眼，许多人环顾四周，不禁啧啧赞叹。

踏着一条坦平如砥的青石街，我们就毫不犹豫地走了进去。这是一条改造过的明清老街，极有地域特色，南北走向，背靠青龙山，面临靳家河，北窄南宽，外形酷似蝎子，因而又称"蝎子街"。街道以拐弯为段落，自北向南，分为上街、中街、下街。上街以小作坊、手工艺为主；中街以商业贸易为主，有会馆、商号、骡马店、酒肆、茶楼、店铺，分列街道两旁，鳞次栉比；下街大多以水旱码头往来搬运为主。街道全长七百多米，最宽处约六米，最窄处约两米。街道两旁店面全是黑漆铺板门，木架板楼，檐下廊枋遍饰木雕，花格门窗。民居大多为庭院式结构，一进两重一天井，或一进三重两天井，前为铺面，中为客厅厢房，后为生活区。马头墙上花鸟瑞兽，或浮雕，或彩绘。门面圆木柱下，或圆形或多方形立石为托，刻有浮雕花纹。挑檐镶有双凤朝阳、金鸡芙蓉、传奇典故等镂空装饰。街面中间是用清一色的卵石砸扣，两边用青砖铺设。步入这条老街，仿佛一下子走进古诗词的意境里，一种悠久浓厚的文化气息扑面而来。但我总觉得，走在这条狭窄曲折的小巷子里，如果老天能适时飘着蒙蒙细雨，我们再撑着花纸伞，娉娉袅袅地向前走，那就更有江南水乡的味道了。

在熙来攘往的人流中，我们左顾右盼，看着聊着，走走停停，停停走走，不觉间就来到了一片开阔处。看见游客们围在戏台前，个个仰起脖子，拿着手机拍摄着。干什么呢？我们赶紧凑上前去，原来是一名古装女子，衣袂飘飘，正在台上演着《秦香莲告状》的片段，那字正腔圆的秦风秦韵，那有板有眼的招式做派，吸引了人们驻足观看。抬头看，这里有两座戏楼珠联璧合，并蒂而生，称为双戏楼，也称鸳鸯戏楼。看简介才知道，这两座戏楼是漫川关明清建筑群里的标志性古建筑，它们均隶属骡帮会馆。其中，北边的关帝庙戏楼，两旁刻着这样的对联："观其像听其音溶云生戏；大则贤小则士各宜存缄。"每年阴历三月三日、九月九日多以演唱秦腔为主，又称其为"秦腔楼"。南边的马王庙戏楼，两旁又刻着："牧童遥指杏花村；江枫渔火对愁眠。"每年阴历二月二日、五月五日多以演唱汉剧为主，又称其为"汉阳楼"。这两座戏楼宛然孪生姐妹，并排紧挨，联袂携手，常于特别重要的民间节日里，面临台前的老百姓，一边吼秦腔，一边唱楚调，热热闹闹地大唱对台戏。想想看，台前一定人头攒动，掌声雷动，吆喝声、喝彩声此起彼伏，全场一下子就沸腾起来了。

冷不丁一回头，我们就看见了对面的骡帮会馆，径直走了过去。会馆由两部分组成，南为马王庙，北为关帝庙，合称骡帮会馆，现存大殿、献殿、厢房、广场、戏楼，占地面积三千多平方米。据了解，这个骡帮会馆，始建于清光绪九年（1883），历时五年，至光绪十三年（1887）竣工，由陕西、山西和河南骡帮共同出资修建，属于当时居民客商文化娱乐场所。

跟着，我又有幸看到了这样一段文字：

北古道：穿法官、翻鹘岭、越高坝至山阳县城与西古道汇合北上。古时商贸中心在漫川关。《十六国春秋》载：前秦皇始二年（352），苻菁于漫川关置荆州，"通关市，招远商，引进南金奇货，购买弓竿漆蜡，国用充足，异贿盈积"。明清至民国初年，漫川关商务繁荣，旱码头已有"三百余家铺户"，"泉盛源"号、"樊盛恒"号、"洪顺泰"号、"金隆昌"号、"黄聚兴"号、"徐贸源"号等大字号商铺达十余家。旱码头又是骡帮和船帮交易的中心市场。船帮建有武昌会馆、湖广会馆，骡帮（盐帮、西马帮、北马帮、关中帮）集资建有北会馆、骡帮会馆。每年三月三为骡帮交流会，要在鸳鸯戏楼唱大戏；五月端午是船帮会馆交流会，赛龙船，唱大戏，繁荣商务。明成化后，丰阳（山阳）县城成为第二商贸中心。民国二十三年（1934）陇海铁路抵西安，商品由水运改为陆运，漫川关商务渐衰。

由此可见，过去的漫川关南来北往，车水马龙，确实盛极一时。不论是熙熙而来的人气物流，还是滚滚而来的物品商流，都使秦岭山中的漫川关富集一隅，兴盛一方。不论是骡帮会馆，还是船帮会馆，不论是关帝庙，还是马王庙，也不论是鸳鸯戏楼，还是黄聚兴钱庄，都真实地体现了当时秦楚晋豫蜀等地民间文化、商业文化、都市文化、中原文化元素达到了最活跃的交流和碰撞，最充分的融合与发展，最积极的潜移及默化！

我忽然在想，我们之所以是一个多民族的国家，大概就是这么慢慢融合发展而来的。

走出骡帮会馆，我们又分别走进旁边的武昌会馆、北会馆、武圣宫以及陕西大院、山西大院等处，细细地瞻仰了一番。我的总体感受是，漫川古镇不愧为国家级历史文化名镇，又是陕西边陲商贸重镇。

一句话：漫川古镇的历史文化积淀太深厚了！实在不虚此行。

谁点亮了棣花镇

清明节的第二天，我们五人结伴去了商洛大山中。

第一次知道商洛这个地名，还是童年时代。我从邻居的小伙伴处借了本连环画，从中看到闯王李自成带着残军败将，一路丢盔弃甲，隐伏商洛山中。长大后，才知道商洛原来在秦岭大山里。

小车疾行如箭，飞一样穿过了一个又一个洞子。我们慕名前往作家贾平凹的老家棣花古镇。手机上一搜索，我了解到棣花古镇位于商洛市的丹江旁，早年因盛产棣棠花而得名。唐代诗人白居易三过棣花，曾留有"遥闻旅宿梦兄弟，应为邮亭名棣华"的名句。棣花古镇现为国家 AAAA 级旅游景区。这里，是贾平凹获得茅盾文学奖的长篇小说《秦腔》的原型实景地。这里的风土人情和山水景色被写进了这篇小说，吸引了各地粉丝纷至沓来。

应该说，贾平凹是我特别喜欢的一位陕西作家。记得 1985 年，我刚考进陕西省彬县师范学校，就如饥似渴地阅读了他的小说集《腊月·正月》。其中一个中篇小说里写到了湖北、河南和陕西三省的交界地带，作品清新鲜活，人物故事语言接地气，乡土气息非常浓厚。当时，我读着读着，竟然不知天高地厚地痴迷上了文学，一下子把他当作心目中的偶像，很敬仰，很崇拜，甚至完全成了他的铁杆粉丝。回过头来看，从那时到现在，我先后零零散散拜读了他的许多散文和小说作品，比如短篇小说集《太白》，长篇小说《浮躁》《废都》《秦腔》等。记得多年前，我在西安某个书店还买了他的乡党孙见喜写的《鬼才贾平凹》一书。读完了那上、下两本书，我深刻地了解了贾平凹。

所以说，在众多当代作家里，贾平凹的作品，我是读得最多的。

记得之前，我看到过他好像在一篇散文作品里写过宋金街。没有想到的是，多少年后的这一天，我竟然来到了这条街上。站在街边的大牌下，我高高地仰起头，思索着这条街的历史渊源。说是据《宋史·高宗本纪》载，秦桧曾"割商界给金"。相传金国侵略南宋到龙驹寨后，遇到这里的南宋将士奋力抵抗，久战不分胜负，当朝宰相秦桧力主求和，便割商给金；金为了立标志界，按照喇嘛寺的造型，融合汉人建筑艺术，遂于棣花镇东街筑"二郎庙"，成为宋、金的"三八线"；街道东面一律是宋人、宋物、宋代建筑，街西门市却是金人、金物、金建筑，街中有一道清晰的宋金国界线，一条街拥有两个国家，两国相隔仅一步之遥。可以说，来这里的游人，一脚踩着大宋，一脚踏着金国。如今，这条街商业气息很浓，特色小吃店一家挨着一家。

在街口旁边，沿着一条"之"字形石阶小路走上去，就看到了一个农家小院的梢门，门旁悬挂着贾平凹老宅和贾平凹文学馆两块牌子。梢门右边，扑入眼帘的是三间房的后墙，墙上是厚重的古铜色，镂刻着贾平凹的所有大部头作品名称，一个挨一个罗列着，给人以很强的视觉冲击力和震撼。应该说，这是一面醒目壮观的形象墙。它让人不禁想到了皇皇巨著、洋洋大观等词语。走进院子，我左转三圈，右转三圈，仔细审视着贾平凹笔下的那块充满灵性的"丑石"。石头不大，扁平状，青灰色，大致呈圆形。真乃天地间一块垒，浑然天成。我怀着虔敬的心情，用手一遍遍摩挲着它，再次拜读了后面木牌上《丑石》这篇托物言志的美文。

丑石，丑石，人们叫你丑石，其实你一点都不丑。你很有意义，很有价值！

接下来，我们参观了贾平凹文学馆和贾平凹书画馆。两个馆子门旁都有对联。文学馆的门旁写着："布衣傲青云；文章高白雪。"书画馆门旁则写着："纸上挥毫显山水；画中泼墨见真情。"我们鱼贯而入，绕着柜台转了一圈，浏览了贾平凹不同时期出版的文学作品，欣赏着他不同时期的书画作品。走出两个馆子，我深深地感觉到，贾平凹不愧是一个博学厚养内敛的人、一个多才多艺多产的人，一个为当代文学做出积极贡献的人。

在馆子旁边的一间小屋子里，我看到了一男一女在出售贾平凹的作品。我和同伴凑上去翻了翻，发现每本书的扉页上都有贾平凹亲笔签名。看到有签名，我惊喜欲狂，毫不犹豫买下了他的最新长篇小说《山本》。我默默地想，大概可以从这本书里很好地了解秦岭大山的前世今生，了解山里人的民情风俗及历史掌故。

离开贾平凹老宅，向前走。没几步，我们又走进另一个干净雅致的农家院子，见到了刘高兴。我心里很清楚，他是贾平凹长篇小说《高兴》的人物原型。只见他正坐在宽大的书案后边，泡着方便面，被刚进门的游客围了起来。我靠上前去，看见一位书画家模样的人，披着银灰色的长头发，正和他亲切地攀谈着。他喜形于色地说，他和贾平凹家是多年的邻居，是很要好的发小，"看看人家平凹，现在享誉全国，驰名世界"。举手投足间，他的表情里洋溢着自豪和骄傲，也流露出对贾平凹的敬重和崇拜。这时，我忽然发现画案上摆着一摞贾平凹的长篇小说《高兴》，旁边还摆着一摞刘高兴写的书《我与平凹》，好些人走上前去，索性顺手拿起来翻着。不经意间，我还看见在刘高兴身后的墙壁上，悬挂着贾平凹的好几幅书法作品。虽然我眼睛近视，看不清楚落款是谁，但我敢肯定这些作品绝对是贾平凹的字。因为他的字写得稚拙、厚重、大气、内敛，有极其鲜明的个性特点。

俗话说，挨金似金，挨玉似玉，挨着木匠会拉锯。走出刘高兴的家，我听见前边有人这样赞叹着："你们看到没有，现在的刘高兴也开始舞文弄墨，写开字了，写开书了。名人的轰动效应就是大！""平凹的发小刘高兴也跟着出名了。"不光如此，一个商洛山中的棣花镇就因为作家贾平凹和他的作品，一下子赫赫然闻名于世了。镇上人气旺了，乡村旅游火了，商贸服务活跃了。这个藏在深山旮旯里的小镇，一切都因了贾平凹，蓬蓬勃勃地发展起来。

忽然，我心里有些激动，感觉游客们说得对极了！贾平凹真是棣花镇的一颗耀眼吉祥的福星！故乡的山水养育了他，他的光泽也照亮了故乡；故乡的人民哺育了他，他的文字也记住了故乡。

棣花古镇曾是"北通秦晋，南连吴楚"的商於古道上的重要驿站，春秋、盛唐、宋金、当代等多种文化形态在此交汇融合。多年来，棣花古镇以"两街（宋金街、清风街）、一馆（平凹文学馆）、一荷塘（生态荷塘）和西部花都"为主打项目，复活了棣花古驿、魁星楼、法性寺等老景观，打造了历史、人文、生态相互交融的新景点，凸显了商於古道上的棣花特色。

穿过二龙桥，漫步在清风街上，我们这些外乡人歪着头脑，慢慢感受着那里的风土人情。最后，我们跨过街边一道汩汩流淌的小溪流，在一家特色小店里，填饱了咕咕叫的肚子，又原路返了回来。这时，我才感觉到千亩荷塘真像个丝绸裤子般平铺着，二龙桥从裤腿中间穿了过去。荷塘里的水，绿莹莹的。桥头边，几个上了年纪的老人坐在小凳子上，脚边的篮子里放着香椿、荠菜、苜蓿、核桃、木耳、板栗……他们随意地聊着天，看着来来往往的游客，叫卖着自己的山货。

再朝前走，就看到了魁星楼。看到魁星楼，我就不由得遥望着远处贾平凹笔下的那座神圣的笔架山。不错，一方水土养一方人。这里还真的是地灵人杰呢。

延安速写

出门三步远，另是一重天。

我实在没有想到，延安市与关中平原上的市区大不一样。

关中平原上，视野很开阔，一马平川，无遮无拦，望得见村，望得见镇，望得见城，望得见市，望得见街衢巷道，望得见高楼大厦，望得见人烟稠密，望得见车辆辐辏……

可延安位于黄河中游，属黄土高原丘陵沟壑区。一踏进延安，便有了亘古蛮荒的味道。一座座巍峨的山，一道道重叠的岭，一条条空阔的沟，梁峁起伏着，沟壑纵横着、交错着、拥挤着、切割着，没有条理地聚集在一块儿。若这山里有人家，也都被山岭沟壑遮着藏着掩着披着，好像隐匿在大山褶皱里的小生物，一点儿也不起眼。

延安市，嵌在黄土高原的大裂缝里。这里地势比较开阔，宝塔山、清凉山和凤凰山，呈三足鼎立之势，整个城区延展于三山对峙的区间，延河、汾川河在这里交汇，向东南流入滚滚黄河。从大轮廓看，延安城在山之怀抱里，水在城之怀抱里，山环水抱城绕，地形非常奇特。故而，自古以来，延安有"塞上咽喉""军事重镇"之称。延安市还因地势险要，曾被誉为"三秦锁钥，五路襟喉"。

细观龙脉走向，延安确实是一处不可多得的风水宝地。

宝塔山是革命圣地，是延安的标志和象征，是游览延安的必去之地。一个外地人只要到了延安，就一定会登顶宝塔山，极目远眺，无遮掩地领略全城风景。在宝塔山下，我们坐着慢慢蠕动的车，目不转睛地欣赏了范仲淹隶书丹涂的"嘉岭山""胸中自有数万甲兵"等多处历代摩崖石刻。这些石刻，遒劲方刚，大气磅礴，让我见识到了古城延安深厚悠久的历史文化底蕴。来到山下，这里车辆辐辏，水泄不通，难以泊车。兜兜转转，勉强停下车，我们却一个个仰望着宝塔山发呆。上山的路被纵横交错的车堵死了，游客们慢悠悠地正蜿蜒在上山的路上。究竟是爬上去呢，还是远望一下，过过眼瘾就算了？征求大伙儿意见时，大伙儿迟疑不决，看得出来，都有些怯阵畏难。其实，上面就一座塔。既然没兴趣，那也就只好算了。但从内心说，能亲历一次延安，也是不容易的。所以，我对宝塔山是恋恋不舍的。

无奈，我上网查阅了宝塔山的历史资料，就当观赏了宝塔山吧！

宝塔山，古称丰林山，又名嘉岭山。它矗立于延安城的东南方向，海拔一千多米，可谓延安市群山之冠。山上眼界开阔辽远，林木葱郁，环境优美，已建成了宝塔山公园。据说，这座宝塔建于唐代，高四十四米，共九层，登上塔顶，全城风貌可尽收眼底。塔旁有一口铁钟，属明代铸造，延安时期，中共中央曾用它来报时和报警。此外，宝塔山上还有历代碑林和众多的摩崖石刻，石刻崖面整齐，崖石完整，个个都是难得的艺术品。

多么富有历史文化底蕴的地方啊！我心目中的宝塔山，带着延安的光芒，带着延安的祥瑞。一想到延安圣地，我头脑里立马就出现了沐浴着阳光的宝塔山。没有上山去，让我感到越来越后悔，越来越遗憾了。没有办法，我便像作别亲人似的，回过头来，脉脉含情地望着宝塔山，挥挥手，和宝塔山依依惜别了。

离开宝塔山，我们在城里兜了半圈，远远地望见了清凉山。整个一面坡，从上到下，几乎没有植被，红褐色的断崖，刀劈斧削，全裸露着，好像一个强壮的陕北汉子袒露着黑里透红的胸膛。山腰以上层峦叠嶂，有座古色古香的寺院，殿宇参差错落。延安新闻纪念馆依崖而筑，馆名以烫金大字示人，熠熠生辉，非常醒目。馆前是个很宽阔的广场，广场中央耸立着一尊报纸书卷样的雕塑。查了资料后我了解，延安时期，清凉山上建有延安新华广播电台、新华通讯社、解放日报社，其万佛洞石窟群建有中央印刷厂、纸币厂和新华书店等。

此时，我终于明白了，清凉山为什么被后人称为红色延安的"新闻山"。我一下子变得庄重、严肃了起来。

没有想到的是，延安新闻纪念馆竟然是免费的。慕名参观的人你来我往，络绎不绝。由于正值暑假，有好些家长还带着孩子前来参观。里面没有讲解员，我们只好通过浏览墙壁上的剪报照片，以及一些宣传语，了解着延安时期党的宣传工作轨迹。来到顶层的大厅里，我们看到靠后墙是黑黢黢的石崖，崖面上凹凸不平，并列着好几孔石窟，石窟里面大小不一，深浅不等。由于经过岁月里的烟熏火燎，石窟的墙壁已经发黄，光线非常幽暗，似乎走进了阴森的地宫。沿着逼仄的台阶，我小心翼翼地走上去，睁大眼睛仔细浏览了一下景点说明，原来这是一处革命旧址，分别是印刷车间、编辑室、职工宿舍等。看着这些石窟，石窟里的实物、塑像，以及由这些实物、塑像再现复原出来的工作场景，我不禁对先辈们肃然起敬。当年，中国共产党坚持的革命斗争，实际上就是摧枯拉朽，破旧立新，创造一个新世界，让人民群众过上幸福生活。宣传工作就像号手，就是要唤醒沉睡的人们，行动起来，去争取胜利。想想看，我们的先辈们确实在干着一件开天辟地的大事情，这是多么艰难，多么不容易啊！

从延安新闻纪念馆里出来，我们来到了馆前的广场上，背靠着清凉山，头顶着"延安新闻纪念馆"几个金色的大字，沐浴着延安的阳光，凝望着远处苍翠的宝塔山，我们又看到了远处的延河大桥。这是一座空腹式石拱桥，桥下有三个圆拱形小桥孔。如果就单个桥孔看，颇有点赵州桥的样子，设计独具匠心，外形精巧而壮观。延河水早已没有了昔日的气势，只是有些浑浊，水面窄窄的，两侧旺盛地长着青冉冉的野草。它哗啦哗啦地流淌着，极像一条闪闪发光的黄色缎带穿过延安市中心。延河大桥则向两岸各伸出了一只手，彼此紧紧地握在一起，将两边的高楼大厦连接了起来。

如果说，宝塔山是延安市的过去，那么延河大桥就代表着延安的将来。

且看，青天丽日之下，周围三山对峙，两水交汇，山水相依，城桥辉映，构成了多么壮美的画面。

枣园，实在是个很亲切很接地气的名字。

来到枣园，我们的视野一下子豁然开朗起来了。院内绿草如茵，树木葱茏，"幸福渠"在林下横穿园林而过，听到了嘶哑的蝉鸣，遗憾的就是没有看到清凌凌的流水。原来，枣园其实是一家园林式的地主庄园，中共中央进驻延安后，为中央社会部驻地，遂改名为"延园"。1944年，中共中央书记处由杨家岭迁驻这里。

枣园的游客人流如潮，熙熙攘攘。跟着前面的人群，我们参观了中央书记处礼堂，参观了中共中央办公室、机要室。接着，我来到了当时中央五大书记的铜像前，他们个个容光焕发，满怀豪情，迈着稳健的步伐，昂首阔步向前。雕像惟妙惟肖，通过几位伟人的表情神态，形象地刻画出了他们正带领中国人民走向新中国的坚强斗志。

枣园革命旧址是中共中央书记处所在地。毛主席在枣园的窑洞里运筹帷幄，审时度势，写下了许多指导中国革命的重要文章。在那个风雨如磐的年代里，他的这些文章如明灯，如火炬，彻底照亮了中国人民前行的路。不久，中国人民有尊严地站起来了。

延安，是一个充满着历史和文化底蕴的城市，一个充满着革命精神的城市。先辈们为了革命不惜一切的精神，值得我们用一生的时间去学习和传承。

在泾河的臂弯里

1

每当一种候鸟在村子上空飞来飞去，"算黄算割，算黄算割"，一声紧接着一声啼叫着的时候，我就知道，三夏大忙就要到了，龙口夺食要轰轰烈烈地开始了。

记得每年夏至前二十天左右，娘都要串联左邻右舍几个泼实的妇女，下行十五里，去焦家河村当麦客，支援他们夏收，挣几块零钱回来。给我印象最深刻的是，每次赶场回来，她们凑一块儿算账，娘一毛两毛地认认真真地数着钱。一遍又一遍，喜形于色，无比得意。那副收获的表情，让我着实一辈子都忘不了。

焦家河在什么地方呢？凭小时候的记忆感觉好像不太远。等到慢慢长大了，我才知道焦家河是一个村子，在泾河岸边，由于人都姓焦，所以村名就叫焦家河了。

说起泾河，它的确是一条很有故事的河流。

一年正月里，我跟着哥哥去芦堡村看望表姨。大表哥那时大约在读初中，买了《三国演义》《水浒传》《西游记》《封神演义》等不少书籍。我竟然乐不思蜀，赖在他的家里，手不释卷，如饥似渴地读完了《西游记》，直看得我头昏眼花，天旋地转。曾记得上册里，"唐僧师徒西天取经"之前，就讲到了泾河龙王的故事。

说是唐朝贞观年间，泾河龙王与江湖术士袁守诚打赌，泾河龙王为了确保自己赌赢，故意把玉皇敕旨要降的雨水克扣了若干点数，结果触犯了天条，天庭命魏徵问斩泾河龙王。魏徵是唐太宗身边的重臣，临刑前一天晚上，泾河龙王托梦向李世民求情，让李世民救他一命，李世民应允了。次日中午时分，李世民传魏徵进殿陪他对弈，想拿这个办法把魏徵拴住，使其下不得手。孰料，棋刚下到一半，魏徵竟托着下巴睡着了，李世民心疼他日夜操劳疲累，就没有惊动他。魏徵一觉醒来，说他把泾河龙王给斩了。接着，李世民便夜夜梦见泾河龙王提着血淋淋的龙头来向他索命，吓得魂不附体，寝食难安。无可奈何间，便安排两员虎将秦琼、尉迟敬德站在门外为自己守夜。后来，李世民命人将秦琼、敬德的形象画成肖像贴在了门扇上。慢慢地，秦琼、敬德便衍化成了门神。

从此，古老的泾河就披上了一层无比神秘的面纱。

不过，上网了解后才知道，泾河发源于宁夏六盘山东麓，一路吸纳众溪百川，慢慢形成一条莽莽苍苍的老龙，弯弯转转，坎坎坷坷，铿铿锵锵，匍匐着，游走着，艰难地来到了关中平原，最后注入渭河。

好像是我上小学的时候，曾在永寿县志里读到过一篇关于泾河的民间传说故事。说是很久很久前，在一座边远的小村落里，有个名叫小靖的青年，老实善良，勤劳勇敢，他爱上了邻村一名纯朴美丽名叫小荷的姑娘。两人情投意合，偷偷山盟海誓，永结连理。小荷父母知道后，嫌弃小靖家里太穷，硬是把小荷嫁给了一个财主的儿子。天长日久，两人朝思暮想，垂泪不已。他们的感情感天应地，两人的眼泪竟幻化成了一条滚滚滔滔的河水，这河水初名靖荷，叫着叫着，就慢慢变成了泾河。

这个爱情故事，惨烈、凄美、悲壮，让人痛心不已，当时在我的心里盘旋了好久好久。后来，在我一次次找对象失败之后，都曾想到过这个故事的深刻性和现实性。我深深地认识到，在壁垒森严的红尘世界里，面对嫌贫爱富的人情世故，如此不食人间烟火的爱情，注定只能成为社会的牺牲品。

但不管怎么样，人类对纯洁纯真美好爱情的渴望，还是永远让年轻人向往的。

2

那年9月1日，我去陕西省彬县师范学校报到。第一次出远门，坐车刚到十里铺塬畔边上，我就透过车窗，居高临下，惊喜地望见了慕名已久的泾河，它像一匹白花花明晃晃亮闪闪的缎带，从天外萦回而来，从眼下袅绕而去。

彬县汽车站，在城外的国道边上。那条窄窄的坑洼不平的老街上，人来人往，车水马龙，川流不息。当时，正是瓜果上市的时候。彬县的大水梨和大红枣美名响当当，方圆远近很有名气。放眼望去，一个竹筐子，又一个竹筐子，一辆架子车，又一辆架子车，横七竖八，挨挨挤挤，充塞在街道里。那雪花梨一个个黄灿灿的，像秤锤，像铜铃；那晋枣儿，颇像红玛瑙，一颗颗黑红透亮，闪着明光。面对过往的客车，果农们蜂拥而上，声嘶力竭地叫卖着，争先恐后地向车窗内的乘客们兜售着自己的水果。那热热闹闹的势头，那熙熙攘攘的场景，实在让我大开眼界，长了见识。

我不由得暗自感叹：水土养人。泾河岸边这沙土地，还真的不一样！

西街小巷坑坑洼洼，曲里拐弯穿过去，就看见我们的学校紧靠在山根下。校园外，土地平旷，野地里全生长着一畦畦蔬菜，特别是那些莲花白，一大片又一大片，连片成方，个个翠绿色，"睡"得满地都是，几乎望不到边。菜地四边的塄坎上，大都稀稀落落地长着高大的老枣树，密匝匝的枣儿径直压弯了树梢。我们的宿舍在一栋房的边上；紧靠着校园的外墙。秋风飒飒，树叶簌簌落下来，时不时地有枣儿掉到地上。捡起来一咬，清脆甘甜，真的是我从来没吃过的一种味道。

出了彬县师范学校大门，就是312国道。沿着一条架子车宽的土路，高一脚低一脚走下去，两旁全是家家户户的梨园。穿过梨园就到了泾河边上。河面宽宽的，柔柔的，静静的，像一面明晃晃的长镜子。听不到哗哗啦啦的流水声，只看到粼粼细浪，一轮轮，一波波，像无数条皱纹，蜿蜒着，荡漾着。在白莲花般的云朵里穿行，或者静影沉璧，那是太阳在水里摇晃着，或许是月亮在水里摇晃着，破了圆了，圆了破了，日日夜夜，年年岁岁，永不停歇。《春江花月夜》的诗情画意，我想总是有的。

不远处，有一滩一滩圆圆的鹅卵石，一洼一洼清清的积水，一丛一丛茂盛的水草。有时，还会碰上灰褐色的野兔，走一走，停一停，忽然一蹦几尺高，落下地来又左右看看，似乎端详着什么。也有机灵的水鸟，叫不上名字，身子很娇小，在地面上蹀躞着，探头探脑啁啾着。忽地，一只像射箭似的飞了出去，另一只也振翅追了上去。到了泾河上空，它们又摊平双翼，悠悠然飘着，回翔着，很悠闲很沉醉的样子。

哪个少男不钟情？哪个少女不怀春？所以，校门外那曲曲弯弯的泾河滩，既是我们奋发读书的地方，又是我们消愁解闷的地方，还必然是个充满红情绿意的地方。几乎每天饭后，都有人，或一个人，或两个人，或三五个人，去泾河滩上散步转悠。但更多的则是情窦初开的同窗们，或趁着桃夭李艳，或趁着月色朦胧，相约泾河滩上，谈一场风花雪月的爱情。

有一天，我从一位精通时事的同学那里，听到了一条浪漫有趣的消息。

我的一个乡党爱上了班里一位很漂亮的女同学。不料想，事情刚刚上路，高年级的一位男校友也对她发起了猛烈的攻势。没有办法，他俩就效仿中世纪欧洲上流社会一些贵族的做派，像《红与黑》中的于连一样，采取决斗的方式来解决。不知是谁抢先响亮地挑战道："你等着，咱们泾河滩上见！"东风吹，战鼓擂，年轻男孩谁怕谁？他们想干什么呢？当然是约架了，为捍卫所谓的神圣爱情而决战。据说，那是个月光朦胧的夜里，双方都约来了自己的一帮子狐朋狗友，似乎非要弄个鱼死网破不可，敌视着，对峙着，顶着牛……最终还是作鸟兽散了，不了了之。

少年意气，如此轻狂，真是浪漫极了，也可笑极了。一传十，十传百，学校里几乎人人都知道了。

彬县，古称邠，通"豳"，曾是豳风的发源地。其中《七月》这首叙事诗真实地展示了当时古豳之地人们的劳动场面、生活图景，构成了西周早期社会一幅男耕女织的风俗画。春日迟迟，我们捧着《诗经》，自由自在地漫步在泾河滩里，每当望着历历晴川，悠悠河水，萋萋芳草，簇簇野花，翩翩水鸟，我总是禁不住一遍遍摇头晃脑地大声吟诵着《关雎》：

关关雎鸠，在河之洲。窈窕淑女，君子好逑。

参差荇菜，左右流之。窈窕淑女，寤寐求之。

求之不得，寤寐思服。悠哉悠哉，辗转反侧。

参差荇菜，左右采之。窈窕淑女，琴瑟友之。

参差荇菜，左右芼之。窈窕淑女，钟鼓乐之。

这样，我就产生了一种莫名其妙的郁闷，说不清，也道不明。犹豫了好久，我便毅然拿起笔，给在水一方的伊人，写了一封长长的信。望眼欲穿，静候玉音的时候，我那心简直像眼前的河水，一直忽悠忽悠的。

我知道，爱情的种子，就要在尘世里发芽了。

3

1988 年 7 月，我从泾河岸边的陕西省彬县师范学校毕业了，回到了自己的老家——永太乡车村，开始了自己的教书生涯。第二年，春暖花开时，乡上组织全体小学教师前往焦家河村小学，观摩了一位年轻老师的数学课，召开了研讨会。

会后，我的妹夫把大家分流到群众家里吃了午饭。饭后，他领着我们走向泾河边，大家说着笑着，沿着松软的河滩散着步，寻找着中意的鹅卵石，欣赏着曲曲折折的河床，感叹着巉岩累累的河岸，饱览着无比美丽的自然风光。

记得妹夫当时是村里的干部，他给大家介绍说：

这里叫作龟蛇山。你们看，对面那座山疙瘩伸进泾河里，我们这边的山疙瘩也伸进泾河里，它们面对面对峙着，像两只静静趴着的乌龟。泾河像一条长蛇从它们中间绕过来，又绕过去。两座圆圆的山头不动像乌龟，泾河水曲里拐弯像条蛇，因而叫龟蛇山。听了他如此活灵活现的解说，大家恍然大悟，连连惊叹不已。确实太形象了！

　　儿子三岁时，我的妹妹把他带去家里玩了几天。妹妹的儿子，比我的儿子大一岁。他们表兄弟俩很快便在我的家里相遇了，热热火火地聊了起来。无意间，我听到儿子带着炫耀的口气说："我村里人多。"我估计他的小表哥，一定不知所措。谁知，他竟不以为然，扬扬得意地说："我村里石头多。"儿子说："我村里有汽车呢。"外甥说："我村里有桥呢。"他们的对话，一下子惹得我们大人哈哈大笑。表兄弟俩真是天真，说的都是真话，都是大实话，也都是心里话，似乎谁也说服不了谁。但最让人吃惊的是，他们都捍卫了自己的村子，表现出了对自己村子的爱，对自己家乡的爱。

　　有人说，一个人生在哪里，长在哪里，就一定爱着哪里。有人说，金窝银窝，不如自己家的穷窝。我想，这些话都颇有道理。

　　曾听老辈人说，过去的年月里，焦家河是泾河上的一个渡口，岸边的大石头上，常年拴着一只比土炕大的木船。倘若有人要过河了，只需大声呐喊一声："过河了！"便有艄公闻声从这边的窑院里钻出来，来到河滩上，把人摆渡过去，或者摆渡过来。在解放战争时期，焦家河对面是边区，我们这边是白区，奔赴延安的进步青年学生，被常年活跃于泾河沿岸的宁泰游击队，从这个渡口送过去了一批又一批。后在配合西北野战军渡河作战打赢常宁解放永寿的战役中，宁泰游击队更是做出了不可磨灭的贡献，被陕甘宁边区政府授予"边区模范游击队"荣誉称号。

　　我第三次去焦家河妹子家，是早春二月。四岁的外甥很懂事，见我来了，便高高兴兴地在前边跑着，要领我去看桥，去桥那边的阳坡地里，揪些新鲜的嫩苜蓿菜。

　　这是一座极其简易的钢索桥。桥的两岸之间，共拉扯着五根钢索，最底下三根均匀拉开，上面挨挨挤挤平铺着捆扎着碗口粗一米长的洋槐椽，就做成了桥面；在距离桥面大约八十厘米的空中，又一左一右拉扯着一根钢索，算是桥的扶栏或扶手。我左手紧紧抓着钢索，跟在外甥后边，小心翼翼地往前走着。走着走着，就感觉整座桥忽悠忽悠，越是往前，摇摆得越厉害，幅度也越来越大。我的心一下子被提到了嗓子眼，但还是壮着胆子，硬着头皮，亦步亦趋，慢慢试探着往前走。走到河中心，有股风吹过来，桥身剧烈地摇晃着，似乎要翻转过来，简直能把人吓坏。我叮咛着外甥走慢点儿，一定要小心。哪知他在桥上大踏步，连颠带跑，如履平地，还开导我不用害怕。他说，他们村里人经常过桥去，到彬县香庙去赶集，来回都不抓扶手，有人还骑自行车呢……

春秋代序，寒暑易节。就是这座简简单单的桥，摇摇晃晃的桥，风里来，雨里去，手牵着手，连接起了两岸人民。

4

这是一个阴云飘荡的日子。

我和老王一行去八寨村采风，村主任李双义乐为向导，带领我们穿过老村直奔梁梢。"风物长宜放眼量"，为了寻找最开阔的视野和角度，我们跟随村主任，循着昔日的羊肠小道，披荆斩棘，攉开榛榛莽莽，蹚出一条路，下到半沟里，靠近前沿，近距离地俯瞰着苍莽雄浑的泾河山川气象。

江山如此多娇，无限风光在眼前。

在原始旷荡的黄土沟壑里，一派泾河山川地理形势的壮丽奇观赫然撞入我们的眼帘！只见古老的泾河，宛然浑黄的长龙，从万山丛中迤逦曲折而来。两条狭长的山梁，突然跌宕沉降下去，分别像巨人握起拳头，铆足劲儿，伸直臂膀，相对打到了眼前的黄龙身上。大概泾河这条黄龙是疼极了，忽然蜷缩起来，形成了一个巨大的"S"弯。不，是洋洋大观，是一个惊天动地的乾坤湾。

我不由得仔细思量起来，好像在哪里见过这里的图片。哦。是安振忙，是文友兼摄影家安振忙先生的一幅摄影作品。我曾自以为遍踏了青山，永寿的山山水水，永寿的角角落落，是了然于胸的。不料，身边如此绮丽壮美的自然景观，还是第一次在不经意间邂逅。我惊叹着，自责着，深深地感到了自己的夜郎自大。

村主任给我们介绍说，我们所在的这座山梁脚下，这一段泾河叫陈家河，前边那座山梁对着那一段泾河叫千家河。为什么这么叫呢？因为在过去的年代里，这边是常宁镇陈家村陈姓人家的山庄，那边是千家村千姓人家的山庄，过去那里也有个渡口，西北野战军坐船过来，解放了常宁和永寿。村主任又说，大集体经济的时候，泾河边的这些山庄里，都有生产队里的桃园、杏园、梨园、西瓜园，一到秋季，瓜果飘香，人来人往，很是热闹。

看！那是降山。为什么叫降山呢？

一条长长的山梁突然沉降下去，老百姓就索性叫它降山。它长驱直入，伸到了泾河中间，逼得泾河围绕着它转了一个大大的弯，而对岸的那条长长的山梁，也是突然沉降下去，伸到了泾河中间，逼得泾河围绕着它也转了一个大大的弯，两个弯连接起来，就是一个硕大无比的"S"弯。整体上看，这里的地形特征和上游的龟蛇山相比，都有点像太极图，只是龟蛇山更胜一筹罢了。

可见，这一块地名叫降山，是非常直观的，也是非常形象的。

看！那里是降山电站。1968年，声势浩大的降山水电站开工了，永寿调集全县民工积极参与，在建设的过程中，死了好几个人。我的爹开山钻洞，是非常优秀的炮手，凭着这一点，他被留了下来，成为电站的一名工人。记得五六岁时，有一天，我和伙伴们正在村子里狗追兔似的疯玩，爹从村口走进来了，肩上挑着担子，筐内装着瓷盆一样的大南瓜。回到家里，他向哥哥和我拿出了一个半截枕头般的大白馒头，吃得我好香，一辈子都忘不了。后来，曾听娘说，爹为了日后能回老家武都去看看，瞒着家里人，省吃俭用，悄悄攒了二百多元钱和一百六十斤粮票，放在同室室友的箱子里。时间长了，室友拒不承认。这是爹万万没有想到的，世界上竟然还有如此缺德毫无廉耻的人。他脑筋怎么也转不过弯，怎么想不通这件事。于是，就三番五次去闹，去找领导。闹来闹去，不但没有结果，把自己的工作也弄丢了，还头脑颇受刺激，落下了精神病，最后郁郁而终。

看到这个电站，我便不由得想起了命运极其悲催的爹。降山电站，既是爹贡献青春年华的希望之地，又是他的伤心落魄的难忘之地。

爹，您为什么就不能像眼前的这泾河一样，心里转个大弯呢？

有人说，山水好吃，禀性难移。爹，您也太耿直，太一根筋了。

5

天戴其苍，地履其黄。上善若水，水利万物。水是农业的命脉，更是人类的奶汁和血脉。

为了灌溉作物，为了发展农业，历朝历代有作为的帝王将相大都非常重视水利事业，充分调集能工巧匠和大量民工，开启山林，叩石垦壤，凿之导之引之，开凿修建出一座座水利工程。像秦朝的郑国渠，汉朝的白公渠，北宋的丰利渠，元朝的王御史渠，明朝的广惠渠、利民渠，清朝的龙洞渠、普济渠、泾源渠、柳湖渠，民国的泾惠渠、平丰渠。还有新中国成立后相继修建或修复的四合渠、安同渠、崆峒渠、安国渠、泾河南干渠、泾河北干渠……这一系列功在其时、泽及后世的民生工程，都是为了很好地利用水，浇出肥沃的土地，种出苗壮的庄稼，充盈天下粮仓，让老百姓过上殷实滋润的日子。

如今，泾河流域也早已开发修建了崆峒水电站、茨坪水电站、朝阳水电站、断泾水电站、降山水电站、和平水电站、石桥头水电站……当前，最让世人瞩目的是，东庄水库作为陕西库容最大、拱坝最高的水利枢纽工程，终于在三秦父老殷切漫长的期盼中，于2018年6月底正式启动了。据说，它被誉为"陕西三峡"，建设期限八年，工程建成后，巨人般的超高拱坝就会把泾河拦腰斩断。到那时，一座集防洪、减淤、灌溉、发电、生态改善于一身的高峡平湖，就一定会在渭北高原的山川间大放异彩，给两岸人民带来无限的希望。

于是，前几年东庄水库上游的焦家河村整村移民搬迁到了我们车村。

三十年河东，三十年河西。历史的车轮总是滚滚向前，不以人的意志为转移。

纵观古今，自秦国修郑国渠始，陕西人兴水治水的目光就始终没有离开过泾河。所以，在渭北高原这块炽热的土地上，关于水的故事本身也就像浩荡的泾河一样，年年岁岁酝酿着，世世代代演绎着。

泾河，我们的母亲，它始终用它的臂弯搂抱着我们，用取之不尽、用之不竭的奶水，默默地滋养着、哺育着它的子民们。

故乡的月亮就是圆

山还是那座山，水还是那条水。

故乡地处渭北旱塬南缘，境内梁峁起伏，沟壑纵横。

泾河是一条沧桑的老龙，从边界上曲里拐弯地穿过。千百年来，它也像一条温暖的臂膀，将它的儿女揽在了怀里……

百里页梁，横亘东西，成为关中南北的分水岭。苍山如海，残阳似血；峰峦如聚，波涛似怒。记得小时候，爷爷说这一条条梁，一道道沟，是猪八戒被打下凡，气急败坏，用九钉耙耧出来的。然而，最为壮观的，还是每年五月中旬，四十万亩槐树林，波谷浪峰，漫山遍野，远观槐海粉妆玉砌，如同雪压冬林。就这样，美丽的永寿便有了"槐乡"的美誉，有了名闻遐迩的槐花蜜。就这样，知味停车，闻香下马。有朋自远方来，不亦乐乎。这里的沟沟壑壑，梁梁峁峁，因有了远方的朋友，一下子热闹起来了。

故乡藏在了槐林深处，连风里都充满了甜蜜的味道。

山言水语，物我合一；吸风饮露，滋养了我的浩然之气。

秦腔苍老了岁月

有人说，爱看秦腔，爱听秦腔，甚至爱吼秦腔的人，大都是一群上了年纪的人。

不错，他们说得有一定道理。自打我进入不惑之年，有一天，我发现自己莫名其妙地迷上了秦腔。起因是每天下午下班走过县城广场秦腔自乐班表演圈子时，自己竟然下意识地放慢了脚步，有时干脆停下来，支棱起耳朵，屏息凝神听起来。在以前，这是从来没有过的事情。在以前，我总是目不斜视，匆匆而过，秦腔戏根本引不起我的注意。

记得我第一次看戏，是在童年时候，是在故乡南面隔沟而望的芦堡村。

那个村子有两条胡同，弯得像辘轳把儿。两条胡同的交接处，地面开阔，一棵饱经沧桑的老槐树戴天履地，"脖子上"长年挂着一口巨大的铁钟。在铁钟的旁边，有个多半人高的土台子，加上旁边的三面土墙，围成了戏台。每年正月初二，几位表哥就来家里看望爷爷奶奶，回去时带着哥哥和我去他们家里，看他们村里唱大戏，看他们村里热热闹闹耍社火。我印象最深的是，他们村里演了折子戏《杀庙》，他家的那位邻居是个老头儿，矮矮的个儿，瘦削的脸庞，男扮女装演着秦香莲，手里拉着几个衣着破破烂烂的孩子。那个老头莲花碎步，细声细气，声情并茂，唱得如泣如诉，感动了台下的好些人，引得掌声哗啦哗啦，经久不息。我的表姨父那时大概四十多岁，精明能干，英俊潇洒，扮演刽子手韩琦，演得活灵活现，非常出彩。只见他面对可怜的秦香莲母子，两步一踟蹰，三步一徘徊，时而前趋，时而后退，忽然又兜着圈子，不知所措，显得极其矛盾，极其焦灼，极其痛苦。一边是正义，一边是邪恶，自己究竟应如何选择？最后，无可奈何之际，他嗷嗷大叫着，猛地一下子拔出剑来，自刎而亡。表姨父一个仰八叉，直挺挺地倒在舞台上。

掌声啪啪啪地响起来。大幕徐徐拉上了。我急急慌慌跑向幕后，发现他好端端的，正站在那儿和几个人连说带笑。他说了这么一句话：人生如戏，戏演人生。我们大家都是演员，也都是观众。虽然当时我并不懂其中的深层含义，但我却永远记住了这句话。

在我们那条棒槌长的街道里，车村中学第一家买了电视机，是黑白的，图像模模糊糊，就是睁大眼睛，也看得很费劲。不久，供销社里买下了电视，公社里也买下了电视。电视毕竟是新生事物，自从有了它，人们的眼前就像打开了多扇窗子，一下子看到了外面更精彩更广阔的世界。接着，我的父老乡亲们就有了频频看戏的机会。娘是最爱看秦腔戏的，一旦打听到晚上有秦腔戏，晚饭也顾不上吃了，约上邻居老妈，带上小板凳，领着我们这些"小尾巴"去学校里，去公社里，去供销社里蹭电视看。当时，也没少受他们公家人的白眼。那时候，电视节目很单调，上演秦腔戏的机会还是比较多的。但电视对人们的吸引力却是巨大的。就这样，我跟着娘和邻居老妈，先后看过《墙头记》《三滴血》《十五贯》《祝福》等不少秦腔戏。

其实，我并未真正囫囵看完过一部秦腔本戏。那时，因为年幼无知，我总不知天高地厚地认为，秦腔戏根本没有啥看头，它离我们的现实生活太远，故事节奏慢悠悠，一句一句唱着向前推进，简直把人能急死。我怎么也搞不明白，戏为什么总要唱着来，为什么就不能说着来呢？说多么直截了当。看着戏中人物那故作姿态、不慌不忙的情形，我简直讨厌死了，甚至令我很焦躁，总是嘟嘟囔囔地抱怨。可是，娘和邻居老妈却是真正的戏迷，她们如泥塑木偶一样，坐禅入定似的坐在那儿，直看得如醉如痴，不顾在场那么多人，鼻涕一把泪一把。我不止一次地对她们说，戏里说的都是古代的事、别人的事，究竟和你们有啥关系呢？值得这样吗……

娘斗大的字不识一个，邻居老妈也一样，但她们都是特别老实善良的人。秦腔戏究竟有啥看头呢？我无法理解她们，就像我无法理解秦腔戏一样。但我依然还是跟着她们去看戏，去了就打瞌睡，然后就如瘟鸡一样垂头耷脑、东倒西歪地睡，只一味盼着戏快些结束，好回家睡觉。说真的，那时我简直恨死了秦腔戏。

为什么呢？因为我害怕老鼠，我不敢一个人夜晚睡在家里。

有一天晚上，公社会议室的土台子上，上演了秦腔戏《三世仇》。会议室里人挤人，就像大箱子里密密实实竖着插满了玉米棒子。这场戏算是清唱，没有乐器伴奏，完全由乡亲们自导自演，上台表演的全是土生土长的群众演员。正超哥和民哲哥上场了，两人都头缠白羊肚手巾。一个小伙伴的妈妈，大家称呼她为"黑女子"，她也上场了。还有一个姓景，是车村西胡同的，是一个小伙伴的叔父。当时，我个人觉得最经典的是，一个伙伴的爸爸从四面八方借来一副行头，凑合着扮演出了"活剥皮"。他头戴黑礼帽，身穿灰色的中山装，手里拄着一根黑色的文明棍，言语动作很滑稽，大伙儿哄堂大笑。他刚一出场，人群就骚动起来，一个劲儿地都往前挤。回头看，后面的人像大海涨潮，像疾风掀着麦浪，径直拥了过来。站在台前的都是我们这些小娃，一下子就被扑倒了、踩倒了，有人哭爹喊娘大叫，我硬是蹲下去，摸到了自己的鞋子。这时候，只见有个中年人眼疾手快，风风火火地冲上台子，抄起一根长竹竿，噼里啪啦就往下打，人潮忽然猛地退回去了，一会儿又拥过来了。真可谓，一波未平，一波又起。实在无可奈何，戏只能暂停下来，有干部在高音喇叭里瓮声瓮气地训斥起来……

那个夜晚很热闹，让我感到了莫大的快乐，也让我心有余悸。我儿时的那个伙伴，因为爸爸扮演了"活剥皮"，有调皮捣蛋的同窗也就送给他一个绰号"活剥皮"。见了面，你也叫，他也叫，一传十，十传百，整整叫了我们一整个快乐的童年。

大约读小学五年级的时候，公社里在街边圈起了一片地，建起了高大雄伟的戏楼，前额上题着"永太影剧院"，其中那个"太"字，还用了当时我们小学校长的墨宝真迹。记得自从有了影剧院，就跟着有了春秋季的物资交流大会，县剧团就带着男男女女一群演员，带着箱箱柜柜，带着锣锣鼓鼓，风风光光地来到了故乡的街道。学校放假了，把教室提供给了剧团的演职人员。每天一大早，就听到有的演员肆无忌惮地练着嗓子。每次县剧团来了，秦腔戏都是要大唱三天三夜的。在故乡那条棒槌梁梁上，这绝对是振奋人心的好消息。我的乡邻们，男男女女，老老少少，喜形于色，奔走相告，纷纷邀请南北二塬的亲朋好友，以及刚订婚的对象，前来看戏。听闻要唱大戏，山外面的生意人也赶来凑热闹，沿着街边搭起一个个棚子，摆起一个个摊点。眨眼间，故乡的街道里空前喧腾起来了，热闹起来了。

戏院的场子是露天的，只是正前方仅仅有个正儿八经的戏楼而已。灿烂的阳光下，秦腔戏终于咚锵咚锵地开场了。台前，我的乡亲们，扶老携幼，拖儿带女，连说带笑，密密麻麻坐满了。后面的大人大都站着看，有的妇女一边看戏，一边抱着小孩喂奶。有的男人，干脆让小孩骑在自己的脖子上，这儿转转，那儿转转，边走边看。孩子们不懂戏，也不爱看戏，一会儿喝呀尿啊要啊，走马灯似的，在人堆里钻过来挤过去，很不安生。有些大人不耐烦了，就大声吆喝起来：你们狗看星星，一个个能知道稀稠吗？别晃来晃去！滚出去，滚得越远越好！孩子们很淘气，才不管大人们的呵斥，只管干着自己喜欢的事情。他们有的就干脆爬上了墙头，有的骑在了树杈上，有的趴在了麦垛上。在看戏吗？不，他们在寻找着自己的乐趣儿。

不久，我就上了初一。那个春天里，县剧团又来到了我的故乡，来到了学校对面的戏院里，热热闹闹大唱了三天。听人说，那一次，他们还在学校里选过唱戏的苗子。走后，我们学校里就掀起一股大学秦腔戏的热潮。不知什么时候，也不知是谁，从哪里搞来了秦腔经典唱段的小本子，有《三滴血》中的《虎口缘》，有《三世仇》中的《龙王庙》，有《铡美案》中的《三对面》……那段时间里，从早到晚，课前课后，我们班上的俊喜、宁宁、春光等几个同窗，手里拿着一个小本本，在教室里摇摇摆摆，像模像样地唱个不停。夏天的一个晚上，月光如水。学校统一熄灯后，春光来了兴致，借着窗外透进来的月光，脉脉含情地给大家唱起《虎口缘》来，大家笑语盈盈，鼓起一阵阵春雷般的掌声。忽然，宿舍的门被咚地一脚踢开了，一位巡夜的老师走了进来……

后来，茶余饭后，从大人们的闲谈中，我才知道了秦腔大师任哲中，而且知道了他是地地道道的永寿人。大伙都为永寿出了这么一位秦腔名人，内心里感到十分自豪。他唱的秦腔大戏很多，在《周仁回府》《十五贯》《血泪仇》《祝福》等许多戏中，都有非常精彩的唱段，我的父老乡亲们看了一回又一回，实在是百看不厌。最让大家叫好的是，他在《周仁回府》中的《哭墓》那一折，把全身心投入进去了，唱得如泣如诉，声情并茂，催人泪下。还有人给我说，任哲中大师的帽翅功堪称一绝，你看他那单帽翅忽闪忽闪，表演得多么精彩。

我恍惚记得，在故乡街边的戏院里，演过《下河东》《五典坡》《法门寺》《玉堂春》等秦腔戏。不过，我自始至终没有完完整整看过一部戏。只是在街边的摊子上，在戏院里，转转悠悠，尽了自己的兴致，图了一番热闹而已。一晃，几十个春秋就静静地、悄悄地从身边溜过去了。它太有些残酷无情，从来没有停下来，回眸过任何人，留意过任何事。当年的懵懂少年，早已两鬓秋霜。

无论是谁，都不自觉地成了过客。

有天晚饭后，我给手机下载了抖音。不料想，一刷竟刷到了初中同窗张俊喜，他自娱自乐地吼着秦腔折子戏。我立马惊喜地翻看了他所有的抖音作品，几乎全是秦腔清唱短视频，或在家里，或在路边，或在劳作间隙。其中有好几折，他竟然一颦一蹙，唱的是软绵绵悲戚戚的女声，如泣如诉，缠绵悱恻，我不禁听了一遍又一遍，感觉从未有过的过瘾。接着，我还在抖音里刷到了许多秦腔戏迷的清唱视频。像宝鸡凤县的文友刘春燕女士，她虽温文尔雅，却不输须眉之士。无论是路上等车间隙，还是饭后睡前，一得空她就要反串角色，字正腔圆、慷慨激昂、酣畅淋漓地吼上一嗓子，宣泄释放着心中的豪气，直听得我荡气回肠，禁不住击节叹赏。但更让我感觉异常亲切的是，有几回，我还刷到了在故乡的那条街上，在村委会，在院落里，活跃着一群秦腔戏的兄弟姐妹们。尽管他们的面容已有些苍老，手指已有些笨拙，但他们的表情全神贯注，拉着弦儿，打着板儿，和着节奏，把自己彻头彻尾地融入戏曲中，他们吼出了自己的喜怒哀乐，吼出了人生的酸甜苦辣，吼出了人世的艰辛不易……

如此一来，看着听着想着，我慢慢地意识到，自己真的是不知不觉地喜欢上了秦腔。

为什么整个陕西人乃至西北人，一旦上了年龄，经历了岁月，就容易喜欢上秦腔呢？我一直在悄悄地思量，秦腔这个酣畅快意的桄桄子戏，之所以根在陕西，魂在陕西，广泛流行于广阔的西北大地上，一定和这里的自然环境、生存背景和历史文化是密不可分的。且看皇天后土，茫荡的大西北，有沃野平川，有戈壁大漠，有高山长河，更有风雪莽原。一方水土，养一方人。在这样的环境里，我们的祖祖辈辈面朝黄土背朝天，艰苦卓绝，一代代生存繁衍下来。千百年来，就养成了朴实耿直、粗犷坦率、慷慨豪爽、倔强较真的性格特征，就是平时说话办事，往往都直来直去，不拐弯，不抹角，不藏着，不掖着。秦腔或激昂慷慨，或悲愤凄凉，或欢快喜悦，或婉转低回，以极其质朴浓烈的地方口味，极其丰富多样的唱腔技艺，充分地契合了西北人民的性格特征，深刻地表现了西北地区的地域风情。

秦腔真正是从内心里吼出来的！就这样，宣泄释放，自娱自乐，吼出了人生的酸甜苦辣。就这样，大喜大悲，戴天履地，高喉咙大嗓门，吼出了人世的悲欢离合。抒发着你的情，也愉悦着我的心，更滋养着生生不息在这片后土上的人们。

蓦然回首，原来秦腔在历史烟云里，在现实生活里，在大庭广众中，它涓涓不息地流淌在我们的血液里，一刻也没有离开过我们，也不可能离开我们。正因为如此，我总觉得，在陕西乃至整个西北这片土地上，似乎谁都可以随随便便吼几句，苍苍凉凉吼几句，让人生嘹亮，让岁月苍老，让秦声旷荡，让秦韵悠扬。这一点，也许只有上了年纪的人，只有真正具有生活阅历的人，才对秦腔有着最深的体会。

不信，你看！八百里秦川尘土飞扬，三千万老陕齐吼秦腔。丽日当空，春风荡漾。在我们永寿县的中心广场上，奔着槐花节而来的秦之声演唱会，又热火朝天地开场了。舞台上，器乐合奏，生旦净末丑，倾情出演，一折折，一幕幕，你方唱罢我登场。舞台前，人山人海，万众瞩目，我的父老乡亲们看得如痴如醉，乐在其中。

秦腔是悠久苍茫的，更是大气磅礴的。且看，在五月的原野上，还有一位大叔扛着锄头，走向沟边的果园，站在土崖边上，就仰天狼嚎一样地吼起来了，回声正在山谷梁峁间滚滚震荡着。

于是，看着秦腔，听着秦韵，感受着秦风，我还是沉醉了一回又一回。

前世今生旧县城

这是一个有故事的地方。好久以来，我一次次乘兴想写这里，又一次次兴尽放下了，唯恐写不出其中的韵味来。

我说的是永平，也就是今天的永平镇。秦时叫麻亭，元以后设麻亭驿，它是我们永寿县的旧县城所在地。大概由于这个原因吧，现在乡下仍有不少六七十岁的老人还习惯把永平镇叫作旧县城。

童年时期，爷爷经常向我说起旧县城交农的事情。说当时灾年税重得不行，农民没法活下去了。方圆各村精壮的劳力就一呼百应，都扛着锄头、锨、扫帚跟着去交农。结果很凄惨，我们村里的杨奖娃被打死了。为什么要交农？交农是干什么？交农就是不种地了，种也活不下去。爷爷不识字，他也说不出能让我更明白的解释。2002年，我进了县城，有幸读到了作家豆冷伯写的一部长篇小说，那本书里极详尽地描写了交农的场景，万人集结，浩浩荡荡，群情激愤，农民们一轮又一轮地冲击着城门。国民党县长领着保安人员，龟缩在城头上，冷不丁就啪啪啪地开枪了，数十人倒在了血泊里。就这样，轰轰烈烈的交农事件，在血腥镇压中结束了。

不久，我翻阅了《中国共产党永寿历史》《永寿县志》《民国永寿县志》等书籍，了解到了关于交农事件的详细记载。这些书籍，不读不知道，一读竟让我慢慢地读懂了旧县城的前世今生。

原来，永平这块地方，自唐武德二年（619）至民国十九年（1930），先后三次作为县治，有长达700年的县治史。据坊间传说，到了1930年，新来了一位县长，见匪患极度猖獗，惶惶不可终日，便用马车载着案卷，连夜逃之夭夭，抄小路迂回来到了监军镇香山寺，后建起了新的县府。

但是，旧县城之所以三次作为县治，说明了什么呢？说明我国古人很聪明，有学问，有眼光，他们通风水，懂地理，善于借助自然谋势和造势。因为这个地方，是历代执政者邀请堪舆大师一遍遍悉心踏勘，一回回精心选择出来的。也就是说，这里实实在在是一块风水宝地。从永寿县的地理环境看，这里梁峁起伏，沟壑纵横，全县拥有三座梁塬、九条大沟、八百九十一条支毛沟，出行极其不易。可旧县城这块地方，奇就奇在这里，它处在龙脉攒簇的交会点上，从这里出发，不论去哪座塬，也不论路程有多远，都可以不翻沟迂回抵达。试想想，在那个极不发达的农耕时代，在那个赋税极其繁重的年代，在那个徭役极其沉重的年代，选择这样的地方作为县治，官差也好，徭役也罢，谁都可以不费力气出出进进，何其省力，何其省事！所以，确实是民之万幸呢！

就这样，有不少人自信地说，旧县城曾是一块风水宝地。

不错，旧县城是风水宝地，但我更觉得，它是连接大西北的一个重要关隘，它地处陕、甘通衢要冲，地形险要，拥有"秦陇咽喉，彬宁锁钥"的天堑。遥想当年，漫漫丝路古驿道上，官差商旅，马帮驼队，紧贴虎山脚下和城墙根儿，蛇行蜿蜒；两旁大沟，深幽空阔，进可出击，退可据守，一夫当关，万夫莫开，实乃历代兵家必争之地。再看旧县城周围，左依东岭青龙，右傍雄山白虎，前拥翠屏朱雀，后拱页梁玄武，老城雄踞其间，四围群山环拱，朝聚而来，颇具旺气。也难怪这里的历史遗迹这么多，掌故传说这么丰富，文化积淀这么深厚。

说到旧县城的过去，有两个人名传千古，流芳百世，绕都绕不过去。

一个是北宋的吕大防，陕西蓝田县人，在永寿当县令期间，曾率民众寻访水源，开山劈石，以陶罐套陶罐首尾相衔的方式，远引城北五里外山上的清泉铮铮淙淙入城，首次解决了县城百姓汲水之苦，被人们欣然誉之为"吕公惠民泉"。据考证，这是黄土高原上最早的自来水工程。曾有后人赋诗赞曰："月照山城泉韵清，听来犹是抚琴声，甘棠千古留遗爱，岁序频更思吕公。"百姓则歌之颂之："泉之来兮东涧边，昔我劳苦今安然。愿公早入佑天子，需为膏润及万民。"

另一个就是张焜，字大启，号西屏，江西南昌人，康熙六年（1667）任永寿县知事。为了给永寿建一座县城，他曾带着随从回到南昌，变卖了家中的全部田地和家产，又向亲朋好友借贷，共凑了三千两银子。在他的非凡义举感召下，本邑乡绅们自愿捐银一千四百多两，两股钱合起来，就建成了金盘城。城周三里，高约十米，辟大小西门各一。"城楼二，角楼四，窝铺三十七，垛口九百一十二，墩台二十六，所以壮形势，备固御也。"他曾登上城楼，瞭望着四围山色，非常自豪，情不自禁吟诵：虎岭峙于右，龙峰蟠于左，川源绕于前，烈山屏于后，中央坦彝，俨若架上金盘之象，识者谓有旺气在也。而其间之秀峰瑞巘，如拱者，如抱者，如揖者，如列屏者，如布几者，如环带者，无不磊磊屹屹，争献妍以贡媚焉！

张焜还做了一件事，功在当时，泽被牛马，福及后世。这件事我最初质疑，最后恍然大悟。罐罐沟堉究竟是怎么回事，为什么永寿的老百姓，特别是那些上了年纪的老人，至今仍念念不忘罐罐沟堉。我想明白了，原因是这样的：张焜当年曾披荆斩棘步行寻水，摡得宋吕大防惠民泉故迹，乃令烧制数千陶罐，首尾相衔，因势萦回，导水入城。再砌两池，上为人饮，下为畜饮，泉水不渗不漏，不涸不腐，如同千年乳汁，源源不绝，永世不朽。有诗曰："荒郊野望涌泉舒，笕水欢声遍里闾。贤宰功能各千秋，吕渠今又号张渠。"同时，张焜自幼饱读诗书，还是一个真材实料的儒官，常常禁不住诗情喷发。他竟然把县城周围的美景，用十四个四字词精彩地描绘"永寿十四景"：南岭朝云、西山夕照、东岭耸翠、北泉流清、渠声夜响、塔影画圆、四围岚色、两涧暮烟、柏檀垂荫、翰墨泉香、桥门扩览、道院奇葩、碧峰遗衲、浮图燕集。就是现在，历史已走过数百年烟雨风云，有些美景还依然历历在目。

总之，在永寿县的短短五六年间，张焜心系苍生，体恤民情，建城池、解水困，创学堂，申荒粮，革里差，制丸散，劝农桑，修县志，干出了许多安民利民福民之实事，深受百姓爱戴和敬仰。永寿绅士赵运熙曾这样记述道："张公南州人杰，为漆县循良，下车以来，申革阖邑马差，申豁微族荒粮，爱民课士，善政多端，然堂哐置水，扇可扬风，真一方再见召伯，重沐太和矣。永之绅士，服其仁慈伟略，识明而学充，才卓而德懋，存真涤讹。"

张焜确实是个不一般的人，立功又立德，立德又立言。就凭这些，他的形象永远地扎在了永寿人民后世子孙的心里。

人都说，世上没有无缘无故的爱，也没有无缘无故的恨。历史是公平的，人民群众的心里有杆秤，他们的眼睛是雪亮雪亮的。你心里装着他们，时时牵念着他们，他们才会祖祖辈辈敬着你，供着你，捧着你。

不信，你看看张焜，他的汉白玉雕像在旧县城前，在虎山脚下的广场上，高高地矗立着。虎山上的巍巍古塔看见了他，永平镇的沟沟墚墚都看到了他！永平镇的山山水水，一草一木，都为他感到骄傲。我总想，该来的总要来，只是迟早的问题。

这些年里，为了打造中国最小古县城，再现一座真实的明清古城，永寿县抢抓全省加快省级文化旅游名镇建设的战略机遇，有效整合各类资金，加大招商引资力度，先后实施了古城区恢复修建、游客服务中心、旅游专线建设、五龙泉生态、景观水系、翠屏书院、裕丰社区开发等多个项目，基础设施得到大力改善。特别是在旧县城的遗址上，依据明清城墙的风格特征，对现存古城墙进行了保护性修复，对城内进行了仿古式开发，"中国最小古县城"的轮廓面貌，已经初步显现。

跟着，永平镇生态旅游的大文章，就如火如荼地做起来了。

金盘城前的景观水系做成了精品。我感觉构思奇特，意味深长，做出了地域文化的底蕴，它显示出了千年来永平由缺水、治水到亲水的历史记忆和时代变迁。"金盘映波"位于水系之首，将引水细节与诗情画意交相辉映，凸显了古镇魅力。八个土红色的大陶罐，整齐地排列在溯源景墙上，每个泉眼里都流出银子般的水，缓缓流淌，汩汩而来，源源不断，脉脉含情，好像诉说着昔日的引水往事。这让我们不禁想起了当年的吕公和张公，想起了千古惠民泉，也想起了老子《道德经》中的"上善若水"，想起了"受人滴水之恩，当以涌泉相报"的金玉良言。再看那神兽地雕，象征着老城独特的地理风水，寓意着四季轮回，四方平安，经济繁荣；"碧水回廊"将园路、水系与回廊织成多变空间，彰显了水受阻分流而不与物争的禀性，寓意着古镇海纳百川的胸怀。"勤政广场"是水系的中心位置，一代廉吏张焜赫赫然巍巍乎立于广场中央，宽衣长袍，手握书卷，昂视前方，正气凛然的表情中，透露出儒雅倜傥的风度。周围十三幅浮雕栩栩如生，配着文字，再现了张焜心系百姓、为民谋福的儒官廉吏形象。广场的浮雕上，还镌刻着他吟写的"十四景"，图文并茂，诗情画意，使我们既领略了这里当年的山水风光，也感受到了他作为文人的浪漫气质和绝伦风骚。

张焜，一个永远让我们抬头仰视的人。两年前，我曾在《永寿赋》里这样写道："寓永一人杰兮，张焜千古名！倾囊集资兮，政通民兴。仰无愧于天兮，百姓瞩目；俯无怍于地兮，一像横空。"

眼下的永平，我们永寿的老县城所在地，终于山乡巨变，变得美起来了，人们也慢慢地走出了山旮旯儿，走进了现代都市生活。去年以来，我曾陪着一拨又一拨的媒体，采访过这个美丽的地方，亲眼看到了人们的热情洋溢，听到了他们对新生活的渴望，以及对政府感恩的心声。

老实说，永平是藏在深山怀抱里的，全县拥有四十万亩槐林，它就莽莽苍苍占去一半。永平这块地方，目之所及，全是波谷浪峰，全是连绵起伏的槐树林，森林覆盖率达到百分之八十七；夏天里，空气清新，气候凉爽，这里就变成了最大的槐树林天然氧吧和空调区；当然，这里也是休闲养生、避暑纳凉的绝佳去处。也许正由于永平曾是旧县城的身份，历史文化积淀比较深厚，它曾先后被命名为陕西省文化旅游名镇、陕西省特色旅游名镇。但永平镇同时又是一个人口小镇，全镇四千七百多口人，零零散散，分布在多个山头沟岔里，饮水难，出行难，上学难，就医难，老百姓的日常生活很不方便。

于是，从 2015 年开始，永寿县在永平镇政府旁边实施了裕丰社区集中安置项目。站在高高的虎山顶上鸟瞰，蓝天白云，青山环列，古塔高耸；一栋栋整整齐齐的住宅楼，拔地而起，灰瓦粉墙，崭新亮丽，蔚为壮观。再回头看，永平境内交通便捷。西（安）平（凉）铁路上，火车如同长长的游龙，铿铿锵锵，飞驰而来，钻洞而过；福银高速、312 国道上，车辆风驰电掣，穿行如梭，疾似利箭。很明显，我们的旧县城早已融入西安一小时经济圈。面临如此大好的形势，我觉得永平日后能够继续发掘的东西，还有很多很多。

一句话，还是要持续扎扎实实地干下去。唯有如此，永平才会真正搭上发展的快车道，像一只金凤凰，漂漂亮亮地飞出大山。

我坚信，人们不但看得见，也绝对能记得住。

云集，家乡醉美的名片

上篇

云集生态园，一个非常亮丽、非常有内涵、非常有韵味的地方。她像一位养在闺阁的小家碧玉，半遮半掩，羞答答的，藏在永寿苍茫绵延的槐林深处。

不知不觉地，它竟然点亮了永寿的半边天，吸引着四面八方的游客源源不断地走了进来。渐渐地，这位养在深闺的美女，揭开了自己神秘的面纱，华丽转身，仪态雍容地走进了世人的视野。

记得那是 2011 年，云集生态园项目在永寿落地生根了。建设者们遵循"自然与艺术结合、传统与现代结合、黄土与生态结合、文化与科技结合"的理念，采用园林手法布景，展示黄土高原上的自然景观、风土民俗、书院文化、现代农业与瓜果蔬菜，短短的几年时间，已初步建成了集吃、住、游、娱、摘、购为一体，多元化的休闲观光、旅游胜地。

可它的前世，在永寿人的心里却是有一本账的。甚至到现在，还有一种隐隐约约的难以忘怀的痛。

因为大家都知道，此前的它曾是永寿县最大的原种布尔山羊养殖场。那时，我正在县政府办综合组上班，联系着农口事务，曾不止一次地跟着县政府领导去过那里，挤在前来参观的人群里，汗流浃背地在栅栏前指点着、观看着、赞叹那些极其金贵、像宝贝蛋蛋一样的原种布尔山羊。不久，"非典"铺天盖地地来了，折腾得人心惶惶。跟着，布尔山羊"炒种"泛起的泡沫刹那间灰飞烟灭，一个红红火火、轰轰烈烈的产业，就眼睁睁看着噼里啪啦塌火了。这昙花一现的事情，不啻晴天霹雳，永寿的干部群众曾为此大吃一惊，天下难道还有这等怪事？！

后来，云集生态园就落地生根，开花结果了。以一种全新的面貌出现在了永寿人眼前。

云集生态园坐落在一道伸出去的长梁上，总体上看，这道梁三面环沟，呈内高外低走势，向空阔的沟壑里，混茫茫地伸了出去。远看，极像一条苍翠的老龙横卧着。走进云集生态园，林荫道两旁都是翁翁郁郁的洋槐树，密匝匝的叶子，像蝴蝶的翅膀，颤抖着，摇曳着，人身上也能感觉到凉飕飕的风。不过，也能偶尔看到林间空地上，有苗木示范基地。常绿树种有雪松、白皮松，赏花树种有木槿、合欢、樱花、紫荆、紫薇、花石榴，赏叶树种有红叶李、红枫、银杏等。这些苗木以片状栽植，春季万木争荣，夏季绿荫蔽日，秋季飞叶流丹，冬季银装素裹，可谓四时不同，景色各异。除了这些供栽植的苗木，这里还引进种植了大棚蔬菜，一畦又一畦，白花花一片。如果是步行，也许你拐一下就进了杂果园，里面有樱桃、李子、油桃、山楂等数十种果树。树下还养着鸡鸭鹅，有的静卧着，有的嘎嘎大叫着，有的昂视阔步，有的叼着虫子被追得乱跑，熙熙攘攘，树下到处都是鸡蛋、鸭蛋、鹅蛋。游客们可带着孩子直接进园，随意体验采摘，收蛋。往往不经意间，就走进了共生园，看见铁栅栏里的孔雀、梅花鹿、骆驼、羊驼、鸽子、野鸡、鹦鹉、美国火鸭等多种动物。看着这些可爱的动物，孩子们就手舞足蹈，乘兴采来树叶，隔着栅栏喂起了高大迟缓的骆驼，喂起了长相可爱的羊驼。到了这里，人们就会恍然大悟，原来在这里可以亲近自然，可以休闲采摘，还可以观赏动物，实地体验人与自然和谐相处的共生理念。

共生园的旁边，就是乐农公社。很明显，这个地方是为都市上班族精心设计打造的。它有意让一些人走出钢筋水泥，走出高楼大厦，来到不远处的郊区，待在迷人的乡村私家庄园里，过上"乐耕闲读"的闲适浪漫轻松的生活。在这里，你完全可以和朋友带着家人，特别是孩子们，做到我的领地我做主，享有自己的菜园、果园，或者一个小小的花园，呼吸着新鲜空气，沐浴着灿烂的阳光，舒络舒络筋骨，抖擞抖擞精神，体验劳动，增长见识，收获健康，也享受无比的快乐。

再往前拐过去，就是蓝溪书院了。这里是云集生态园的白菜心心，是最精致、最有书香气息的地方。

抬头看门楣上，题写着"返璞归真"几个金黄色的行体大字，非常醒目，非常惹眼。走进大门，照壁上"蓝溪书院"几个大字扑入眼帘。绕过照壁，地面上很有些坡度，全铺着软绵绵、绿茸茸的草坪；几棵古老粗壮的柿子树，虬曲嶙峋的树干，配上烟熏火燎的颜色，好像一条条向空中飞腾的龙。柿子树底下，有一泓满盈盈、清冽冽的水潭，它从早到晚汩汩地流淌着，白花花的细浪里，波光粼粼的水纹里，倒映着蓝天白云，简直美妙极了。水潭边上，也长着几棵古老的杏树、梨树，它们都长得很随意，颇有些蛮横的野气。

中院里，并列坐落三所明清风格的四合院，全部粉墙白壁，灰檐灰瓦。每所四合院里，都有前后院，前院正面是两层楼。院子中央的空地上，种植着花草树木，周围回廊的墙壁上，全都悬挂着名家的书画作品。这些院子最大的共同点是，都可以聚会、住宿、餐饮，举办书画展和沙龙，并可承办小型会议。这三所四合院特色迥然，各有千秋。一个突出酒吧，一个偏向棋牌娱乐，一个突出歌舞演出。这三所四合院中，最别致的应该是中间的那所院子，进门左手边有一个书屋，名叫甘棠书屋，可供游客读书品茗。书屋外有一棵蓊葱郁勃的杏树，罩住了整所院子，一些不知名的鸟儿时不时站在青枝绿叶间，卖弄着清脆婉转的喉咙。一丛袅娜的竹子在院子角落摇曳着，仿佛绿莹莹的草里，潜藏着一股涓涓的细流。此情此景，极有诗情画意，让人不禁想起《红楼梦》里的一句话："凤尾森森，龙吟细细。"

在这里，我们感受到了云集生态园芬芳馥郁的文化气息。看那许多场所的命名，都以"云"字打头，譬如云梦庄、云逸庄、云天湖、云溪湖、云龙塔、云林小隐……这一系列意味深长的命名，在"云"字统领下，"云集"而来，别有韵味，颇具匠心，使得浓郁的文化气息，一阵阵氤氲着，发酵着，飘逸着，像酽酽的槐香，扑面而来，沁人肺腑。要不，怎么能称为蓝溪书院呢？书院从何处才能体会出来呢？

这儿空气清新，百草丰茂，鸟语花香，环境清幽，风景怡人，的确是一个名副其实的修身养性的好地方。

接下来，我们朝云林小隐走了过去。只见檐下横额"云林小隐"，两旁挂着这样一副对联：居高临风对饮一壶香茗，无语闲坐共睹两行归雁。这个地方建在沟边，木结构，镂空门，花格窗，里面轩敞古雅，专供游客休憩喝茶聊天赏景。门口的遮阳伞下，摆着几张圆桌，游客们正在品茗闲聊。我们走了进去，看见右手边是古铜色的长案，案前坐着一位青衣妙龄女子，正埋头调理着一把古筝，见游客们围拢过来，便大显身手，娴熟地撩拨起琴弦来，一时金声玉振，清澈得像水声，婉转得像鸟鸣，那一波一浪的旋律，简直就是天籁，吸引得各位游客屏息静气，凝神谛听。有人禁不住感叹，人间竟然还有如此悦耳、如此高雅的音乐。再看右手边，几位游客围着玲珑的根雕茶座，津津有味地呷着香茶；面前，一位温婉的红装女子，衣袂翩翩，正在一招一式摆布着精致的茶具，展示着精细的茶艺，呈现茶道的美感。在这里，我们看到了一种优雅安闲、内敛深沉的茶文化，一种慢节奏、慢生活的时尚风情。上前一打问，那女子说她是西乡人。原来来自我们陕西的茶乡，无怪乎有这么地道的茶艺呢！

小憩了一会儿，我们就沿着旁边的栈道，走进了蓝溪书院后的槐树林。身旁碧树琼花，香飘四溢。灿烂的阳光，透过薄薄的树叶，照得树林里明晃晃的。我们好像走进了一个偌大的音箱，听到了熙熙攘攘、嘤嘤嗡嗡的鸟鸣和蜂鸣。

也许是由于槐花节，也许是到了午饭时候，我们亲眼见识了一场别开生面的槐花宴。一顶大大的彩色帐篷，被当作操作间，厨师们白帽白衣白裈，忙得不亦乐乎。槐花麦饭、槐花炒土鸡蛋、槐香土豆丝、槐花烩三鲜、槐花醪糟、槐花酸菜油酥饼、槐花鲜肉包、槐花手撕肉、槐花拌苋菜……一道又一道香喷喷的槐花美食，已经张罗好了。只见操作间周围，槐花如雪似玉，团团簇簇，到处荡漾着、弥散着浓浓的花香。空阔的林间草地上，这儿那儿，到处摆着白色的餐桌。一群群的游客，或者是家人，或者是朋友，从四面款款而来，围着桌子坐下来。轻音乐舒缓地响起来了，身着汉服的服务员们，腰身婀娜，脚步轻盈，笑靥粲然，翩翩而来，飘飘而去，穿梭于各张餐桌之间。一碟碟，一盘盘，以新鲜槐花为食材的美味佳肴，忽然就端上来了，城里来的客人们眉开眼笑，惊喜之余，大快朵颐。就在用餐现场，有人啧啧赞叹着，有人竖起了大拇指，更有人拿起手机，拍录下了眼前醉美的美食。

一路槐林，满身芬芳。走了没几步，我们就来到了蓝溪博物馆。

一年一度的槐花节，永寿迎来了秦晋两地的书画名家，他们以槐乡、槐林、槐花为元素，举办了《秦晋·国风》国画展，为游人奉献了一场美轮美奂的水墨槐花盛宴。来自山西的知名国画家梁文俊先生，用娴熟的笔墨现场创作了一幅《紫色云集》，来自咸阳的知名画家付德亮则创作了一幅《云集槐林》，还有不少的书画家留下了一幅幅精美绝伦的书法作品。他们个个豪情满怀，热情洋溢，用手中的笔墨，将云集山水之美、槐林之美、人文之美，采取浓墨重彩的形式，淋漓尽致地渲染了出来，一旁观看的游客不禁击节赞赏，好评如潮。

在槐林深处，我们还邂逅了一群摄影者，他们时不时地举起相机，将一幅幅槐林美景摄入镜头，藏在心里。走上前去探问，原来云集生态园正在举办第二届"蓝溪金炫"拍客大赛，在这槐花开得漫山遍野之时，远远近近的一些摄影家就慕名而来了，结伴深入云集景区，进行实地采风创作，准备通过最真实最生动的影像，礼赞我们的大美槐乡。

很快，我就从网上看到了云集生态园总经理郝树平说，今年槐花节期间，仅5月10日和11日两天，云集生态园共接待游客近一万一千人次，实现旅游收入十五万六千元。他还说，这也是云集景区继"清明小长假""五一小长假"之后，又一个客流高峰期，游客呈现出明显增长的态势，它充分说明了以乡村度假、生态旅居为目的的新型旅游模式，越来越受到民众的青睐。

转了大半圈，我忽然在想，这个地方终于找到了自己的定位。

云集，一片很有意蕴的园区。

云集，一个很有潜力的地方。

下篇

蓝溪博物馆旁边就是霁虹桥，桥的名字很有诗意。

这座桥南北走向，稳稳当当地雄跨在一条深邃的峡谷上。它主体钢架结构，桥面立柱通体中国红，这明丽抢眼的色调，极度渲染出传统文化的吉祥喜庆与庄重和谐之美。三根立柱之间，被粗粗的钢索牵引着，呈现出两个弯月一样的弧形；弧形钢索垂直向下，拴着一条条钢筋，将整座桥身悬吊了起来。远远望去，仿佛两道倒悬的彩虹，也像六个巨人，排着整齐的队伍，手挽手，肩并肩，紧紧地拉在一起，靠在一起。站在桥头上，我们首先看到了幸福门，两旁的立柱上贴着很吉祥的对联。幸福门，这是多么好的寓意，多么好的愿望啊！走进幸福门，我们左顾右盼，放眼远望，尽情地领略周围的风景。只见两旁峡谷深幽，土崖斑驳，树木丛生，百草丰茂，越往北边峡谷越狭窄，越往远处越狭窄，越往高处越狭窄，最后终于与土崖连在一起。当然，越是往南边，越是往下游，地势越平缓，峡谷也越开阔。在凉飕飕的风里，几只不知名的鸟儿，扑扇着翅膀，唰啾着，追逐着，像箭一样射向远处。桥对岸，是一大片苍老的柿子树林，一团团，一簇簇，俨然一座座苍翠的小山包。

我在默默地想：幸福门，多好的名字，多好的兆头。人生漫漫，路途迢迢，这难道不是我们梦寐以求、孜孜以求的美好心愿吗？我相信，每个人走进这道门里，心里都甜丝丝，美滋滋的。

正胡思乱想着，我们就来到了观音庙前。只见青灰色的砖墙圈起了一所院子。门楣上题着"古树洞天"，门旁挂着一副对联：三藏挂马树下坐，碧峰常修洞前悟。走进去，迎面是青灰色的照壁。照壁周围青砖匝地，甬道平整；照壁的身后是一尊香炉，装了半肚子香灰。接着，就发现一所被整修过的农家院子，院子中央长着一棵古老奇特的文冠果树，庙里的住持说，文冠果树也就是传说中的降龙木。曾记得以前在武侠小说或电视剧里听到过"降龙掌"，没想到在现实生活里，还真有降龙木这样的树。这种树，我平生第一次见，长得很特别，很有个性。只见它的每根树枝都奇绝遒劲，颇像一条条张牙舞爪、腾空欲飞的蛟龙。据民间传说，这所院子是明代高僧碧峰禅师的母亲吃斋诵经的地方，院子中间的文冠果树，是碧峰禅师为孝敬母亲，亲手所植的。仔细看树后正面墙上的文字介绍，我们知道了古树洞天景观实际上包括四个部分：文冠果树、观音洞、寿仙洞和平步青云洞。其中，观音洞的观音菩萨和寿仙洞的南极寿星坐像，宝相庄严，都经过精雕细琢，通体圆润，具有极高的宗教与艺术价值。南边的观音菩萨主福，中间的平步青云主禄，北边的南极仙翁主寿，这三者共同营造出了福禄寿三星高照的寓意。

但在我看来，最为奇特的还是中间"平步青云"洞天的构思和创意。为什么这么说呢？原来由于风雨沧桑，年久失修，中间的那孔窑洞后面坍塌了，透顶见天了，成了地地道道的塌窑。他们在整修这所院子时，竟然独出心裁，妙思天成，以塌下来的土因势起坡，用砖砌成一层一层的台阶。游客沿着它一步一步拾级而上，就自然而然体现了步步高升的心理效果。

这是何等境界呢？叫我说，这就是点石成金！这就是化腐朽为神奇！简直太有创意，也太有诗意了！因为我不止一次地来到这里，也不止一次地亲眼看见许多人喜出望外，扬眉吐气地，步步高升一回，平步青云一回。尽管这只是人们心头一种最美好的愿望而已。

沿着平步青云洞天的台阶走上去，我们就来到了带着露水的《诗经》

廊道。一片片野草里，一首首来自泥土的歌谣，似乎恍然间让我回到了中华民族的童年时代，歌乎风，沐乎雨，乐而不淫，哀而不伤。

我们的视野一下子开阔了起来。高高低低的梁峁，起伏着，跌宕着；大大小小的沟壑，纵横着，交错着。眼前的沟壑，深不见底，那边无疑就是麟游县了。隐隐约约望见那边山梁上，静卧着烟村四五家，周围缠绕着一条像蟒蛇一样蜿蜒盘旋的山路。当然，最抢眼的还是架在两座山梁之间的高空滑索了。据说，滑索最早用于高山自救和军事突击行动，后演化为游乐项目，它是一项极具挑战性、刺激性和娱乐性的现代化体育游乐项目。云集生态园里的空中滑索，就是巧妙地利用了景区间的山梁与山梁的自然落差，为滑行提供了充足的原动力。接着，我们便有幸亲眼看见了敢于挑战的人。一个个年轻小伙儿，摩拳擦掌，跃跃欲试，毫不犹豫地走上前去。忽然，几乎是眨眼间，像风驰电掣，像流星划落，铁与铁摩擦着，尖啸着，一个小伙子倏地滑了出去。他实在有些不可思议，双手高高地举着手机，极其兴奋、极其得意地欢呼着，体验着滑索带来的刺激与快感。我问他当时有什么感受，他说："给力！惊险！刺激！"

就那么呼的一下，虽转瞬即逝，但看得我们胆战心惊，两股战战，浑身不寒而栗。

离开高空滑索，返回霁虹桥，我们又乘坐观光车来到了云天湖畔。

没有想到，云天湖竟然在一座高高的山梁顶上，湖区像个大葫芦，中间架着一座观光廊桥，名为"云开月朗"。湖畔侧卧着一尊石牛，据说是清末民初之物，距今已近乎二百年，虽经漫漫岁月风侵雨蚀，依然栩栩如生。湖旁还建有一座"月朗亭"，它与风雨廊桥相映成趣。我忽然在想，当落日熔金的时候，一轮明月高悬天边，这里应该是最美好最浪漫的风光了。

不过，眼前最惹人眼目的还是沟底明晃晃的云溪湖。这湖由武申河山溪长年累月汇流而成。相传，唐贞观六年（632），唐太宗与长孙皇后信步于九成宫，站在楼阁看到下边一片土地湿润润的，遂用手杖掘地，不料想竟挖出一眼泉子，水清如镜，甘洌如醴，美其名曰醴泉。随后，太宗又命魏徵撰文，欧阳询执笔写成《九成宫醴泉铭》。可是谁也没有想到，一千多年后，云集生态园竟在云溪湖不远处，投资兴建了现代化纯净水灌装厂，注册了"甘井"牌纯净水商标，让更多的西安咸阳人品尝到了唐皇醴泉之甘甜。

再往下看，湖堤下游的沟壑里，游玩线路已经弯弯绕绕修到了沟底。潺潺的小溪谷两旁，一片精心设计的樱花带正在疯长。亭台水榭，早已开始谋篇布局，一座明晃晃、亮堂堂的玻璃栈道赫然凌空悬挂……

云集酒庄始建于2014年，地处园区内的最高位置，他们的业务集柿子酒深加工、产品研发、产品销售、酒庄实地游览、酒文化传播为一体，意在通过柿子全产业链，将中国千年柿子酒文化与现代科技、资本、市场相结合，倾力打造健康、营养、时尚的果酒民族品牌。

"小柿子大产业，带富一方百姓"，这是他们面向社会做出的承诺。

所以，他们以优质柿子规模化种植、产业化精深加工为主导，积极实施柿子新产品引进、深加工研发与标准化种植技术攻关，不断完善柿子苗木繁育、规范化标准种植、鲜柿仓储、柿子酒、柿子醋饮、柿子茶、柿子露等完整产业链条，着力拓展"种、养、加"生态有机循环生产全产业链。

看到这些，我才忽然明白了，他们为什么要在这块土地上不遗余力地搞个柿创园。一个最直接的原因是，近些年来，永寿及其周边地区，柿子一直不值钱，谷贱伤农了。一到秋天，方圆远远近近的田野里，村庄河畔，房前屋后，柿子几乎都坏到树上了，谁也懒得去摘。这些情况，都被企业家看到了眼里，他们发现其中蕴藏着商机，就肩负起自己的社会责任，毫不犹豫地做起了柿子深加工的文章来。据介绍，去年柿子的价钱由过去的几毛钱一下子上升到一块多钱，柿子树上的柿子有人摘了，有人卖了。

曾记得，在过去的年代里，我们永寿民间有用果子酿酒的传统。小时候，我经常听爷爷絮絮叨叨地说，他住在永太何家坪村时，有几户邻居都会用柿子、枣酿酒，长期用瓮存放着，平时家里来了亲朋好友，就盛上柿子酒款待。爷爷每每说起柿子酒，眉宇间的表情都显得很沉醉，很神往，让我终生难以忘怀。

事情也真凑巧。我忽然就无意间在手机上看到了柿子酒的文化传说故事。

说是公元 618 年，宇文化及等人发动兵变，弑隋炀帝，李渊借此机会，于同年五月迫使隋恭帝禅位，建立唐朝。隋末唐初之际，兵荒马乱，民不聊生，麻亭（今陕西永寿）所有男丁都被强征入伍，所有粮食都被搜刮充军。相传，来年冬初，一女子因丈夫入伍孤苦伶仃，觅食不得，拾柿树下掉落的柿子啃食。然柿子口味苦涩，食用几口后便再也无法下咽，但女子又觉满地柿子任其腐烂实属可惜，无奈之下，姑且藏之于瓮，等待日后充饥而用。数月之后，女子体弱多病，饥不择食，待欲寻缸中落柿充饥之时，不料柿子早已不见，缸中却已酵香为醴。女子饮之，口中甘甜，暖涌全身，心中大喜，多次饮用之后，女子病情好转。而恰在此时，丈夫归来，可谓苦尽甘来，发现尽管离别多年，妻子更加年轻貌美，容光焕发。问其缘由，妻子道其日日饮用柿子酒，丈夫随即亲自品尝后，对柿子酒赞不绝口，遂细细询问妻子意外酿成柿子酒的经过，并将要点记载下来作为独家秘方，此后夫妻俩便以酿造、贩卖柿子酒为生，日子过得风生水起，很快便闻名四方。从此，柿子酒的酿造在咸阳北五县流传至今。

面对丰富的柿资源，云集酒庄很快就建起来了。他们摘取永寿山头饱含养分与温暖阳光的柿子，融合传统酿造工艺与先进技术，进行原汁发酵，研发出了琥珀色的"蓝溪金炫"柿子酒系列产品，为消费者带来了原生态的味觉体验。

我曾多次陪着媒体朋友造访过这座酒庄，跟随业务员的身后，一边听着他的讲解，一边鱼贯而行，进过罐装生产车间，进过香气缭绕的酒窖，进过样品间将样品拿在手里仔细端详过，用小杯子一口一口品尝过。一来二去，我终于发现蓝溪金炫旗下果酒品牌有全柿酒、万柿如意、凌冬甘露、山林柿语、奥罗拉等十多个系列。它们已先后荣获了第八届、第九届亚洲葡萄酒质量大赛金奖，第八届全国柿生产和科研进展研讨会"最受欢迎产品"，首届"我最喜爱的果酒"全国总决赛的"金果奖"，第十三届中国杨凌农业高新科技成果博览会"后稷奖",农业科技创新创业大赛企业组一等奖。

接着,我们一行人又走进了金炫时空隧道。导游滔滔不绝地向我们介绍着情况。她说,金炫时空隧道是目前国内首个窑洞风格的酒文化主题展示体验中心,这条隧道全长七十多米,整体为窑洞式拱形砖墙结构,隧道内含五孔窑洞,以酒文化展览、展示、体验和品鉴为主。她还说,我们中国有着很厚重的酒文化传统,许多人平时都好抿一口。今年4月28日,西安的十多家知名媒体和多名果酒爱好者来到这里,参加了我们的蓝溪金炫柿子酒品鉴会。希望大家走进窑洞,坐下来慢慢观看,细细品尝。她的热情大方,勾起了朋友们的兴趣,只见他们一个个端详着,咂摸着,赞叹着,纷纷说这酒包装精致,色相金黄,香气浓郁,口感清甜,回味绵长,实在是良品佳酿。

云集,一张最亮丽的名片;

云集,一部最壮美的华章。

不信,请看看下面的介绍文字:

"云集生态园位于永寿县甘井镇,占地八平方千米,投资三亿六千万元,距西安市一百一十千米,距永寿县城二十千米。园区内沟壑梁峁起伏,地形地貌独特,森林茂密,植被丰富,具有发展现代农业和乡村旅游得天独厚的自然条件。园区现已先后获得省级现代农业园区和国家AAAA级旅游景区殊荣。"

从羊场到云集生态园,到省级现代农业园区,再到国家AAAA级旅游景区,这发展速度是惊人的,发展成绩是有目共睹的。俗话说:三十年河东,三十年河西。但不到十年的时间,永寿人民却目睹了这里发生的翻天覆地的变化。

我想,这其中的理念,其中的思路,其中的先机,其中的决策,其中的深谋远虑,都是以发展为前提的。

远山·壑谷·诗酒

记得儿时的夏夜，在门前沟边的枣树下，我曾向大人们打破砂锅问到底：哪来这么多沟渠渠？这么多棒槌梁梁？

目不识丁的爷爷，抚摸着我的脑门儿，笑呵呵地说："老天爷造出来的啊！""老天爷住在哪儿呢？""住在天上。""他为什么就不造些平原出来方便人们生活呢？""人生来就是受苦的命，土里刨土里吃。""这些沟壑梁峁是怎么造出来的呢？"见我瞪大了眼睛，很是疑惑，爷爷又说："猪八戒从天宫被打下人间时，气得七窍生烟，拿起九齿钉耙，在地上到处乱刨，就刨出了一条条沟，一道道梁。""他有那么大力气吗？""他是神，不是人，力大无比。"

那时，对于爷爷的说法，我深信不疑。

长大后，我才从地理课木中知道，世界原本是一片渺渺茫茫的汪洋。在史前的地质运动中，大洋底部隆升，高起者为山、为岭、为丘，下陷者为沟、为谷、为川。如此一来，水往低处流，海纳百川而成为汪洋，人类就居住在了岛屿上。

所以，沟壑梁峁起伏纵横的地貌，完全是大自然所为，是史前轰轰烈烈的地质运动大造化的结果，并不是冥冥中的神仙所为。

永寿地处渭北高原南缘丘陵沟壑区，境内梁梁峁峁，沟沟壑壑，塬面破碎不堪，地形地貌复杂多样。横亘东西的百里页梁，龙腾虎跃，莽莽苍苍，硬生生形成了关中南北的天然分水岭。官方资料显示，永寿全县总面积八百八十九平方公里，其中支毛沟就达到了八百九十一条，平均每平方公里的土地上，都分布着一条支毛沟。古老的泾河，浩浩汤汤，从永寿边界蜿蜒流过，好像一条长长的臂膀，紧紧地搂抱着她的儿女。

在永寿梁上，美丽的云集生态园，就如养在深闺的女子一样，藏在褶褶皱皱的腋窝里。她的创业者独具慧眼，一下子就看准这块地方，撸起袖子干起来了。他们响亮地打出了"关中堑谷，诗酒远山"的宣传品牌。不错，在这块热土上，梁、塬、岭、台、坡、沟、堑、渠、坳、岔……凡此种种，造化多端，不一而足。这些典型的原生态的地形地貌，完全可以让人们尽情感受黄土高原的历史变迁。

我曾不止一次地带领朋友们造访过这里，游览过其中许多景点，听到过他们的感叹，听到过他们的惊羡不已。这一次，来的是陕西日报社组织发动的全媒体采访团，队伍阵容庞大，人员构成复杂，有的来自陕西日报社，有的来自宝鸡日报社，有的来自渭南日报社，有的来自咸阳日报社，有的来自延安融媒体中心，有的来自榆林融媒体中心，总共近乎三十人。

云集生态园坐落在一道土梁上，这道土梁三面环沟，形如一片洋槐树叶子，只留一端与永寿梁龙脉相连。远远望去，郁郁芊芊，葱葱茏茏，颇像一座生机盎然的半岛。这里，总面积一万三千多亩，以前曾是个洋槐林场，后来又是原种布尔山羊养殖场，前几年又华丽转身，成为蓊葱郁勃的生态园。园内有观光车，样子非常新颖，一看见它翠绿色的外形，听见它像牛一样的哞哞叫声，我就不由自主地想起了动画片《托马斯和他的朋友们》，想起了那列叫作托马斯的小火车。因为在美丽的多多岛上，托马斯实在是一列快乐可爱的小火车。关于这部片子，我过去曾陪着女儿看过好多集。

很快，我们就来到了景区入口。入口造型像城垛，巍峨壮观，恢宏大气。首先映入眼帘的是"关中堑谷，诗酒远山"的大型宣传广告牌。园内很宽阔，景点众多，沿着沟边，在林下修着弯弯曲曲的观光车道。为了快速一窥全貌，我们便乘坐托马斯观光小火车，奔驰穿梭在园中。抬头望，林外阳光灿烂，缕缕瑞气透进来，光斑随风摇晃，闪烁不已。高高的树顶上，旁逸斜出的侧枝上，一簇簇，一串串，一团团，都挂满了冰清玉洁的槐花，空气里氤氲着一股沁人心脾的花香。嗅着闻着，就像喝了琼浆玉液，简直让人醺醺然大醉。槐林荫翳，空气清新，百草丰茂，小鸟翩然起落，啁啾鸣叫。一种舒爽的凉扑面而来。在不经意间，我们看见一只长尾巴野鸡呱呱呱大叫着飞向远处，还有一只野兔像离弦之箭，一蹦三尺高，眨眼间逃之夭夭，没入草丛深处。林下车道，左一弯，右一转，观光车拉着我们经过了帐篷营地、拓展培训中心、真人CS战地模拟、国防教育基地、高空滑索、赛马场……一个个各具特色的体验项目令人目不暇接。走进拓展中心，多姿多彩的花卉植物姹紫嫣红，时下最流行的近百个品种多肉植物，又吸引了众多游客，让他们流连忘返。

接着，我们来到了一条空阔辽远的黄土沟壑边上，这条沟壑有个十分美丽的名字：樱花溪谷。据讲解员介绍，这条溪谷南北长约三公里，溪旁种植樱花树木五千多棵。我们看见，在沟边建有蔚为壮观的凌霄云栈玻璃桥，门洞两边题着一副对联：步步惊心穿云霄，深壑飞旋琉琳廊。这桥是连接儿童游乐区与生态探险体验区的快速便捷通道，也是整体观赏樱花谷的交通方式之一，电梯垂直高度七十八米，采用高耸结构钢塔架，栈桥跨度一百一十米。在乘坐电梯时，可饱览生态云集的自然风光，体验黄土高原峡谷沟壑的壮阔之美。

站在玻璃栈桥上，我们居高临下地眺望着。只见溪谷开阔，轮廓粗犷，极像一个豪爽的西北汉子，赤裸裸地露出了胸膛，那曲折硬朗的塄坎简直就是他的一条条肋骨。从远处整体看，那长长的沟谷仿佛是放倒的半个水罐子，谷底有几方水塘，明晃晃，绿莹莹，疑似天宫的翡翠掉入凡间。仔细看，有一条水泥路像条灰白的带子，在亭台水榭之间，蜿蜒萦回，时隐时现。我默默地想，这实在是一条充满诗情画意的黄土沟壑。在现代这个极度商业化的社会里，人们工作节奏快，生活压力很大，极有必要时不时地慢下步子，带着全家老少，或者邀约三五相好，钻出钢筋笼子水泥丛林，远离喧嚣闹市，来到这山清水秀之地，走一走，停一停，自由自在，优哉游哉，逍逍遥遥过几天似神仙的日子。是啊，这难道不是放牧身心最好的去处吗？这里，一路沿着溪谷，可以赏樱花，可以采野芹菜，可以搬起河中的石头找螃蟹，可以探险穿越，当然也可以就地取材，山肴野蔌，搞个趣味十足的野炊野营。亲近自然，感受野趣，想必许多朋友一定会有这样的计划。反正，我是绝对会再来的。因为每次来，我都会发现这里有新的变化。

在匆匆忙忙的行程中，那辆托马斯载着我们，像长了翅膀一样，须臾间又来到了这道长梁的最高处。在这里，有柿子酒生产车间，有别致的西餐厅，有精致的小别墅，有一些奇特的尖顶建筑，还有豁亮的露天演艺场，它们在外观上呈现出一种典型的欧式风格。也许有人会问，这里怎么会出现柿子酒厂呢？理由是这样的。不信，你看看酒庄周围，一条条塄坎上，一道道土梁上，似乎到处都有柿子树古老沧桑的身影。它们或者一棵又一棵，像韩信乱点兵；或者一片又一片，像诸葛亮排兵布阵。一棵棵树，主干苍黑似墨，好像被烟熏火燎过，一根根大枝屈曲嶙峋，宛然虬龙飞舞。特别是在方圆十里八村，家家户户，房前屋后，都有不少老态龙钟的柿子树，连续好多年，一颗颗火红的柿子满天星一样，挂在树上摇来晃去。因为这些柿子价钱低得没人采收，最后只能落在树下，任其腐烂。说真的，也是企业家有远见卓识，更有责任担当，他们见浪费了可惜，便从中发现了商机，想群众之所想，急群众之所急，彻底解决了老百姓卖柿难的问题。是企业家建起了柿子酒庄，采用先进工艺酿出了蓝溪金炫柿子酒——云集源酿·中国味道。

这天晚饭后，我们穿过金炫时空的洞子，应邀来到了金炫柿子酒吧。

出了洞子，就是一个不大不小的舞台，台前安着大大的屏幕，这里是跳舞的地方，也是引吭高歌的地方。下了台阶，就是个大大的池子，池子里摆着圆桌，可以坐下来喝茶品酒。在左手边，是酒吧前台，靠墙立着酒柜，酒柜呈巨大的"山"字形，里面高高低低，或大或小，设置出许多不同形状不同规则的小柜台，上面密密匝匝摆满了不同品系的柿子酒。昏暗的灯光营造出了情调，我们很快自由组合落了座，服务员端上酒来，大家美美地品鉴起来。酒是好酒，金黄透亮，口感极爽，媒体朋友们啧啧赞叹着，觥筹交错，喝了一杯又一杯。酒酣耳热之际，几名记者先后走上台子，拿起话筒放声歌唱起来，博得一阵阵掌声。同桌的小庄是佳县人，年龄有三十多岁，身体很壮实，在榆林日报社当记者，他沉默憨厚朴实，这时再也按捺不住了。只见他站起身，走上前，为大家献唱了一首滚烫的陕北民歌《泪蛋蛋掉在酒杯杯里》："酒瓶瓶高来酒杯杯低，这辈子咋就爱上个你。一次次的短信你不回，泪蛋蛋掉在酒杯杯里。酒瓶瓶倒来酒杯杯碎，前半夜喝酒我后半夜醉。梦见那妹子你亲我的嘴，抱着那手机我当成个你。噢我的亲亲呀，亲个蛋蛋小亲亲呀，我咋想得这么美，我咋活得这么累。哎嗨哟，酒瓶瓶倒来酒杯杯碎，前半夜喝酒我后半夜醉。梦见那妹子你亲我的嘴，抱着那手机我当成个你。噢我的亲亲呀，亲个蛋蛋小亲亲呀，我咋想得这么美，我咋活得这么累。噢我的亲亲呀，亲个蛋蛋小亲亲呀，我咋想得这么美，我咋活得这么累；我咋想得这么美，我咋活得这么累，亲个蛋蛋小亲亲呀。"小庄是地地道道的陕北人，他的嗓音豪迈粗犷，原汁原味，有野性更有底气，一开腔就扣人心弦，让大家为之震撼。他是极其认真的，一下子就进入了角色，用火辣辣的歌喉唱出了赤裸裸的情感，让一种原生态的黄土风情和生活气息，径直袭人而来。他激情充沛的原生态歌声，让在场的人赞不绝口。

酒不醉人人自醉，酒不醉人歌醉人。

这一夜，在云集生态园里，我们带着微醺的酒意酣然睡去。在梦乡中，有种细碎的声音吵醒了我，睁眼一看，天已经麻麻亮。有只很执着的小鸟，想进屋子来，在窗玻璃外不停歇地飞着，尖尖的喙就在玻璃上碰出了叮叮的声音。

忽然，我在想，这里有远山，有溪谷，有小院，有虹桥，还有诗与酒。适时，放下包袱，告别嘈杂，远离红尘，怡情山水，返璞归真，也不失为一种很好的养身方式。

望着远山，住着小屋，品着原酿柿子酒，这是人生中多么惬意，多么富有诗意的一件事情啊！

依山傍水好日子

漆水河，也叫锦川河，古称姬水，源出麟游县的山沟中，一路曲曲折折，潺潺湲湲而来，流过永寿、乾县、扶风，在武功县白石滩汇入了渭河。

在永寿的黄土沟壑间，这条古老的河流中部形成开阔的盆地，良田沃土三千多亩。1958年，人民政府发动千万人力，夙兴夜寐，艰苦奋斗，选择谷坡破碎陡直处，依山就势，拦堤筑坝，前后历经十几年，建成了远近闻名的羊毛湾水库。后又不断除险加固，实施了"引冯济羊"工程。多年来，它一直像母亲的乳房，用源源不断的琼浆玉液，滋养着下游关中盆地广袤的原野，滋养着一连串香瓜似的村庄，滋养着这片土地上生生不息的人们。

永寿人习惯地把漆水河叫作好畤河，或者樊家河，以至于许多本土人都不知道漆水河在哪里，是哪条河了。之所以如此，是因为这条河流两岸栖居着两个村子，一个村子叫樊家河村，另一个村子叫好畤河村。樊家河村居东岸，好畤河村傍西岸，两座村落向南延伸，在下游呈八字形，紧紧夹住一坛子满盈盈的水，远看像一个白晃晃、亮闪闪的大葫芦。古往今来，这两座村子背靠山坡，脚蹬漆水，隔河相望，毗邻而居，人畜饮水、农田灌溉，都比较方便。聪明的老百姓在上游的河流边，修上一条窄窄的水渠，沿路跌跌宕宕，连接再连接，改道再改道，长流水就哗啦啦地流进了田野里，也汩汩地流进菜园里，好日子也就香甜香甜的了。

其实，好畤河村的历史渊源颇有些来头。说是唐贞观二十一年（647），好畤县移治于今永寿县西南好畤河村。记得前几年翻阅《民国永寿县志》，里面记载说，宋金好畤时为县治较为准确。原因是在好畤河村发现一残碑，上面有这样的文字："地穷藏小县，土厚古风余；农业依山种，人家半穴居。分金怀义士（城北有地曰大塄，古名分金岭，相传陆贾与五子分金处也），遗利同香渠（旧说香渠在城北，有名无迹）；路转岩岩险，求安屡舍车。崇宁三年（1104）三月八日好畤县令雷松寿上石。"从这段文字里，我们一方面可以看出，宋时好畤确实是县治；另一方面，这几句诗准确地写出了好畤县治的地貌特征、风土人情以及传说故事。

　　但我最早知道好畤河村，却是上初中的时候。一位在县城工作的亲戚说，他是好畤河村包村干部，那里示范种植大棚菜。什么是大棚菜？种什么？怎么种？他说，那里有条河，水方便得很，人们试种反季节蔬菜。当时，我根本不懂这些，只是感觉到这事又遥远，又新奇。

　　2002 年，我调进了县城，在政府大院上班。有一次，三夏大忙前夕，单位去店头下乡检查，在一条大沟的下坡转弯处，一片亮闪闪青汪汪的苍茫的水域，赫然扑入了我的视野。我很兴奋地问："这是哪儿？永寿还有这么大的水？""是羊毛湾水库。""水边的村子是啥村？""这边是樊家河村，那边是好畤河村。"车内的人忽然大笑起来。因为自己的无知，我感到了些许羞愧。不过，想起初中时的记忆，值得庆幸的是，我终于将樊家河、好畤河，与羊毛湾水库联系在了一起。但是要我说，樊家河的美丽风光，第一次呈现在人们面前，让永寿人惊叹不已，实在多亏了一位本土摄影家安振忙，是他不辞辛苦，独具慧眼，找到了一个绝佳的角度，用镜头为樊家河留下了最美的风景；是他把樊家河村通过一张摄影照片，向外人推销了出去。

　　一个背山面水的老村落，一个山环水抱的老村落，一个藏风聚气的老村落，一个汉代名士隐居的老村落，一个曾经藏龙卧虎的老村落，一个曾是好畤县治的老村落，一个很有故事的老村落，不是风水宝地，又能是什么呢？

　　好些人忽然眼前一亮，他们终于知道了，永寿竟然还有如此美的村子。不久，休闲的，观光的，钓鱼的，携着家人，带着朋友，一拨儿又一拨儿，开着小车，纷至沓来。他们沿着河滩，悠闲地散着步，聊着天，拍着照，留着影。机会终于来了！近年来，店头镇抢抓机遇，趁势而上，积极跑项目，发展起了乡村旅游业，先后修了水泥路，栽了绿化树，种植了百亩樱桃园、百亩苹果园、百亩牡丹园、百亩格桑花海、百亩向日葵花海、百亩桃花谷、百亩油菜花海，樊家河村一下子花团锦簇，像一位十八岁的大姑娘，越来越靓丽，越来越吸引人了。

于是，一个春风荡漾的周末，我也跟着朋友去了樊家河。走到半山坡那个急转弯处，我硬要他们停下车来，站在那个位置踅摸着，琢磨着，像模像样地鸟瞰了一番。那天，水晶般湛蓝的天空下，黄土梁塬曲折逶迤，辽阔茫荡的沟壑之间，晴川历历，风光尽收眼底。极目北望，古老的漆水河像一条粗长的蟒蛇，随着弯曲的河谷，蜿蜒而来，越是往下游走，水面愈加宽阔。最后，整个库区亮闪闪的，明晃晃的，简直像一面偌大的青镜，泛着明晃晃的日光。脚下，紧挨着陡立的山坡，樊家河村烟树葱茏，各家各户的院落里，红瓦白壁，屋舍俨然，像一群盛夏期间的绵羊，热得头抵着头，扎成一堆儿。对岸，"暖暖远人村，依依墟里烟"。烟岚雾霭里，烟树丛中，好畤河村好像害羞似的，房屋被掩映着，藏住头又露出尾。村外，一马平川，土地阔旷，阡陌相通，鸡犬之声相闻。许是规整的菜畦吧，一方一方，蒙着白花花的薄膜。桃树、杏树、梨树的花都争先恐后地开放了，火树银花，色彩缤纷，红的如火，粉的像霞，白的似雪，和煦的春风送来阵阵花香。连片成方的麦田里，青莹莹，平展展，荡漾着一轮轮绿波，散散漫漫，涌向河边。远远望去，田野里像铺着绿茸茸的大毡毯。平视库区上空，偶尔可以看到，几只白色的水鸟，张开翅膀，忽闪着，回蜇来回蜇去，逍遥得跟神仙一样。

今年的槐花节期间，我们邀请了电视台的两名记者来参观走访。5月中旬，赤日炎炎，河谷里连一丝风都没有，我陪着他俩在樊家河村来来回回采访了两天。我们先后穿过郁郁葱葱的苹果园，巡游了河滩上牡丹园，走访了几户农家乐，也航拍了村子上空和羊毛湾库区上空斑斓壮观的风景。

一来二去，我们的最大感受是，来这里的外地人很多，男男女女，老老少少，来来往往，络绎不绝。我们凑上前与村里人攀谈。他们说，这几年来河边游玩的人越来越多，特别是节假日，来自周边的亲朋好友自驾游最多。平时来的人大多是外地的钓鱼爱好者，几乎每天都有，他们带着吃的，也带着喝的，河边一坐就是一整天。哪怕青天红日头，哪怕斜风掠细雨，河边还仍然有钓鱼的人。

顺着店头镇王高林书记的指点，我们远远地望见，羊毛湾水库周边有好些钓鱼者。循着一条坑坑洼洼的小路，我们蹑手蹑脚地凑了上去，摄影记者李铁柱扛着相机，从不同角度拍着片子。只见那些钓鱼者脸膛黧黑，全一溜儿坐在河边的遮阳伞下，或拈着鱼饵，或甩着钓钩，或端着钓竿，默默地忙着手里的活儿。让我感到奇怪和纳闷的是，他们之间充其量就一米远近，但好长时间连一句话也不说，也不左顾右盼。他们身后的大袋子，口儿大开着，邋里邋遢地装着方便面、啤酒、果汁等食品饮料，身边的网格式鱼篓，半截浸在水里，半截露在岸边。不少鱼在鱼篓里活蹦乱跳，不停地左冲右撞，穷折腾。

我不懂钓鱼，也没钓过鱼，当然体会不到钓鱼的乐趣。记得有一回，我浅薄地说："钓鱼有啥意思？钓那么多能吃完吗？"一个痴迷钓鱼的朋友抢白道："长期钓鱼的人往往不是为了吃鱼才去钓鱼，我们钓回来的鱼大都分给朋友了。分完了，有空了，还去钓，乐此不疲。原因呢？兴趣所致，爱好而已。再说，钓鱼必须屏息静气，心无杂念，钓着钓着，就物我两忘，天人合一，茫茫世界纯净得只剩下自己了，这是何种境界啊。所以，钓鱼是钓心情，钓的也是闲情逸致，可以远离喧嚣，可以澄心静虑，可以得意妄言……"说得我哑然失语。

也许因为那两天刚好是周末吧，在水库边上，我们看到了好多游客。有老师领着十多个小学生来的，有儿女领着步履蹒跚的老人来的，有新婚夫妻携手来的，有几个家庭结伴而来的，有朋友邀约来的……他们连说带笑，漫无目的地走着，时而感叹着绿汪汪的水，时而望着蓝天白云，时而指着对岸的村庄，时而蹲下来，用手抓着往来翕忽的小游鱼。如果来到了快艇跟前，一批又一批的游客们就登了上去，高高兴兴地体验着刺激的冲浪运动。也有的人一大家子，扶老携幼，登上大船去巡游，站在甲板上，扶着栏杆，很随意，慢节奏，无忧无虑，优哉游哉地饱览着河面水光、四围山色及田园风光。

午饭时，我们来到了鱼庄。他们的生意真是红火极了。所有的包间都被人提前预订完了，外边的长棚下，一溜儿摆着七八张大方桌，也都坐满了游客。男人女人，老人孩子，说着笑着，嘻嘻哈哈，眉飞色舞，热闹非凡。几个服务员都是从村里雇来的年轻妇女，她们不紧不慢，忙而有序，一盘盘特色菜肴很快就端上来了，红烧豆腐，绿生生的野芹菜，黄灿灿的炸油饼，纸巾一样白薄软甚至透明的麦面煎饼……当然，名闻遐迩的招牌菜肴不用说就是香喷喷的鱼了，有清蒸鱼，有糖醋鱼，有酸菜鱼，还有好几种做法的鱼，我实在说不上名堂。吃客们啧啧赞叹着，不约而同地竖起了大拇指。

鱼庄的老板叫樊永军，是樊家河本村人，头脑灵活，非常精明。一听说记者要现场采访他，满脸愕然。待反应过来，他特别热情，又是倒水，又是倒茶，又是换衣服，并且喃喃地说："天赐良机，百年一遇！"刚采访完他，他就按捺不住自己，兴冲冲地拉着美女记者合影。其他人都说，这个老板真会宣传自己。

接着，记者把镜头对准了一张饭桌，那是三个朋友家庭坐在一起。采访了一位年轻母亲之后，又采访了一个三四年级的小男孩。记者问："你觉得，这个地方有啥好呢？"只见小男孩一点都不扭捏，很机灵地说："你看这天，多蓝，云多白！看这山多绿，水多清！"记者继续问："还有吗？"小男孩扮了个鬼脸，大声说："这里山美水美人更美！"

不知哪个孩子，最后又补了一句："生活更美！"

在场的人们忽然啪啪啪鼓起了春雷般的掌声，有人还打起了呼哨。

后沟那娘娘庙

孩提时候，就常常听娘说，渠子塬上五龙头村的后沟，有座娘娘庙。娘娘是谁呢？庙是干什么用的？斗大的字，娘一个都不认识，看着我仰起的脑袋，却不知道如何来回答我。

接下来，为了安慰我，娘就给我讲了一个娘娘庙的传奇故事。

话说古时候，礼泉县的赵村石鼓里有一户农家，得了一个女儿。这女孩从小不长头发，满头秃痂，家人甚为苦恼，乡邻称她为秃痂女。约莫七八岁光景，这秃痂女的父母撒手西去了，她便和兄嫂生活在一起。可是，嫂子很不待见她。她清醒地知道自己的窘况，也自卑得不敢出门，整天将自己关在屋内，给哥嫂纺线。好在她心灵手巧，每天五两棉花，天不亮就纺完了。有一天，秃痂女向嫂子借一把梳子用，嫂子满腹狐疑，感到好生奇怪，你满头秃痂，连头发都没有，要梳子何用？夜里，心生好奇的嫂子莽撞地推开了门。正在修炼的秃痂女，由于受到惊动，现了真身，忽然变成了一条白色的大蟒蛇。嫂子被吓得连忙跪地祈祷，秃痂女这才变回原形，又成为一个丑陋的女孩。过了一年又一年，秃痂女就成了村里的大龄剩女。加上兄嫂一直不喜欢她，她便有了出家的想法，决心去九龙山（夹在永太梁与郭村梁之间的二疙瘩山）做尼姑。从此，秃痂女便夜以继日地纺线，决定纺够从自家到九龙山的棉线后，离开村子去出家。谁知，她的嫂子心眼多，竟偷偷剪去了一段。一年后，秃痂女以为线纺够了，就一手拄着烧火棍，一手放着线轱辘，毅然朝着九龙山方向走去。

没有想到的是，去九龙山的路上特别艰难。有一天，秃痂女到了来家村。她又饥又渴，看到人们正在晒麦子，就上前讨口水喝，告诉他们天要下雨了，赶紧收拾麦子。下场里的人，见她满头秃痂，丑陋不堪，都不相信她。她又来到上场里，继续苦口婆心地劝说。终于，老人们还是被秃痂女的诚心打动了。大伙刚急急忙忙收拾完麦子，天上就雷电交加，乌云翻滚，下了一场滂沱大雨。所幸，人们的麦子保住了。为了感谢秃痂女的大恩大德，来家村的人们诚心诚意地招待了她，并认她为干女儿。（直到现在，每年正月的初一、十五，来家村的人都要去后沟请娘娘回家呢。）随后，来家村里挑选了一个脚夫，牵着驴，护送她前去。哪知，走到后沟沟底，棉线却放完了。正疑惑间，秃痂女眼前山清水秀，一孔石洞呼啦啦闪现出来。洞前，一泓龙泉潺潺湲湲地流向远方。见此景，她心里想，这也许是天意安排，就顺其自然落脚此地，安身修行了。她顺手将柳木烧火棍倒插在龙泉边上。地上忽地就长出了一片郁郁葱葱的柳树林，每棵柳树中间有一个黑斑。据说，那是因为烧火棍一头是黑色的缘故。有一首诗这样写道："一心想坐九龙山，谁料坐在后沟滩。泉边建寺倒插柳，昔日秃女变神仙。"

娘娘的故事，弯弯转转，到此结束了。当时，我觉得这个故事真是神奇极了。我还到许多老人面前打听了好多回。心里还产生了一个念想：如果有机会，我就一定要去娘娘庙的洞天福地走一趟，亲眼看看娘娘菩萨的塑像，看看那泓清澈的龙泉水，看看那片有黑斑的柳林。

机会不知不觉地降临了。

记得那是个春天里，县上发动周边五个乡镇的干部群众，去后沟南坡植树。乡上给学校安排了任务，我们几个班主任带着学生，翻沟越岭赶去了。刚从沟底爬上一道山梁，就远远看见沟壑里着火了，霎时间风助火势，火借风威，噼噼啪啪，大火从沟渠里往上蹿。几丈高的火焰，红彤彤的，扶摇直上，实在吓死人。转眼工夫，火焰已熊熊地爬上来了，在我们脚边蔓延着，扑腾着，燃烧着，我们好像掉进了偌大的火海里，被烟熏火燎着，空中落下的火星，把几个学生的衣服也点着了。我担心出大事，心里怦怦地直打鼓。正在这时候，几个学生从娘娘庙那边带来了方便面和水，让大家吃喝。我于慌乱之中当机立断地说："水火无情，赶紧撤！"跟着，学生们仿佛胜利大逃亡似的，急匆匆地向一条土路上拥去。一位乡上的干部声嘶力竭地吼起来："不要走，不要走！检查组还没来呢！"我示意大家不要理会，头也不要回。我们只管披着满身烟火，沿着一条弯曲的小路，急急慌慌地冲出了火海。如今，多少年过去了，一想起这件事，我还感到心惊肉跳。

"星星之火，可以燎原。"这话绝对是真的，因为我亲身经历了荒沟野火的厉害。那一次，就因为那一场铺天盖地的大火，我与娘娘庙擦肩而过，失之交臂。但是，当时的情形，确实是到了火烧眉毛的地步了，毕竟领着学生逃生是最重要的。过后，一些人这样说，也许正是由于菩萨娘娘的保佑，我们才顺利地逃过了一场劫难。

到了2002年，我进了县城，有幸亲眼看到了娘娘庙的历史文化资料，进一步了解到秃痂女落脚后沟后，广结善缘，普度众生，受到当地百姓的尊敬。后来，人们为了纪念她，称她为黄龙菩萨。为啥叫黄龙呢？因为后沟就在黄龙山下，加之又有御龙神泉相伴，秃痂女修禅成佛后，当地人为她在这里修建了寺庙，取名为安定寺，并称她为黄龙娘娘"菩萨"，让她世世代代享受着善男信女们的烟火。

接着，机会又一次来了。

那是在永寿县政府办的时候，我曾跟着民宗局的同志去那里检查过一回。我发现，五龙山安定寺位于后沟自然村西南的沟道里，东靠山坡，西北临小溪，四面环沟，山下沟称为后沟。这座寺庙依山而建，殿宇嵯峨，寺内有黄龙菩萨殿、关帝殿、龙君殿及大雄宝殿，四座大殿均为现代所建造。检查过后，我们看到寺里现仅存大清光绪十五年（1889）重修碑一通及现代楼阁式建筑两座。寺庙周围山清水秀，树木交柯、浓荫匝地，环境非常清幽。寺内香火十分旺盛，善男信女们来来往往。据说，每年的娘娘庙会上，省内外求神拜佛者，络绎不绝。

娘娘庙的传说故事，在方圆十里八村，家喻户晓，尽人皆知。所以，远处慕名前来上香的人很多。

记得十来年前，一位宝鸡的朋友偕夫人来到永寿，让我陪着他去了一趟后沟的娘娘庙。来到沟底，一座大殿两旁正在雕塑神像。高高的脚手架上，站着一位四十岁左右的师傅，他两手托着黄泥，浑身上下沾满泥斑，正全神贯注地雕塑着一尊金刚。只见他时而抹着，时而捏着，时而拍着，手法专业、娴熟。脚手架下面，是一大堆黄土麦草泥，搅和得非常生硬，旁边站着两个五十多岁的农民，忙乱地打着下手。我们凑上去和他们攀谈起来。他们说，钱是香客们捐在功德箱中的，也有居士们出去化缘而来的，这里做饭的，干活的，全都是善男信女，吃的用的都是他们从家里带来的。他们也是忠实的信众，在这里做活不挣钱。

从表情完全可以看出来他们对信仰的虔诚程度，让我们这些红尘中人刮目相看。

穿过这座大殿，朋友和夫人先去灶间，向一位大嫂要了点水，净了净手，接着便毕恭毕敬地参观了另四座大殿，分别磕了头，上了香。最后，他们又从黄龙菩萨大殿走出来，来到殿前土塄坎下的龙泉跟前。一股清冽冽亮晶晶的泉水，从石龙嘴里，哗哗啦啦泻下来，滚珠溅玉般流到水渠里，然后涓涓汩汩，流向沟底去了。我忽然想起一首诗赞曰："松篁叠翠山寺幽，龙泉甘露涌千秋。此水只应天上有，神女偷藏在后沟。"朋友夫妻俩好像小孩子似的，用手掬着龙泉水，喝了一口又一口，赞不绝口："这才是真正的矿泉水啊，实在太好喝了。"

"好喝，就给你们每人带上一瓶。"说着，旁边有位大嫂拿着几个空矿泉水瓶子走了过来，给我们每人接了一瓶。"仰娘娘的神灵，保佑你们，消除百病。"她的善良热情好客，让我们千恩万谢。向大嫂道别时，她有点儿不好意思地说，她是上邑乡骞家村人，能否把她捎上塬。我们马上说，当然可以。坐上车，她说她为儿子的事情，信奉娘娘已十多年了。这段时间，她每天都来庙上，给他们做饭。我问："骞家村离娘娘庙很远的，你每天怎么来？"她说："有顺车了就坐一回，没有了就一步一步地走。"

这位大嫂的精神，确实让我们每个人折服。她说，娘娘庙就是求儿问女，就是帮在困难中的人解疑释惑，娘娘是救苦救难的大菩萨呢。下车前，朋友忽然掏出二百元钱塞给了她，说就算他的香火钱吧。

我终于恍然大悟，原来娘娘庙也是一处教化人的地方。

永寿坊的尘烟旧事

北部的槐山，是永寿境内结穴之地，从地理风水上看，来龙去脉，梁峁起伏，沟壑纵横，气象壮观。

不信的话，你可以爬上槐山之巅的电视转播站，放足眼量，游目骋怀，好好瞭望一番。槐山朝东呈放射状，冲击形成了好几道棒槌梁，苏兴梁、郭村梁、永太梁、九栗山梁、渠子梁，径直伸向滔滔泾河，宛若苍茫天地间，巨人叉开了肥大的手掌，亮出五根粗壮的手指。这五道梁之间都是苍茫的沟壑，每条沟壑里都有溪水，日夜铮铮淙淙流淌着，流出沟谷后，就一股脑儿汇集到了泾河里。浩浩汤汤的泾河形同苍黄色的神龙，弯来绕去，蜿蜒着，迂回着；它极像一条温柔的臂弯，紧紧地搂住了槐山的余脉。

翘首西望是槐山，低头东眺有泾河。山水相依，形成了一方水土，这方水土千百年来养育了这一方人。追根溯源，这一片土地，这一方人，在永寿县的历史上留下了浓墨重彩的一笔。

我要说的是我们渠子梁上的永寿坊村。弯弯转转走下槐山，视野就一下子豁然开阔起来，土地平旷，屋舍俨然，绿树葱茏，似乎进入了坦荡的平原地带。其实，古时候渠子梁叫广寿塬。据《永寿县志》记载，从西魏大统十四年（548）永寿境内建有广寿县，县治就在永寿坊村，先属泾州，后属豳州；北周明帝二年（558）迁永寿县治至今永寿村，改县名为永寿县，属新平郡。唐武德二年至武德四年（619～621）复置永寿县，居豳州，县治在麻亭（今陕西永平镇），唐贞观二年至贞观三年

（628～629），又迁县治至永寿坊村。唐兴元二年（785）德宗李适复迁县治于永寿村。前后算来，永寿坊村作为县治长达一百六十七年之久。

说起永寿坊村，长孙家族和长孙无忌都是绕不开的话题。毕竟历史让世人知道，永寿坊村出了一代名相长孙无忌，这座村子成了永寿县的一座有名气的村落，村里的长孙家族成了永寿县的名门望族。就是到如今，长孙无忌的古墓，还坐落在村北的野地里，被官方竖碑保护了起来。所以，长孙家族的生息繁衍史，就非说不可了。

据《永寿县志》记载，永寿坊村的长孙姓氏相传是唐相长孙无忌后裔，祖籍河南洛阳，唐初来永寿坊。初来者长孙步云，自称是长孙仁的二十四代孙，定居永寿坊村。今长孙姓聚族永寿坊村、分支龙头沟村。在永寿坊村的村民中流传着这样的家族传说。那是武则天成为皇后之后，长孙无忌遭许敬宗恶意诬陷，被唐高宗削职流放。到了黔州（今重庆彭水县），许敬宗遣杀手尾追而来，长孙无忌走投无路，自缢而亡。为了让父亲魂归故土，儿子准备将父亲的遗体运回洛阳老家安葬，半路打听到洛阳老家的族人已被株连，便改道长安。当时，京城内凡和长孙无忌交好的官员也已蒙难。无奈之下，儿子便载着父亲的遗体一路北上来到了永寿坊村，意欲以金头玉身安葬父亲，随后隐居下来。半道途经五峰山的时候，为了掩人耳目，他将父亲的头埋在了永寿境内的上邑乡南顺什村。大概就因为这样，南顺什村埋有长孙无忌头的一座小山包，人们至今叫它无忌头。

长孙无忌秘密葬于永寿坊村的事，最终还是被官方知道了。据说民国以前，历代前来永寿任职的官员，都要先去永寿坊村祭拜长孙无忌。为了接待一拨又一拨的客人，村民就在长孙无忌墓旁，建了一个占地四十亩的拴马桩场，一座规模宏大的戏楼，供来客安置车马，休闲娱乐。后来，村民实在无力应付这些络绎不绝的来客，就对外宣称，村里的长孙无忌墓为假墓，是衣冠冢。慢慢地，此处便无人问津，安寂了下来。如今，拴马桩场早已没有了踪影，只有不远处的古戏楼破破烂烂、孤零零地矗立在旷野中。

我生于北边永太梁上的车村，我们村与永寿坊村隔沟相望，虽然家里在永寿坊村也有亲戚，我也曾多次去过那座村子，但长孙无忌墓，我却一回也没有去看过。仅仅是小时候，听人说这个村子里埋着一个赫赫有名的古人。

记得十几年前，一位西安的朋友开着小车，慕名而来。我曾陪着他，怀着虔诚的心，一路打探着穿过村子，造访了长孙无忌墓。那是初夏的雨后，空气清新，田野里翻着一波一波绿浪。在麦浪深处，我们看到了一座高高的墓堆，上面芳草萋萋，蝴蝶飞舞，蚂蚱蹦跶，野鸡在周围的麦田里咯咯咯地叫着，一派生机盎然的田园气息。我们绕着墓地走了一圈，在野草丛中，看到一块低矮的石碑。领路的农民大哥指着那座大土堆说，它就是长孙无忌的墓。过去墓堆很小很低，一点不起眼。儿时夏夜乘凉，他听到奶奶神秘地说："老先人的墓堆上夜里放光呢！"后来有人提议，一定要保护好老祖宗的墓。跟着，每年清明这天就有人去培土。慢慢地，墓堆就越来越大，越来越高了。后来，长孙家族的后人们集资修缮了这座古墓。墓地被圈在砖墙内，成了陵园，长孙无忌的石像矗立起来了。墓前青砖墁地，松柏常青。在一座集资维修记事的石碑上，密密麻麻，刻满了长孙后裔的名字。

我在默默地想，这个村子里的人全姓长孙，家族香火旺盛，人才辈出。他们应该是长孙无忌的后裔吧。

接下来，我们又来到了墓地不远处的古戏楼前，从两根木柱子上，看到了一副读不下去的怪字奇联：

日 旵 晶 晶 安 天 下
月 朋 朤 朤 定 乾 坤

我上网查阅了关于这副对联的意思，有很多种解释。看了所有的说法后，这副对联我理解的意思是："十日安天下，十月定乾坤。"

这是说长孙无忌的功绩吗？忽然我想到，他曾为唐王李世民安天下、定乾坤，鞍前马后，忠勇神谋，立下了汗马功劳，被排在凌烟阁二十四功臣之首。可有谁能料想到，他却在唐高宗手里，沦落到了死于非命的境地，实在让人感慨万千啊。

老槐树情结

我不经意地发现，在我们中国，似乎有好多村子的中心，都长着一棵老槐树，根深叶茂，庞大的树冠，几搂抱粗的身子，郁郁苍苍，遮天蔽日，仿佛擎着一把苍翠的大伞，给家园投下了浓浓的阴凉。为此，有人干脆这么说，一座村子的历史变迁，唯有村中心的老槐树，是个实实在在的见证者。

所以，在苍茫的岁月里，老槐树总像个活过千秋万代的老者，有点儿形容枯槁，有点儿老态龙钟，有点儿风烛残年，有点儿风雨飘摇……譬如我的老家车村。在车村的北边，有一座小小的名不见经传的自然村，高峻的土崖下，参差错落地排列着几十孔老窑洞，内墙烟熏火燎，黑黢黢的，谁也说不出凿于牛年马月。在村子的最中央，是一个时不时向着沟里淌着水的涝池，涝池岸边上长着一棵躯干沧桑的大槐树，几个人手拉手才能合抱住，树身早已朽空了。树下有一个光溜溜的石碾盘，碾盘上放着圆滚滚的石碾子。距离槐树两丈远的地方，是一眼深深的老井，覆盖井口的大石头，被岁月的绳磨出了一道道凹槽。

关于北村的过去，北村的历史，我始终找不到只言片语。但我却知道偌大的车村，最早的人口一定源于北村，始于北村。因为沟边的北村，有一棵先祖们手植的老槐树。它像胎记一样，无时无刻地提醒着我，这里才是先祖们最早的落脚点。试想想古时候，先人们一路奔波，一路栉风沐雨，一路风餐露宿，终于来到了北村的沟边上，借着出土方便，就在土崖下凿出了窑洞，像动物一样穴居下来。然后，就在门前栽下了一棵小槐树苗，让它记下自己凿石垦壤、开疆拓土的日月。这树经历了风吹雨打，陪着一代又一代子孙儿女，终于长成了一棵戴天履地的老树。这树蓊葱郁勃，像老母鸡繁茂的羽翼一样，呵护着祖先们一个个平常的日子。他们在树下圪蹴着，抱着孩子，端着碗，乘着凉，谝着闲传，说着家长里短，说着陈年旧事；哭着，笑着，吵闹着，汲着井水，舂着五谷，日出而作，日落而息，走过了一个个饥寒的岁月。

这，就是从古到今，为什么中国人都有一种老槐树情结，为什么中国人都喜欢在家乡栽上一棵槐树，为什么中国人不论走到哪里，心中都有一棵老槐树的初衷吧。

我没有走过州，也没有过过县，但我却发现，永寿的好些老村子都有一棵老槐树。在家乡永太梁上，保家沟的村心中有一棵，卢家嘴的村中心有一棵，我的村子村中心有一棵。在南边的渠子梁上，去坊村有一棵，卢堡村有一棵。特别是卢堡村，我清楚地记得老槐树的歪脖子上，还挂着一口硕大的老铁钟。童年时候，每年正月里，我都跟着大人去姨家看戏。每当到了那棵树下，我总好奇地盯着铁钟，一回回地看，钟面上有铭文，我还抄起长棍子敲过几回，声音清越而悠长。老槐树旁边，有个土筑的戏台子，我曾站在台下看了一场又一场戏。非常遗憾的是，后来戏台子不见了，老槐树不见了，那口铁钟也不知道去向了。大约三五年前吧，我下乡时有幸目睹了甘井镇胡家古槐、北坳古槐、田岭古槐，以及常宁镇北屋的古槐。说真的，当看到这几棵老槐树时，我感到非常吃惊，它们怎么就长得那么大，那么老，那么神圣，那么凛然不可侵犯呢？

然而，永寿最有名气的古槐却是常宁镇骞家村的古槐。

记得童年时候，爷爷多次向我们说起过骞家的老槐树。按说，常宁镇骞家村离我们车村很远，是没有瓜葛的。原因是这样的：新中国成立前爷爷在山里有山庄，有牲口，小日子过得挺不错。恶贯满盈的土匪大沟子十三（最近我才搞清了他是礼泉人，名字叫吕积成）上门抢劫牲口，骞家村的一户人家里，老兄弟俩打死了一个喽啰，闯下天大的祸。为了逃命，两个儿子来到了山里。爷爷见他们可怜，就留下来为自己做活，还与他们结拜成兄弟，生活在一起。新中国成立后，老大被送去做了乡邮员，后来退休于邮政局，老二被送去参军了，退伍后在粮食系统工作。可以说，爷爷是他们兄弟俩的救命恩人。小时候，爷爷每年都带着我哥哥去骞家村，看望他的两个结拜兄弟。就是在那时候，爷爷经常说起骞家村的老槐树。哥哥也不时地向我说起那棵老槐树，很大很老的一棵树，比我村里的大多了，好些人手拉手才能搂抱住。贪玩的孩子们，经常从空心的树干里，钻过来，钻过去。

那是前几年，"三年告别土窑洞"时，我曾多次到骞家村下乡，亲眼看到过这棵远近闻名的古树，也从一些村史资料里了解过这棵古树。骞家村原名永昌堡，取永远昌盛之意，立堡建寨于东汉末年。明朝时期，族人筑城为堡，建有东门、南门和西门，正南门外有广场、戏楼和碑楼，城内东西大街，房屋建成两排并建有祠堂。村民以骞姓为主，便被称为骞家村。据资料记载，过去村里有明清建立的漆泉古寺，院内寺宇林立，槐柏参天，僧人众多，香火旺盛。清乾隆四十九年（1784），由武举骞化鹏重建的漆泉寺碑仍然保存完好。村中有一棵古槐，枝繁叶茂，占地约二百平方米，树高九米，树围约七米。据大清道光六年（1826）岁次丙戌永昌堡立碑记：骞姓堡落成，即栽槐树，以补风气。《风俗通考》云："骞姓属闵子骞之后，汉有金城骞包，唐有京兆味道，官居平章事。后子孙蔓延三辅，散居秦地。永寿，唐属京兆府。盖二公之苗裔……宋塔之上多刻有骞姓之名，以是知姓在此时而堡寨与槐树亦不外此时矣！"以此推算，这棵古槐树龄约一千八百年。为了加大保护力度，骞家村对古槐筑土垒台，四面砌砖，用围栏保护了起来；后又将墙体及护栏改为石栏杆，四面砌上了华夏九龙图案，使千年古槐显得更加美丽，更加壮观。

有村民说，有年清明时节，关中平原的骞王村来了一些乡贤人士，在我们骞家村寻根问祖。两村同姓家人齐聚骞家村，就两村骞姓渊源、姓氏文化进行了亲切的交流。

古槐根连根，骞姓一家亲。共同的姓氏使从未谋面的两村乡亲有着一种天然的亲近感。好些人都说，骞姓人的先祖在骞家村，原因是有这棵千年老槐树为证，它肯定记得骞姓一族的前尘旧事。

当时，我甚至很幼稚地问天：老槐树，你既然是个与村庄共生共长同行同老的物种，是个历史风云的见证者，为什么就不会说话呢？为什么不讲讲村庄前世今生的故事，让我们这些后人听听呢？你既然千年岁月，缄默不语，到底有什么用处呢？为了解答这个问题，我曾上网查阅了与槐树有关的神话传说和民俗风情。

原来，我们中国人对槐树有一种原始的崇拜，或者说图腾现象。早在周代，宫廷外种有三棵槐树，三公朝见天子时，站在槐树下面。于是，一代一代演绎下来，后世在门前栽上槐树，祈望子孙位列三公。到了唐朝，科举考试关乎读书人的功名利禄、荣华富贵，槐树就自然而然成了他们登科及第的吉兆。有人又说，槐树是民间吉祥和祥瑞的象征，不信你看看，现在有很多地方，流传着这样一些谚语："门前一棵槐，财源滚滚来。""院中一棵槐，幸福自然来。"这说明什么呢？说明古代人崇槐、敬槐、植槐、护槐，实在是一种很有意义的民俗文化传统。也许正因为如此，槐树在中国大地上普遍栽植，全国各地历史上记载了不少大槐树。

当然，全国范围内，最为著名的是山西洪洞的大槐树。据《明史》记载，自洪武六年（1373）至永乐十五年（1417）近四十年内，明王朝先后共计从山西移民十八次，这些移民迁往北京、河北、河南、山东、安徽、江苏、湖北、陕西、甘肃等十余省，涉及五百个县市。遥想那个凄凉的秋天里，在洪洞县的那棵大槐树下，被聚集起来的移民们，扶老携幼，背井离乡，骨肉分离，频频回头。为了能记住亲人和故土，生离死别的移民们，遂采集了大槐树的种子，将它们随身带到异域他乡，种植在了新的家园。这一历史事件给当时人们的记忆是深刻的，也是难忘的。所以，在许许多多地方，人们世世代代留下了这样的民谣："问我老家在何处，山西洪洞大槐树。祖先故里叫什么，大槐树下老鸹窝。"据说，中国·洪洞寻根祭祖节始于 1991 年，连续举办，届届成功，年年升温，曾在全球乃至世界华人中引起了极大反响。

很显然，由于这个伤心的故事刻骨铭心，在大半个中国家喻户晓，大槐树又似乎慢慢地变成了一种社树，变成了故乡和祖先的象征，日渐神圣起来。有些地方的人甚至把它当神一样来敬奉。

纵观古今，来路烟雨苍茫。各地的老槐树们确实都拥有着丰富曲折的故事。不过到如今，这些故事早已变成了难以忘怀的民族期盼和民族记忆。有许多人，一看见老槐树，就不由得想起了魂牵梦萦的故乡，想起了开拓家园、种植庄稼的祖先；一看见老槐树，也就不由得想起了后代儿孙，期盼他们蓬蓬勃勃，出人头地，光前裕后，过上幸福安稳的生活。

也难怪山西洪洞的大槐树，备受海外游子们的青睐和追念。

我在想，如今的大槐树，或许早已成为民族凝聚力的象征物了吧。

心安即吾乡

我出生在槐山脚下，泾河岸边。

记得上小学四年级时，我的语文老师耿允校安排我们写的第一篇作文是：我的家乡。关于写什么，如何写，他滔滔不绝地给我们讲了好多。至于从哪里起笔，他示范性地说了这么一句话："我的家乡，在槐山脚下，泾河岸边。"大概就从那时候起，这句话就终生铭刻在了我的脑海里。毕竟槐山是一座微不足道的小山而已，在中国地理版图上，它籍籍无名，是怎么也找不见的。所以，家乡的人出了门，走州过县，一旦有人问是何方人士，大都便含含糊糊地说，是北山里的。

其实，祖祖辈辈的家乡人把槐山叫作槐圪垯。有很多时候，我极想亮出这张名片，可还是死爱面子，感觉自短精神，自信心不足，就黯然放弃了。因为家乡没有一张能拿得出手，响当当、呱呱叫的金字招牌。

小时候，在我的心里，槐圪垯又的确是一座山。

槐圪垯，山脉攒簇，始终如龙头似的高昂着，有好几道棒槌梁梁，朝着东北方向跌宕延伸下去，一直到了泾河边上。我的村子在山脚下的一个沟湾里，它简直就像藏在棒槌梁梁的腋窝里。沟边的窑塭塭上，距离饲养室不远，并列着生产队的两个大禾场，禾场边上挺拔着几棵顶天立地的白杨树，那些树叶在风里哗啦哗啦地响着。三夏大忙，龙口夺食，新麦不断收割上场，一个个麦垛摞得像金字塔，像白花花的小山包。头顶上，天空明晃晃的，太阳火辣辣的，刚刚收割的麦捆子便一下子被抖散铺摆开了。

一直暴晒到正午时分，红马、黑马、白马、青骡子、小毛驴、大犍牛，这些大牲口们就吃饱了，也喝足了。这时，它们就摇头摆尾，喘着粗气，拉着屎尿，被牵到大场里，拴上套绳，拉着碌碡一圈又一圈地碾起来。不久，我们这些孩子就摩拳擦掌，踊跃出场了。我们一个个站在麦场中心，从大人手里抢过鞭子，拽着长长的缰绳，声嘶力竭地吆喝着，呐喊着，追逐着，掀起了一场热火朝天的劳动竞赛。换下来的大人们，就在大场边的桐树底下，坐着或躺着，乘着凉，喝着水，抽着烟，眯着眼，打着盹儿。

忽然，一股凉风飒然而至，大麦场边的桐树摇晃起来，窸窸窣窣作响。大人们霎时惊醒过来："快看！槐圪垯那里一道黑坎，大雨马上就要来了！"麦场里的气氛顿时紧张起来。我们高喉咙大嗓门叫喊着，鞭子飞舞着，牲口们被赶得马不停蹄，疯跑着。沉甸甸的石碌碡，骨碌碌地转，真的跟飞一样。此后，有一天早晨，村里的马车停在了麦场边上，车辕里套着红马，前梢里套着黑马、白马和青骡子。人们将刚刚新碾晒干收拾净的麦子，一麻袋又一麻袋，摞上了马车，直摞得像个小山包一样。拉着粮食，他们这是要干什么去呢？有人说，要上槐圪垯粮站，缴皇粮国税呢。之后，就有年龄大一些的伙伴，偷偷尾随在马车后面去了。回来后，他们到处炫耀，说槐圪垯上有个木塔塔拔地而起，直插云霄。大人们缴粮时，他们无事可干，就悄悄爬上去，鸟瞰槐圪垯脚下的壮美风景，看到了咱们渠子梁、永太梁、郭村梁。

就这样，我是从乡亲们口中，听到这个地名。尤其是听到大孩子们说，山顶上有座木塔塔，可以爬上去登高远眺，我就有些着急，显得很不淡定了。离那儿远不远呢？上坡路，十五里。一里有多远？一里就是一里啊。当时，我傻乎乎地站在麦场里，丈二和尚摸不着头脑。因为我也弄不清一里究竟有多远。但随着他们的手指望去，感觉遥远的西天边，槐圪垯确实高高的，莽莽苍苍，像一条青灰色的卧龙。

记得坊间曾流行着这样的俗语：登上槐圪垯，摸到老天爷的鼻疙瘩。不言而喻，它在故乡人心中有多么高了。长大后，我进一步了解到，在我们永寿县境内，除过永平的黑山，槐山的海拔是最高的了。也许正因为如此吧，槐山真的成了我的父老乡亲们心中一道难以逾越的坎儿，倘若你越过了这道坎儿，就等于你出人头地了，等于你远走高飞了，等于你走出了故乡。

是的，我们生在槐山脚下，长在槐山脚下，那片热土出产的五谷杂粮，延续了我们的香火，养活了我们一代又一代人。

儿时的车村中心，有一个呈三角形的大涝池，池子里生长着一棵高高大大的柳树。平日里，这柳树的倒影颇有些像醉汉，在水面上踉踉跄跄，摇摇晃晃，一会儿散伙了，一会儿又成形了；一会儿成形了，一会儿又散伙了。如果遇上大雨如注，北胡同和西胡同的水就咕咚咕咚涌到涝池里，直到涝池满盈盈的，从南边的豁口里流出去。酷热的夏天里，男孩子们就脱得一丝不挂，寸布不遮，赤裸裸精条条地，扑里扑通跳进涝池，或仰泳，或狗刨，或蛙泳，或扎猛子，或打水仗，尽情尽兴地嬉戏着，打闹着。我们这些年龄小胆子怯的，只有坐在岸边，一个劲地围观喝彩，常常羡慕得要命。几乎每个赤日炎炎的中午，我们都在给伙伴们观战助威。

有一回，我们竟然看到了许多工程车，有大汽车，有推土机，有挖掘机，有装载机，有起重机……一辆接着一辆，络绎不绝，从槐山冲下来了，穿过车村土街道，一路鸣着笛，吼叫着，向下面的村子疾驰而去，身后带起的黄尘沸沸扬扬，场面颇为壮观。我们山里人从来没有见过这么多车，这是要干什么呢？有人兴高采烈地说，外面来了石油队，要在北堡村钻石油了。也有人扬眉吐气地说，我们这里要大发展了。总之，千载难逢的机会来了，人们的心里似乎都充满了希望。过了好久，井眼选好了，井台搭好了，一顶顶帐篷在半沟里撑起来了，工程终于热火朝天地开始了。那时，我们这山沟沟里吃用都很紧张，有小道消息说，北堡村里农户家养的鸡，鸡下的蛋，还有土豆等蔬菜，都被石油队上买完了。春天里，青黄不接，有人去泾河对面的村子采购食材，中午回来时，冰面忽然塌下去，三个人陷进了冰窟里，眨眼间就消失了。后来，有人说钻到石头上，钻杆弄坏了，工程便半途而废，停下来了。再后来，我们就站在车村土街道边，看着一辆又一辆工程车，灰头土脑，甲虫似的爬上槐山，垂头丧气地开走了。

那个时候，村里的人都住在沟边，或者胡同里，窑洞是安身的窝口。那天，在人民公社门口，我的父老乡亲们站了一街两行，久久地沉默着，呆呆地目送着，心里似乎好失落好失望。盼星星盼月亮，人人都盼着能过上好日子。不料想，竟盼来了个一场空，好像当场还有人掉下了眼泪。

有句老话这样说：三十年河东，三十年河西。

不久，社会主义新农村建设全面铺开了，全国各地紧锣密鼓，大干快上，搞得如火如荼，我的故乡也发生了翻天覆地的变化。从前，乡亲们人老几辈子，在深沟边或者胡同塄坎下，随便打几孔窑洞，一家人就凑合着长期蜗居下来。三年告别土窑洞，现在从老村里彻底搬了出来。你不妨四处走一走，看一看，村村规划了新庄基，家家盖起了大瓦房，村村通上了水泥路，户户吃上了自来水。永太街道的老戏楼拆掉了，远在泾河畔上的焦家河村，整村移民搬迁，在老戏园里建起了新的幸福家园。在车村白菜心心那个位置上，儿时的泥糊糊大涝池被填平了，似乎每天早晚，都有人在广场上像模像样地跳着广场舞或健身操。改革开放以来，到处春风化雨，故乡终于来了个华丽的转身。所到之处，眼前的新农村都焕发出了新气象，一个比一个整齐，一个比一个漂亮，一个比一个时尚，一个比一个文明，一个比一个更富有时代内涵。

时代的发展脚步是谁也阻挡不了的。

谁也想不到，有一天，银西高铁的建设队伍竟然开进了我们村子。拌料场开辟出来了，灌装设施、材料库、简易工棚建成了，一眼水井打出来了，一座水塔高高地矗立起来了。场子里你来我往，人影幢幢，车水马龙，机器轰鸣，好一派热火朝天、轰轰烈烈的建设场面。有一回，我回到了阔别已久的故乡，看到那条原本巴掌大的街道里，竟然新增了好几家商铺，好几家小饭馆，街道边还停着挖掘机、推土机、小汽车，迎面而来的人群里，有不少是陌生的面孔。我默默地想，故乡真的是蝶变了，有人气了，有生机了，有活力了。

回哥哥家时，路过堂叔家门口，看到院里一堆人正围着打扑克牌，我顺便走了进去。原来，堂叔已经盖起了大瓦房，红通通的屋顶，白花花的墙壁，明晃晃的窗框，蓝莹莹的玻璃，使整个屋宇光彩夺目，熠熠生辉。和堂叔一聊才知道，邻村保家沟村也整村移民搬迁到了我们车村，他们村现在住进了银西高铁施工队，地面上的设施已经建起来了。堂叔还说，铁路工程启动后，家里就一直住着十来个外地的民工，咱们这儿跟着人气旺了，街道的店铺生意也好做了，他和许多人也可以就近打工挣钱了。

前不久，回了趟老家。我特意让儿子把我拉到了北沟边，居高临下，俯瞰着深深的沟底。只见儿时和伙伴们经常放牛的那条沟渠，早已被夷为好大一块平地，那条活泼泼的溪水，那突兀参差的石岸，那密丛丛的树木，一概都望不见了。一辆辆大货车拉着土，像一只只蜗牛似的，慢慢地蠕动着，传来隐隐约约的吼声。

据官方消息说，银西高铁赶今年年底建成通车。听到这个喜讯，我的父老乡亲们喜出望外。因为有人说，高铁建成后，县城有高铁站，我们这些山里人就可以乘高铁出去逛逛，若去宁夏银川，一天可以打一个来回，这将是前无古人的福分呢！

说的也是，时代进步了，故乡发展了，高铁轨道从车村北边的洞子里过去了，我的父老乡亲们终于搭上了历史的快车。高铁马上就修好了呢。

我在想，槐山也终于不再是一座山。

山旮旯里的春天

前几天，回了趟故乡。大概因为是春天吧，忽然想起了槐山脚下的北村，想起了自己童年时北村的春天。

记得我们北村的春天，总是从二爷家门前沟边塄坎上的酸桃树开始的。为什么这样说呢？因为在故乡，最先开花的是酸桃树。而二爷家门前斜坡的塄坎上，长得最多的就是酸桃树。

小时候，每年春天，我背着花书包走下村口的土坡时，准会隔着门前的深沟，远远望见对岸塄坎上的酸桃花，一团团，一簇簇，雪白雪白的，颇为悦目，也颇为赏心。每每此时，我们这些小"土匪"，就手舞足蹈，连蹦带跳地绕过沟湾狂奔过去，争先恐后地去采。没经验的，光知道挑眼前粲然怒放的折取。而最聪明最有眼光的做法是，只找含苞待放的花枝攀折，小心翼翼捧回家，找来空酒瓶，灌上清冽的泉水，再把花枝插进去，放在窗台上，悉心养起来，让它们整日沐浴在阳光雨露里。放学一回家，就急急围上去，叽叽喳喳，指指点点，看哪个花苞绽开了，闻哪个花苞最香，直到花谢花飞，落英缤纷，满地碎银玉屑儿。

不久，村头的老杏树就跟着欣欣然开花了。

据说，这棵杏树是二爷栽下来的。有一年，村里有位杨姓人家要挖掉它，正猫腰挖着，被二爷带着村里的老人们围上来拦住了。说这棵树曾是自己栽下来的，它长在村子的龙头上，关系到全村人的风水，怎么能说挖就随随便便挖掉呢。就这样，这棵老杏树被保护了下来。记得过后，我清清楚楚地看到老杏树底下，被挖了一个碾盘大的深坑。

　　杏树开出来的花，先是粉红的，过几天才是粉白的。它的躯干粗壮而奇崛，表皮呈苍黑色，好像饱受了岁月的烟熏火燎。有那么几天，老杏树的枝干上，全都爆出密密匝匝的花朵，远远望去，就像一团一团的雾凇，像舞着飘飘悠悠的白纱，或者像涂上了脂抹上了粉，只是一味地模模糊糊的白。来到树下抬头细看，一瓣瓣，一朵朵，一串串，如粉如玉，密密麻麻，直看得人眼花缭乱。仔细聆听，还有蜜蜂在花枝间，嘤嘤嗡嗡地喧闹着，正所谓"红杏枝头春意闹"，一个"闹"字，确实写活了春天。这时候，我们就像一群顽劣的碎猴子，照例要爬上树，折腾一番，闹腾一番。如此过上三两天，树叶就慢慢长出来了，只见青枝绿叶里，藏着指甲盖儿大的杏子。就这杏子，又惹得我们上蹿下跳，好不安生。

　　接着，就老远看到饲养室旁边、麦场路边，那些比碗口粗的老白杨，一棵棵冲天而起，形同一个个魁梧高大的北方汉子，正昂首阔步挺进在原野上，矛头依旧，脊梁依旧。我总感觉到，在树木这个群落里，它的正直，它的骨气，它的凛然，它的锋芒，常常让人驻足仰视，心生敬意。走近些，就看见它的皮色光溜溜的、嫩生生的、青汪汪的，似乎冥冥中有一种旺盛的春之生命力，正沿着躯干霍霍奔突上行，向着经络一样的枝梢，源源不断地延伸着。树枝上的那些叶芽，胖嘟嘟的，仿佛快要绽开了。忽然，就有伙伴首当其冲，哧溜哧溜爬上树，折些树枝扔下地，大家冲过去，一个个扭起"咪儿"来。然后，就噘起嘴唇，呷摸着，呷摸着，忽而嘟嘟嘟地呜呜呜地吹起来。我们欢呼着，奔跑着，雀跃着，关于春天来了的消息，被我们这些孩子最先接收到了，传得很远很远。

　　远山如黛，花香似酒。风，轻悄悄的；草，软绵绵的。

　　站在城台台边上，环顾四周，脚下深深的沟渠里，高高的柳树已由黄转绿，透出来蓬蓬勃勃的生机。山岗上的桃花盛开了，东一簇，西一片，像空中坠落的彩霞，更像村姑们晾晒在山洼里的花衫子。塬畔上，麦苗已经起身了，一层一层，一大片一大片，大地俨然铺上了绿茵茵的毯子。

春风荡漾，丽日当空。奶奶们、婶子们，大姑娘、小媳妇，都扛着锄头，挎着草笼，下地干活了，田野里到处都是人。她们一边低头锄着地，一边谝着闲传，说着笑话，拉着家常。剩下一群疙瘩棒槌似的孩子们，没事可干，就有些无法无天。一个个索性把麦田当成了运动场，有时单足跳着相互碰碰撞，有时躺在麦田里学驴打滚，有时追逐着玩狗逮兔，有时玩着老鹰抓小鸡，有时也学着蒙古勇士摔跤……我们呐喊着，追逐着，嬉闹着，打斗着，那生龙活虎的势头，极像刚刚出栏的小马驹，尥着蹶子，撒着欢儿，直玩得气喘吁吁，满头大汗。玩够了，玩腻了，才想起帮着大人们捡些荠荠菜，提回家里。后来，大概是通了班车，有个伙伴从县城买回了风筝，向着蔚蓝的天空放飞起来，惹得我们在后面跟着，没远没近地疯跑，竟然乐不思归，总是忘记了吃饭。

谁也没有注意到，究竟什么时候，小燕子突然从南方回来了。大约它们是一块儿回来的吧？

反正，我是站在自家的院子里，或者窑院前沟边的堎坎上，抬头看到了伶俐可爱的小燕子，一只两只三四只，五只六只七八只……翩翩然栖落在村庄上空的电线上，梳理着羽毛，呢喃着，对唱着，叽叽喳喳弹奏起了春天的曲谱。

"似曾相识燕归来，燕子归来寻旧垒，飞入寻常百姓家。"不错，我真的看见两只小燕子，一前一后，飞进了我家院子，飞进了黑洞洞的天窗，在窑洞里徘徊着，踅来踅去，歇在旧垒边上，歪着脑袋，夫唱妇随，好像亲密地商量着什么，谋划着什么。然后，它们就精心收拾着自己的家，清理着巢边的蛛网尘絮，把巢底潮湿发霉的细草拨到了地上。累了，就站在窑洞的横梁上，夯着翅膀，傻傻地看着我们一家人，尽情地唱起烟火味儿的歌。记得一个春雨蒙蒙的日子里，它们忙忙碌碌，飞出飞进，叼着一嘴又一嘴的春泥，细细致致地修葺刷新了自己的家，让一个黑黢黢的巢，忽然间就变得亮闪闪的了。

小燕子似乎每次都从天窗飞进来，从窑洞门飞出去。从早到晚，出出进进，忙碌不已，始终显得非常快乐。走出村子，来到村口的麦场上，我才发现小燕子很多很多。它们有时贴着马路疾飞，有时贴着麦浪疾飞，飞着飞着，不知怎么回事，竟突然来个一百八十度急转弯，又往回飞了。有时正飞着，叽的一声大叫，就猛地蹿向空中去了。远远望去，小燕子的翅膀是那么轻灵，动作是那么潇洒，它们逍遥自在，简直就像书法家纵情挥毫，像小蝌蚪自由游弋，让我非常羡慕。

烟村南北布谷啼，麦垄高低燕子飞。小燕子像天使一样，像梭子一样，也把自己织进了春天的画幅。

梨树开花的时候，爷爷从墙上取下了木犁，蹲在窑洞的窗前，用石块将犁铧擦拭了一遍又一遍，直到擦得明晃晃，擦得亮铮铮。他喃喃自语着："农活又开始了。"似乎在提醒自己，春播的时候到了，一定要不误农时。

是啊，春种一粒粟，秋收万颗子。春天是充满着希望的。

我们与春天合了个影

我们采风的第二站是云集生态园。

这个地方，我非常熟悉，对园里的情况可以说是了如指掌。因为这几年曾带着媒体朋友采访过好多次，去年还根据自己的感受写出了关于云集的长篇散文，引起了许多人的关注。要我说，云集生态园最精美的部分，应该就是蓝溪书院这一块。记得我刚从乡下调进县城时，这里还是永寿县最大的原种布尔山羊养殖场，里面圈养着澳大利亚种羊，几乎每天都有四面八方的人前来参观学习。如今，这块热土早已摇身蝶变，响当当，呱呱叫，做成了大西安最美最亮的后花园。

大约中午 1 点多，我们来到了蓝溪书院门口。门外的空地里，集团老总正带着百十号员工热火朝天地植树，一股新翻的泥土的气息，扑面而来。

书院的砖墙外，路边、树林里，这儿一棵，那儿一棵，长着不少杏树，开满了一团团粉白粉白的花，空气里似乎氤氲着一股甜味儿。走进书院大门，在迎门的石头照壁上，镶嵌着"蓝溪书院"几个金色的行体大字。绕过这面照壁，是一个台阶式喷水池。池子周围是绿莹莹的草坪，草坪上歪歪扭扭地长着几棵古老的杏树，杏花粲然怒放，雪白雪白的，香气袅袅地弥散开来，直沁人的肺腑。这时候，摄影师们掂着相机趋前退后，站起来蹲下去，蹲下去站起来，频繁地调试着机子，捕捉着光和影，寻找着最佳角度，拍下自己最满意的照片。忽然，豆向荣幽默诙谐地说："万事俱备，只欠东风。眼前美景已有，就差红粉佳人出镜了。"昝小强说："昨天没有找到模特啊！"正说着，中间的四合院里，出来了一大一小两个女子，好像是娘儿俩，戴着遮阳帽，穿着简洁的夏装，提着包儿，一看装束就知道是城里人。豆向荣走上前去，热情主动地搭讪："美女，能否配合我们拍张照片？"那位年长的女子犹豫起来："你们是……"我连忙凑上去说："请放心，我们是县上组织的采风团。"见我如此说，她很爽快地说："那行啊，拍什么？怎么拍？"接着，那位女子就按照向荣的意图，或者说设计吧，就在花前树下，时而款款向前，时而拈花回眸，让我们尽情尽兴地拍了。见我们还想拍，她连忙指着中院门说："别急，里面还有美女，我给你叫去。"

不一会儿，院子里果然就出来了一位白白净净的大美女。

我们不禁眼前一亮！只见这位美女长着圆蛋蛋脸，戴着一副金丝框眼镜，脑后的秀发如同马尾巴，一袭飘飘的白色长裙勾勒衬托出颀长健美的身材，简直像极了《新白娘子传奇》里的白娘子。她说话慢言细语，柔声柔气，一颦一蹙，举手投足，落落大方，眉宇间透露出温婉而儒雅的气质，实实在在是淑女一个。美女娓娓而谈，说她是来书院做茶秀的，活动刚结束，正准备离开，没想眼前春暖花开，风光秀美，本就想留个影做个纪念，不期然幸运地邂逅了我们来摄影采风。

随后，大家就又走向中间的四合院。进门左手边是甘棠书屋，从明晃晃的双扇玻璃门进去，发现书屋仅有一间，一排排书架上，摆满了各种各样的书。但从侧门出去，却看到它连着一个大厅，门口摆着个精致的根雕，是张极其典雅的茶秀桌。平时，经常有外面来的客人在这里读书、喝茶、闲聊、休憩、谈生意。如果来人够多，根雕茶桌后面，还有一张又长又宽的黄梨木茶桌，完全可以围过去，放松身心，坐下来，慢下来，翻翻书，品品茶，聊聊天，或者端着茶碗，信步转着圈儿，欣赏着周围墙壁上老总们公务活动的照片。走出大厅的北门，穿过走道，就到了院子，这里有桃树、杏树、梨树、柏树、竹子、木槿，还有拱形的小桥，一块块草皮，曲曲折折的甬道……园地外围是方形的回廊，墙壁上挂满了书画名家的墨宝，一股浓浓的书香味让人迷恋不已。这个院子里每一处设计，每一处布局，都充满了浓厚的诗情画意，充满了深厚的文化气息。书院的称谓，可谓名副其实。记得有好几回，我遇上西安美院的学生在这里住下来，支着画架静静地写生。也见过有客人在这个院子里，绕来转去，抚摩着，玩味着，久久不肯离去。

所以，这个院子是蓝溪书院的心脏，更是蓝溪书院的眼睛。

眼前，桃花含苞，杏花怒放，鸟雀啁啾，翩然起落。"良辰美景奈何天，赏心乐事谁家院。"如此繁花盛景，美女天仙一样降临，何尝不是一桩幸事？于是，这位美女就被我们一群人前呼后拥着，谋篇布局，做起文章来。摄影师们争先恐后，献计献策，让她变着花样摆拍。忽而来个掩面含羞，忽而来个凌波微步，忽而来个姗姗来迟，忽而来个翩翩起舞，忽而来个玉树临风，忽而来个望眼欲穿，忽而来个潇洒走一回，忽而来个拥抱明天……美女很有修养，也很有耐心，一招一式，不急不躁，始终配合着摄影师们的构思。

"美女，身子再侧一点。"

"美女，就这样，身材美就表现出来了。"

"美女，头稍微抬一点。"

"美女，动作再柔和点，曲线美就表现出来了。"

"美女，一只脚抬高点，来点动态美。"

"美女，来点手势。"

"美女，来点眼神。"

"美女，来点笑容。"

……

仔细观察后，我觉得顶数向荣话多，也顶数他最会说话了。可以说，他掌控了整个拍摄现场的主动权，占尽了风头。平时话最多的小强，今天居然抢不过了。只能默默地瞅个空子，或者蹲下来，或者爬到一个制高点上，用高难度的动作，抢拍着属于自己的镜头。建锋刚凑上前去，就被向荣的一句玩笑话不痛不痒地击中了，没有办法啊，只能哈哈大笑着避开他的镜头。老安和老陈，也许是由于年龄的缘故，也许是见美女怕羞，没有任何争抢的意思，一句话不说，只是躲在人背后，悄悄地摁下快门。

说真的，对于摄影，我一窍不通，是个地地道道的门外汉。不过，在摄影现场，我也是要大看风景的，该看的我还是看到了，该记住的还是记住了，该用文字写下来的也一定要原汁原味地记录下来。因为艺术要忠实于现实，忠实于生活，忠实于自己的良心。做人也一样，要上无愧于天，下无怍于地，中无违于心。

最后，我们来到了水池边上，决定拍张合影照便离开。正在这时，那位美女提着包儿准备打道回府，匆匆从我们面前走过去。我没有注意到是谁，好像又是向荣吧，他把美女和她的助手招呼过来和我们合影一张。

大家简直喜出望外，因为眼前满园春色关不住，因为身边真材实料地站着窈窕淑女。

就这样，我们与春天一块儿合了个影。

羊毛湾里盛满了春天

春分的翌日是个周末，匆匆地吃过早饭，我便跟着安振忙、陈景民、昝小强、豆向荣、边建峰等几位永寿本土的摄影师们，兴冲冲地、欣欣然地，去野外采风了。

第一站，去的是樊家河。我们的意图很明确，就是去踏青、去探春，通过手中的镜头或者笔，记录下羊毛湾水库优美的自然风光。这座水库在漆水河的下游，形状俨然平躺着的大葫芦，上游的峡谷溪流潺潺湲湲，曲曲折折汇聚而来。海纳百川，有容乃大。在一条莽莽苍苍、幽深旷远的黄土沟壑里，终于集大成，汇成了锦川海。我们的车刚到塬边上，这片苍茫而辽阔的水域，就一下子进入我们的视野，明晃晃，亮闪闪，白花花，让人惊叹不已。

啊！这就是漆水河下游的羊毛湾水库！水库的两岸上，坐落着樊家河和好畤河两座小村子。

我们从东边入沟，穿过樊家河村，走近羊毛湾水库。只见紧贴山根，一个个院落紧密相连着，一座座红砖大瓦房摩肩接踵，挨挨挤挤。村内的巷道长短不一、高低异样、宽窄有别，虽说不太规整，但干干净净。我们看见，在村外的苹果园里，有人修剪着树枝；有人收拾着篱笆；有人整着菜畦；有人喷着除草剂；有人站起来蹲下去，用铲子挖着窝儿，似乎正在点瓜种豆。循着奶声奶气的说话声，我们走进了一家的果园，里面的树木早已被仔细修剪过，一个中年男子开着小四轮，深翻着园子里的地，女人在后面撒着化肥。不远处，有个天真腼腆的小女孩，穿着花衣裳，扎着羊角小辫，坐在苹果树杈上，旁边放着个苹果，正低头聚精会神地玩弄着手机。老安随即举起相机，对准了她。不料想，小女孩发现了，竟被吓得哇哇大哭。走出这家的果园，全是绿油油的麦地，一坨又一坨，一片又一片，平展展的，像绿色的大毡子直铺到水库边上。

一年之计在于春。农民们已经忙碌起来了。

阡陌交通，鸡犬相闻。窄窄的田间小路，坑坑洼洼。毕竟是周末，举家出游人太多，路边车挨着车，接起了长龙。顺着这条小路来到水边，我看见钓鱼的人非常多，他们或蹲，或坐，或站，闷头不语，面无表情，死死地盯着水面，眼巴巴地望着浮子。或者说，他们根本就没有望着什么，只是泥塑木雕一样，一动不动，好像麻木了似的。是在面壁思过吗？是在洗心忏悔吗？是在凝思静想吗？是在修身养性吗？我很困惑，他们真耐得住，不知道心里都在想些什么。

再往前走，就看到了一棵棵树，横成行，纵成列，像一把把扫帚朝天站立着，整整齐齐，宛然一排排整装列队，正在接受检阅的士兵。同行的小强很博学，给我介绍说这是红梅树，没想到我竟然大失所望。原因是我并不认识红梅树。只见过书画家笔下的红梅树而已，画中的红梅树铜枝铁干，虬曲嶙峋，斗风傲雪，开着一簇簇红艳艳的花儿。在沧桑的岁月里，它那美艳的花朵，它那坚贞的风骨，常常让我心生敬意。但真的不料想，眼前这竟然是红梅树！原来它是生在煦暖的春天里啊！就这样，一下子颠覆了我对它的美好印象。

转过身向前看，视野很开阔，也很辽远。

水库边上那些往日的垂柳树，全都被拦腰淹到了水里。很明显，今年的桃花汛确实提前了，水位早已涨起来了。远远望过去，那些垂柳树既风流又潇洒，一棵棵简直像风华正茂的青衣妙女，正对着青镜梳妆打扮。眨眼间，又似一群仙女掩面蹁跹，襟飘带舞，翩翩欲飞。慢慢走过去，只见它们长发飘飘，像丝缕，像琴弦，像飞瀑，也像垂帘，那刚刚绽开的叶芽，嫩嫩的，黄黄的，像雀嘴，宛然谁的妙手精心剪裁出来。特别是那新鲜抢眼的暖色，那生机盎然的气息，简直让人醺醺然醉了。开阔的坝面上，清风徐徐而来，一刹间眼前又是杨柳春风万千条，撩拨着，撩拨着，让人的心里痒酥酥的。

来到龙王庙前，我忽然想起了一句俗语："大水冲了龙王庙，一家人不识一家人。"为什么呢？因为水库里的水的确涨得厉害，已经逼近了龙王庙，殿下那些十二生肖的石雕，快要被大水淹没了。走近仔细看，在台阶上面的亭子里，正襟危坐着龙王爷，雕像破旧，色彩斑斑驳驳，虽说双目高瞻远瞩，护佑着整个水库，但没有一点威严的气势。在龙王爷雕像两旁的柱子上，悬挂着一副对联：天争岁月有人气，春满乾坤加马力。这对联写得让人心里充满了希望。

船呢？游船呢？平日水库边不是有几只游船吗？我们沿着岸边找了起来，刚转过弯儿，就看见了一幅非常奇妙的情景。两只灰褐色的水鸟，被我们的突然造访惊动了。它们扑棱棱振起翅膀，拍打着水面，呱呱呱大叫着，以奋力逃命的速度，贴着水面端直飞走了，身后留下两圈圆溜溜的涟漪。我们被吓了一大跳，还没等缓过神来，它们已像飞机加速起跑，斜着飞上了空中，仓皇远去。那是什么鸟呢？一个有经验的同伴说，那是野鸭子。我默默地感叹道，还是有水的地方有灵气，这里的生态环境就是好。

接着，我们就看见了岸边的树上拴着好几只船，不远处还有人工养殖的网箱。记得几年前，我带着央视记者来过这里采风，我们还爬到山嘴嘴上，居高临下鸟瞰这片水域。当时，这里山坡上到处挖着鱼鳞坑，如今遍地的杏树已连片成林，眼前花儿正倾情绽放。远看像一堆堆雪，像一片片雾，这儿那儿，团团簇簇，仿佛给大自然穿上了绣着白花的衬衫，真是好看极了。

这时候，老安像个独行大侠，捷足先登，早爬到山嘴嘴上了。记得唐代诗人王之涣在《登鹳雀楼》里写道："欲穷千里目，更上一层楼。"北宋文学家王安石在《游褒禅山记》里写道："夫夷以近，则游者众；险以远，则至者少。而世之奇伟、瑰怪，非常之观，常在于险远，而人之所罕至焉，故非有志者不能至也。"伟人毛泽东也在一首诗里写道："无限风光在险峰。"老安和我是多年的老朋友，为什么他的许多摄影作品，境界总是那么深远宏阔，既让人耳目一新，又让人震撼不已。今天，跟这些摄影师们出来采风，我算是亲身领教，终于看明白了。我个人理解，摄影最关键的就是一个境界，一个胸怀，一个角度，一个立足点的问题。只有不惜脚力，才有可能发现新大陆；只有不辞辛苦，才有可能领略到无限风光。如此看来，一切真功夫都是苦功夫，艺术绝对来不得半点虚假。这才是人生的真谛。

一句话，唯有站得高，才能望得远；唯有海纳百川，才能成其大。

忽然，老安在上面喊话，说沟渠里面的平台上有鹳。远远地望过去，我们隐隐约约看见了大白鹅一样的东西，感觉它受到了惊吓，正跂足惊魂不定地朝我们张望呢。这时，高空中有五只黑色的大鸟疾飞而过。不知怎么回事，我竟然潜意识里，惊喜地判定它们是老鹰。因为童年时候，我曾不止一次地亲眼看到过老鹰，在我们那沟边的村子上空，趸来趸去，忽然俯冲下来，就把鸡或者小羊羔抓走了。就是那时候，因为生态环境好，我在现实生活里，看见过许多今生再也没有见过的动物。

一位村民走过来，提醒我们说："天上刚飞过去的，那是鱼鹰。"

"哦。我第一感觉它像鹰。"

"这几年，生态环境好了，它们繁殖得很快，每天能吃六斤鱼呢。"

"好厉害！大自然中的食客啊！"

最后，我爬向了高处，想亲自体验一下登高望远的境界。不料想，眼下麦苗青青，柳绿杏红，燕子归来，山明水秀……

原来，天上一块碧玉掉到了黄土沟壑里，羊毛湾里盛满了春天。

西沟风光无限好

在永寿县城的西边，有一条不算多么深的沟，人们习惯上把它叫作西沟。

西沟，不同于县域内任何一条沟。原因是 20 世纪 70 年代末期，这里依托开阔陡立的沟壑，夯筑起了一座大坝。一年四季，春夏秋冬，它的怀里抱着一坛子绿幽幽的水。水库周围草木丰茂，风光旖旎。大概正因为风景独好，富有开发潜力，在县上的旅游规划里，就别开生面，将这座水库美其名曰：西湖。曾记得永寿本土摄影师安振忙，在最好的季节里为西湖留下了最美的照片，这张照片好像还获过一次什么奖。

前几年，一群来自西安城里的居士们，就相中了这块风水宝地，喜欢上了龙王泉，然后四处化缘，附会传说故事，在堤坝旁建起了一座堂皇壮丽的龙泉庙。从此，一股清冽冽的神泉水，就从龙王爷的嘴里，日日夜夜，咕嘟嘟，咕嘟嘟，流淌了出来。在大殿外的沟道里，一些伟岸挺拔的杨树、袅娜多姿的垂柳、遒劲多刺的洋槐，零零散散地生长着……只见这条活泼的小溪水，漫过林间，穿过草地，如丝如缕，向下游汩汩流去。

不远处，就是一座月牙似的小石桥。

坐上车从县城走，几分钟之后，就会曲里拐弯下到西沟沟底。通过这座小石桥，爬上塬，便到了甘井镇，沿着西大路再往北走，就到了 AAAA 级景区云集生态园。但如果从小石桥旁转弯处的水泥路上趑趄进去，一会儿工夫，就会看见西沟水厂，这里有给县城供水的水源地。经过水厂门口再往前走，就变成了坑坑洼洼的土路。不过，越往前走，下游就变得越来越开阔，有大片大片的沃野良田、大片大片的河谷水塘，也有一片又一片的荒草湿地。

我去过陕南，也到过陕北，沿途目之所及，山挤山，岭挨岭，绵延不绝，但凡稍有点儿宽阔平坦的地方，如果是在群峰突兀的秦岭山里，就一定会有七零八落的房子，像鸽子笼一样，夹在山缝里，被掖着，被藏着；如果是在茫苍的陕北黄土高原上，那塬畔，那山根，那半坡里，就一定会有窟窿眼睛般的窑洞，有袅袅升腾的炊烟，有鸡犬之声相闻的村庄。

但很可惜，这里毕竟是关中，人们大都世世代代居住在塬上，或者一道道山梁上。要不然，像西沟这样宽绰的沟道里，就一定会栖居着原生态的村落，聚集着稠密的人口，发生着一个个迷人的草根故事。

说到这里，我就不由得想起，自己作为地地道道的永寿人，曾不止一次地去过甘井镇。每次坐着车走到西沟，就不由自主地遥望着有些苍茫的塬下，心里喃喃自语，那沟道里面有什么呢？宣传永寿，推介永寿，提升永寿，应该说这几句话是自己的岗位职责。究竟什么时候能有机会，进去走一走，看一看，也好了解一下永寿本土的川塬地貌呢？事实上是，机会后来真的降临了。我曾带着央视和省台记者进去采访过一个养猪大户，他现在已经成为我的朋友。

第一次，是陕西电视台《今日点击》栏目组拍摄红红火火过大年的事儿。当时，就听说西沟里有个猪场，老板从塬上村子邀请来几个屠夫，正宰杀着一头头成品猪。我便带着电视台的人去了，只见路边的土塄坎下，支着一口大铁锅，炉膛里柴火熊熊地燃烧着，锅里冒着腾腾热气。一群人身着旧衣服，高高地挽着袖子，脚上穿着高勒胶鞋，他们围着这口大铁锅，手忙脚乱，正来回翻腾着一头宰杀过的圆滚滚的大肥猪。旁边两棵树之间的木架子上，早已悬挂着一头白晃晃、赤条条的大肥猪，刚刚开膛破肚，猪尿泡一摘下来，几个孩子就抢了过去，不停地用脚揉着揉着，然后噘起嘴巴吹了起来。霎时，一股浓浓的年味扑面而来……

第二次，是陪央视农业农村频道记者，拍摄吃关中黑猪肉过大年的片子。我们一行人又来到了朋友的猪场里，一头头圆滚滚的大黑猪，从一间间圈舍里被赶了出来。它们来到了猪舍前的空地上，慢慢地摇摆着，惊慌地哼哧着，狂躁地追逐着。有的似乎不知所措，在地上拱来拱去，又突然撕咬起来，发出骇人听闻的惨叫；一群活泼可爱的小猪崽雄赳赳，气昂昂，活蹦乱跳；那些简直有些不可一世的大家伙，愣头愣脑，胡钻乱窜。我们见此情景，真是又高兴又恐惧。高兴的是，这里竟然有这么敦实这么肥壮的肉猪；恐惧的是，担心哪一头一下子冲过来，张开獠牙大嘴，无情地咬伤了谁。所以，看着这些庞大的畜生摇头摆尾地过来了，我们总是向后退去。最后，朋友的妻子面对镜头，就当前黑猪品系、肉质和市场行情，接受了记者的采访。

这个秋天里，完成采访任务，我又陪着一群新闻媒体朋友来到了西沟，拐进了朋友的庄园里。大家站在水塘的堤岸上，举目四望，兴奋地欣赏着绚丽多彩的风景。最惊喜最惹眼的还是那连串的水塘，像一方方颜料调色板，像一面面白花花的明镜，一片连接着一片，在习习秋风里，泛着粼粼的波光。偶尔，可以看见游鱼呷浪，吹出了细微的泡泡。塘边的白杨树，色彩斑斓，临风摇曳，叶片像一只只巨大的彩蝶，忽忽悠悠，往下落着。几棵早已枯死的老白杨，则站在水塘里，浑身黑苍苍，一任光秃秃的枯枝乱参着，像粗拙随意的炭笔画，更像刚刚饱受过战火的洗礼，正给人宣示着苍老的岁月。塘外的那一丛丛茅草已经开始枯黄，顶上的缨子像雪白的鹅毛，在秋风里摇啊摇啊。还有，那些水塘边上丛生的芦苇，摆动着高挑的个子，头重脚轻，东倒西歪，难以自持地晃着。一抬头，忽然看见半人高的土坎上，闪烁着几树火红的柿子，密匝匝，亮晶晶，光彩夺目。远处，那山坡上，还点缀着一些苍翠的松树，稀稀疏疏的。天，瓦蓝瓦蓝的，一大朵白云像雪山瞬间崩塌，像棉花突然膨胀，它们也在水塘里漂着游着。整个沟道里，好一幅壮丽辉煌、美轮美奂的水粉画！

这实在是个风光无限的庄园啊！大家看在眼里，喜在心上，纷纷竖起了大拇指，羡慕朋友有眼光，佩服朋友有魄力。

说起来话长。这位朋友是下游沟边的朱介村人，好些年前，他一举买下了这条沟谷里五千多亩地，自己当起了庄园主，风里来，雨里去，辛辛苦苦地经营了起来。沟谷里土地平旷，十几年来，他在这里种着小麦，种着玉米，种着苜蓿，也栽着柳树，栽着紫叶李，栽着银杏树……他先后自己掏腰包，购置了推土机、拖拉机、旋耕机、空调车。相继修出了通往沟内的生产路，架设了输电线路，在山脚下打出了深水井，铺设了输水管线，把清凌凌的山泉水引到了人们能吃住的地方。他精心治理了弯弯曲曲的河道，围砌成大大小小七口水塘，放养上了鱼苗。他还先后盖起了一座座客房，甚至开凿出了一孔孔窑洞；办起了一个关中黑猪养殖场，自繁自育，每到年底，成品猪全部宰杀，鲜肉定向销往省城西安。在庄园门口，他雇了看大门的；在鱼塘区域，他雇了经营鱼塘的；在养猪场里，他雇了养猪的；他还雇了作务庄稼的和做饭的。

他有些懊丧地说："起步以来，已经投进去了一千多万元，还没有一粒回头子呢。"

"不过，我退休了以后，可以远离樊笼，依山面水，耕云种月，育块菜蔬，养些花草，沐乎风，浴乎雨，与草木相亲，与天地同乐。可以皈依茅庐，养养素心，弹弹古琴，读读老书，钓钓游鱼儿，不问红尘世事。也可以邀三两相好，山肴野蔌，觥筹交错，酩酊大醉。"

这样的风雅之事，你也别想了。我们这些世俗中人谁也达不到呢。我们揶揄地说。

这时，有个朋友为他加油打气，说永寿县发展旅游业，甘井镇那边建起了云集生态园景区，去那里的人必须经过这条沟。目前，上游有西湖，有神龙泉，你可以建设湿地公园，也可以发展休闲农业，自觉融入永寿西线过境游。好在你的庄园已经有眉目了，一定要充满信心，勇往直前，积极寻求合作机遇，把这份事业轰轰烈烈做起来。

朋友的一番话，说出了西沟美好的愿景，也说出了我们大家的共同期望。说实在的，我很佩服这位庄园主。多年来，他能坚持干到这一步，也确实使出了九牛二虎之力。试想，若能顺利实现的话……

忽然，我的眼前出现了一幅美丽的幻境，西沟风光无限好。一下子径自醉了。

天上也有好风景

"上有天堂，下有苏杭。"这是一种很传统也很经典的说法。关于苏杭山水之美，古往今来，历史上一些文章大家留下了许多诗词歌赋，一些丹青妙手留下了许多笔墨画卷。如今，一些影视作品、一些网络平台也发表了大量图文作品。我们有人阅读过，有人听说过，更有人亲自游历过苏杭山水。

但是，有人却这样说：我们不谈苏杭之美，那天堂是怎么个美法呢？

这个问题没人能回答得上来。我个人从字面意思粗浅地理解，天堂就在天上，就是天宫，就是太空。或者说，就是广袤无垠的宇宙。天上究竟有什么呢？在我国的古代神话传说中，天上有上古英雄后羿射日留下的那轮太阳，有清寒广漠的月宫，月宫里有嫦娥、玉兔、吴刚；有滚滚滔滔的天河。天河两岸，有迢迢牵牛星，有皎皎河汉女，他们遥遥相望。当然，也有二十八宿，有海市蜃楼，有琼楼玉宇，有高高在上的玉皇大帝，有不近人情的王母娘娘，有如花似玉的仙女，有王母娘娘的蟠桃园，也有腾云驾雾的众位神仙……

人人都说天堂美，天堂究竟美到何种程度呢？我想，大约只有人间的苏杭之地，才可以与其媲美吧。

那天，刚过凌晨4点，我们就从县上急火火地出发了。一路上，我搜肠刮肚，浮想联翩，想起了青少年时代曾经听说或阅读的发生在天宫的一系列神话传说。大概因为没有近距离见过飞机，更没有坐过飞机上天遨游的经历，我把这次航程看得非常神圣。好在同伴毕竟不是第一次，只要步步紧跟着他就行。不然，我就会像无头的苍蝇，非得瞎闯乱撞一阵子不可。

我们排着长队，攥着机票鱼贯而行；走进机舱，经过一番仔细辨认，才找到了自己的座位。我感觉机舱里空间很大，坐定以后，就下意识地数了一下舱内座位的总排数和每排座位的个数，眉头一皱，心里算了算，不计舱内机组人员，它可满载三百三十名乘客。最让我喜出望外的是，自己的座位竟然在倒数第三排靠舷窗的位置。应该说，这个位置是得天独厚的，是可遇而不可求的。舷窗很小很小，差不多和我的头一般大，我完全可以近水楼台先得月，把整个脸贴上去，很霸道地占住窗口，尽情地饱览窗外的风景。从这小小的窗口望出去，能清楚地看到眼前又宽又长的机翼。快到7点时，四个服务员走过来了，其中两名空少，两名空姐，他们个子高高的，着装规范，温言款语，一颦一蹙，举手投足，落落大方，彬彬有礼。他们认真地搜索着，仔细地巡视着，叮咛着每名乘客一定要调整好靠背，系好安全带，飞机马上就要起飞了。他们刚检查完，飞机就慢悠悠地滑行起来，轻悄悄地上了跑道。舱内非常安静，几乎听不到发动机的响声。忽然间，就像雷声滚滚，轰隆隆地响起来，我看见飞机仰着头，侧着身子，机翼上的一块板子忽闪着，倏地离开地面，升到了空中。正感觉到头有点儿眩晕，那震耳欲聋的轰鸣声，却戛然而止，再也听不到了。

由于好奇，我一直目不转睛地盯着舷窗外面看，看有什么风景，有什么变化。

向前看去，舷窗这边的机翼高高地翘了起来。我知道，飞机正高昂着头，一直旋转着上升。我有点晕，定了定神之后，就努力地俯视着机翼下掠过的那些摩天大楼，那些立交转盘，那些花园街道……我没有想到，须臾之间，地面上那些所谓的庞然大物们，一下子统统变得像沙盘，像棋盘，像调色盘，小巧玲珑。只见那广袤的田野里，那绿汪汪的湖泊，变成了一面面明晃晃的镜子；那长长的公路白白的，变成了弯弯曲曲的一条细线；那公路上的汽车，一辆又一辆，简直就变成了一只只甲虫。不知不觉，视野就越来越模糊，周围全成了白茫茫的雾气。终于，什么也看不见了。

上升，上升，我们的飞机继续在冉冉上升。过了不久，就看见远处的云，一大团又一大团，白花花的，像爆炸的棉花团似的，肆意地膨胀着，轻盈地飘浮着。而眼前，那与机身擦肩而过的白云，则薄薄的，轻轻的，空灵剔透，仿佛一匹匹白纱巾，被谁挥舞着，从舷窗外飘飘然掠过。再往上飞，我们的飞机就似乎刚刚离开了厚厚的云层，舷窗外的景象竟变得非常壮观。哇！机翼之下竟然全是渺渺茫茫的湖！湖水清冽冽的，蓝莹莹的，深不可测，一团又一团白云，或大或小，或厚或薄，或浓或淡，含蓄着，飘浮着，挤压着，碰撞着，俨然噼里啪啦正在融冰的湖水，恍惚间它们又极像满山遍野恣肆飞扬的槐花。我不由自主地想，我们乘坐的飞机正擦着铿铿锵锵的融冰之湖，乘风破浪疾行着呢。飞机还在继续往上升，这波澜壮阔的美景眨眼间又虚化了、模糊了。

望着窗外，我忽然感到了一种铺天盖地的孤独。我们的飞机没有伴儿，正满载着三百多人，踽踽独行在深邃浩渺的天空中。过了好久，我无意间惊喜地发现，远空中居然还有一架飞机，陪伴着我们远行。凝眸细看，它实在小得有些可怜，像只风筝，像只梭子，不，简直就像一只银灰色的蚊子。完全能看得出来，它比我们乘坐的飞机低得多，但它速度极快，神出鬼没，一会儿钻进迷蒙的云雾里，一会儿又从迷蒙的云雾里钻出来。约莫十分钟后，它彻底飞出了我的视野，再也找不到了。

飞机终于出离红尘，飞出厚厚的云层，带着我们来到了最高境界。一种高寒冷酷凛冽之气，眨眼间迎面扑来。突然，一轮圆滚滚的红日冒了出来，光芒四射，分外妖娆。

看吧，这也许就是光辉的极顶。只见偌大的天幕，亮晶晶的，明晃晃的，宛然薄薄的蓝绸子，或者透明的蓝水晶。我紧贴舷窗玻璃贪婪地俯视着，机身之下尽是白皑皑的冰雪莽原。远处有巍然屹立的雪山，有茫无涯际的雪原，有危如累卵的雪崩，有雪的林海，有雪的原野，有雪的村庄……总之，这时如果仔细看，山川、原野、湖泊、林海，这些天地之间的洋洋大观，便仿佛一下子带我们走进了冰川纪。但是，目前的机翼下面，一疙瘩又一疙瘩雪块，或高或低，或深或浅，密密匝匝，连绵不绝，拼成了雪后初霁的世界。但真正的雪后风光与它们迥然不同，天空一旦飞花散玉，绵绵密密飘起大雪，大地就变得肥大起来，臃肿起来，沟壑梁峁间的差别，就越来越不明显了。

望远处，有一片蓝格盈盈的湖水。湖水中央矗起一座银光闪闪的雪峰，不远处静静地停泊着一只小船，船头上似乎站着一位老头。湖岸的草地上，游牧着几匹白色的高头大马，一位剽悍的男子骑着骏马，昂起头颅，正在搭弓射着远处的一只老鹰。就在他的附近，一群蠕蠕而动的绵羊，头抵着头，衔草而行。还有一群美女正在蒙古包前，围着熊熊篝火载歌载舞。炊烟袅袅，袅袅着，升起来了。一轮鲜红欲滴的太阳，洒下万道光芒。

有句俗话这样说："出门三步远，另是一重天。"从咸阳飞往萧山的两个半小时里，我一直守坐在机舱的舷窗旁，全神贯注地欣赏着窗外不停变幻着的风景。我默默地问着自己，天堂难道就是这个样子吗？很可惜，远离人烟，冰天雪地，迷雾重重，没有琼楼玉宇，没有锦衣美食，没有洞天福地，也没有我们人类想要的东西。

所以，回来之后，我终于想明白，所谓的天堂并不存在，但倘若用心去把玩，天上的风景也确实是很美的。

消失的古渡村落

离开绛山电站，我们又驰奔焦家河村。

这个村子，因依傍在泾河边上，村子里的人全姓焦，故而村名叫作焦家河村。

过去，听爷爷说，焦家河村是泾河畔上的一个渡口，我们这边的人经常坐船过河去河北赶集。河北是哪儿呢？后来从大人们的话语里，我才慢慢地知道，他们所谓的河北指的就是现在彬州市的龙高塬、旬邑县的张洪塬一带。他说，在那个兵荒马乱的年月里，我们这边属于白区，过了泾河是边区，也就是共产党的天下。新中国成立前夕，泾河畔上活跃着一支宁泰游击队，地下党组织发动的进步民主人士和青年学生，常常被游击队员们护送着越过焦家河渡口，到边区或者延安去，接受新思想教育，走上了革命道路。1948 年 11 月，一个北风呼啸雪花飞舞的日子里，发生在距离焦家河村五里路处的卢庄事件，就是由宁泰游击队员焦宏仁带路，护送一百四十多人，去边区接受学习培训。下午 3 时许，队伍途经卢庄村，就地宿营休息，准备天明过泾河。晚上吃饭时，被国民党绥靖公署突击队突然包围了。经过三个小时激战，一部分人突围了出去，在紧张撤退的路上，他们遇到了去永平乡公所送公差回来的爷爷和同伴。一个领头的人走过来，拽下了爷爷的腰带，撕作两绺儿，一绺儿拴着爷爷，一绺儿拴着他的同伴。这些人让他俩前头带路，避开官道抄小路，把他们带出永寿，带进了麟游大山里。

我们村距离焦家河村十五里路。我的邻居聋妈的娘家在焦家河村，好像每年正月里，都会看见娘家侄儿来看她。焦家河村在哪儿呢？娘说，在泾河的川道里，那里地势比较低，麦子比我们塬上成熟得早。所以，每年三夏大忙，龙口夺食，娘都要撺掇几个妇女，去焦家河村帮助收麦子，挣几个零花钱回来。到了秋天里，总看见有年富力强的男子汉，挑着他们村里的大水梨和红枣儿，走村串巷，高喉咙大嗓门，一声声吆喝着叫卖。有时候，他们也捎话上来，喊塬上的人到村里去吃梨吃枣。有人回来说，他们村里在泾河滩里，全是沙土地，出产的梨和枣比塬上的好吃得多，我吃过几回，口味特别甜。上初中时，我的同窗中流传着一种说法，说是焦家河村水土好，确实出人呢。一个个男娃长得洒脱，像电线杆儿，一个个女娃长得漂亮，花枝招展。虽说都长得疼死媳妇爱死娘，但似乎念书都有些迟钝。1988年7月，我师范毕业参加工作。第二年春天，乡上教育组组织全体教师赴焦家河小学听课，我跟着他们第一次来到了焦家河村，在河滩上看风景，捡卵石，徜徉了半天。后来，妹妹嫁到这个村里，我先后去过两三回。

曾记得去焦家河村的那条路比较宽，只是几个弯有点儿急，单行道走汽车还是没问题的。如今，三十年过去了，山路两旁，荆棘丛生，野草侵道，路面竟然变得越来越窄了。我们乘坐的小车弯来绕去，不急不慢，稳稳当当，走在跌宕而下延伸出去的长梁上。在一个叫作斩断山的细崾崄处，我让车停下来，大家都下车，左顾右盼，俯视两边的泾河。我对记者朋友们说，这里的山川地理形势非常特别，有一个极其形象的名字，被人们叫作龟蛇湾，你们看北边对面的圆疙瘩山梁伸过来，我们脚下的这座圆疙瘩山梁伸出去，若站在高处望，它们像不像两只乌龟在彼此的斜对面静静地趴着呢？泾河一路从远方潺潺湲湲而来，在这两座圆疙瘩山梁之间，迂回过来，缠绕过去，像条长蛇似的蜿蜒而去，形成了一个偌大的"S"弯。以前，凡是外面来永太下乡的人，不管怎么样，一定要到焦家河那个钢索吊桥上提心吊胆地玩一回。遇上胆大的，就紧紧抓住两边的钢索，小心翼翼迈着步子，在桥上一惊一乍地喊叫着，摇摇晃晃地体验一番。但他们总会在斩断山这个细嵝崄处，停下来，驻足观望，领略赞叹大自然的神奇壮观。

快进村子时，山路两旁的酸枣刺刷着车玻璃，刺刺啦啦地响。树林荫翳，草木茂盛，简直透不进阳光，我们仿佛走进了原始森林里，找不见村子。但能看见的是，路边有几只鸟，受到了我们的惊吓，从眼前扑棱棱飞起来，又从远处翩翩落下去。也听见了一串串鸟鸣，清脆悦耳，珠圆玉润，给人极其宁静空寂的感觉。我想，这也许就是"鸟鸣山更幽"的意境吧。

进了村子，我才发现眼前的一切面目全非，真是让我不敢相信自己的眼睛。只见一座座倾颓败落的院子里，房倒屋塌，土墙斑驳，一孔孔窑洞窟窿眼睛的，既阴森又恐怖。一座座院落，前前后后，参差错落，挨挨挤挤，长满了洋槐树、青桐树、楸树、椿树等各种乔木，长满了蓬勃丛生的灌木，长满了多半人高的萋萋野草。忽然，听见前边传来爽朗的笑声。循声望去，过去的那所学校前面，停着辆破破烂烂的蹦蹦车。一名中年男人蹲在车前，吭哧吭哧拧着螺丝，两手沾满油污。一位六十开外的老头儿，两鬓苍苍，精神矍铄，两手拄着把锄头，斜站在旁边，他们有一搭没一搭地聊着陈年旧事。我们停下车走过去，我及时做了自我介绍，与他们搭讪攀谈起来。

那位中年人，我以前见过好几回，他就是焦家河村里的村民，可惜想不起了他的名字了。他说，以前他们村里有三十二户人家，一百零五口人，只有九户人家搬迁到了塬面车村，有几户在县城做生意，把家安到了县城，有几户投亲靠友落户到对岸塬边上的几座村子了，剩下的几户全家常年在外打工，风飘云荡，没有落脚的地方。眼下，他年龄大了，出去活路不好找，只能在老村里养着一群羊，给家里增加些收入。

旁边的那位老头，听口音好像是外地人。一打问，他说自己是江苏徐州人，他和老伴住在这里好些年了。他的表弟是个老板，前些年流转了焦家河村里的整块地，先栽桃树，后栽花椒，又大量栽栾树，每年春秋两季，都雇塬上的人来栽树，现在没有什么收益，还年年赔钱进去。他和老伴常年住在原来的学校里，一直给经管着这儿的事情。这时，我才看到原来的学校——四间工字房，已经成为他平时饮食起居的地方，房顶上安着太阳能，南边那间房子外边又接了一间灶房。院子里靠墙摆着一些鸡零狗碎、杂七杂八的东西，铁丝上晾晒着几件衣服。眼前的情景给人一种浓郁的农家烟火味。

世事变迁，眼前的村庄已经面目全非，让我几乎找不到北了。从一个个绿藤翠蔓蒙络摇曳的院子前边走过，多年前的那个四方大水池子还在，里面的水绿幽幽的，上面漂着一些树叶和杂草。边上的水管已经破烂不堪。记得再往前，下段小坡，就可以走到泾河边。哪知，转过弯儿，看到一片片平地上栽满了桃树和花椒树，河滩里像矗着一道密匝匝青莹莹的墙，空地看不见了，沙滩看不见了，泾河看不见了。

但退耕还林的成果就在眼前，生态环境建设的效益一下子凸显出来了。这难道不是泾河流域治理吗？不是治理成效吗？我觉得那位老头的说法很片面。我不由得想到，攒下了绿水青山就是攒下了金山银山！

为了看到泾河，看到昔日的渡口，我带着记者朋友们原路退回来，来到了那座工字房南边的小路上，凭着过去的感觉寻找着那座吊桥。曾记得这条路两边全是平地，一片又一片，坦荡平旷，过去人们家家栽着苹果树，经营着苹果园。有一年惊蛰后，我专门来到这儿帮妹妹家修剪苹果树。但眼前，这里全部栽上了栾树，树干细细的，呈高挑个儿，长得密密麻麻，郁郁葱葱。最后，下了几级台阶，穿过一片长满茅草的花椒地，我们终于找到了吊桥。桥头上过去雕塑的那条黄龙不见了。一个多半人高的四方石礅子，水泥浇筑而成，摆在桥头上，似乎拦住了过桥的路。石礅的四个面上，全用红漆很醒目地刷着："危险！严禁通过！"石礅周围，一棵棵茂盛的洋槐树，开枝散叶，把半座桥都严严实实地笼罩住了。我们蹲下来，望过去，依稀看到了哗哗啦啦流淌的泾河水，只有半座桥矗在黄灿灿的阳光里。

　　桥上铺的那些洋槐椽，时间很长了，有的不结实，有的已经朽了，走上去太危险，我们选择离开。没有办法，只能来到稍微开阔处，航拍一下大景。龟蛇湾的大景壮观而壮美，可焦家河村怎么也找不到了。不过，最显眼的是，泾河这边密密实实，葱葱茏茏，已经形成了一块庞大的绿洲，让我十分震惊。

　　回来的路上，我一直在默默地想，这个老村古渡口已经真的从人们的视野里消失了。

泾河畔上的岁月

前不久，曾陪同咸阳的媒体朋友深入八寨村采访。

村主任李双义前头带路，领我们穿过还田的老村，穿过一片白花花的麦茬地，来到了沟边一座视野开阔的土崖上。

极目远眺，梁梁峁峁起伏跌宕，沟沟壑壑纵横交错。眼前不远处，两岸相对蹿出两道山梁，横冲直撞地戳了出去，形成了两座平行的天然大坝，也像坚实硬朗的铜墙铁壁，似乎要拦住从北边滚滚而来的泾河水。不料，在空阔辽远的大峡谷里，古老浑黄的泾河却仿佛一条莽莽苍苍的巨龙，实在有些不可一世，狂荡不羁。它天不怕地不怕，肆无忌惮地在两道山梁之间，缠过来，绕过去，汹涌着，奔腾着，铿铿锵锵，跌跌宕宕，杳然没于远处。

如此大好江山，难怪无数英雄竞折腰。我们像凭空突然发现了新大陆似的，异常兴奋。大家纷纷指点着、欣赏着、惊叹着泾河大峡谷的无比壮美。

村主任指着泾河这边岸上的山梁说，它是从常宁镇北塬边伸出去的，从北屋村往下走，在那道梁的细崾崄处、南边的山窝里藏着绛山电站。提起绛山电站，我心里便嘀咕起来，日后一定要找个机会，到那里去一回。

说起来，我也真幸运，这个机会不期而然降临了。有一天，宁夏日报社给我们宣传部发来公函，说他们融媒体要做"泾河传记"专题，准备沿着泾河发源地、流经地、结尾地进行采访报道沿岸地区的治理成效、民情风俗，以及利用泾河水发展脱贫产业的经验。为了配合他们做好这次采访，我多方联系，了解情况，及时向他们带队的融媒体总监王玉平介绍永寿县泾河沿岸的实际情况，他也适时把他们拍摄制作的片子发过来，让我学习参考，提前做好准备。但如何选采访点，我很犹豫，很作难，泾河在永寿是一条界河，流经原郭村、永太、渠子、常宁、上邑、豆家等六个乡镇，全长约五十公里，泾河岸边先后建有绛山、和平和石桥头三座电站。由于河道狭窄，全县在泾河岸边的大拐弯处只有一座名叫焦家河的小村子。前几年，这个村子已经搬迁融入我们车村。

最后，我选择了焦家河村和绛山电站。

之所以选择绛山电站，一个最主要最直接的原因就是，前几天我在八寨村的沟边遥望到，泾河彼岸两道长长的山梁跌宕下去，错对而出，类似两座天然的大坝，使得滔滔泾河大迂回大曲折，形成了一个偌大的S弯，若航拍成视频，必定大气磅礴，无比壮观。况且，另外两座电站所处的河谷，我以前都去过，没有绛山这里的雄奇壮美。其次，也有一个最自私的原因是，当年绛山电站工程一开始，我父亲就在这里当炮手，电站建成后，他被留了下来，成了电站上一名工人。我想借着这次采访的机会，在他生前工作奋斗过的地方走一走，转一转，了解一下这里的前尘旧事。第三个方面的原因是，绛山电站是永寿县建设得最早的一座电站。当时，永寿县政府发动全县人民，夙兴夜寐，战天斗地，轰轰烈烈，辛辛苦苦，一镐一锤，一錾一凿，一天天，一月月，一年年，用勤劳的双手修筑打造出来这座电站。我想带着媒体深入实地，让他们亲自感受体验一下，在那个激情燃烧的岁月里，我们父辈们自力更生艰苦奋斗的创业精神。

7月19日这一天，天空中乌云如盖，好像要下雨的样子。

在常宁镇纪委书记魏江义的带领下，宁夏日报社融媒体采访组一行，穿过北屋村，直奔绛山电站。一入沟，我们便看到连绵起伏的山梁上，尽管覆盖着绿生生的野草，但由于没有密密丛丛的灌木，没有成片的树木，给人一种光秃秃的感觉。仔细看，山是土山，草是毛茸茸的小草。塄坎上长得最多的是酸枣树，一丛又一丛。下沟的路，弯弯曲曲，被雨水冲得坑坑洼洼，我们的车只能骑着水渠，小心翼翼地前行。下到一个转弯的开阔处，水利局副局长李亚军背靠泾河河谷，接受了记者的采访。

来到这道梁的细崾崄处，我们的车拐过弯继续往下走，就看见路畔的塄坎下，露出了层层叠叠斑斑驳驳的石头，路面上也铺着大大小小的石块，一个窝子又一个窝子，车走在上面忽悠忽悠的。好在我们的车都是越野车，底盘高，马力大，不然，简直寸步难行。

终于来到了绛山电站。我们看见以下来的路为界，西院是工作区，东院是生活区。两个院子里的所有建筑都是20世纪六七十年代的样子，显得非常落后，非常陈旧。东院里，东北西三面都盖着二层楼，每间房的门脸看起来都像孔窑洞，但玻璃窗却很大，可谓中西结合，实在有点陕北窑洞的风格，我们可以想见当日的辉煌。在院子门前最显眼的位置上，栽着一块防汛指挥部的宣传牌，牌上公布着防汛工作责任人名单。宣传牌左右长着几棵垂柳，细长而柔软的枝条，垂挂披泻下来，袅袅如丝，帘帘如瀑。通往下面的机组车间有一条大路，几乎是从石头上开凿出来的，用片石一层一层铺砌而成，宽宽的，平平的，石缝里冒出了稀稀落落的野草。我猜想，它一定是往下运送机器设备、沙子水泥等材料所走的大路。路的两旁，一棵棵白杨树拔地而起，既粗壮又高大，仿佛一个个顶天立地的巨人。不过，它们似乎从来没有人修剪过，树枝丛生而蓬乱，好像遭过雷击，也遭过火燎，有的已半死不活，整体上给人一种年深日久老态龙钟的沧桑感和衰颓感。除过这条大路，旁边还有一条逼仄的便道，看样子这是供工人平时上下班走的，它宽不到二尺，由许多石块一级一级拼接垒成，整条路埋在旺盛的草丛里。凭直觉，我们判断这条路自从当年修筑好以后，就再也没有人修整过。

我们下意识地走向了护堤。护堤大约有两米宽，十米高，全由大石块垒砌水泥浇筑而成，整体极像一面厚厚实实的城墙。我们走在护堤上，俯瞰着滚滚滔滔的泾河水穿过山梁下的洞子，咆哮着俯冲下来，掀起浊黄的"泥浪花"，打着漩涡，奔腾着，喧嚣着，一路浩浩汤汤而去。

这时，一位管理人员走过来，领着我们走下护堤。他边走边说，绛山电站是全县人民自己动手，艰苦奋斗修建起来的。"你们看，那块石头上刻着'草德大队'，这说明这段护坡石墙一定是他们大队修筑的。你们再看，那一大片护堤石墙，跟城墙一样厚实，不知由多少座村多少位民工多少个日夜加班加点修筑而成。这座电站全靠人力，全是手工活儿，凝聚着我们父辈的心血和汗水。"

是啊，人民群众的创造力永远是无限的。

忽然间，我想起了我们队里的杜振虎，他是邻居杜爷的儿子，据说大约十八岁左右的年纪，身材魁梧，年轻力壮，正在读着高中，暑假期间代替老父亲去绛山电站干活，时值盛夏酷热难耐，跟随邻村的一个伙伴下去游泳，就再也没有回得来。我那时正是猪嫌狗不爱的淘气鬼，曾历历在目地记得，正在村里玩耍时，听说尸体拉回来了，只看见杜婆战战巍巍，哭着走出村口的背影。

进了高大的车间，我们看见六台机组摆成一溜儿。那位管理人员认真地向我们介绍着机组设备的来源情况、运营参数、生产数据和日常管理。他忽然指着自动调速器上的红牌子说："你们看，这是毛主席语录。"一行人立即围拢过去，感到十分惊奇，纷纷举起了手机和相机，有人还一字一句地读了起来：

"社会的财富是工人、农民和知识分子自己创造的。只要这些人掌握了自己的命运，又有一条马克思列宁主义的路线，不是回避问题，而是用积极的态度去解决问题，任何人间的困难总是可以解决的。"

毛主席说得多么好啊！在我们永寿，在那个特殊的年代，绛山电站真的是一座全民参与的伟大工程呢！它动工于1968年，那年阴历七月我才呱呱坠地。当时，我的父亲就是开凿洞子的炮手。弹指一挥间，岁月已经走过五十多个春秋，父亲已离开我们三十多年了。

　　如今，泾河下游不远处的东庄水库工程已经动工了，眼前的绛山电站不久必将被岁月之河无情地淹没。沧海变桑田，物是人非事事休！我不禁喟然长叹：一切到了该放下的时候了！

　　离开时，宁夏的记者朋友们航拍了泾河这一段颇像太极图的自然奇观。看到视频后，我禁不住写下了评语：泾河永寿常宁段，大迂回，大拐弯，滚滚滔滔，蔚然壮观。接着，我又把它转发到了朋友圈，许多朋友都赞叹说，从来没有见过，永寿竟然还有如此壮美的奇观。

北堡城上

　　永寿县北部的槐山脚下，向泾河岸边跌宕延伸下去，有一道棒槌似的山梁。自我记事起，这道梁就叫作永太公社。后来，叫作永太乡；近几年，乡镇改革频繁，先改成永太镇，再改成永太便民服务中心，差点连"永太"这个具有唐代意味的历史地名都丢失了。

　　永太梁梢上有一个北堡村，为什么叫北堡？无史可查。只是口口相传，坊间说是宋末时候，本乡邵村部分村民向东北迁居，修城筑堡，长期定居下来，故名北堡。这种说法极有来头，原因是据《民国永寿县志》里记载，距离北堡村六七里的邵村有一座古墓——"邵宰相墓，墓地数亩，有华表四，文字已剥落不可考。按：周召公作邵，永乃召公治地，或亦后人作冢。"虽说历经数代风雨，但从这座古墓豪华的气派看，历史上的墓主人确实是个大人物，他曾显赫于永太梁上，显赫于邵氏家族。我猜想，这座墓里也绝对埋着北堡村邵氏家族的先祖骨殖。可惜的是，20世纪50年代，这里夷为平地，华表也不知所终。

　　1988年7月，我从师范学校毕业。1989年秋季，我被分配到北堡初级小学教书。学校没有灶，吃饭是由在校念书的学生一家挨着一家轮流着管饭，每顿饭付给一定的伙食费。就像过去生产队里管驻队干部一样，每个家庭每一轮管一天。一轮周转完了，再从头重新开始。当时，学校共有五名教师。其中两名教师家在北堡村里。剩下我们三名老师，都是几个邻村的。我家在车村，离北堡村最远，有十里路程，自己没有自行车，不可能像另外两名老师，早饭、午饭偶尔可叼空回家里吃个饭，晚上放学后，偶尔叼空回家里睡个觉，第二天早上再骑着自行车，匆忙来校上课。所以，在北堡村教书的那些日子里，我进过百家的门，吃过百家的饭。常常于茶余饭后，听他们讲这家长那家短，或者于街头巷尾凑上去，听他们陈谷子烂糜子地讲村子里的逸闻趣事。

我有意无意地打探着、了解着北堡村的家族故事。心里不自觉地想着，他们究竟和邻村邵村有无渊源关系？和邻村卢庄村的邵姓人家又有什么关系？

慢慢地，天长日久，我条分缕析，抽丝剥茧，终于粗线条地梳理出了槐山脚下邵氏家族繁衍生息的脉络。小小的邵村，属于周召公的封地，以姓氏命名，从前曾有豪华气派的邵宰相墓，那里肯定是邵氏人家先祖的落脚地。后来，到了宋朝末年，部分邵姓人家向北迁出六七里之外，筑寨修城，聚族而居，渐渐约定俗成地出现了北堡村。再后来，也有部分人家从北堡村分出去，把根扎到了三里外的卢庄村、五里外的车村西岭，甚至沟南的卢堡、渠子等村子。现在，北堡村里户大人多，仅有的几家外来户，据说都是过去与邵氏家族有姻亲关系的。

苍莽的槐山，像巨人伸出了手掌。永太这道棒槌山梁，就仿佛一根指头。弹丸之地的邵村，籍籍无名，邵氏先祖开疆拓土，分枝散叶，衍生出了北堡村，也衍生出了卢庄村的邵姓后裔，倘若他们的人口合起来算，那么肯定超过了永太梁总人口的三分之一。所以，有人就这样说，槐山脚下的永太梁上，邵氏家族源远流长，香火旺盛，人才辈出，实在算得上名门望族。特别是在民国时期，北堡城上那个家族，不仅是南北二塬赫赫有名的大地主，更是永寿县境内最有影响最有势力的家族。从当时的交通条件看，虽然永太梁地处泾河岸边，环境偏僻，消息闭塞，但是据说在过去的年代里，凡来往永寿县的人，一提起北堡城上，简直如雷贯耳。

既然北堡城上如此风光，如此有名气，那么，过去的堡在哪里呢？城在哪里呢？怀着这样的疑问，我一次次地打探着，一次次地搜寻着，一次次地破解着。经过多次问询，我才知道，北堡城上的邵家分为先房和后房两个分支。先房住在"三城"，后房住在"老城"，两房隔沟相望。其中，老城在村子向东伸出的一道土梁上，土梁三面临沟，沟边有一圈土窑洞。从地形上看，易守难攻，实在是个据险筑寨修城的好地方。一户人家的窑垴垴上，坐落着一座古墓，墓旁一棵苍翠的松树拔地而起。抬起头来仰望，树身子又高又直又粗，可谓参天耸立。最让人惊愕的是松树顶上还长着一棵什么小树。这座古墓是谁的？这棵松树从何而来？村中老年人没有一个能说得上来。这道土梁的北面，隔一条窄窄的深沟，对面就是"三城"的居所。我曾去过那一块的学生家里吃过饭，特别留神过老地主留下来的住所，一个又一个院落，里面是窑洞，前边是上房，玲珑的门窗，细腻的砖雕，精致的脊兽，考究的做工，一切都显得古色古香，美轮美奂，一看就是过去富家大户的派头。

我碰到许多北堡村人，他们曾自豪地说，城上那个家族过去在全永寿县都是非常有名、非常厉害的。我很赞同他们的观点，相信他们说得一点没错。

为什么这么说呢？

因为我的爷爷给北堡城上做过十六年长工。他从十岁开始，就给远近闻名的邵大财主放羊。因为我童年少年时候，常常听他不厌其烦地说起那些过往的事情。他说，北堡城上的邵大当家没读过多少书，是个十足的土财主，人们称呼他"二老爷"。他们家里人口众多，六畜兴旺，家业繁荣，财大气粗。生意做得风生水起，四面八方都很有名气，曾雇了两个账房先生，一个管金，一个管银。从家里去西安，去兰州，一路上都有自家的商号，从来不用住别人的店铺。更为重要的是，北堡城上的家族里还出了不少有地位、有身份、有名望、有头有脸的人。比如，邵伯鉴……爷爷说，他曾不止一次地亲眼见过这些人，他们不是一般人，都有文化，有修养，懂道理，把家里大大小小的下人当人看。

最近这两年，工作之余，我曾仔细地翻阅了《民国永寿县志》，搞清楚了他们那些人的身份。邵伯鉴，字秋涛。清光绪二十八年（1902）以明经科考任职河南。后奉命回陕西商县任职，老来辞职回原籍，奉母避难于北堡寨上。土匪围寨以重职引诱，伯鉴严词抗拒，被抓遇害。邵伯藩，十七路军一七七师军医处处长，当过国大代表。1938年曾从西安集股筹资，购置机器，开办永寿县平遥煤矿，机器运至平遥，所筹资金已经耗尽，最后无奈停办。邵国珍，字海天。国民党中央军官学校第十三期毕业，精明强干，为同辈人中的佼佼者。民国三十五年（1946），任陕西保安第七团副团长，于秦岭北麓剿匪时，冲锋陷阵，不幸阵亡，时年三十三岁。邵佩，邵氏家族的饱学之士，一代乡儒，嘉言懿行，闻名桑梓。民国时期创办了永太小学，任校长多年，培养了很多地方人才。由于他的大儿子是我妻子的姨父，我和妻子结婚第二年，正月里去他家走亲戚，还和他一块吃过饭。那时，他老人家鹤发童颜，精神矍铄，说话斯文儒雅，很有名士风度。我记得最清楚的是，他住的窑洞墙壁上挂着一块牌匾，上书"孺子"两个字。当时，望着这块牌匾，我心里的敬意油然而生。

说起北堡城上，爷爷总要提到二老爷；说起二老爷，爷爷总是悲愤不已。他曾絮絮叨叨地说，他的邵财东家和爷爷的爷爷有姻亲关系，二老爷为讨债派爪牙把一名卢庄贠姓的佃户逼得跳崖摔死了。当时县里严查下来，爷爷的爷爷被拉去做了假证，死不改口，判坐三年牢。为了躲过刑罚之灾，二老爷在差人面前，当场耍死狗，颠倒睡在粪堆上，口吐白沫，叽叽歪歪，装疯卖傻，躲过了一劫。爷爷还说，邵伯藩处长在外面干事，眼界宽，看得远，待人谦和，有礼有节，对家里下人很好。他曾多次劝说过二老爷，时代在急剧变化，家里那么多的地已经成为累赘，能撂就撂；对家里的下人不要苛刻，能辞退就辞退吧。二老爷不听，邵伯藩曾大骂他是个守财奴。

爷爷说，二老爷为人霸道，做事很不地道，跟在外边干事的邵伯藩、邵国珍，以及在家乡兴学育人的邵佩相比，差得太远了。他对家里的伙计们吃得瞎（坏）使得扎，年底还常常克扣工钱。爷爷从小是个孤儿，勤劳老实，沉默寡言，目不识丁，天不收地不管的，也许是年轻气盛，血气方刚，也许是气急了，也许是豁出去了，当时他腰里别着一把铁镰气哼哼地去讨说法。二老爷正躺在炕上悠悠然抽大烟，话说得极其难听。爷爷怒从心头起，三锤两棒子就砸了他的烟家具，把他从炕上拽了下来，幸亏有家中的下人紧紧抱住了他。爷爷说，他那次就没有想活着回来。打那以后，爷爷就落下了一个"忽雷爷"的诨名。

流年逝水，光阴脱兔。故事中的人早已灰飞烟灭，无情的岁月，也早已沧桑巨变。但我却在默默地想，该留下的还得留下，该记住的还得记住。唯有这样，才不至于使我们的身后成为一片空白，连一点影子都没有。

如今，北堡村早已建成了整齐美丽的新农村。北堡城上那块地方，早已残垣颓壁，成为历史的废墟，永远地留在了人们的记忆中，或者茶余饭后的谈资中了。

可能有人要问我，为什么要记下这些乱七八糟的事情呢？

我说，为了一种渐去渐远的乡愁，别无其他。

人间烟火味 最真

生于斯，长于斯。

就像一棵风雨沧桑的老树，我把生命之根扎在了这片土地的深处，时时带着故乡的露水，处处带着故土的体温，浑身的烟火气息。

一方水土，养一方人。这里的水土，这里的气候，这里的庄稼，这里的风俗，这里的文化……还有这里的人间烟火，都无私地哺育了我。父辈的悲苦经历，总是让我涕泪滂沱，情不能自抑，禁不住便写下一串串血和泪的故事。忆往昔，峥嵘岁月稠。或者朝花夕拾，或者忆苦思甜。向前看，只能矻矻奋进，只能默默前行。一句话，人生百味，人间正道总是充满沧桑。

青镜摩挲，白首蹉跎。蓦然回首，原来平平淡淡、从从容容才是真。

裸 雪

一

现在的冬天，太不像冬天了。或者说，没有一点儿冬天的样子。

为什么这样说呢？在我的印象里，进入冬天后，就三天两头飘飘洒洒地下雪，走出屋子，马路上、屋顶上、院子里、田野里、林子里、树梢上……目之所及，到处都是雪，可谓冰天雪地。远处，白茫茫的雪原，白皑皑的雪山；近处，琼楼玉宇，粉妆银砌。接着，滴水成冰，冰冻三尺。硬邦邦的马路上，铺着滑溜溜的冰凌；树木的铜枝铁干上，披着冷冰冰的铠甲；沟壑里的石崖下，垂着凛凛然的冰挂。到了屋外，处处寒气逼人。不管是王孙公子，还是田夫野老，嘴里总能哈出一团又一团白气。倘若用鼻子吸气，便时时有堵塞不畅的感觉。还有，时候既然已是隆冬，就应该有西北风不停地奔腾呼啸，或在电线上滑翔，或摇撼着大树，或折腾着琉璃瓦，彻夜不息地轰鸣，搅扰得人怎么也睡不着觉。

没有。我们看不见雪，也看不见冰，几乎感觉不到有风。不穿棉袄吧，感觉似乎有点儿冷；穿上棉袄吧，又感觉有点儿热。所以，有人就说，现在的冬天简直变味儿了，一点也找不到感觉。

的确，全球气候持续变暖，专家们早就提出了大气污染防治的构想。但是，我们却眼睁睁地看着气候越来越干燥了，空气越来越污浊了，雾霾越来越严重了。眼前的世界好像患上了白内障，可怜的人类像密密麻麻的蚂蚁一样，只能奔忙在混茫茫的白帐子里。只见许多人穿得很臃肿，让人感觉他们似乎是冻感冒了，还病得不轻。他们咽喉干涩着，疼痛着，喘息着，戴着口罩，出入于滚滚红尘中。

我想，自然界并不是取之不尽、用之不竭的。对于草皮，对于矿山，对于河床，对于资源……乃至于对自身生存环境，我们贪婪地攫取利用，过度地开采、开发和建设，看起来人世间很热闹，很漂亮，很扎眼，但所有的废弃物却都变成了沸沸扬扬的迷雾烟尘，弥散在这个大千世界里。如此这番，天地大空间就虚热，就高烧不退。现在，结果很明显，大自然已经向我们芸芸众生开出了最严厉的罚单。

就这样，冬天太温和了，太温情了，也太不像冬天了。没有凛冽的西北风，没有千里冰封，没有万里雪飘，没有缩头缩脑地哆嗦，只一味这样暖洋洋着、雾蒙蒙着……

如此病态，岂能听之任之。如何才能救赎这个雾霾越来越严重的世界？有一天，开完大气污染防治会，大家挨挨挤挤地往出走着，一位朋友开着玩笑说："渴望一场大雪。"大家相视一笑。他的睿智，让许多人信了，也服了。

是啊，人间正渴望着一场绵绵密密的大雪。渴望洗礼，渴望廓清，渴望玉宇澄清万里埃。

二

在莽苍苍的槐山脚下，一道棒槌梁梁的腋窝处，藏着一个地平线下的小村子，村里居住着二十多户人家，乡邻们习惯上把它叫作北村。1968年农历七月的一天下午，羊进圈的时候，我呱呱啼哭着落地了。

从我隐隐约约记事起，这个村子的冬天就一直很美很美，美如冬天里的童话，久久地驻留在我的心里，时不时地浮现在我的眼前。

大约每年的10月份，冬天就肆无忌惮地降临了。蓝瓦瓦的天，好像娃娃的脸，忽然间就阴沉下来，西北风呼呼呼地刮起来，横冲直撞。不知不觉，雪花就飘飘扬扬地落下来了，像鹅毛，像蝴蝶，像芦花，像柳絮，像贺卡，像福函，绵绵密密地降临人间，落到人们的心窝里。大人们喜上眉梢，脸上洋溢着欣慰的笑容。我们这些孩子更是欢天喜地，东奔西跑，连蹦带跳，仰起红红的脸蛋，张开圆圆的嘴巴，伸出纤纤的小手，欣欣然地承接着一朵朵玲珑剔透的雪花。它们片片六角形，既像奶奶亲手剪出的窗花，又像奶奶亲手做出的风车轮子，是那么轻巧，那么精致，那么美丽。或在窑垴垴上，或在村中心涝池里，或在饲养室前，或在院子里，我们个个心花怒放，追逐着，嬉闹着，满头大汗，不亦乐乎。"下雪喽！下雪喽！"一串串脆生生的喊叫声，像银铃似的，飞出了茫茫雪幕，飞出了小村子。

半夜里，西北风越刮越狂。像虎啸，像狮吼，像鬼哭，像狼嚎。家里的门窗被摔得噼里啪啦地乱响，一朵朵冷森森的雪花，被肆无忌惮地灌了进来。窑洞里，寒气弥漫，刺人肌骨，我蜷缩在薄薄的被子里，浑身冻得直哆嗦，翻来覆去，苦苦盼望着天明。

天亮了！推开门，眼前明晃晃的，一个崭新的童话世界展现在了眼前。天地之间的大空间，多像老家巨大的面柜；老天啊，俨然祖母摇着手中的面罗，那柔柔的雪，松松的雪，扑籁籁，扑籁籁，天降吉祥！人间喜悦！看，所有的树木都穿上了毛茸茸的雪袍子，胖乎乎的，一棵棵俨然成了玉树，一根根枝杈成了琼枝。真所谓"忽如一夜春风来，千树万树梨花开"。伫立村口的杏树台台上瞭望，天下一派缟素：家家院中的柴草棚成了白蘑菇，户户场里的麦秸垛变成了过年的白馒头，村外辽阔的麦田盖上了棉被，远处的梁梁峁峁宛然一个个大胖子……总之，过去的旧山河一刹那就不见了，万里江山忽地变成了粉妆玉砌的世界。此种景象，毛主席曾引吭高歌过"北国风光，千里冰封，万里雪飘""山舞银蛇，原驰蜡象"。他的视野是高远的，心胸是开阔的。他用如椽巨笔，极其浪漫地描绘了雄奇壮美的北国风光。对于"山舞银蛇，原驰蜡象"这句，我起初曾觉得很难理解。后来有一次跟着大人们在雪天里去沟前放羊，亲眼望着那一座座山，望着那一道道岭，才真正领悟到它确实是神来之笔。雪后的情景很是壮观，大自然好像埋葬了一个污秽肮脏的旧世界，推出了一个银装素裹明明晃晃的新世界，如此多娇，分外美好。我们的眼前，一切都是洁白的，一切都是纯真的，一切都是安详的，一切都是干干净净的！似乎不经意间，我们走进了白雪公主的王国和宫殿！谁能说这不是至善至美的初心呢？谁能说这不是美轮美奂的童话世界呢？

大雪封山了。一只只鸟儿都飞出来了，千方百计地觅食吃。你看，在窑院崖头虬龙般的酸枣树上，从早到晚聚集着一群麻雀，叽叽喳喳地叫着，忽然就一股风似的，忽地落到了窗前的猪食槽边，或者院子里的柴垛旁，不停地刨着，也不停地啄着。它们很警觉，受到惊吓，就轰的一声飞走了，忽忽悠悠地立在崖头的酸枣树上。它们仍然喧闹着，大人们说这些麻雀是在开会。倘听到有鸟喳喳喳地聒噪起来，一定是花喜鹊在村中心的老槐树顶上，响亮地叫着，噗噗地飞着，翩然起落，撞下了一片片雪花。村子东面的林子里，远远地传来乌鸦的叫声，显得凄然而悲凉。如果走下梁梢，或许你会发现，有几只白头鸦，正停在瘦骨嶙峋的牛脊背上，蹀躞踱步，悠闲极了。偶尔抬头望，你或许还会发现，一只巨大的黑色的老鹰，正展开簸箕似的翅膀，在低低的天空中，趔来趔去。忽然，就像战斗机一样，朝村庄俯冲下来。见此状况，我们这些孩子们就惊慌失措，全歇斯底里地吼叫起来，吼得山鸣谷应。尽管如此，还是防不胜防，因为常常有鸡在门前，就被轻而易举地拎走了。如果站在沟边的高台上，你也许会看见，老鹰把一只刚刚钻出雪窝子的野兔或者红狐抓走了。

天降瑞雪兆丰年！我的父老乡亲们的生活是恬静的，也是安闲的。村口，队上的饲养室里，我的乡亲们挤坐在烫热烫热的土炕上，闻着驴马牛骡浓重的体味，嘴里吧嗒吧嗒地抽着旱烟叶子，有一搭没一搭地说着那些陈谷子烂糜子之类的旧事。但此时喃喃自语，念叨最多的却是来年的收成。有经验的老者就说："今冬麦盖三层被，来年枕着馒头睡。"

我们这些淘气的孩子，不爱听这些絮语。无事可干，就结伴来到队里的禾场上尽兴地玩耍。在干干净净的雪地上，有的孩子堆雪人，有的孩子打雪仗；有的孩子发挥着想象，画着十二生肖图；有的孩子用深深浅浅、歪歪斜斜的脚窝，踩出了来年丰收的麦穗。邻居的水平哥，比我们年长好几岁，也比我们要聪明得多。他领我们扫出一条路，通往队里的大麦秸垛，用脚轻轻踢出一个雪窝，像小小的窑洞，里面撒些秕谷，洞口竖立两根麦秸，然后揳入一颗钉子，拴上一条用蜂蜡捋得极光滑的细绳子，绾一个浑圆的圈靠上去。人远远地走开，瞅着野鸽落下来，把头伸进去啄食时，便带领我们齐声呐喊，急忙跑过去，准有几只被套住脖子，在地上挣扎着，扑棱棱乱飞。就这样，每年的冬天里，在他家前院的小窑洞里，总有一堆野鸽子，被拔了毛，开了膛，赤身裸体，倒挂在横梁上。

记忆的窗口关上了。但我回味着，槐山脚下的雪天很美很美。像一首诗，像一幅画，也像一个冬天里的童话世界。

三

无论别人如何看，对于白茫茫的雪天，我不但是钟情、钟爱的，还是偏爱、厚爱的。

大家不妨看看，在天造地设的白帐子里，老天爷好心好意酝酿了万丈豪情，扮演了一位何其浪漫的诗人，脱口就是漫天赤裸裸的飞雪。"一闪眼就埋葬了过去／还有眼前的林林总总！粉妆玉砌了／一个美丽的童话出来／让我们干干净净地／返璞归真／没有了花花绿绿／没有了纷繁万象／没有了污浊和丑恶！这个世界／纯粹得多像童年的心灵／赏心悦目。"记得几年前，我借着雪天的意境，激情喷发，一口气写出了一组诗歌：《年雪》《瑞雪迎春》《在雪地里皈依》《让我们一起走进雪天的童话》。这些关于雪天的诗歌，淋漓尽致地表达了我在雪天里的体验、憧憬和梦想。

远离喧嚣，远离纷扰，远离熙熙攘攘，让我们的心灵暂时静一静。最好，让世界暂时停下来，让我们好好想一想：究竟要到哪里去？

翘首天空，天似穹庐，笼盖四野。雾茫茫的白帐子，严严实实地罩住了这座熙熙攘攘的城市，向不远处望去，高楼大厦似乎飘浮在半空，轮廓很恍惚，也很缥缈，仿佛幻化成了海市蜃楼。我们咽喉疼痛着，我们喘息着，我们输着液体，我们呼吸着土腥味的空气，忙碌在城市的各个角落里。我们不断地开着大气污染防治会，层层落实着防治措施……原来生态平衡真的被打破了，我们目前正在经受着大自然最恨的报复！

于是，许多人盼星星盼月亮，悄悄地渴盼着一场裸雪，幕天席地，飘飘扬扬，绵绵密密，苍茫而来，逍遥而来，席卷而来。赤裸裸地蒙住高楼大厦，蒙住别墅小区，蒙住工业园区，蒙住农场庄园，蒙住山川河流……然后，给这个世界以醍醐灌顶式的洗礼，包括所有干渴的喉咙、所有疲惫的心灵！

盼望着，盼望着，我们的白雪公主姗姗而来，终于闪亮登场，像满天星斗一样，像棉花团一样，像明信片一样，像十字花一样，带着静谧，带着祥和，带着祝福，悄悄地，轻轻地，来到了渭北旱塬，落到人们的心坎上。

久违了，这场亲爱的裸雪！我的心里湿润润的，好清凉好舒服的感觉！

五十而知天命

好久没有写文字了，但撂又撂不下，割舍又割舍不下，心里老是感到很憋屈。

有一天，与一位年兄闲聊时，下意识地说到了自己，近来身体有明显不适症状，一是眼花得不行，看东西模糊费劲；再就是咬东西感觉牙碜，很不舒服。他哈哈大笑着，遂用调侃的口吻对我说："四十七八，眼睛发花。你都没掂量掂量自己，多大的口齿了，还把自己当槐木小伙儿呢。不服老不行啊。"

"一年三百六十日，风刀霜剑严相逼。"岁月真是一把杀猪刀，对谁也不依不饶。青镜摩挲，白首蹉跎。眼看着自己奔五十了，满脸沟壑，两鬓秋霜，眼窝深陷，双目空茫，心里忽然间像打翻了五味瓶，颇不是滋味。孔圣人说过："吾十有五而志于学，三十而立，四十而不惑，五十而知天命，六十而耳顺，七十而从心所欲，不逾矩。"这几句话经典而持久，曾引起后世许多人的内心共鸣。

光阴似箭，日月如梭。怎么倏地就冲到了五十岁的路碑前？五十岁，究竟意味着什么？意味着知天命，也意味着人生命的一半已经入土了。回头向来路望去，我深深地领悟到，人生就是一场漫长坎坷、风雨飘摇的旅行，甚至可以说，人生就是一场从生到死的摆渡。不同的是，同样是旅行，这种旅行曲折复杂得多。有的人可能天生就是个幸运儿，吃得饱，穿得暖，刚上路时，有人给他遮风蔽雨，有人扶他上马，有人鞍前马后地陪护着他，就好像唐僧被徒弟和神仙保护着去西天取经一样。相反，有的人就没有这么一帆风顺了，吱哇一声落了草，就带来了年馑，天也塌了，地也陷了，缺衣少食，披星戴月，山一程，水一程，高一脚，低一脚，坑坑洼洼，踽踽独行，如同一场马不停蹄的裸奔。就这，还时不时遭遇路途上的艰难，人心的险恶。

要说，人的幸福大都是相同的，但各人的经历却迥然不同。

不妨学学东晋大诗人陶渊明吧！他不愿为五斗米而折腰，曾拂袖而去，挂冠而归，最后隐于田园，耽于诗酒。他用自己的决绝和隐逸，捍卫了他作为纯文人的自尊自爱及高尚人格。记得他后来写过这样两句诗："纵浪大化中，不喜亦不惧。"我发现这两句诗，写出了他面对幸运和不幸时，采取的鲜明态度就是，我岿然不动，不以物喜，不以己悲，来去逍遥自在。可见，他是古时超凡脱俗的文人，是洁身自好的文人，他不愿同流合污，不愿随波逐流，不愿与世俯仰。这一点，我们这个食人间烟火的凡夫俗子，是难以望其项背的。

每每这时候，我便经常用阿Q精神来安慰自己，只要善良，只要正直，只要无私，熬过坎坷，熬过无奈，平安幸福离我就不远了。倒也是，有时真的很幸运，幸运得有点儿让人猝不及防。

那是1998年4月下旬的一天夜里，我梦见自己躺在车村中学教导主任的床上。突然，房门啪的一声被撞开了，随着一股强劲的风，一个筛子般大小的黑色的圆形物体像飞碟一样，高速旋转着，端直朝我的头上飞来。我慌忙直起身子，一把抓住了它。谁也想不到，这个小东西居然带给了我这么好的运气。到了第二天下午，从县上回来的人，说我被提拔为学校里的教导主任，周围许多人听了很是惊讶，怎么也不相信，我也觉得这是天方夜谭，也许是上级领导弄错了，也许是从县上回来的人跟我开玩笑。原因是，我从来都没有往这方面想过啊。

不过，人的运气总有好有坏。记得此前有好几年，家里日子真是过得糟糕透顶，喝凉水都塞牙。那是1976年，我上小学一年级时，父亲被恶人讹诈陷害,先是精神失常,接着失业在家。不久母亲也患上风湿性心脏病。更让人难忘的是,当年秋季淫雨霏霏,家里的窑洞摇摇欲倾,我们全家被迫搬到了村外荒凉的砖瓦场,实在无法可想,就收拾了几间漏风漏雨的烂瓦房蜗居下来。那几年,日子真叫苦焦,年年青黄不接,事事拆东墙补西墙。春天里,爷爷经常带着我们兄弟俩,在沟里开荒地,种苞谷,种洋芋。后来,哥哥二年级辍学务农了,妹妹三年级辍学放牛了。再后来,砖瓦场要开办了,村上干部往我们家跑了一回又一回,全家人又被逼得走投无路,重新回到了摇摇欲坠的老窑洞里。

就这样,我渐渐变得沉默寡言,心理压力越来越大。也许是慢慢地长大了,懂事有担当了,升入初中后,我暗暗对天发誓,将来必须考上大学!那时,就憋着这口气,点灯熬油,三更半夜,日日下苦功夫。静静的深夜里,我常常辗转反侧,一回回叩问着老天爷,我的折磨怎么就这么多?苦难怎么偏偏就让我们一家人遇上了?人的命运究竟是怎么一回事……

人的命,天注定。许多人都这么说。但我是半信半疑的。事情也真凑巧。1994年的暑假里,我参加了省作协的培训,作家们向学员推荐了一些必读书目。我拿着抄好的书目去了中山街古籍书店,看到《道德经》《易经》《梅花易数》等书,一股脑儿地都买了回来。说真的,我一下子喜欢上了这些国粹,读了一遍又一遍。当时,我的目的是显而易见的,就是想弄明白运气是怎么回事,命运是怎么回事。结果却大出意料,我觉得《道德经》是一门关于"道"的大哲学,深入浅出,微言大义,它教会了我如何看清问题,如何处理好问题,如何齐家修身治国平天下。而《易经》《梅花易数》是一门关于"易"的哲学,也就是关于变化的学问,它教我看清了任何一个事物都是阴阳矛盾统一体,随着天时地利人和因素的变化而变化。如何厘清物与物之间的生克制化关系,如何由物与物之间的生克制化关系推演后来的结果,这种由物及物、由表及里演绎出来的预测体系就是所谓的"易经"。我的亲身感受是,它是我们中国先哲们智慧的结晶,绝对不是迷信!它是一门很神奇很深奥很精微的预测科学,就像我们现在的天气预报一样。

然而，人间正道是沧桑，这句话放到任何时候都没错。

也许到现在，我才算真正明白了人生是怎么回事。人生究竟是什么呢？我理解，每个人都被追逐着，被压迫着，被拥挤着，赤裸裸的，血淋淋的，熙熙而来，攘攘而去，跌倒了再爬起来，一步步成长起来，成熟起来，坚强起来，强大起来。所以，在漫漫人生路上，我们要绝对感谢两种人：一种是给予自己帮助的人，这种人叫作恩人；一种是把自己逼上梁山的人，这种人叫作对手。恩人不但给了我们物质帮助，还给了我们莫大的精神鼓励，就像照耀我们，使我们不惮于前行的一盏明灯；对手实在太像拦路虎，它会把人逼到低谷甚至绝境，最后激起人的求生欲望，开发人的求生智慧。

有人说，人生苦短，难得几回搏。搏就搏吧，咬紧牙关忍耐着，挣扎着，打拼着，命运之神便会悄悄给你打开另一扇窗。也许这就是所谓的置之死地而后生，也可以说是起死回生。既然像久旱遇雨，像枯木逢春，就一定活出了格局，活出了状态，活出了精彩。

无论如何，运气还是非常关键的。有句老话这样说：不可把运气当本事使。可想而知，运气对一个人何其重要。我觉得好运气能带来好缘分，好运气就是在对的时间、对的场所里遇到最好的人和事，形成一个人的好磁场、好气场。如果身处如此环境，你就会如沐春风，如鱼得水。

说到这里，我不能不提《周易》对我的影响之大。《周易》是一本千古奇书，它的观点天人合一，内容上通天文，下晓地理，中通人事。在一遍遍研读中，我发现它是我国古人认识世界的一种方法论体系，既能验证过去，也可预知将来。目前，它最大的现实意义，就是告诉我，任何时候都要顺其自然，都要顺天应地适时去谋事。

五十岁，许多人就开始忆旧，开始慢慢总结人生了。其实，在十年前的2013年，我就已经开始怀旧了，一回忆起来便一发不可收拾，简直像演电视连续剧似的，一口气写出了老村记忆系列散文，共七十多篇二十多万字，现已结集为散文集《生命之根》出版面世。回忆过去是一个很滋润很富足的体验过程，能望得见山，看得见水，记得住乡愁，淡化的却是苦难，能留到我们脑海里的，除了快乐，就是甜丝丝的幸福。当然，回忆也让我深深地相信了"缘分"。缘分是个非常奇妙的东西。你不妨静下心来，仔细琢磨，相逢是缘，相知是缘，相惜是缘，相忌是缘，相恨是缘，相弃是缘，相害是缘……在我们的平常生活中，还有什么不是缘呢？还有谁没有在缘分的网格里游走着呢？

相比朗朗乾坤，一个人的生命是极其有限的，极其短暂的，我们都不必想得太多，想得两短三长，想得食不甘味，想得寝不安枕。年前，儿子结婚时，曾有好些人问我给娃把房买下了吗？我说，我一个人挣工资，管全家人吃喝拉撒，哪能顾得上这些。纵然有能力，我也不会这么干。也许有人认为这是我的托词，但他们不知道，我心里却是这么想的：我把他带到世上来，教育抚养成人了，给他成家了，我的责任就算尽到了，任务也算完成了。买车不买车，买房不买房是儿女们自己的事情，我不能代庖。有句老话这样说，一个猪娃头上顶三升糠，儿孙自有儿孙福。我们还是珍惜眼前，活好当下，做好自己的事情，千万别舍不得吃，舍不得花，包揽得太多了。一句话，让他们自己去奋斗吧。

这个世界上并不缺少天才，也不缺少疯子和低能儿。因为世界是两极的，更是多元的。丑恶与美好，真实与虚假，善良与凶残，相生而相依，相辅而相成，这才组合成了熙熙攘攘的大世界。有一句海洋群落食物链如此说，"大鱼吃小鱼，小鱼吃虾米，虾米吃青泥。"放大一点看，人类社会又何尝不是这样的世界呢？

五十岁，是人生路上的一个里程碑，也是一个很尴尬的分水岭。这时候，我们明白了很多很多事情，却剩下了越来越少的生命。人的生命是世间最宝贵的东西，它就像一盏灯，"油"只能一天比一天少。但在这个世界上，即使再有钱的人，也似乎很难买到这种"油"。记得前几天看到一则消息，说是一个富豪在医院里，临终时看钱买不了自己的命，一下子崩溃了，气得把钞票撒得满楼道都是。令人好不唏嘘！所以，我们还是珍爱生命吧，平安就好，快乐就好。

写完这篇文字的时候，我站在自家的阳台上，窗外冷风呼呼地刮着，铅灰色的云块很沉很低，就盘踞在楼顶，老天爷仿佛皱着铁青色的脸皮，似乎要发生什么事儿似的。

天意从来高难问，但知天命的我，不以物喜，不以己悲，心里很释然，很坦然，只想图个逍遥自在。

北沟里的徐家山

一个周末，邀几个儿时伙伴小坐，酒过数巡，感叹岁月如飞，人生苦短。忽然，我们就聊起了童年和少年时代。席间，我醉眼蒙眬，像看电影似的，眼前恍恍惚惚浮现了一系列儿时的场景和故事，越看越清晰，越看越亲切。直觉告诉我，等闲下来，一定要用自己的笔，把他们原汁原味地记下来，让我们的后辈儿孙，记住他们的先人过去经历过什么。

所以，我想说的就是我们北村的徐家山。

偌大的一座车村，按照姓氏族群和居住方位，大致可以分为东大街、南头子、西坡、北村四大块，分别包含着杨、负、景、耿四大姓。其中，坊间口口相传，"耿、景"不分。至于究竟为什么？没有任何文字记载，谁也说不出根到梢。但我在潜意识里认为，不管姓耿的人家，还是姓景的人家，先前应该都是一家人。我们北村就在车村的北面，穿过一条一人高的荒草胡同，弯弯转转走下去，就到了北村月牙形的沟圈里。弯弯的月牙中间突起一个叫作"城台台"的高坎，两边是深陷的沟渠，月牙两头隔着"城台台"，鸡犬之声隐约相闻。这个村形，有人说像牛蹄，有人说像簸箕，有人说像凤凰展翅，有人说像燕子飞来。总之，天造地设的自然村落，确乎有些奇特。斑斑驳驳的黄土崖下，窑洞参差错落，或大或小，或深或浅，人们世世代代蜗居在这里。

村子北边的徐家山，很明显是以姓氏命名的。徐家人就住在我们北村的村心心里，左手边是一口千年老井，斜对面是城台台，院子门口正对着一棵老态龙钟的古槐树，槐树的旁边是一个涝池。如果赶上夏秋季的雨后，池子里就蓄着黄澄澄、满盈盈的水。水满了溢出来，就潺潺地流到沟边的深渠里，从早到晚，哗啦哗啦清脆地响着。

孩提时候，徐家人只有两户。听老年人说，徐家是我们北村的老户，上辈子曾有兄弟四五个。最有名的是徐大和徐三，国民党撤到台湾前，兄弟俩都当上了土匪司令。其中徐三当过大司令，徐大当过小司令。新中国成立前夕，他们都被我们党彻底改造过来。爷爷说，过去徐家的光景很殷实，方圆几里很有名。徐家老夫人过世后，家中没了主心骨，兄弟几个四体不勤，五谷不分，既赌博，又抽大烟，好端端的光景就噼里啪啦散伙了。兄弟几个趁着兵荒马乱拦路抢劫，上山当了土匪。在那个动荡的年代里，只剩下一个老实巴交的弟弟，朝不保夕，常年病恹恹的，也死去了。

徐家人发迹的老根据地就是徐家山。让我说，那其实不能叫山，只是我们北村沟后向东伸出的一道长梁。在这道长梁的背面的半坡上，徐家人在这里发过家，留下了很气派的院落。高高低低的土坡上，随形就势分布着十几孔窑洞，都敞着胸腔，没有门窗。站在门口望进去，只见似塌非塌的土炕，似毁非毁的锅台，乱七八糟的杂物，烟熏火燎的墙壁，给人一种风雨沧桑、饱经岁月的烟火味。窑洞前是场院，很平整，很豁亮，没有院墙，场院里零零散散长着一些果树。仔细看有酸枣树、核桃树、沙果树、柿子树等。其中，栽得最多的是酸枣树。整体来看，这道长梁的背面正对西北，早上刚起来，全天都向着太阳。所以，这一面山坡上，整座院落周围，长得最繁茂最泼辣的还是喜好阳光的酸枣树，<u>丛丛</u>簇簇，密密匝匝。那长长的尖尖的利刺，实在让人望而生畏。

对徐家山之所以这么熟悉，是因为少年时期，我不止一次来过这里，挖过中草药，刨过蝎子，偷过雪梨，摘过野草莓；跟着七爷放过羊，跟着小伙伴放过牛；跟着爷爷（排行为六）开过荒地，种过麦子、玉米、豆子等庄稼。

记得最早的那一回，是早春二月，天气乍暖还寒，哥哥带着我，跟随左邻右舍的几个大姐姐去挖药。在徐家山院落旁边的山坡上，黄芩、柴胡、甘草等草药很多，我们像鸟兽一样散开，像鸡啄米一样挖起来。当时是初春，草药刚刚长出来，需要拨开厚厚的荒草仔细辨认。我们兄弟俩带了一把镢头，一只荆条草笼。当时，我六岁，哥哥八岁。他的力气比我稍大些，哥哥只管挖，我只管在草丛里不停地寻找草药。但这个山坡荒草丛生，草皮很厚，草药的根也很深，每一棵草药要从土里挖出来，必须吭哧吭哧，费尽九牛二虎之力。不知过了多久，太阳爬到了山顶，回家的时候，我忽然感到精疲力竭，浑身松软，已经迈不动脚步了。没有办法，哥哥就搀扶着我，一步一歇，硬支撑着我走到徐家老院落的边上。我突然像一个粮食袋，软塌塌地倒在了草地上，上气不接下气地说："我实在走不动了。"哥哥问我："你是不是肚子饿了，没力气了？"我当时也弄不清咋回事，反正一倒下竟然睡过去了。等哥哥把我叫醒时，他采来了风干的枣、酸枣和软枣，用两只手掬着，让我吃。我毫不犹豫，狼吞虎咽，津津有味地咀嚼着，很香甜地咂摸着。忽然，我憋着一股子劲儿，从地上一骨碌爬了起来，说："我们走！"

这件事情，我终生难忘。事后，我想清楚了原因，大概就是当时饿极了，甚至可以说饿过头了，头昏眼花，支撑不住了。是徐家山院落里那些枝头上越冬的干果们，救起了我，让我重新爬了起来，继续前行。

徐家山第二次给我留下深刻的记忆，是跟随七爷他们去给生产队里放羊时，我近距离见到了雄健生猛的老鹰。

寒冷的冬天，山寒水瘦，远近呈现出一派荒凉萧瑟的景象。徐家山对面黑苍苍的槐树林里，依稀传来一阵阵喜鹊的聒噪声。辽远空阔的沟壑里，西北风呼呼地刮着，人的脸像刀割一样难受。在徐家山老院落里，一群羊儿夹着尾巴，慢慢蠕动着，四散开来。它们用嘴揪食着地面的枯枝败叶，有的羊跪下前蹄，刨出薄雪下的玉米秸秆，用嘴撕着咯吱咯吱地咀嚼，羊群里发出窸窸窣窣的响声。无意间，一串阴森凄厉的尖叫，让我心惊肉跳。惶然抬起头，只见铅灰色的天空中，一只黑色的老鹰破空而来，展开双翼，回趑着，俯视着，搜索着，一轮轮弧圈地飞着，下来了，下来了……

　　以前，听大人们说，老鹰经常抓野兔，有时也抓羊羔吃，我也亲眼看见过老鹰飞临村庄上空，猛然间像战斗机一样俯冲下来，拎着一只鸡就飞走了。所以，当平生第一次面临这种情景时，我被吓得浑身起了鸡皮疙瘩，头发乍了起来，心提到了嗓子眼儿，大气也不敢出，生怕它径直朝我扑下来。我的狼狈相，被苍老的七爷看到了，他抚摸着我的头说："乖孙子，吓得尿裤裆了吧？"正说着，老鹰便落在了崖前高高的土塄上，目不转睛地盯着羊群看，盯着我们看。估计是在伺机等待吧？它那犀利阴鸷的目光，让我一个小孩子，两股战战，心里咕嘟嘟地直往上冒冷气。七爷哈哈大笑起来，又说："它不会叼走你的。瞧，它的窝，在旁边。"顺着七爷的手指，我远远地望了过去，土崖上果然有一个黑乎乎的大窟窿。

　　不管怎么说，我心里还是很不踏实。不由自主地攥紧了手中的镬头把儿。

　　关于徐家山的第三次记忆，是我们北村在徐家老院落旁的阴洼里开荒种地的年代。

　　民以食为天，吃饭永远是头等大事。为了解决众乡邻喂不饱肚子的问题，人们意气风发，战天斗地，自力更生，艰苦奋斗，坚持以粮为纲，向荒山、向荒坡、向荒沟要粮食，把"农业学大寨"的口号，刷写到了半沟里的土墙上。我们队在阴洼里新开凿了几孔窑洞，老老实实地务起了山庄，抽调一些能忍辱负重的中老年人常年吃在沟里，住在沟里，干在沟里，在山坡上开荒拓土，在沟渠塄坎上，酸枣接大枣，杜梨接雪梨。有一年，阳春三月，哥哥带我给爷爷去送馍，一下沟，就赫然看见一大片蓝烟，袅袅娜娜地腾上天空。我们从徐家山老院落绕了过去，寻找爷爷。哇啊！原来满山坡都是男女社员，人们联袂成云，挥汗成雨，正在热火朝天地开荒种地。向山坡上看去，一场熊熊烈火正噼噼啪啪燃向山顶。火焰的后面，正当壮年的克成爷，踏着热辣辣的草灰，举着鞭子，吆喝着膘肥体壮的大黄牛，吃力地开垦着荒地。荒草被火燎过了，荆棘一拨儿又一拨儿，盘根错节，纠缠不清，向前每走一步，都显得极其艰难。实在犁不过去，就停下来，费尽全力，拽出犁铧，再绕过去。爷爷、七爷拿着镢头，正吭哧吭哧地挖掘着草地上的狼牙、苦楝、杜梨等，涔涔汗水湿透了他们的衣衫。

不知怎么回事，我当时竟然觉得他们非常伟大，值得我终生敬仰！就是四十年后的现在，我仍然难以忘怀我的先人们这惊心动魄的一幕。这难道不是艰苦奋斗的延安精神吗？不是战天斗地的大寨精神吗？他们一个个简直就是老愚公！

过了不几年，沟塬的地分到户了，牛马骡子驴分到户了，各种农具分到户了，集体的柴柴棍棍都分到户了。生产队彻底散伙了，人们都起早贪黑，兴冲冲地过上了自家的小日子。在徐家山门前的山坡上，我的家里分了几十亩洼地。春天里，洼地的塄坎上，一棵棵梨树刚刚开花，一簇又一簇，白雪一样。爷爷领着我们全家人，扛着犁，背着耱，提着种子，吆着牛，走过徐家山院落，下到坡上去种玉米。爷爷在前面扶着犁，吆喝着牛不紧不慢耕地；哥哥蹰踪其旁，领教着扶犁耕作的要领。有时他顺势就接过鞭子，按住犁杖，跃跃欲试。毕竟他才十一岁，个子矮，力气小，脚步不稳，跟跟跄跄，跟在牛后面跑，一不小心，就跌趴在了犁沟里。爷爷说，不要怕，哪里跌倒就从哪里爬起来。我亲眼看见，在地楔头，哥哥提不起来犁杖，猫下腰吃力地将犁杖抱了起来。娘的活儿是，在后边一粒一粒地点种。剩下年幼的我，兜里装上种子，掂着一把镢头，狠劲挖着地楔头没有犁到的地方，适时点着种子。也许由于我从小干活从不惜力气，记得那个早上种地回家时，我累得没有了一丝力气。咬着牙爬上塬后，颓然蹲坐在耱上，被两头牛拽着拉了回来。

记得就打这以后，生在前、长在前的哥哥，从鬓发飞霜的爷爷手里，接过了鞭子，接过了犁杖，扛起了养家糊口的担子。也记得，每个春天的周末，我都跟着爷爷和哥哥到沟里种地，种完地还跟着爷爷开荒地，种些谷子、糜子、豆子等五谷杂粮；到了秋天，又跟着他们去收获，一担一担往上挑，一捆一捆往上背，一架子车一架子车往家拉。

　　叶落秋去，鸟随春来，我亲眼看到了父老乡亲们面对穷山恶水，脚踏实地，穷则思变，撸起袖子加油干的斗志和情怀；看到了他们为了衣食温饱，起早贪黑，顶风冒暑，"把东山的太阳挑到西山"的勤劳和辛苦，看到了他们战天斗地，坚韧不拔，迎难而上，绝不向命运低头的倔强和自信。

　　其实，艰难的经历是漫漫人生中的一项必不可少的财富和营养。一个人，如果没有这份阅历，也许他的思想就真正难以成熟起来，内心就真正难以强大起来。"艰难困苦，玉汝于成。"念叨着这句古话，望着先人们伛偻的背影，我们终于走出了困苦和艰难，终于迈进了新的社会。

　　如今，蓦然回首，我感恩苦难，难忘我们的徐家山。

"三坡"那个地方

北村的半沟里，有一个叫"三坡"的地方。究竟是"三坡"，还是"山坡"，不得而知。但我看到，它其实只是从村东头下了三道坡而已，故而姑且叫它"三坡"。

记得第三道坡下，是个一丈多高的土崖，崖畔上倒挂着密密丛丛的酸枣树。崖下有两孔白土窑，似塌非塌，窑口塌下来的土堆上，长满青青的菅草，俨然凤尾森森。儿时，总是特别贪玩，为了抓到一种俗名叫"陀螺螺"很有趣的虫儿，我曾像小尾巴似的跟在几个大伙伴的屁股后面，拨开窑洞口茂盛的草丛，肆无忌惮地钻进去过，在昏暗的墙根下，在细细的土里，抓到了我们梦寐以求的"陀螺螺"。后来，好像下了一场大暴雨，村子里的水哗啦哗啦冲下来，白土窑就被泡塌了。

那座窑洞院子，大约一镢多宽。院前塄坎下，是片很陡的荒草洼地，里面长着多年生的莎草葫芦，人踩上去，滑溜溜的。也有多年生的荆棘植物，狼牙刺一窝儿又一窝儿，酸枣刺一蔸又一蔸。野葡萄的老藤，粗如牛筋，又韧又长，扯不断，理还乱；长得最凶的还是菟丝子，它那匍匐的蔓，血红的颜色，纤细如丝，纵横交错，缠来绕去，纠缠不断，纠结不清，极像一张偌大的渔网，严严实实地笼罩住了荒坡。有一回，爹曾带我到那里割柴草，一不小心，我被莎草葫芦滑倒了，滚了几个骨碌，手指头也扎破了，爹抱起我来到白土窑前，捏了"陀螺螺"窝里的细面面土，给我摁上了，嘴里连连不停地念叨着："面面土，贴膏药，今日不好，明日好。"他念叨了好几遍，忽然就郑重其事地盯着我，问："你看看，这会儿是不是不疼了？"望着他那神乎其神的表情，我忍不住噗的一下，破涕为笑。

白土窑洞前的荒坡下，是一条弯弯曲曲的羊肠小道，左一拐，右一拐，兜兜转转，向上通到村子里，向下直达沟底下。小道左右两边，是几层平平的土垴，垴畔上分别斜生着不少枣树，还有软枣树、核桃树、酸桃树等，都是我们爱吃的野果子。

就这么个地方，却似乎十分神秘。记得小时候，大约是忙前的一天，我跟着队里的羊倌们去沟底放羊，傍晚回来时路过"三坡"门前，无意间发现路边塄坎上有个小窟窿，里面卧着一窝可爱的小鸟，我趾高气扬地连窝端着回家了，娘问我从哪里弄来的，我一五一十做了回答。哪知，她大惊失色，勃然发怒，指着我鼻子大骂了一通，立即拉着我来到沟里，把小鸟和窝放回了原处。从她煞白煞白的脸色，从她惊恐慌张的神情，我隐隐约约地觉察到，她很忌讳"三坡"这个地方，她怕我把晦气带回家。她絮絮叨叨地训斥着我："记住，以后再也不许跑那里去！一个人更不能去！"这究竟是为什么呢？不就是一窝小鸟吗？放回去就是了，值得这么大惊小怪吗？看到我有点不服气，她板着脸说："娃啊，你不知道，那里害怕得很，有麻狼呢。"

当时，村子里的人都知道了，因为"三坡"门前的一窝小鸟，娘平生第一次给我大发雷霆。我想了想，一窝小鸟就是一窝生命，娘很迷信，也很善良，不让我残害小生灵，给自己带来不祥，这一点我能理解。但几个大哥哥闪烁其词，窃窃私语，他们的话让我觉得，并不是我想象的那么简单。打破砂锅问到底，他们就支支吾吾地说，你还小，不要问了。反正"三坡"门前那个地方……于是，凭着直觉，我就意识到，那个地方非常让人害怕。

不过，孩子们天性淘气好玩，没过几天，我就把娘的忠告当成了耳旁风，忘得干干净净。有一回，有个伙伴领着哥哥和我去找"陀螺螺"。我们来到了"三坡"门前的塄坎下，发现一孔小小的白土窑窑，窑洞口被土坯密密地封着。土坯前有一堆细面面土，土堆上有几个圆锥形的小窝窝，显得十分精致，我们小心翼翼地跪下来，齐声叫起来："陀螺螺，后倒退；陀螺螺，后倒退……"简直奇怪极了，叫着叫着，一只只陀螺螺就往后倒退着，钻出了细面面土。看样子，有点像小蜘蛛，长着细细的腿，腆着圆鼓鼓的大肚子。我们把它们一个个装进了空火柴盒，揣进衣兜里，拿给伙伴们看，不停地炫耀，不停地显摆，好像那是什么宝贝似的，爱不释手。

说真的，那时候我们这些孩子，也一个个嘴馋得要命。忙天刚过，青皮核桃的瓢子还是个甜丝丝的味儿，我们就一次次地来到"三坡"院子旁边的核桃树垴里。核桃树的树皮是光溜溜的，许多大人吭吭哧哧，都爬不上去。可我们这些孩子却个个像孙猴一样，顽性十足，胸膛不用挨树，只将两只脚蹬着，两只手抱着树身，就哧溜哧溜地爬上去了。青皮核桃一摘，就是一大堆。然后，就整晌坐在树下的阴凉处，用小刀破着剜着，津津有味地吃着，最后竟把自己弄成乌鸦嘴了，把两只手的指头全弄成了乌鸡爪。当然，枣儿屁股红了的时候，我们就纷纷爬上树摘枣吃。记得好像是刚读一年级时，我曾摘了一花书包红屁股枣，偷偷带到学校去，分给同学们吃。有一天，我竟然偷偷地逃学了，带着别队里的孩子们，来到了"三坡"院子门前的枣树垴里，爬上了树。不巧，被当队长的老伯撞见了，他黑着一张沟沟壑壑的脸，极其严厉地收拾着我："下来！快下来！你逃学，三天打鱼，两天晒网，怎么能学好？将来一定是个打牛后半截的！"

老伯的话，确实很犀利，骂得我脸红脖子粗。当时，他的话，也让我知耻而后勇，终生铭记肺腑。因为他把我骂灵醒了，使我走上了自尊自爱、自强自立的路子。

但是，关于"三坡"门前的故事，还是爷爷不经意间告诉我的。

他说，以前有个堂兄与他是挨门邻居，给儿子娶了一个麻糜不分的媳妇。那媳妇也真的是个不省油的灯。不久，堂兄的儿子身体不好，得上了肺结核。她便在家里从早到晚，摔碟子摞碗，指桑骂槐，闹得鸡犬不宁。到了白露前后，家家都急着种麦子。有一天，爷爷的堂兄早起去沟里种麦子，半晌午才回到家。刚回到家，就听到儿媳大骂着没柴烧。他又去门前沟里的树上，弄了一捆干柴回来。正躺在炕边抽着旱烟，儿媳又河东狮吼，破口大骂着，把一升子面摔到了地上。爷爷的堂兄忍无可忍，一怒之下，掂起门口的锄头，就朝着儿媳挖下去了。听到剧烈的惨叫声，爷爷跑出了屋子，只见堂兄扛着滴着血的锄头，对他说："兄弟，你净手不要往血盆里伸！"说着，堂兄就扬长而去。爷爷吓得赶紧去报案，专案队来了，几十人背着枪，守着他的老娘，等候他落网。第三天半夜里，爷爷的堂兄果然就来了，刚趔趄摸到门口，就被追得从村东的红土崖上跳下去了。次日上午，有人就发现，他把自己吊死在了对岸的一棵桐树上。爷爷跟着几个本家堂兄弟，用糖把他抬了回来。走到"三坡"院子门前时，有人提出他是凶死鬼，不能进村，更不能进家族墓地。于是，就在"三坡"门前的塄坎下，他们挖了个小土窑窑，用席子一卷，把尸首塞进去，永远地殡了起来。

听到这里，我傻眼了，心里感到非常恐惧。

想起自己和伙伴们，曾跪在殡着死人的土窑窑前抓陀螺螺，爬上旁边的枣树摘红枣，爬上不远的核桃树打核桃……一个凶残的杀人犯，一个被拒之进村的孤魂野鬼，我忽然脊梁杆子上嗖嗖地直冒冷汗。以后的日子里，每次去水沟种地，走到"三坡"门前时，我的心里就不由得紧张起来，下意识地回过头来，望一望那个塄坎上的白土窑窑，然后定定神，大气都不敢出一口。

娘是童养媳，作为挨门邻居，少年时代的她一定见证过这件惊天动地、触目惊心、血腥残忍的事情。所以，这件事情给娘的心理和精神影响，也绝对是经久不息的。

行文至此，我终于弄明白了这个地方。

可怜奶奶梦中来

以前，有位大哥谝闲传时，曾信誓旦旦地说："我们生是故乡的人，死是故乡的鬼。"

这话掷地有声，听起来也杠杠的，在场的人非常赞同。对于一个家园意识很重的人来说，因为只有故乡才是安放我们灵魂的憩园，只有故乡才是滋养我们精神的原乡，也只有故乡才是我们每个人魂牵梦绕一辈子都忘不了的地方。

也许是由于年龄的缘故，最近我屡屡做梦都回到了故乡。梦见了故乡的山水草木，梦见了故乡的五谷杂粮，梦见了故乡的山果野菜，梦见了我的父老乡亲，梦见了我的兄弟姐妹……特别是有一天夜里，我竟然梦见了奶奶领着我在窑垴垴上的麦地里挖野菜。她老人家都过世十几年了，突然造访我，究竟是怎么一回事呢？妻子说，也许是奶奶的魂灵有求于你，也许是你真的思念奶奶了，赶紧给她烧些纸吧，也好安妥我们活人的心。反正，我相信了她的话，便按照她的吩咐，在楼道门口的地上，画了一个圆圈，面对老家方向留了个缺口，再在中间写了个十字，烧了一厚沓冥币。

跟着，我就不由得想起了奶奶悲苦辛酸的一生。

父母在，人生尚有来处；父母去，人生只剩归途。爹活了四十四岁，娘活了四十九岁；爷爷活了八十三岁，是在我调进县城的先一年春天，他老人家驾鹤西去了。最后留下奶奶风烛残年，灯笼火把一样，孤独地守在老家的屋檐下。我隔三岔五，一有机会就回乡下去看她，给她称些熟肉，买些盐碱，磨些麦面，水瓮里存些水。若是赶上单位太忙了，难以抽身回家，就叨空去车站，寻找回村子里的熟人，托他们给奶奶捎些东西。

爷爷说，奶奶是扶风县人，她的后爹是我们永寿县永太何家坪村的一个土财主。家中遭土匪几次烧杀抢掠，家破人亡，一人流落到扶风逃命避难，碰上她的娘、哥哥和她，可怜人遇上可怜人，便搭伴凑合组成了一家人。过了好几年，打听家里平顺了，她后爹就领着她娘，挑着担子，一头坐着哥哥，一头坐着她，把他们带回了何家坪，长期生活了下来。我的爷爷四岁就成了孤儿，他的爷爷八十多岁，把他拉扯到八岁，也扔下他走了。为了糊口活命，他就钻进了丐帮，跟着他们去四处讨饭。两年后，他抽烟赌钱撂飞靶的幺叔，把他从丐帮里拽了回来，送他去地主家放羊做长工。他先后在太村卢家、北堡村邵家、卢庄村卢家做了二十六年活。三十六岁时，他来到了何家坪做活，奶奶的后爹看着爷爷老实憨厚，人品硬邦邦的，就把奶奶许配给了爷爷，还把他们何家的一座山头，给了手无寸铁的爷爷，让他们独自打理。从此，爷爷开荒种地，奶奶纺线织布，两三年后，光景就顺风顺水地过起来。荒地越开越多，牛养了六七头，人手不够，他还雇了两个做活的伙计。

奶奶的命真的很不好。看到她不能生养，她的亲哥哥便把大儿子过继给了她。哪知，好日子还没过多久，家里就出了怪事，家中的牛死了一头又一头。更为不幸的是，七岁的儿子突然就殇了。爷爷一看，实在住不下去了，便将自己的山庄，请人写了份"送约"，送给了一个外号叫朱跛子的山里人。然后，回老家买了一块地，赎回祖上的窑洞，彻底离开了那个伤心之地。

有一年大年三十的黄昏时分，村里来了一群来自甘肃武都沿街讨饭的人，爷爷端出二斤面，从一个人的怀里换回了呱呱啼哭的小男孩，那个小男孩就是我的爹。其实，奶奶的后爹也是甘肃武都人，他是我娘的碎爷，年轻时曾来永寿何家坪的财主家入赘上门。后多方打听，了解到老家已家破人亡，六岁的侄孙女寄居在姐姐家里，便花钱请托走西口的熟人，把她从甘肃武都老家带到了自己身边，然后让她在我奶奶家里，做起了爹的童养媳。

一句话，我的娘是从甘肃武都逃难下来的，我的爹出生在从甘肃武都去陕西逃荒的路上，在那个苦难深重的年代，老天爷让两个饥寒交迫的苦命人，经过一番番颠沛流离的曲折之后，在异域他乡，不期相遇邂逅。这不是命运的安排，又是什么呢？

人间正道是沧桑，人生处处都在上演着悲喜剧。

奶奶身体不是很好，不识字，不会言语，天生是个哑巴。但我却发现，她会察言观色，甚至能明察秋毫，平常人们的一言一行，一举一动，啥事都别想瞒住她，因为她能从你的神态表情中，琢磨判断出究竟是好事，还是坏事。童年时候，娘起早贪黑，风里来，雨里去，长年四季参加着队里的生产劳动，一般晚上散工回来后，我们早已进入了沉沉的梦乡，早上一睁眼也见不到她，她天不明就上工去了。那时，我们兄妹的一日三餐，衣食冷暖都是奶奶一手经管的。即使天冷了，我们依然玩得很尽兴，不知回家穿衣服。没有办法，奶奶就抱着衣服，把我和哥哥撵前撵后的，给我们穿上衣服。

在我们那个村子里，心最灵手最巧的人是奶奶。我不知道她是谁教的，总感觉她好像无师自通，看什么会什么。每年过年了，她总会翻出彩纸熏窗花，剪云纹，剪猫狗、剪蝴蝶、剪喜鹊闹梅，剪莲花童子，剪娃娃抱公鸡等，用自己最纯朴的作品，最美丽的胸怀，装饰美化左邻右舍的家庭。往往到了正月十五，就大姑娘小媳妇一伙伙来到家里，跟着她学做花馍。只见她揪下一疙瘩面团，拿在手里，时而揉着，时而搓着，揉搓好了，就极其娴熟地捏开了。只见她不时拿起剪刀剪出胡须和耳朵，拿出木梳理出翅膀和爪子；给唇间夹上细细的红萝卜丝就成了舌头，给眼眶按上圆圆的黑豆就成了眼珠。一会儿工夫，就做出了鼠、牛、虎、兔、马、狗、鸡……除了十二生肖，还有鱼、蝌蚪、松鼠等的小动物……一物一件，林林总总，活灵活现，惟妙惟肖。如果到了端午节前夕，村里就有女人们围着她，央求她捻五色丝线，合花花绳子，给自家小孩子绣香囊。若有哪个小伙子要娶媳妇了，她就被请去，剪喜字、剪窗花；若有谁家有姑娘要出嫁了，她便被请去帮忙扎鞋垫、绣枕套，准备一些纯手工的陪嫁物品；若有小孩子满月百天，她还会做狮子大张口形状的红裹肚，做虎虎有生气的虎头鞋，用白花花的锡纸做成狮子和老虎闪闪发光的眼睛。她的手简直灵巧极了。

有人说，命运给你关上一扇门，必然会给你打开一扇窗。这话用在奶奶身上再恰当不过了。譬如，老天爷让她在世人面前失语后，却并没有限制住她的光芒。奶奶没有念过书，不会言语，和人打交道只能用手势表达。但她始终保持着一颗难能可贵的童心，天真爱美，善良仁慈，富于想象，勤于琢磨，长于刀工，精于手工，看啥学啥，心有灵犀，一点就通。因此，在日常生活中，奶奶表现出来的聪明智慧，是我们身边许多人不具备的。我感觉，尤其是她的形象艺术思维，真的是好极了，好得让人吃惊。

在我的心目中，奶奶仿佛就是神话中的巧娘娘转世而来的。

后来，我的女儿来到了人世间，我们把她接到了县城。她老人家帮着我们喂奶，洗衣，做饭，一泡屎一泡尿，把孩子拉扯起来。第二年的冬天里，我从老家里弄来一袋小米，每天早晚熬稀饭，每顿饭泡上馍，女儿坐在奶奶怀里，一吃就是谷堆一碗，她被喂得胖乎乎的，人见人爱。在县城，我于农家院里租了一间房，安了两张床，一家人窝窝囊囊蜗居在一起。过了一年多，每每看见家里来了村里人，奶奶就跟我打着手势要跟着回老家。没有办法，她太想老家了，我只能送她回去。

谁知回了老家，奶奶却无时无刻地想着她可爱的重孙女。单位节假日放假了，如果没有什么事儿，我都尽量带孩子回家去看她。不过，有时下乡到老家，我也找空子回去看她人家。见了面，奶奶总是用双手做出一个抱着脸的姿势问我，我明白她的意思，是问女儿长胖了没有。我照着她扮个手势，她就点点头，眉开眼笑，让有空带回来。有段时间，大概我很忙，很久没回家了吧，一次回去在家门口见到邻居，她告诉我，你奶奶每天下午，站在巷子口，望着停在大路边的班车，看着车上走下来一个又一个人，就是不见你下来，她眼泪在眼眶里直打转转，实在有些忍不住了，赶紧扭过头去不让人看见。我明白，奶奶肯定想我了，也肯定想我的女儿了。听了邻居的话，我一下子幸福得热泪盈眶，也愧疚得无地自容。

毕竟奶奶年纪大了，一个人平时在家里易出事。我便主动和哥哥商议，让他们一家人搬到我的院子里，和老人同吃同住，好有个照应。也许是害怕处有鬼，有天晚上，奶奶竟真的在屋檐下的台阶上绊倒了，站不起来了。我赶紧找单位领导借了一辆车，拉着奶奶去县医院。我背着奶奶去门诊楼上做检查，一拍片子，股骨胫骨折了，只能手术治疗。接着，我又把奶奶背到住院部，找外科主任，他看了片子说，马上就做手术。然后，我们又回到前楼的拍片室。对着镜头校正了骨头错位部位后，我和哥哥亲眼看着他们，将一根筷子一样长一样粗的钢钉，一钉锤又一钉锤，极其残忍地揳进了奶奶的腿骨里。从奶奶脸上极度扭曲的表情中，可以看得出来，她非常疼痛，可是她咬紧牙关，始终哼都没哼一声。

手术后，我们把奶奶拉回我租的住处，既挂着吊针，又吃着接骨的中成药。这时候，我感觉奶奶很要强，是个很爱面子的人，大概她嫌我们吃住都在一个屋子里，不方便回避，接屎倒尿显得很难为情。一个星期后，就坚持要我把她送回老家，我执意不肯，来了亲戚看望她，她便眼泪汪汪地向我哭求。我无可奈何，半个月后，就带着大包小包的药，送她回了老家。

可谁也没有料到，不知是奶奶年纪大骨质疏松很难恢复，还是手术本来就失败了，或者是我们没有照顾好，总之，可怜的奶奶就彻底瘫痪了，始终背靠着一个旧棉花袋子，一直半躺在土炕上，再也没有站起来过。说真的，奶奶瘫痪以后，在老家的屋檐下，是哥哥嫂子给她接屎倒尿，挂针熬药，烧炕做饭，是他们带着儿女吃苦受累，一心一意，尽着做人的孝道，侍奉着奶奶的饮食起居，而且没有一句怨言。正因为这样，我觉得哥哥和嫂子他们明大义，知大理，是人世间最好的人，是最让我敬重的人。

就这样，奶奶在炕上瘫痪了漫长的三年。

2007年的冬天，一场绵绵密密的大雪下得没完没了。在老家，有奶奶瘫在炕上，我就不由得忧心忡忡，唯恐她老人家熬不过这个冬天。记得腊月二十五这天，哥哥给我打来电话，说他请村里几位老人观察了一下奶奶，看她脸上气色还可以，估计能耐过年，现在大雪封山，沟深雪厚路滑，很不安全，就让我过年不要回去了。翌日上午，单位开会安排放假事宜，问我过年是否回老家，是否需要车送。我想起哥哥的话，便毫不犹豫地说，我今年过年不回老家，不需要车送。到了腊月二十七晚上，我心里惴惴不安，夜不能寐。翌日早上一起床，便给单位的领导打电话说，我奶奶瘫在炕上，怕过不了年关，我今天一定要回去。说完，我就给哥哥打电话，说担心奶奶难以熬过去，我必须回去。按照哥哥的意思，我顺便买了过事要用的孝布，还特别买了黑漆、清漆、刷子，以及棺材上的贴花，就带着妻子儿女匆匆回家了。

下午，我去了哥哥的院子，把奶奶的棺材油漆了一遍。哥哥去街道找人给妹妹捎话，让她明天早饭后一定来家里。这天晚上，我们兄弟俩睡在奶奶身边，奶奶靠窗子坐着，整夜没有合眼，似乎一直很痛苦，不停地呻吟着，手在空中挥来挥去，我们实在弄不清她想说什么。第二天腊月二十九，是这一年的最后一天。早饭后，我给奶奶的棺材上了最后一遍清漆。刚站起身，哥哥就走进院子，对我说妹妹来了。一会儿工夫，奶奶就走了。

一切都在我的意料之中。我内心很平静，甚至有点高兴，有点庆幸。奶奶终于不再受罪了，痛苦终于解脱了，她老人家终于可以放心地，毫无牵挂地走了。

收拾她的遗物时，在土炕角落里，我们不经意间发现一个塑料包，里面有团五色丝线，还有十多双鞋垫，新崭崭的，扎着花和蝴蝶，有两双还没有做成。这时，我突然想起奶奶好像以前托姨婆给我要鞋面布和五色花线的事情，原来是她见我没鞋垫，妻子拙脚笨手，不会做，要为我做鞋垫啊！想到这里，我再也忍不住了，大放悲声，蹲在地上号啕痛哭。

奶奶走了。但愿那个世界没有痛苦。

奶奶虽然走了，但她把大爱留在了人间，留给了后辈儿孙。

可叹追忆已成殇

端午节前夕，堂弟军鹏发来短信告诉我，他娘去世了，决定本周六安葬。看到短信，我心里着实一惊，侄儿耿涛结婚那天，不是还见她好好的嘛，怎么就突然去了。

军鹏的娘和我娘一样，她们俩都是甘肃武都人，都是在过去那个极其困难的年代里，逃荒到陕西永寿，最后落脚槐山下车村北边的一个耿姓家族。

那时候，我们北村的所有人，都住在沟边的土窑洞里，几乎家家没有院墙，出门走几步远，就是一条深沟。军鹏家和我们家中间隔着一个杨家五兄弟的大杂院。当时我们的生产队里养了几百只羊、二十几头牛。村外塬上，沟前坡后，远远近近，广种着小麦、玉米、谷子、糜子、豆子等一大摊子庄稼。地里的农活儿很多，春耕夏耘，秋收冬藏，人们几乎天天起五更睡半夜，忙忙碌碌，没有歇脚喘息的机会。倘若遇上大会战，公社院子里高高杨树上的大喇叭，就整天火急火燎地吆喝着，不论是开山修路，还是打坝造田，男女老少，凡是能干活的，都必须参加。平时，村里根本见不到转转悠悠的闲人。

大人们风里来雨里去，饥一顿饱一顿，起早贪黑，埋头苦干。日久天长，寒来暑往，身体不出问题几乎是不可能的。就在那个时候，军鹏的娘和我娘先后得上了严重的哮喘病，她们总是很怕冷，脊背一受凉，就剧烈地咳嗽，从早到晚咳咳咳，上气不接下气，常常憋得脸发青、嘴发紫。特别是到了寒风凛冽的冬天，这个病就像恶魔一样，把她们作践得死去活来。于是，她们成了村里出名的药罐子。

我曾听到许多人私下悄悄地说，她们肯定活不长久。尤其是军鹏的娘，她病得早一些，病情也比我娘厉害得多。

那个年月里，家家都挣工分，靠口粮吃饭，能让一家老小不饿肚子就算万幸了。论起小日子，左邻右舍基本不差上下。要说有差别，就是有头脑人手多的人家，腾出手来养头猪，养群鸡，有时卖头猪崽，有时卖个鸡蛋，还能赚点收入，补贴家计。但是，如果家里摊上个大病人，想坚持吃药，那就很棘手，就成了谁也无法解决的大问题。一般情况下，病得实在不行了，就先想办法弄点药吃，若是慢慢见效了，或明显好转了，又立马停下来。若是还不见起色，便一锅一锅接着熬中药吃。吃到钱花完了，没有办法了，便只能听天由命，一天天硬扛着，等着呜呼哀哉了。因为在那个年代，县里没有通往乡下的车，外出就医是绝对不现实的。所以，像军鹏他娘和我娘这样的病人，只能是在家门口打针、吃药，凭运气了。要是身体还不好转的话，也只能用身子硬扛着。

后来，农村经济改革热火朝天，家庭联产承包责任制开始了，大锅饭结束了，家家分上了责任田。有一年，军鹏的爹去槐山缴粮，汽车翻到沟里，出了车祸，撒手西去。面对家中突遭不幸，顶梁柱倒了，面对黄口孺子，嗷嗷待哺，她的娘跪天趴地，硬是极其艰难地支撑了下来。说来很奇怪，也很幸运，军鹏娘的哮喘病，竟不知不觉间好起来了，而且一路健健康康地走了过来，最后活到了七十七岁寿终正寝，风光大葬。不少人曾感叹，她能活下来，一直活到今天，简直是个天大的奇迹。

我的娘比军鹏的娘小四五岁，相比之下，我娘就没有那么幸运。为什么呢？因为娘的命运似乎要坎坷得多，也恓惶得多。

娘说，她六岁时老家遭了年馑，瘟疫横行，天天都有饿死病死的人。好在她有一个碎爷，年轻时入赘永寿何坪村一个财主家，听说老家遇上年馑，家中遭了大难，便千方百计托熟人从老家把她带出来逃命。娘说，在武都老家，在那个饥肠辘辘的年月里，她亲眼看见过活人吃死人身上的肉。娘说，她记不得自己的父母长啥模样。她只记得在武都老家，她有一个长她十几岁的姐姐，她就寄居在姐姐家里，姐夫还时常嫌她。娘说，老家武都人的生活艰苦得很，往往要把土背到石头上，才能种地。洋芋在他们那儿，是大伙平时的主食。儿时的我很幼稚，头脑也很简单，每当听她这么说，总是不禁要问，既然没吃的，饿得慌，为什么就不种地呢？不种麦子，不种玉米呢？为什么只种洋芋呢？娘说没有麦子，有玉米糁子煮洋芋吃就很不错了。直到现在这个年龄，有了一定知识和阅历，我才终于想通了，一个地方与一个地方的水土是不一样的。武都那里山大沟深，山是石山，几乎没有整块的平地，甚至没有土，大面积种庄稼谈何容易。也就是说，当时环境下，那里的水土养育不了那里的人。

就这样，为了逃难，为了活命，六岁的娘离开武都老家，跋山涉水来到永寿，做起了爹的童养媳。从此，她一辈子都没有回过老家。不是老家没有亲人，她至少还有一个长她十几岁、把她抚养到六岁的姐姐。不是娘心硬，真的，不是她心硬！也不是她没有良心！娘在世的时候，曾一次次地向我们兄妹说起抚养过她的亲人，唯一的姐姐！唯一的救命恩人！她的言外之意，我们做儿女的应该心知肚明。可是，娘的身体病病恹恹，一直时好时坏；可是，这个事儿，那个事儿；可是，这个原因，那个原因……现在回过头来看，这只不过是我们搪塞娘的借口，荒唐的托词。其实，我们并没有真心把她的想法当回事儿。我们甚至很世俗又很虚伪，总觉得自己混得不怎么样，个个手头很紧张，哪还有能力把姨娘接来？这样一来，娘最大的愿望，也是终生的愿望，就在我们这些儿女面前，一回回地破灭了，一次次地落空了。

山遥遥，水迢迢。悲莫悲兮生离别！

谁也没有想到，她六岁时与姐姐的那一别，竟然天各一方，成了人生的永别！可以想象得到，娘这一生的牵挂，这一生的念想，有多么沉重！有多么苍凉！就从这一点看，我始终感觉到娘的一生很悲惨，也很凄凉。

我们做儿女的，一点不理解她，更对不住她。每每夜阑人静之时，我总是一次次地审问着、拷打着自己的灵魂。乌鸦反哺，羊羔跪乳，滴水之恩、养育之恩，实在当涌泉相报啊。

曾记得我那时好像还未上学，一封来自甘肃省陇南市武都区洛塘公社北雀沟底下院村的信，在车村大队部里，辗转了一个多月，才来到我们家里。打开一看，是远方姨娘的来信，写的是娘的名字，信里夹着姨兄、姨弟、姨妹三人的合影。家里人都目不识丁，我们找人给娘念了信，并给姨娘写了一封回信。上一年级时，我们又收到姨家的来信，是姨兄写的，错别字很多，用的又是方言，很难理解，几乎读不下去。这一次，我按娘的要求，第一次尝试着歪歪扭扭地给姨娘回了一封信。这年秋天里，十几岁的姨兄远天远地，找到了我们家里。记得他来时带着一本儿童读物，里面有篇写的是少年英雄何运刚。由于识字不多，我囫囵吞枣地读完了这本书。三个月后，姨兄要回去，娘给姨兄做了身土织布棉衣，装了十来斤新磨的麦面，又出去走东家串西家，给他借了五十元钱，让他带回了武都。

娘的哮喘病断断续续，吃了不少药。记得有回哥哥还带她去县医院看了，弄回来一大包药。但经过检查，娘的病情很复杂，还有风湿性心脏病。娘曾很无奈地说，这一瓶瓶西药，一碗碗中药，似乎都吃在了石头上。总之，她的病不但不见好转，而且越来越厉害了。1996年的正月十五前后，她吃不下去饭，身子乏得下不了炕，连着挂了几天吊针，药最后都不吸收了，没办法就把针停了。她只是恍恍惚惚地昏睡着，神志明显不清楚了。有天，一位亲戚来了，我附在娘耳边对她说，有人来看您了。我清清楚楚地看见，娘抬了一下头，再无反应。我明白娘的意思，她肯定听懂了我的话，知道谁来看她了，可是她已经坐不起来了。娘虽然不识字，但绝对不会不懂礼数。哪知，走出院子，这位亲戚尖酸刻薄地说，你看你娘都不起来，言下之意嫌没有招呼她。忽然间，我五内俱焚，七窍生烟，气真的不打一处来。不料，半个小时后，娘就没有呼吸了。我泪如泉涌，泪水里混合着人世的辛酸。就这样，娘静悄悄地走了，冷冷清清地走了，没有吹鼓手，没有乐队，没有过事，也没有风光大葬。只是娘入土为安以后，老天爷飘飘扬扬下了一场大雪。这也算是一种别样的送葬方式吧。

大约是 2005 年春天，我的姨弟在西安这边打工，竟找到了我的家里来，接到哥哥打来的电话，我立即请假回到了老家。姨弟告诉我，我姨娘曾经嘱咐过他，若以后去陕西打工，一定要去看看我娘。可我娘已过世近十年了，姨娘还健康地活着，只是她对六岁时就离开她的妹妹，依然朝思暮想，思念与日俱增。我们没让姨弟告诉她老人家我娘去世的事情，怕她伤心。姨弟走后，我们兄妹三人便有了个一致的想法，日后一定要找个机会，带上孩子上武都看看姨娘。然而，让我们感到痛心并终生遗憾的是，想法只是想法，没有付诸行动。再后来，有一天，当我接到姨弟的电话时，姨娘已离开了这个人世。姨弟对我说，当他把我娘早已过世的消息告诉她时，姨娘的身体忽然就不行了……

回首过去，军鹏的娘和我的娘，虽然都是从甘肃武都逃荒而来，虽然先后患上了哮喘病，但军鹏的娘高寿七十七岁，我的娘只活了四十九岁。

呜呼！人与人的命运真是不尽相同。除此之外，我最大最直接的感受就是：人的一生风风雨雨，坎坎坷坷，命运并非都能掌握在自己手中。

回望那红旗飘飘

我出生在山沟沟里，也曾多年吃喝拉撒在山沟沟里。

孩提时候，公社开展农业学大寨运动，经年累月，大会战一浪接一浪，搞得热火朝天。我清清楚楚地记得，在我们那个一千多口人的村子里，口号不但刷到了小队饲养室和老井坊的外墙上，也刷到了半沟里山庄的土墙上。

那年月，在我的印象中，公社的领导隔三岔五都要在广播上讲话，说县上的李政委要下乡来视察我们的工作，各项工作要如何如何抓紧。无奈，干部们都起五更睡半夜，成了叫鸣鸡，每天天不亮，大队里的喇叭就播放开了《东方红》，歌曲完了之后，大队干部就讲解着上面的政策，总结着进度和质量，重复着劳动纪律，急火火地呐喊催促社员们上工。一旦上工号呜呜哇哇地吹响了，我们北村的小队长就斜披着衣服，揉着眼睛，打着哈欠，站在村中心的老槐树下，朝着不同方向，扯着嗓子，拼命地吆喝开了："上工了！上工了！赶紧上工了！"不到一袋烟的工夫，他又挨家挨户敲着门去催。絮絮叨叨地叮嘱着："午饭不回来，晚上下工迟，赶紧走，带上吃的。不要磨蹭。迟了你知道的，要罚站，要扣工分，要做检讨，别丢人撂马。"其实，他的话没有说完，严重的话还要上批斗会。这一点，谁的心里都心知肚明。因为我时常在工地上跑来跑去，给大人送饭，多次亲眼看见过有人迟到了，就低着头、弯着腰、涨红着脸，怀里抱着钟表面对群众，吭哧吭哧做检讨呢。

有年立春刚过，全村人就被集中到了村西的黄土高坡上。

站在高处瞭望，指挥部的帐篷周围，远远近近，高高低低，插着八面红旗。一阵阵料峭的寒风中，鲜艳的红旗呼啦啦地漫卷着。八个小队八块地，沿着开挖线，人们自觉地排成一条弯弯曲曲的长龙，卖力地挥舞着劳动工具，挖的挖，铲的铲，装的装。一批青壮年男子推着架子车，你不让我，我不让你，迅速飞跑起来，紧紧张张的劳动竞赛就紧锣密鼓地开始了。眼前呈现出大干快上、热气腾腾的气象，整个场面非常壮观，简直就像战争年代人民群众抢修战壕的情景。早饭休息时间要开大会了，社员们就潮水似的向指挥部聚拢过来，有的人圪蹴下来，有的人坐在自己的布鞋上，有的人坐在劳动工具上。会场很安静，大伙个个表情严肃，闷头不语，有的啃着馒头，有的喝着水，有的抽着旱烟；有的妇女叨空纳着鞋底，有的年轻媳妇给孩子喂着奶。这时，大队长和驻队干部先后登场，你一折子我一折子，滔滔不绝地讲开了。大队长说到了上劳，说到了进度，说到了质量，说到了眼前的困难，也声情并茂地表扬了一些人。他说，这些社员连颠带跑，老实肯干，干活卖力，是大伙学习的榜样，一定要向他们看齐。在一片稀稀拉拉的掌声里，他的话锋突然一转，又义正词严起来，声色俱厉起来。可以看得出来，他是要批评人了。有的人面色很难看，下意识地低下了头。他说，群众的眼睛是雪亮的，人人眼里都有一杆秤，你干得多与少，干得好与坏，谁都能掂量得出来。你看，有的人上工摇铃打卦，这事那事，慢慢腾腾，磨磨蹭蹭；有的人得过且过，干活浮皮潦草，应付差事，不挖槽子，不"倒桃子"；有的人手脚不太好，顺手摘豆角，偷苜蓿，一点不顾自己的脸面；有的人见重活来了，不是东躲西藏，就是捂着肚子装洋蒜了……大队长火气上来了，竟然越说越激动，一气之下，将平时所见所闻的丑事儿，核桃枣儿，一股脑儿地倾倒了出来。

估摸着火候已到，驻队干部及时拦住了他。随后，又和颜悦色地唱起了红脸。他说，大队长是个急性子，火暴脾气，也是一个很正直、很公道的人，他心里藏不住话，对事不对人，有啥话说啥话，虽然说得严重了点，伤了一些人的颜面和自尊，但难道这些现象不是事实吗？再说，他说这些话，难道不是出于公心，让大伙尽快过上好日子吗？这么大一个村，千人千面，各人的情况不尽一样，想法也不尽一样，各吹各的号能行吗？他作为村子里的掌柜的和当家人，我们大家都在一个锅里搅勺把，他不公正一点、不严厉一点能行吗？大伙一定要理解他，支持他。我相信，他的碗里有饭吃，大伙碗里一定有饭吃！现在，全国上下普遍都很困难，我们是吃不饱穿不暖，但我们不勒紧裤腰带，埋头苦干，自力更生，难道能等天上掉馅饼吗？难道能坐等挨冻受饿而死吗？今天我们受苦受难，正是为了明天不再受苦受难；我们这一代人受苦受难，正是为了我们的后世儿孙不再受苦受难。所以，我们大伙一定要向大寨学习，艰苦奋斗，改天换地，发扬不怕脏、不怕苦、不怕累的精神……他的话还没有讲完，周围就爆发出了一阵阵春雷般的掌声。

大会战期间，我们这些小娃娃东奔西跑的时候，曾经不止一次地看到过李政委的身影。他是一个可亲可爱可敬的老人，个子高大，面容清癯，满头白发，背有点驼，每次下乡，都坐着深绿色的吉普车，戴着一顶红五星军帽，穿着一身草绿色的军装，仪态显得很威严，好些干部见他是很怯火（害怕）的。在工地上视察时，他一个队一个队地看，看得非常细致，非常认真，时不时连说带笑，顺手便拿起铁锨给社员们示范起来，讲解起来。不过，有时他也暴跳如雷、大声训人，一点也不留情面，不论你是干部还是普通社员。有一个关于他的故事，在坊间流传得很广也很久，当时几乎尽人皆知。说是在一次工地现场会讲话过程中，他将"路线是个纲"念成了"路线是个铜"，旁边随行人员立马提醒他，你念错了，"路线是个纲"，他竟然理也不理，接着说："说铜就是铜！"当时，台下哄堂大笑。事后，有许多社员为他打圆场，说李政委穷苦人出身，是个典型的大老粗，识字不多，摸爬滚打一辈子，以前是小革命，现在是老革命，浑身上下的伤疤有十几处。他的认真负责实干的精神谁也比不了。没有他，我们修不出这么多这么好的梯田。反正，群众对他是很敬重的。现在想来，他大概那时是包抓家乡的县级领导干部吧。

总之，这一年，村西的黄土高坡几百亩地，修成了全县的样板工程。一条宽阔的生产路两侧，八条大埝一层一层，方方正正，坦荡如砥，左右很对称。特别是那些埝线很端很直，简直像木匠的墨斗线打出来的。村里的老人们站在田埝上，仰天长叹，他们活了一辈子，从来没有见过修得这么好的地。人不亏地，地不亏人啊。据说，县上有关部门进行测产评估，那些地成为全县的四等地。虽说村里每年都大会战，但后来，好像再也没有修出过这样的精品。

还有一年的冬天，那是个无雪的干冬。村子南沟里的水库大坝工程启动了，全村八个小队的社员又一下子投入了紧张繁忙的劳动中去了。有一天，哥哥带我到南沟去玩，一走到塬边，我就被眼下的情景深深地震撼了。只见沟沟岔岔里，西风呼啸着，黄尘飞扬着，红旗呼啦着，车轮飞奔着，人喊马嘶，熙熙攘攘，打夯的歌声震天动地，响彻云霄，一片轰轰烈烈的大会战场面。由于离家远，大队指挥部规定，各个小队去时都要拉上牲口和粮草，带上油、面、糁子之类，就地因势起屋，安营扎寨，埋锅造饭，吃住干都在工地。那时候，爹是县绛山电站的一名工人，常年不回来，家中的劳力就是爷爷和娘。有一次，他们轮休回家时，爷爷少吃了一顿饭带回了两个大白蒸馍，娘带回了一碗干面。好久好久没有吃到过这些东西了，差点把我们兄弟俩没香死。娘说，工地上的活虽然很重很累，但能勉强吃饱肚子，还撑持得下来。小队为了给大伙加油鼓劲，也想着法儿改善伙食，吃饭可以不定量，炸过一回油饼，杀过一只羊犒劳大伙。看着我们兄弟俩每天上顿下顿，喝的是糁子糊糊，吃的是酸菜搅团，面黄肌瘦，不成人样，竟然为馒头抢了起来，娘突然失声痛哭，一把鼻涕一把泪，喃喃自语："真是活遭罪啊。"饱经沧桑的爷爷说："谁也没办法呢。熬吧，好日子等不来，只有熬出来。"

人常说："众人拾柴火焰高。"在那个如火如荼的年代，群众的力量是巨大的，家乡的人民带着干粮，顶风冒雨，起早贪黑，战天斗地，把东山的太阳背到了西山。他们逢山开路，遇河搭桥，开辟了一座座美丽的花果山，开通了一条条乡村道路，修出了一片片沃野良田，建成了一座抽水站，筑起了一座水库大坝。洼地坡地修平了，荒山荒沟拓开了，山庄农场办起来了，牛羊猪养起来了，该缴的公粮国税缴上去了，该收的统购猪缴上去了。慢慢地，吃饭穿衣的现实问题也跟着解决了。

20 世纪 70 年代初，我四五岁，虽然时常穿得单薄，肚子总是饿得慌，从早到晚在野外乱跑，但我却亲身经历了许多世事，亲眼见识了父老乡亲们干事创业的豪情与斗志。我深深地体会到，如果没有经历那个战天斗地的火热岁月，没有乡亲们勒紧裤腰带的埋头苦干，也许就不会有今天的好日子。

老屋记忆

老屋坐北向南，在老村沟边荒草纷披的土崖下。

因为没有院墙，从院前经过时，如果窑洞门大开着，便可以端直地看到摆在屋子中央的织布机、窑洞上方黑黢黢的浮梁、墙壁上一个亮晃晃的燕子窝。当然，也可以看到门后两侧靠墙放着的家具什物，一边是宽大的土炕、紧连的锅台、案板、面缸，另一边是黑油油的柜子、红彤彤的箱子、碌碡一样粗的水瓮，还有爷爷手编的比碌碡还粗的荆条粮囤。

另一孔窑洞的门和窗，被突兀的土崖遮挡着，从院前走过时，是看不见这孔窑洞的。进门右手边，是厚实的土炕，土炕上头架着玉米。窑洞中间安着石磨子，旁边有个结结实实的面柜，磨子后边是牛圈，旁边是堆放饲草的拐窑，里面黑咕隆咚的。平常，这拐窑里的光线就十分昏暗，倘若是阴雨天，拐窑里就伸手不见五指。

在东边的土崖下，还有一孔很小很小的窑洞，里面仅能容下一张床。如果跳起来，手可以够到窑顶——那是我家的猪圈或者说猪窝。窑顶上长长的深深的裂缝里，满满地塞着酸枣刺。孩提时，村里来了一对好像从安徽逃难来的年轻男女，女的好像叫杏儿，他们无处安身。我们把猪圈腾了，让他们搬了进去。他们在里面支了一张床，门口砌了一个土炉子，放了一口小锅，过起了小日子。那时，奶奶午饭打搅团，经常请他们到家里吃饭。后来，他们离开了，我再也没有见过他们。

这就是我记忆中的儿时的老屋。

崖畔上长着两棵椿树，还有几丛酸枣树。每年初夏农历四月，院子里就淅沥淅沥落下缤纷的花朵来。酸枣花则和枣树花一样，像米粒，细细的，黄黄的。一到秋季，指甲盖大的酸枣，红艳艳的。秋风飒飒，红宝石或红玛瑙似的酸枣，就不经意间落下来。我和伙伴在院子里争着拾，抢着吃，味道酸甜酸甜的。那圆圆的酸枣核儿，可以说是我们最好的玩具，常常装满了衣兜，拿出来抓着玩儿。冬天里，村落有些空旷寥落。远近的树木光秃秃的。抬头看，崖头上的酸枣树上，麇集着一群麻雀。凛冽的寒风中，它们缩头奓脑，叽叽喳喳不停。爷爷说，那是麻雀在开会。它们觑着院子里没人，忽然间呼啦一下落到了猪食槽边，叽叽喳喳觅着食。一旦受到惊吓，又轰的一声飞走了，栖集在崖头的酸枣树上。不久，又飞下了院子。

我家门前街道高，院子低，窑洞脚地更低。遇上下大暴雨，院子里的水很容易涌进窑洞里。为了方便就地渗水，便在院子挖了一个碾盘大小的水坑。不承想，这水坑后来也真有了用场。有一年，爷爷带着哥哥去常宁蹇家村看望他的结拜兄弟。回来时，哥哥背回了一对大鸭子。惹得伙伴们常来家里看。特别是大雨天或者雨后，两只鸭子就欢实得不得了，它们在水中自由自在，游来游去，时不时把头伸进水里，摇摆着，搜索着。雨后天晴，不几天，水就慢慢地渗下去了。在这期间，家里的老母猪，大概是为了凉爽吧，有时就扑里扑通跳进水坑里，哼哼唧唧着，左翻一个身，右翻一个身，眨眼间就成了一个十足的泥抹猪。

水坑旁边有棵柿子树。开春了，冰雪解冻，土地变得松软起来。爷爷在水坑的位置撒了一把苘麻籽。不久，就密匝匝地长出一片繁茂泼辣的绿苗苗来。它们开枝散叶，一天比一天长得旺，一天比一天长得高，简直像一片燃烧的绿色的火焰，开出了一朵朵圆球状小黄花。我和伙伴们喜出望外，不知它是什么，竟围着它们指点着，谈论着，看起稀奇来。爷爷说，那是苘麻，它们成熟了，剥下皮来，可以搓成绳。它的种子可以吃，油油的，馪馪的。我们总是吃得津津有味。

倘若是遇上阴雨天，爷爷奶奶就坐在窑门口，仔细地剥着苘麻秆，或者用麻皮搓着粗绳，或者用"拨穽"捻着细绳子。柿子树最惹眼的时候，是在阴历九月以后。一片片霜叶红于二月花，悠悠然飘落下来。火红火红的柿子全露出来了，一嘟噜一嘟噜的，好像秋天璀璨夺目的盛宴。这时候，我最喜欢的长尾蓝鹊，总绽开美丽的翅膀，拖着长长的尾巴，叽里呱啦地大叫着，从村庄上空鱼贯而过。忽然，就倏地落在了院中的柿子树顶上，鸹着软蛋柿子吃起来。赶走了它们，我就哧溜哧溜地爬上了树，细细地寻找起那颗软蛋柿子来。

柿子树的西南方向是一块空地，爹用酸枣刺做篱笆圈了起来，成了我们家的菜园子。跟着时令，园子里适时种上了辣椒、黄瓜、萝卜、白菜等几样家常菜。我那时真是馋得要命。春天里，蒜苗刚刚长到一拃高，我就趁着奶奶不注意，偷偷地爬过茅房土墙，拔下来就馍吃。当然，更多的时候是偷吃黄瓜和辣椒。园子里，靠着篱笆墙，还长着一棵国光苹果树，每年的暮秋时节，我都会爬上树去摘苹果，一个一个，从树上撂下来，哥哥在树下用双手接着，小心翼翼地装进布袋里。到了大年夜，一吃过晚饭，奶奶就打开箱子，拿出苹果分给我们，那苹果香味扑鼻，沁人心脾。除了这棵苹果树，园子里还有一棵庞大甚至可以说年老的花椒树。草儿刚刚探头，左邻右舍，大人娃娃，就三天两头凑在我家的花椒树前，一边拉着家长里短，一边采摘着嫩嫩的椒叶。因为，用初春的椒叶蒸的馍爨香爨香，是人人爱吃的食物，家家户户都要做。那馍圆圆的、白白的、亮亮的，就像每月十五晚上的月亮。不过，最难的要算采花椒了。树上到处都是尖尖的利刺，稍不留神，手背和指头就被刺破了，烧疼难忍。由于怕发霉，奶奶总是把采来的花椒及时晾在簸箕里、筛子里、面罗里。有年，不知咋回事，花椒树上起了虫子，特别是那种颜色翠绿翠绿，身子肥嘟嘟，叫作花椒虎天牛的害虫，最大的跟指头一样粗。它们在叶子上，在树枝上，这儿一条，那儿一条，横行无忌，肆意蠕动。有的竟然像攀岩的运动员，拽着一根细丝，在阳光里，在树枝间，忽忽悠悠，肆无忌惮地荡起了秋千。看着它们，我就感到恶心，浑身起鸡皮疙瘩，远远地躲开。但仍然有胆大的伙伴一只只捉了起来。有的用土块砸死，有的捉来喂鸡，还有的捉来扔在地上。用脚踩了，啪的一下，溅出一股绿汁。

菜园里，也有洋姜和呱呱牛。奶奶还在篱笆下种了葫芦，它攀缘着酸枣刺，衣袂翩翩，袅袅娜娜，扯出了又冗长又缠绵的蔓。忙后，这些葫芦开出了小巧玲珑的白花。跟着，浓密的叶子间就垂下一个个翠绿的葫芦，在风里摇晃着。奶奶挑拣大葫芦摘下来，串起来挂在了窑门旁。有时，她还把大葫芦从中间劈开，做成了舀水或舀面的瓢，送给亲戚邻里。大丽花是娘从邻居家拿回块根种出来的。枝繁叶茂，旺火火的一大丛。秋后开花，虽然只有三两朵，但开得灿烂鲜艳，香气袅袅而来。最奇的是，家里的母鸡下蛋时，都把窝选在了葫芦藤下、大丽花丛下。只要听见母鸡呱嗒呱嗒叫，准能从下面摸出温热的鸡蛋来。

最难忘的是，有一年初夏，奶奶在门前经布，旁边坐着大姑娘小媳妇，正在扎花、纳鞋垫。我和小伙伴们在人堆里追逐嬉闹。家里的鸭子和一群鸡在沟边的粪堆上刨食。突然，一个名叫逮住的大叔路过门前，抓住那只公鸭的翅膀，提起来掂量了一下，顺手一扬。鸭子惊慌失措，嘎嘎嘎大叫着，飞向了门前空阔的深沟。我当时很不懂事，得理不让人，连跳带蹦，大哭大闹，弄得大人们无法收场。

好在鸭子没有死。哥哥和娘爬下深沟，把它抱了回来。

岁月如白驹过隙。一眨眼，逮住叔已年逾古稀，我已近知天命之年，儿时的趣事已成笑话，老村已沧海桑田，连同老屋以及老屋的院落，不复存在。

我想了想，还是留下一点关于老屋的记忆，作为念想吧。

书 缘

那时，水平哥大约是上中学，他常常坐在窑屋里靠背上写着"忠"字的红木椅上，摇头晃脑，有板有眼地拉着二胡，一副很逍遥很沉醉很忘我的样子。我不懂音乐，不知道他拉的什么曲子，也不知道他拉得对不对，反正一听到二胡吱吱哇哇响起来，就和小伙伴们兴冲冲地围了过去。

有一回，堂伯在门前的粪堆旁挖了一个深坑，下面烟熏火燎地烧起了火。水平哥坐在小马扎上，连说带笑，把双腿架上面，长长地伸开了，让烟火熏着眼睛。这究竟是干什么呢？大人们说，治病呢。他的眼睛不好了。我感到很好奇，很纳闷，眼睛有病，这样能熏治好吗？一个星期后，堂伯还是把他带到外地医院看病去了。

大约过了近一年天气，他从外边回来了，我去看他，发现他真的看不见人了。但，他仍然很快乐，竟然成了滔滔不绝的故事大王。那时，我正读一年级，每天下午放学，总要串联几个小伙伴，央求他讲故事。我怎么也搞不明白，他的肚子里咋就那么多有趣的故事，听得我们津津有味，直至如痴如醉。

眼看着到了腊月二十三扫尘节，许多妇女带着孩子，在门前的半沟里，掰回一笼一笼白土，捣碎砸细，筛子筛过了，倒进水盆里，搅和成稀糊糊，就用头巾包了脸，爬上高高的梯子，以糜芒笤帚蘸着泥浆水，一遍又一遍，涂着抹着黑黢黢的窑壁。每年腊月的扫尘节，娘都要这么精细地打理一番。

剩下锅圈炕圈糊墙的事儿，我就积极主动地承担下来。邻居兴利哥是个爱读书爱看报的人，娘就向大妈找些旧报纸回来。有时，奶奶也会向她的妹妹寻些旧报纸回来。开始我是帮着奶奶和娘糊墙的，她们一字不识，靠报纸上的新闻图片来辨别反正，总喜欢把图片露出来，贴在外边。我却发现报纸两面有好些文章，有的版面上还有小说、诗歌、散文、评论，实在值得精读细读。

于是，我就有了蠢蠢欲动的阅读私心，多长了一个心眼，让娘或奶奶刷糨子，刷之前我先粗略浏览，挑出有好文章的那一面，让给另一面刷糨子。娘唠唠叨叨，说字的反正贴好就行了，没必要这么做，这样太慢。从此以后，每年腊月糊墙，我就干脆独自承担下来。为了加快速度，我甚至总结出了新的流程。每次糊墙前，先利用一晌工夫，事先把旧报纸仔细翻阅一遍，挑出可读性强的版面，放在旁边。张贴时，又翻过来翻过去端详着，尽量把这些内容贴在外边，贴在炕圈的最低处，贴在比较亮堂的地方。如此放学回来，我便赶紧凑上去仔细阅读。有时，一撂下饭碗，就目不转睛地盯着看。遇到好的文章，我竟然反复读过多遍，仍然意犹未尽。几个月下来，就或站着，或趴着，或卧着，或坐在柜盖上，或坐在窗台上，读完了墙壁上的所有文字。

为此，好些人说我成了书呆子。

就这样，读到三年级的时候，我似乎一下子灵醒多了，糊里糊涂地喜欢上了课外阅读。可是，那时的北村，没有一个真正的读书人。究竟谁有课外书呢？邻居的兴利哥，他和我的父亲是同龄人，虽说小学没有毕业，但很好学，酷爱读书，每次去他家里，他都在窗口读书。我向他借阅了《白话聊斋志异》，这本书中穷书生的落魄浪漫，花妖鬼狐的善良多情，给了我极其深刻的印象，也让我夜里常常睡不着觉，不由自主地感到害怕。接着，又借阅了《两晋演义》，这是一本历史故事书籍，记得最清楚的是石崇与人比阔斗富的故事，让我觉得实在不可思议，用现在的话说，就是官僚们，一有钱，就任性。9月份，西风呼啸，落叶飞扬。公社里举办农历古会，邀请来了县剧团，秦腔本戏大唱三天。街道里，人们熙来攘往、川流不息，热闹非凡。我好不容易搞到了一本长篇小说，便坐在家里的热炕上，如饥似渴地读完了，直看得我头昏眼花。此外，我还向兴利哥借阅了一本《中草药》书籍，对着其中的图片和介绍文字，认识了身边许多中草药，叫出了它们的名字。

那时候，在我们这沟边小村子里，要找到一本书，真是难于上青天。水平哥眼睛看不见了，遇上晴好天气，他便从家里小心翼翼地摸索着出来，来到邻居兴利哥家。倘若是周末，他就坐到兴利哥家的大土炕上，听一阵收音机里播放的评书《岳飞传》，说书的是著名评书表演艺术家刘兰芳，她嘴皮子利索，底气铆得特足，语调高亢嘹亮，音韵铿锵起伏，各种声音模拟得惟妙惟肖。关键处，又卖个关子，抖个包袱，绘声绘色，实在让人拍案叫绝。在水平哥的影响下，我听了一回竟然上瘾了，每个周末都准时去听。一去就趴在炕前，双手托着下颌，屏息静气地听。听完了《岳飞传》，我又叼空听了《杨家将》。

有件事，说起来非常好笑。一次，是个周末，照例去听评书，无意间在兴利哥家的大炕上看到了一册初中语文课本。就随手翻开来，一页一页，聚精会神地读起来。那种贪婪劲，简直太像一个饿着肚子的孩子，扑到了可口的美食上。就这样，赶午饭时，我一口气读完了这本书。记得我对其中一篇写"暴雨篇"的文章爱不释手，翻来覆去精读了好多遍。到了下午，我又抽空到兴利哥家串门，再读了几遍，直到感觉不好意思了，才怏怏地离开。后来，读到初中二年级，我才知道这篇写"暴雨篇"的妙文，原来节选自老舍的《骆驼祥子》。

不久，我发现兴利哥自费订阅着《陕西农民报》，便趁着一回回串门子，或者听评书的机会，接二连三地借了来，废寝忘食地读起来。在那块百花盛开的园地里，我读过民间传说，读过神话故事，读过著名诗人李季的《王贵与李香香》，也读过农民诗人王老九的快板诗。总觉得那里面的小故事，原汁原味，是那么鲜活，那么生动，带着湿气，带着露珠。那泥土气息，那乡土味道，勾魂摄魄。以至于多少年来，我对过去的《陕西农民报》怀恋不已。原因是，它随风潜入夜，润物细无声，顺其自然地满足了我年少时候强烈的求知欲望，潜移默化地培养了我的文字情结，悄无声息地在我心里播下了文学的种子。记得刚参加工作，我向《陕西农民报》报社投了一篇散文《感恩洋芋》，没想到在重要位置发了出来，曾颇为得意了一回。

进了初中，课程一下子增多了，我一心扑在了学习上。因为高考制度恢复以来，那时全公社只有两三个学生考上大学，跳出了农民家庭，把手伸进了公家的馍笼。所以，他们的名字家喻户晓，人人皆知。榜样的力量真是无穷的，有了这些明灯的指引，我也决心自尊自爱，自强自立，走上读书改变命运的路子。爷爷一回回地对我说，"要好好念书，不要将来打牛后半截。"他的意思我明白，就是要想尽千方百计跳出农门。于是，我便孤注一掷，成了拼命三郎，常常学到三更半夜，真是闻鸡起舞、铁棒磨针、抄习题做习题，写单词记单词，读课文背课文，放学路上连颠带跑争取学习时间。为了改变命运，我豁出去了，拿生命作为赌注，押上去了。记得初中三年里，初一时读了一本《西游记》，初二时读了路遥的《人生》单行本，初三时读了长篇小说《津门大侠霍元甲》。每次匆匆读完之后，我都不敢再沉迷下去，及时悬崖勒马，毫不松懈地回到课业学习中去了。

我对于语文课的痴爱，是由来已久的，是从小学就开始的。当时，我把读过的语文课本，全部码在一个长方形的木箱子里，还几毛钱买了一个指甲盖大的锁子，牢牢地锁上了，我不想让其他人弄丢我的这些宝贝。上初一时，我便开始记日记，乱七八糟，不管什么事儿都写，由短到长，由粗到细，权当练笔。上初二时，带语文课的张老师，竟然让我的第一次作文连续返工三次，使我很没面子。课业多，根本没时间读书，也不敢沉迷课外阅读。我只有通过写日记、写周记来磨砺自己的笔头了。最大的变化是，我的日记、周记、作文写得越来越细致，越来越长了，再也不是枣核解板——两锯锯（句）了。张老师在我的周记、作文后的批语，也越来越有味道了。几乎每次作文课，他都要在全班同学面前大声朗读我的作文，一边朗读，一边讲评。许多同学抢着看我的作文和周记，个别女同学平时则背着我偷偷地看。我一下子觉得自己又红又紫，风光极了。我的日记写得更勤奋了，连每天回家吃饭时，都要写上一段又一段。

人常说，老师是园丁。我想，我的这位张老师春风化雨，谆谆教导，循循善诱，悉心点拨，她就是我心目中优秀的园丁，也是我终身没齿难忘的人。

苦心人，天不负；有志者，事竟成。我终于考上了陕西省彬县师范学校。当时，学校的目的是培育小学教师，强调一专多能，也就是语文数学专一门，其他副课专一门。吃透情况后，我便做出了一个大胆的决定：主修《文选和写作》，其他科目只求过得去。接着，我便幼稚地开始了马拉松式经典阅读，做起了我的文学春秋大梦，政治、数学、物理、化学等课堂上，都偷偷地甚至明目张胆地阅读文学作品。好在各位老师管得松，他们明明看见了，却佯装没看见。在阅读大补之外，我就天天写日记，雷打不动。没过多久，我就加入了泾水文学社，经常给《泾水》投稿，经常收到带有墨香味的校刊。

最难忘的经历是买书了。那时的彬县书店很阔气，经典的文学书籍品种丰富，每到周末，买书的学生纷至沓来。最热闹的还是彬县邮政局那个小小的报刊部，只有一间房，进门一圈玻璃柜台，靠墙是木架子柜台，上面放满了各种各样的杂志，好像没有什么习题之类。报刊部离书店不远，几乎每个周末，我都要先去书店，再去报刊部，淘些书籍或者杂志回来。书店里顾客相对少一些，报刊部里则熙熙攘攘，看报买书的人简直摩肩接踵。为了买到一本书，或者一本杂志，我曾经很犹豫很犹豫，很纠结很纠结，能迟疑不决地在柜台前盘桓逗留整整一个上午。到底买还是不买，实在是艰难的抉择。我犯难时，一遍又一遍地拷问着自己。

唐朝书法家颜真卿有首著名的《劝学诗》："三更灯火五更鸡，正是男儿读书时。黑发不知勤学早，白首方悔读书迟。"为了读书，我在生活上不惜亏待自己。我认为，书籍作为可贵的精神食粮，已远远超过了吃饭的重要性。记得学校给我们这些学生每人每月供应三十三斤粮票，十七元五角菜票。对于多数学生来说，这是不够花的，还需要家里时时接济。我是从来不向家里要钱的，因为我知道家里是根本没钱的。那么，如何解决饿肚子的问题呢？如何满足买书买杂志的需求呢？我想出了一个两全其美的办法。就是少吃菜，多吃粮；少吃菜，多买书。每月卖掉十元菜票，拿出五元买回粮票，拿出五元买一本书和一本杂志。总之，我平时几乎不吃米饭，不吃粉蒸肉，不吃那些价钱贵的菜，只买咸菜、臭豆腐、酱辣子之类，买一次可以吃好几顿。周末的日子里，为了避免尴尬，我从来不和同学们一块去逛街，因为我怕在外面吃饭，也不想在外面吃饭。

三年就这样不知不觉地结束了。我收获了很多很多，竟然从彬师带回来了几百本书，几百册杂志，自然也阅读了不少。有道是，书到用时方恨少，事非经过不知难。虽然我的文学梦蓄积已久，如今依然做得很渺茫，甚至一塌糊涂，但走上社会，我却亲身体验到了勤读书多读书的益处。读书，可以静心，可以养心，更可以涵养我的人生；读书，使我成长，使我成熟，使我世事洞明，使我人情练达，更使我善良、正直而睿智。

有一天，闲聊时说起这些往事，兴利哥和水平哥对我说：人都是逼出来的，熬过来的都是好日子。

他们确实说得好，我也深深地知道，腹有诗书气自华，这绝对是装不出来的。

所以，我曾经设想过好多次，期望自己能早早地退休，闲下来，安安静静地多读些书。

我也常常叮嘱自己，既然这么爱读书，那就趁着业余时间，叼空再写一本书。

唯有如此，方才无愧于真正的与书有缘。

楼下的老院落

楼下的老院落里长着一棵椿树，还有一棵青桐树。

我家住在三楼，南边阳台窗下，是一个很狭窄的过道。它顶多三米宽，夹在一家医院后墙和三号楼之间，倘若有小轿车迎面而来，便只能左顾右盼，擦肩而过。所以，我再三叮咛家里人，下楼出门必须谨慎又谨慎，万不可冒失莽撞。弄不好，推开门，就撞在过往行人身上，或者来往车辆身上，还要遭受人家河东狮吼：不长眼睛！慢慢地，我摸索出了经验，先侧耳仔细聆听一下，判断是否有噗噗声自远而近；若有，说明有车经过，那就要等过去了再开门。或者，扳动按钮，先开个缝隙，把头伸出去小觑一下。总之，要从单元里出去，必须小心翼翼。记得有回，我急急慌慌推开门，差点儿碰到一辆过路车的门子上。司机摇下玻璃，满脸横肉，金刚怒目："你没长眼睛？还是眼睛瞎了！"秀才遇见兵，有理说不清。我红涨着脸，唯唯诺诺，连忙点头哈腰赔不是，转身逃之夭夭。

你说狼狈不狼狈？这毕竟不是自己家里，只能自认倒霉了。所幸，没有遇到土匪。还好，人活着，总能吃一堑长一智。

正对着我们单元楼前面，有个农居住户的老院落，非常别扭地嵌进了一家单位的后墙，占了一亩多地，好像有点不可思议。一般来说，正规单位的院子都是四方四正的，但这户老院落却光明正大地嵌进了单位的后墙，出现这种情况肯定有原因，没法解决就成了历史遗留问题，这种生存状态能说不尴尬吗？记得这里曾是城中村，十五年前，大片的农居住户就整体搬迁出去了。话说回来，能留下来自有留下来的道理，也没有什么不正常的。

站在自家阳台上，楼下老院落里里外外看得清清楚楚。左边墙外是医院的餐厅，南边墙外是住院部，西边墙外是一栋三层楼，北边墙外是我们这一栋四层住宅楼。院内南墙根堆放着柴堆和杂物，也有废弃的鸡舍，有倾塌的猪窝，显得乱七八糟；靠东墙是一溜红砖灰瓦厦房，房前有块菜地。夏秋时节，地里长着辣椒、番茄、芫荽、韭菜等蔬菜。最惹眼的是，这户人家的门墙，是两道砖墙，内墙与外墙一样高，中间一尺有余，看起来不合常规。我就想不明白，这究竟咋回事？

其实，在这个老院落里，最让人感到奇怪的还是内外墙咫尺之地，靠门洞处长着一棵高大的椿树，西北角长着一棵茂盛的青桐树。椿树，是我们农村人常说的臭椿，碗口粗的树干高挺着，表皮光滑，明溜溜，树枝稀疏，显得弱不禁风。桐树，是青桐，树干魁伟，像老大哥，也像顶天立地的大汉，烟熏过似的，皮呈苍黑色，树枝粗壮，枝丫纷繁，颇像一把撑开的巨伞，遮天蔽日，给这个院落里投下了浓浓阴凉。这桐树和椿树，一高一低，枝柯相交，叶片相触，俨然兄弟俩，肩并肩，手拉手。

可以说，它们都长在内外墙的夹缝里，生存处境是极其艰难的。

2005 年秋季，我从租的民房里搬了出来，结束了寄人篱下的生活。那是一个星期五午饭后，我和妻弟正用三轮车搬着乱七八糟的东西。不期然在街道撞上了单位的李主任，就寒暄了几句。哪知，晚饭时他就撺掇了十几个同事，一拥而入，前来祝贺。当时，房里空荡荡的，仅有四面光墙，啥家具都没有，大家站没处站，坐没处坐，喝没啥喝。死要面子的我，一时手忙脚乱，既窘迫又高兴。窘迫的是没法让大伙坐下来，喝杯茶，抽根烟，聊聊天。只能领出去吃饭，以此化解我的难堪。高兴的是，总可以扬眉吐气了，我的领地，我做主！然后，有饭就吃，有觉就睡，有屁就放，糊里糊涂地过日子，无须看人的眉高眼低了。

早春二月，柔媚的阳光照进来，房里暖暖和和的。窗外，椿树、桐树的枝丫还是光秃秃的。不知从哪里就出来了几只麻雀，耷着翅膀，梳理着羽毛，在树枝间追逐着，跳跃着，叽叽喳喳嬉闹着。一对布谷鸟也赶来了，浑身纺锤形，青灰色的，彻天响亮地叫起来。它们时而轻飘飘坠落，时而翩翩飞起，仔细打量，原来它们正在筑巢垒窝，一只叼着地上的柴柴棍棍，飞到楼上去了。

这时候，两岁多的女儿，端来小凳子，站了上去，趴在南边阳台窗口，向下边张望着说："爷爷，您在那干啥呢？"原来，窗外树下的院子里，有一位老人家，他面容清癯，鬓发飞霜，背有点驼，蹲在地上，手里拿着铲子，侍弄着什么。听见女儿的叫声，他转过头来，环顾左右，迟疑一下，抬起头来，仰望着女儿，搭起话来："娃娃，你的嘴真乖啊。爷爷在种花呢。""种啥花？""喇叭花，像花裙子。""给我看不？""给啊，花开了，让爸爸带你来。"我忽然想到，孩子就是孩子，他们的眼睛是清澈的，心灵是单纯的，他们只会用又简单又真诚的方式，与周围的世界打交道。老子曾经说，"鸡犬之声相闻，民至老死不相往来。"这虽说的两国关系，但对后人的处世影响还是比较大的。尤其是在热闹喧嚣的都市里，当一些人叫嚣着向钱看的时候，人的心里就更浮躁了，人际关系就更冷漠了。

古训说，远亲不如近邻，这话应该是至理名言。但是，自从搬到新的住地，我甚至没有注意到楼下的邻居。看着眼前的情景，我忽然有些感动，有些惭愧。感到自己竟然不如两岁多的女儿，她竟然和邻居搭讪了起来。

不久，我就注意到，楼下的院子里住着老两口。有次拉呱聊天时，老人家说他有一个儿子，常年在外地上班。他家在十字路口那边有所老院子，位置优越，热闹繁华，早开发建成了六层楼，房子全租出去了。他还说，他是个戏迷。我亲眼看见，每个周日下午，院里就三三两两进来一大拨儿人，有男人有女人，有老头有青年，他们一边相互招呼着，一边从屋里拉出凳子，搬来椅子，围着老人家在院里坐下来。随意谈笑间，一个个秦腔名段，就正儿八经地开场了。乐曲一响，我就站在阳台上，成了最忠实的听众，专心致志地看着听着。

能看得出来，这是一个自由组合的民间自乐班。老人家是自乐班的龙头老大，他拉的是板胡，是头把弦索。来者都是戏曲爱好者，每人都有自己的拿手好戏。尽管都是清唱的装束，但一招一式，声情并茂，你方唱罢我登场。唱过两个小时之后，自乐班就散伙了。老人家没有尽兴，也不过瘾，便默默地坐在屋檐下的条凳上，意味深长地拉开了二胡曲，是瞎子阿炳的《二泉映月》，那如痴如醉的神情，那忘我忘情的样子，着实让人感动。有时候，他也拉《梁山伯与祝英台》，乐曲扣人心弦，销魂蚀魄。每逢此时，我便发现桐树似乎听懂了也感动了，婆娑起来，摇曳起来。那些叶子仿佛手掌，欢快地为老人家鼓起掌来。

每个周日，我都默默地站在阳台上，免费享受着楼下院子里这些秦腔戏曲的经典唱段。久而久之，我发现每次活动就那些人，没有多余的观众和听众。于是，我就想到了一个难以释怀的问题。既然是自乐班，为什么就不到附近的广场上去表演呢？为什么不让大家都观赏呢？这么好的文化节目，放在院子里自娱自乐，养在深闺人未识，实在有些可惜。经过一番打探，我才知道老人家跌了一跤，脚受伤了，走不动路了。

怪不得自乐班走进了寂静的农家院落，如此尴尬，如此兴味索然。

这年忙天，我们全家回乡下收麦去了。回来后，好久没有看见自乐班来，也没有听见秦腔唱起来。一打听，才知道他老人家去世了。他在地里烧麦秸时，跌倒在地上，爬不起来。等被发现时，他已被火无情地吞噬了。他死得太悲惨了，让人不禁唏嘘感叹。他的突然离去，让人不由得想到人世无常，人的生命的脆弱。

话说这长在墙缝里的椿树和桐树，却让我们几家住户更讨厌，更尴尬。它们挺拔在楼群里，拼命向阳光长，冒过了楼顶，严严实实罩住了那所院子，还给过道北边的住户投下了阴影。尤其那桐树冠盖如云，肥大翠绿的枝叶，密密层层，紧挨着窗玻璃，随风摇晃着，相互摩挲着，阳光全被遮住了。

生活在这样的荫翳里，我们的阳台、我们的卧室、我们的厨房，简直跟密室一样幽暗昏沉。天长日久，我们几户一碰面，就不由得提起青桐树来，气哄哄地抱怨它。它简直就像我们的眼中钉、肉中刺一样可恶，真想一下子拔出来。有人提议说，我们合伙买下它砍了，这个主意看起来不错。但我想，青桐树这家伙能极其尴尬地存活下来，必有活下来的理由。结果与主家一交涉，就碰了钉子，他们果然不卖。还说，如果你们觉得离窗子太近，影响家里光线，可以找个人爬上去修整一下。

　　没有办法，只好作罢。忽然，我想到一句俗语：人生在世，不如意事常有八九。

　　既然如此，那就顺其自然，得过且过吧。

猫与生活

　　一日，喜成老弟在朋友圈发了个视频：两只可爱的小猫，在临摹的书法作品上，一前一后，时而像兄弟追逐，时而像伙伴嬉闹，时而像跳起扑蝶，时而像情人熊抱，时而像力士摔跤，时而像毛驴打滚，时而像东坡醉卧……它们开心活泼、自由自在、无忧无虑，那自娱自乐的天真，那随心随性的慵懒，那活灵活现的娇憨，简直看得我如痴如呆，惬意极了。

　　于是，我就不由得想起了猫。猫曾经是我最喜欢的小动物。过去，在我们那穷乡僻壤之地，几乎家家养猫。目的性很明确，就是为了防止鼠辈窃食庄稼，糟蹋粮食。自我记事起，家里就养着猫，曾养过黄猫、黑猫、灰猫、栗猫。对于猫的机灵敏捷，我是佩服得五体投地。有一回，放学回家一进门，我就抱起了炕上慵懒的大灰猫，在屋子里打转转、兜圈圈。忽然，它睁开了眼睛，猛地挣脱我的怀抱，跳到地上，蹑手蹑脚，雀步向前，像利箭一样，倏地射了出去。随着吱吱吱的叫声，大灰猫叼着一只肉嘟嘟的老鼠，从粮囤背后钻出来了。

　　也许是童年的缘故，也许记忆太遥远了，我总感觉在那个年代里，老鼠肆无忌惮，穷凶极恶，简直能吃人。纵然光天化日之下，也能在院子中成群偷袭，掳走一只只紧跟鸡妈妈觅食的小鸡娃，让不会说话的奶奶很伤心。为此，我们曾经迁怒鸡妈妈，指责它不操心，连自己的儿女都保护不了。夜里，爷爷突发奇想，在屋子里的木棚下，吊了一个磨盘大小的麦草笼，让我们把鸽子大的鸡娃放到笼里。不行，还是不行。鸡娃们还是被老鼠咬得扑棱棱乱飞，叽叽叽大叫，爷爷急得大声吆喝着，慌忙点亮了煤油灯。我趴在被窝里，借着幽幽的灯光，看见鞋子一样大的硕鼠接二连三，扑里扑腾地跳到了地上，几只鸡娃半死不活，扑扇着翅膀，正在地上拼命挣扎。实在无可奈何，爷爷就给草笼上面编了一个圆圆的盖子，把鸡娃们严严实实地罩了起来。但老鼠照例上蹿下跳，吓得鸡娃们叽叽咯咯大叫，让人睡不好觉。这时候，哥哥找来了两根细细的长竿子。夜里，爷爷和奶奶时不时地拿起竿子，在地上乱打，在木棚上乱敲，以惊扰防范那些蠢蠢欲动、鬼鬼祟祟的歹徒出没。

不久，包产到户了，各家都过起了自己的小日子。有人从县城街道里买回了鼠药，见人便说很厉害，特别管用，大家不妨试试。一开始，村里养猫的人怎么也不相信。自从家乡去县城的班车开通了，鼠药才真正地流行开了。说句不好听的，村里的猫却一下子跟着遭殃了。那年，我家的猫生了一窝猫仔，老猫不知在哪儿吃了死鼠，就被毒死了。剩下五只猫仔，傻乎乎的，挤在茅草堆里，嗷嗷待哺。看着它们楚楚可怜的样子，娘把几只送给左邻右舍，家里留下来一只，像喂养没爸没妈的小孩子似的，辛辛苦苦地伺候了起来。她让哥哥买了奶瓶，我们每天挤了羊奶喂它喝。这是一只米黄色的猫，好不容易终于长大了。很不幸，却被鼠药毒死了。

这之后，家里就再也不养猫了。不养猫，老鼠们又一窝窝地倾巢出动，反了天。有天，村里来了一个货郎担，串村入巷叫卖鼠药，我们家索性也买了一包。娘烙了一个黑锅盔，剁成麻将牌似的小块，烧了半勺菜油。等油凉冷了，我们哥俩小心翼翼地掰开馍块，先抹上喷香的熟油，再撒上黑面面鼠药，然后找到家中所有的鼠洞，全放进去了。翌日清晨，我们哥俩打着手电筒，猫下腰，仔细地搜索了窑旮旯，墙犄角，大大小小，共十七只。耳听为虚，眼见为实。鼠药真的威武啊！接着，乡邻们就有人不断地下药，我也经常看见他们早上从家里出来，用铁锨端着死老鼠，倒在门前的沟渠里。

农村有句俗话说："好猫好狗护三家。"猫狗对我们百家百户是有益的。看见猫养不住了，养猫的人就跟我们当初一样，气不忿儿，有的人甚至骂街了。因为有的猫吃了死老鼠，被毒死了；有的猫抓了鼠吃了肉，也被毒死了。其实到这时候，事情已远远不是死几只猫那么简单，因为自从鼠药来到了乡下，方圆十里八村，有人也给庄稼地里下上了药，防止别人家的猪牛羊进地糟蹋农作物。所以，就势必出现了一些死猪、死羊、死牛之类。更凄惨更不幸的是，有的人家，亲人之间闹了矛盾，一时想不开，便喝老鼠药，急忙送医院，纵然翻肠倒肚，还是走上了黄泉路。老鼠药一旦有了市场，假药就泛滥了，买了一包又一包，没任何效果。不过，也确实有好处。有人寻死吃了鼠药，却屁事没有，好端端地活下来了。后来，不知从什么时候起，食品药品管得严了，剧毒的鼠药农药被叫停了，谁也不能卖了。猫，又开始活跃起来。

这一系列猫鼠故事，让我忽然第一次意识到，原来猫与鼠的命运是休戚相关的。不仅如此，它们甚至还与百姓生活、时代发展，都有着千丝万缕的联系。

2002 年，我进了县城。当年冬天，我的女儿降生了。一天，十五岁的女儿对我说，她准备从同学家抱只猫回来养。我和妻子疾言厉色，极力反对。理由是，家里没老鼠，养猫有何用？再说，现在住单元楼，家里这么小，也不适合养。猫是吃肉的动物，没老鼠可逮，怎么办？没有运动场，怎么办？胡吃乱拉，怎么办？谁知，她嘟着脸，一肚子冠冕堂皇的道理：过去，人们养狗是为了看家护院，现在人们养狗难道还是看家护院吗？过去，人们养猫是为了保护粮食，现在人们养猫难道还是这样吗？如今社会发展了，单元楼里养，别墅里也养，这叫宠物！宠物！你们懂不懂？……

我俩语塞舌僵，无言以对。我恍然意识到，这也许就是两代人之间的代沟吧。很明显，日新月异，时代大变迁，我们的思想观念已经落伍了。女儿，她已经不能接受我们的观念、我们的生活方式。但不论怎么说，我们还是不答应家里养猫。

结果很无奈，女儿的性格太执拗，硬是从同学家弄来了一只猫。它被装在纸箱里，白颜色，瘦骨伶仃，像一疙瘩不干净的棉花，见人就缩在角落里，茶呆呆，傻乎乎的。无疑，女儿非常喜欢它，时不时给它面前放块馍。放学回家一进家门，就急忙抓出来，抱在怀里，时而抚摸着，时而亲吻着，时而端详着，时而絮叨着，显得亲密无间，非常友好。女儿还给它取了一个非常有趣的名字："闹闹"。

过了几天，女儿还网购了猫粮和食槽，一心一意地饲养起来。有时，出外吃饭，女儿还有意给它带些骨头或者鱼肉回来，给它打打牙祭，美美地改善生活。每到周末，女儿还要给它洗个囫囵澡，用吹风机呼噜噜地吹干，用梳子把毛一丝不苟地梳展捋顺。慢慢地，它的身子骨一天天壮实起来，浑身的毛也终于白起来，亮起来，干净起来。一旦缩成团，简直像个漂亮的雪球。天长日久，我的厌恶感稍稍减弱下来，闹闹的生活领地就变得越来越大，禁区越来越小了。起初，我给闹闹画地为牢，它是绝对不自由的。先是在北边阳台上给它设置了禁区，开始把它圈在小小的纸箱里，上面用纸板盖住；看它长胖了，就把它挪进了大纸箱；然后，又从大纸箱拿出来，只准许它在女儿房间和阳台上活动；最后，又向它开放了家里每扇门，每个房间任它自由出入。

之所以对它来说每个房间无禁区，是因为我有一次早起正在洗脸，忽然闹闹伸出两只前爪，轻轻地搭在门上，推开门进来了，它在卫生间的角落里拉完屎撒完尿了，然后舔了舔爪子，就出去了。接着，我就发现它每次都上卫生间拉屎撒尿，从不乱来。原来，这家伙虽不会说话，但是很通人性，甚至比我们人类还更爱干净。就这样，我最担心最纠结的事情，彻底放下了。

渐渐地，闹闹终于融入了我们的生活，获得了运动无禁区的自由。虽然它好吃贪睡又好动，百无聊赖时，甚至将沙发都抓烂了，我还是慢慢地接受了它，它也慢慢地喜欢上了我。去年冬天，半夜里它常常愣头愣脑地钻进我的被窝里，呼噜噜地睡大觉，一点儿也不怯生。高兴了，就在客厅里自娱自乐，追着一只花皮球生龙活虎地玩；或者在沙发垫上，滚来滚去，抓着自己的尾巴，酣畅淋漓地玩；或者跳上茶几，用两只爪子交替拨着不倒翁，不亦乐乎地玩。闹闹是无城府的，无心计的，也是天真的率性的。我相信，我们尘世中的每个人都活得比不上它！比不上它的轻松快乐，比不上它的逍遥自在，比不上它的率性任性，比不上它的无忧无虑。

说真的，闹闹让我忘记了生活中的压力，忘记了生活中的烦恼，忘记了生活中的忧愁。因为无聊了，寂寞了，郁闷了，愁苦了，我就逗闹闹玩。玩着玩着，我就啥都忘了，一切难事就放下了。是的，是闹闹教我学会了快乐。

有一天，闹闹无缘无故地不见了，女儿急得大呼小叫，找遍了每个房间，失望之后，竟然号啕痛哭了一场，我们费了九牛二虎之力，才安慰她睡下了。我想，家住在三楼，阳台上的门窗都是关着的，唯有一种可能，就是从前门溜出去了。不料，就在这天半夜里，我听见房间有响动，赶紧起身去看，发现女儿抱着闹闹从楼道里上来。她脸上洋溢着失而复得的笑容，说她晚上一直都没有睡着，最后听到楼下有猫叫，就连忙下楼去找，果然是咱家的闹闹。

可是，谁也想不到，今年春天里，我们的闹闹彻底失踪了。连续好多天，我们心里都觉得空落落的，谁也高兴不起来。尤其是女儿，说她好几次半夜做梦听见猫叫，就迷迷糊糊起来了，在家里每个房间，一回回地寻找……

看着喜成老弟发到朋友圈的小猫视频，我忽然想了很多很多。猫由原来的捉老鼠，渐渐变成了现在养尊处优的宠物，供我们消愁解闷。只是，在红尘世界中，我们人何时才能活得像这些可爱的小猫一样逍遥快乐呢?

道是无缘却有缘

娃娃时候，我就有了长大当个医生的念想。

记得好像是五六岁，我在邻居兴利哥家院子里玩耍，他正扛着扁担要给队里的牲口去割草，门口撞进来了一对夫妻，男的怀里抱着一个小男孩，软塌塌的，头耷拉在他的肩上，昏迷不醒。夫妻俩说是孩子得了恶疮，医院里没办法弄，就远远地打听着找上门来求兴利哥诊治。我看见兴利哥犹豫了一下，还是拿起剪刀来，残忍地铰破了大脓包；然后用獾油搅和了些粉状草药，小心翼翼地敷上去了。接下来，那男的接替了兴利哥割草的事儿，兴利哥专心给男孩治疗起来。半个月后，他给包了些药，那对夫妻带着孩子千恩万谢后回家了。众乡邻都竖起了大拇指，啧啧称赞。

这是多么荣耀的事儿啊！耳濡目染，兴利哥深深地影响了我。

我暗暗地喜欢上了医生这个职业，总觉得他们能治病救人，能起死回生，是一种很崇高很受人敬重的职业。就是中考前夕，我梦寐以求的还是上卫校，将来当一名医生，学精医术，像我兴利哥一样治病救人。

原来，兴利哥是邻居老妈从甘肃逃荒带下来的，他出身于中医世家。受家庭环境的熏陶，他每年春季都配制"刀剑药"，那药止疼快，止血快，愈合快，不知治好了多少邻里乡亲的外伤。邻居老妈很善良，从不收费。我经常看见村里人受伤了，一旦找上门来，她就给抓些粉状草药，让敷上去。有一回，爹的头伤得很严重，血流如注，邻居老妈一看急了，慌忙倒了一把药擸上去，不出一星期，伤口就好了。上小学时，我曾向兴利哥借了一本很厚很厚、图文并茂的药书。从那本书里，我认识了日常生活中许多常见的中草药，譬如柴胡、黄芩、半夏、茵陈、冬花……从此，每逢节假日，我便坡上坡下，东奔西跑，到处挖柴胡、黄芩、茵陈等中草药，晾干后卖到收购站，一次又一次地贴补了家用，凑够了上学费用。

不过，天意从来高难问，梦想毕竟是梦想，事与愿违的情形，人世上比比皆是。我先是做了教师，后又跳槽转到了行政单位。不论怎么说，都与医生无缘。倒是几十年下来，多次就诊治疗的深刻经历和中医还算有些关系。

那是 2007 年正月，刚收假不久，我早上刚睁开眼，还躺在床上，就突然感到胸闷。不过，时间很短很短，不到两秒钟就过去了。起初大约两周这么一次，后来三五天一次，一直发展到每天早上一次，我始终没有在意。后又变成了几秒钟，甚至一两分钟，每天午饭时还犯一次，每次如同锥刺。熬过去了，仍然是一个生龙活虎的人。有好几次去上班，我捂胸疼得坐在路边，大汗淋漓。我这才意识到自己是有病了。于是，我不断地找医生，不停地做检查，一而再再而三地做心电图。然后，就按每个医生的方子，大把大把地吃药。没用，不起任何作用。到了 7 月份，犯病频率增加，每次犯病的时间拉长，疼痛加剧，无可奈何，就去了 215 医院。门诊部胸内科主任很焦躁地说我没病，要我去胸外科。胸外科主任做完检查，说我的病绝对属于胸内科。看我哭笑不得的样子，他拿起电话联系了胸内科住院部主任，让我去找他。见了面，这位主任亲自给我做了常规心电图，跑步机心电图，又做了浩特心电图，终于确诊了，说是变异性心绞痛。血管要么梗死了，要么痉挛了，要么梗死加痉挛，还要再做心脏造影。我说带的钱花完了，心脏造影只有暂时放下了。他随后给我开了四盒合心爽西药，翌日早饭后一吃，效果真神奇，病没有犯了。

我欣喜若狂，仰天长叹，终于有救了！

药吃完后，感觉胃明显不舒服，毕竟服药后病一次都没犯过，我又坚持吃了四盒。我确信，自己的病绝对好了。但谁也想不到，停药仅一个多星期，旧病又复发了。我忽然又掉入了绝望的深渊。我感觉到，自己的病彻底不得好了。想起爹和娘都是四十出头患上了病，一家人都穿不暖吃不饱，哪还有钱进医院呢？他们都一直病病恹恹，熬得油尽捻子干，先后撒手西去。后来，爷爷奶奶把我们兄妹三个拉扯到成年。眼前，年迈的奶奶已瘫痪三年，还依然躺在老家的土炕上，我的两个孩子又小，自己又得上了不好的病。想到巨额医疗费，想到不久自己将郁郁而终，我一下子肝肠寸断，悲从中来，觉得天要塌下来了，地要陷下去了。

我才三十九岁！不甘心就这么认命了！求生的欲望紧紧地攥住了我。能救我的人在哪里呢？前不见村，后不着店。念天地之悠悠，独怆然而涕下。叫天天不应，喊地地不灵。忽然，我下意识地想起了在老家时的挨门邻居虎民哥，他得了很厉害的肝炎病，按一位老中医的方子，一罐儿又一罐儿地熬着中草药，一罐儿又一罐儿地喝着黑水水，硬是坚强地挺了过来。我连忙打问了一下，那位老中医叫苟振锡，曾在县中医医院当过院长，是个很有名气的老中医。到了这步田地，就不妨去试试吧。也许是我终于找到了自己的救命恩人，他用几十服中药救活了我。说真的，我对他的医术顶礼膜拜。我甚至这样想过，如果能倒退三五年，我就会辞掉工作，跟他老人家拜师学艺，治病救人。毫无疑问，自己的亲身经历让我认准了他。他就是我梦想中想成为的那个能治病救人的人！

记得那年冬天，乡下的姨婆给我捎话说，奶奶身上痒得不行，到处乱抓，睡不着觉，让我给买些药。我毫不犹豫地找到了苟大夫，向他说明了症状，他说不用怕，这是老人瘫痪，活动少，血液不活泛，吃几服药就好了。果不其然，家里打来电话说，三服药就见效了。还有一回，我肚子疼得要命，去诊所向一位西医咨询，他说是胆囊炎，让我打吊瓶，扎上针后我就提回了家（这是截至目前我唯一的一次打吊瓶）。不料，扎了针还是疼，疼得我在床上滚来滚去，满头大汗，干脆直接拔了针。第二天，去找苟大夫，抓了五服药，一服药吃下去就有所好转。他的医术真的让我佩服得五体投地。我不由得在想：冰冻三尺，非一日之寒。中医是我们的国粹，多年的临床实践，使他老人家真正把中医学懂了，弄通了。

其实，我自学过《易经》，知道中医和《易经》的渊源，知道中医的基本原理。中医讲究全息透视，讲究综合治疗，极适合养生保健。一个人，如果身体遇到了不适，那么找个经验丰富的老中医，适时开几味中药，调理调理，保养保养，是绝对有好处的。

至此，回过头来细想，自己与草药、与中医还是颇有缘分的。

所以，我敬重中医，更敬重敬仰像苟大夫这样能救死扶伤的老中医。现在，我特别遗憾的就是如今我年已半百，满头秋霜，想做个治病救人的中医，只能期待来世修行了。

七夕，让我们别样重逢

星期五下午，我受邀来到了西安城里，参加小学初中同学文慧女儿的婚礼。在附属医院的门口等人时，我下意识地看见不少人行色匆匆，抱着鲜红的玫瑰花束，从我的眼前经过。他们有风流倜傥的帅男，有花枝招展的靓女，有鹤发童颜的老妇人，有年富力强的中年男子……我看着同伴，很是疑惑，究竟咋回事呢？同伴诡秘地说："你看，他们都急着给情人送花去呢。"

这时，我才忽然醒悟过来，原来今天是中国传统的七夕节。我们相视一笑，禁不住感叹道："还是城里人生活浪漫啊。"

来接我们的春娥，虽然一瘸一拐走得非常别扭，甚至有些艰难，但依然很热情，很爽快，眉眼欢笑，乐得叽里呱啦说个不停。没有想到的是，同春娥前来的，还有我们的老班长岁放，他竟然从铜川煤矿远天远地地赶来了。我打趣地说，今天是情人节，你不陪情人过节，跑西安干啥了呢？他一本正经地说，他不知道今天是七夕节。我说你出门时，老婆没问你干啥去吗？他说没有。哈哈哈，还是我们这些乡下人没太在意七夕节。

其实，农历七月初七是七夕节，也叫乞巧节。这个节日之所以被许多人称为中国的情人节，主要还是牛郎织女的民间传说影响所致。记得电影《天仙配》，我先后看过两次。最早的那一次是孩提时候，我还没念书，当看到王母娘娘派天兵天将拆散了恩爱夫妻时，我竟然对那个老妖婆破口大骂，惹得周围看电影的人都盯着我看。后来，上了中学，我还学习了一篇《牛郎织女》的课文。大概正由于这个爱情故事，好些人把七夕节称作中国的情人节。记得小时候，娘给我说，农历七月七日晚上，藏在葡萄架下能听见牛郎织女的说话声。为了证实是不是真的，二十几年前的一个七夕夜，我曾偷偷钻到院里的葡萄架下，侧着耳朵，屏息静气，认认真真地听过。没有，什么也没听到，更没听到牛郎织女的喁喁私语。

传说毕竟是传说，浪漫美丽就行，引人入胜就行，是不是真的并不重要。

我们走进了汉城酒店。登记房间时，我们发现房费高得惊人，一间房竟然高达三百多元。看到我们很吃惊的样子，前台服务员解释说，今天是情人节，客房不但价位高，而且订房快得玄乎，这些年每年都这样，现在整个酒店只剩下两套房了。听得我们都瞪大了眼睛。

七夕节，就是中国的情人节。这一天，为了庆祝和纪念，不少家人相约酒店举办个晚宴，相约歌厅唱个情歌，相约出去游山玩水，相约花前月下，卿卿我我。这些有意义的活动，估计都是当今城里人的生活常态。反正，我的直觉感受是，城里人比乡下人浪漫，比乡下人潇洒，他们活得更有情调，活得更有品位。

晚饭时是最快乐的时候。几年不见，大家凑一块，刚好坐了一桌。为了热闹，酒是非喝不可的，没有酒就营造不出气氛，作弄不出势头。于是，便由老班长开始，轮流坐庄，尽管他感冒了，还是身先士卒，给我们带了个好头，一杯一杯地斟上了，一杯一杯地碰着喝下去了。有人喝得痛快，有人喝得勉强，有人喝得纠结，有人喝得为难。小时候，膀大腰圆的劳动委员德权，居然说了一大堆养生的理由，意思就是他滴酒不沾。话已至此，那就只能得过且过，饶恕他了。酒过三巡，大家就开始交头接耳，话匣子一下子打开了。一个个眉脸变得亮晶晶，有的情绪高涨，有的扬眉吐气，有的高喉咙大嗓门，而我肯定是脸红脖子粗，意气风发了。

但是，身边坐的小兰说她不喝，几个人不答应。记得她和她的妹妹小英是当时我们中学的体育健将，身体素质特好，善于长跑，每年的体育运动会上，表现都是响当当的，搞到最后冠亚军决赛，都是在她们姐妹之间进行，曾一度被传为佳话。记得当时有人这样说，她们家离学校远，姐妹俩早晚跑，练出了功夫。这个总结极有道理，就像当年我之所以能成为手榴弹投掷冠军，就是因为我经常站在沟边撇靶子，瞄着喜鹊窝，甩开膀子，有事没事，不停地打。总之，和她们姐妹一样，我也是练出了功夫。不过，她们是在上学的路上，我却是在玩耍捣蛋的时候。想起过去，小兰身体很结实，想起她上次喝酒的尽兴，我百般刁难，她推脱不过，还是很酣畅淋漓地喝下去了。

茶须静品，酒要热闹。喝着闹着，闹着喝着，我却想起了许多事情。渭北高原的永寿，要说离西安是很近很近的。一上高速，闭着眼打个盹儿就到了。但是，人海茫茫，红尘滚滚。为了生计问题，许多人走南闯北，行色匆匆。特别是眼下，在这个极其浪漫的日子里，在熙熙攘攘的西安城里，一下子却碰遇到这么多的乡党，这么亲切的发小，这么悠闲地聊天叙旧，飞说浪谝，海吹神聊，甚至抬杠扯淡，怪话连篇，确实不容易。也许是酒精发挥作用了，也许是平时生活压抑了，也许是工作太忙了，我有点儿无所顾忌，甚至可以说放肆。大家都说我喝高了，我说一桌人才喝了一瓶，真不多呢。他们却说，从来没有见过我能说出这样的话。

今年，我们这一帮同学年龄小的也有五十岁了。能熬到五十岁，也可以说风雨兼程，跌宕起伏，身经百战。在经历成长的岁月里，我深深地体会到一个人年龄与性格的关系、成长与性格的关系、环境与性格的关系。《三字经》里说"人之初，性本善"，这话绝对没错。但进了社会这个大染缸，人就变得越来越复杂，越来越世故，越来越圆滑，越来越市侩，甚至直到丢掉了起初的善良，起初的纯真，起初的老实，起初的憨厚。人生四十不惑，五十而知天命，风风雨雨到现在，应该说我们早已世事洞明，人情练达。我总觉得小学同学是发小，两小无猜，比初中同学之间的友谊纯真，初中同学比师范同学之间的友谊纯真，师范同学比大学同学之间的友谊纯真。原因是，随着周围环境的潜移默化，人也不断地发生变化。所以，我的观点是，人的一生从生到死，必须经历这样的过程：简单—复杂—简单。

也可以这么理解，少儿时的简单就是童言无忌，青壮年的复杂就是老谋深算，老来时的简单就是返璞归真。

想到这里，我忽然感到自己好像真的老了，到了无所顾忌的地步。这说明什么呢？说明自己把世事看透了，把斯文看淡了，把尊严看轻了；说明自己返老还童、返璞归真了。总而言之，我已经没有了过多的欲望，无欲则轻。说真的，那些怪话我只是在儿时无所顾忌地说过，稍稍懂事后，就一直矜持老成到现在。如今，年龄大了，我又回到了童言无忌的时候。反正这样最好，因为我喜欢本真地活着，喜欢简简单单地活着，喜欢坦坦荡荡地活着。

闲聊时，德权说到了月利的少年幸福后来坎坷。说到了俊喜的精明能干，一年四季，八方来财。大家纷纷唏嘘感叹，惊羡不已。人与人的命运，为什么竟然如此不同！拥军还说到了进省、大明和宁宁，进省原来比我高一级，他好像把锅盔馍放在北村的姑妈家，初二时我们同班，上学路上经常走一块儿。不料前几年，他却在一次工程事故中，奔赴九泉了。大明也是我初二的同班同学。他长得仪表堂堂，毛笔字写得特别潇洒，我们开学的作业本封皮，都是他写的名字。他那时确实是比较幸运的，让我们非常羡慕。初中毕业就接班了，在家乡的街道供销社上班。接着，就娶了一个漂亮的媳妇，老早结婚了，抱上了孩子。后来，却病逝于一种我从来没听过的怪病——红斑狼疮。宁宁，是我的小学和初中同学，初二时我们曾经同桌。记得静静的教室里，大家正在上自习，他忽然站在讲台上讲笑话，说怪话，惹得同学们哄堂大笑。他聪明透顶，也捣蛋至极。有一次，我来到桌前坐下去，谁知他悄悄挪走了板凳，把我晃了一个四脚朝天，仰躺在桌子下边。等我反应过来，他跑出了教室。第二回，他又如法炮制，把我晃得跌在地上，我怒发冲冠，索性抓起他桌上的一摞书，朝他抛了过去。上了初三，好像是一个星期六的傍晚，他见我和一个女同学坐在教室里学习，就跑出去偷偷把门锁住了，还趴在窗外大声高叫着："she and he!"对于他，我有些无可奈何，撵又撵不上，抓又抓不住，打又不敢打，实在气得我哭笑不得。再就是大约十年前，他到县城里买建材，我不期而然碰上了他，顺便搭上他拉材料的车回乡下，我们坐在车顶上畅聊了一路。后来，就听说他患上了肝病，已进入晚期，正在住院治疗，我便跟几个同学前去医院看望了他。不久，我还要来他的银行卡号，给他打了一千元钱，算是对他的一点儿帮助。过去念书那会儿，虽然他把我折腾美了，但我当时眼睛近视了，每次黑板上的考试题，他总是不厌其烦地念给我听。可惜，天不假年，病魔还是把他带走了。

一句话，人生不易，各人有各人的不易。能平平安安地活着，就是人生最大的幸运和幸福。想到小学初中同学杨红，她在我的印象中，性格豪爽，乐观豁达，经常连说带笑，女汉子味儿十足，始终是个风风火火的人。谁料，去年却因脑梗住院治疗，现在行动不便，听说见了同学就哭。来时我还曾想着，趁着到西安了，登门看望宽慰一下她。但忽然想到永寿人有计较，下午一般不看病人，就先放下了。晚上吃饭时，我的潜意识里，还一直念念不忘这件事，明天一定要去看望她。但惭愧的是，我第二天还是没有去成。

久别重逢，同学叙旧，很是亲切。尤其是像我这样喜欢念旧的人，太多愁善感的人，太重情重义的人。

晚饭后，厦门的一个网友发来消息，说爸爸曾给她安排了好几场饭局，逼她约会相亲，让她很难为情。七夕这天，又给她安排了一场相亲约会。实在没有办法，她就托词说单位让她出差，直接飞遵义的闺蜜家了。接着，她在朋友圈发了微信："有人问我七夕怎么过，我只能说请看下图。"只见图片上是一只狗，既像在给人打招呼，又像在给人摇尾乞怜："放过我们吧！！！不要再来虐狗了！！！"话说得简直太有个性了！

哇，这还真是个丰富多样的七夕！有人浪漫相会，有人逃之夭夭，更有我们这些六〇后，久别重逢，喝酒聊天，谈论人生，感叹人生的艰难不易。

10点多，我们回到了十八楼客房。站在窗前，我俯视着灯红酒绿的城市，禁不住仰天长啸："我有一壶酒，足以慰风尘。"

忽然，酒意醺醺而来，我似乎真的醉了。

重走六十里梁

那天清早，玉宇澄清，万里无云，太阳尚未冒花花的时候，我带着西安电视台的几位记者出发了。

记得在去年，电视台摄制组一行六七人就来到永寿，说他们台要策划拍摄一部"一带一路"大型电视专题片，希望得到我们的大力支持。我领着他们跟我们宣传部杨常委交换了意见。不久，我就按照杨常委的安排，给他们组织了一个座谈会，让他们深入了解永寿的历史文化和风土人情。今年槐花节那天，他们又慕名来永寿实地采访。

这次来永寿采访，主要是想沿着六十里梁走一走。

为什么呢？不是来过好几回了吗？

电视台的一位领导说，几十年前，他曾来过永寿，去过一回六十里梁，片子里怎么就没有看到呢？大概就为了这点念想，他带着摄制组亲自来寻访踪迹了。六十里梁上有条土路，宽倒不是很宽，比较平顺，不用翻沟，可以兜兜转转到达太峪沟，它是永寿过去通往彬县的一条官道。因为到民国时候，杨虎城的部队才发动群众在永平沟谷里修出了新的官道，也就是所谓的西兰公路。记得1985年，我去彬县师范上学，从永平乘车，在沟谷梁峁间穿来绕去，最快也得一个半小时。21世纪初，梁下的隧道开通了，钻过两个洞子，约莫半个多小时就到了。

我忽然明白了，他们这次来采访，就是要在丝绸之路沿线甚至遗址上，老老实实走一遭。

永寿的老县城所在地就是现在的永平镇，古城墙的遗址依然清晰可见。这里，秦时叫麻亭，元以后设麻亭驿。据史载，这块地方，自唐武德二年（619）至民国十九（1930）年，先后三次作为县治，历史近乎七百年。据坊间传说，1930年新来了一位县长，见这里地处群山沟壑，匪患极度猖獗，惶惶不可终日，便用马车载着案卷，抄小路迁回来到了监军镇香山寺，后建起了新的县府。

六十里梁，离我们永寿的老县城不远。老县城这一块，他们采访踏勘过好几次，该拍的都拍了，该采访的都采访了。于是，我们就直奔六十里梁。究竟怎么走呢？说心里话，我也真的弄不准。只记得自己三十四年前，愣头愣脑，糊里糊涂地从一片槐树林里，一瘸一拐地走了出来。我们的车，在山路上迂回曲折，两旁梁峁突兀，沟壑纵横。密密匝匝的槐树林，随着攒簇纠结的山势，波谷浪峰，绵延起伏。我目不转睛地看着窗外的槐树林，寻找着记忆中的那条土路。

突然，一条长满荒草的路，从树林里伸了出来。我惊喜地大声叫了起来。

"停！好像就是这里。"

"你们看，那里有茅草房。"

"从这里就可以到六十里梁上去。"

司机把车开了进去，路面坑坑洼洼，还有一摊积水。走了不多远，塄坎上倒下一棵树，横在了路中间。车没法原地掉头，只能一直向后倒回去。下了车，在路边高高的草丛里，我发现自己过去走过的一条小路，就带着几位采访老师攀缘着上去了。不料想，我们来到了一所农家院落。斑驳的黄土崖下，凿着几孔窑洞，院子里盖着几间茅草房，窄窄的院子边上，东一堆西一堆，摞着堆干柴。这时，就碰到一个小男孩，手里拿着饼干，仰着红扑扑的小脸，目不转睛地盯着我们看。他大概从来没有见过，竟然有从门前草洼里拼命往上爬的人。

再往前走，就在院子门口遇上了一个中年妇女。她似乎很吃惊，也很疑惑不解，用莫名其妙的眼神看着我们这些不速之客。为了消除她的误会，我连忙向她解释："我是永寿县宣传部的，这几位是西安电视台的记者，他们正在拍摄"一带一路"专题片，不知道六十里梁从哪儿走？"她笑着说："前面有路呢，这条路多年都不走了，草长得太高了，确实难走。""这个地方是永平镇的吧？""嗯，是的，叫五丰村。""现在有多少口人？""只剩下三家人了。你们一直往前走，就是六十里梁。"走出她的院子，转个弯儿，就是一条水泥路。路边有炕大一坨地，地里长着小烟，蓬蓬勃勃。一个有些驼背的老年妇女，正弯着腰在地里打着烟杈。我走上前，问她是永寿本土人吗？她说不是，她是河南人。她父辈带着家人逃难，在这里安了家。她有两个女儿，都嫁到山外去了，现在自己一个人生活。她年龄大了，手脚不方便，就种点小烟，换些零花钱。

离开她，我们踏上这条过去的官道。只见左一弯，右一转，一会儿紧贴这座山梁的东边过去了，一会儿又紧贴那道山梁的西边过去了，始终像一条细瘦而长长的蛇，蜿蜒在一个又一个山疙瘩之间。但是，高压线路却是从山梁上架过去的，两根高压杆，肩并肩，手拉手，并排列队，一组连着一组，延伸向远处。我们走一走，停一停，拍一拍，自由自在地欣赏着沿路的美景。在这条路上，不管站在哪里，都可以游目骋怀，远眺近观眼前波澜壮阔的群山。就这样，我们又徒步来到了慢坡村。一道土梁的西边，有一个现代农业示范园区，安着铁大门，门旁盖着三层小洋楼。在我的记忆中，山梁西边的土崖下，有一溜儿大大小小的土窑洞，曾居住着一些人家。当年，孤身路过时，曾突然扑出来一只肉嘟嘟的大白狗，吓得我心惊肉跳。我连忙蹲下去，捡起路上的土块，狗眨眼间后退了。谁知，我站起来向前走去，它又狂吠着扑了过来。我又蹲下去，佯装拾东西，这狗日的又倏地退回去了。如此反复多次，我终于一步步摆脱了这只癞皮狗的纠缠。有人说，屎儿硬，尻子松。这是狗的本性呢。想了想，的确是这样呢。

从这个园区门口走过，我们就踏上了一条荒草掩映甚至埋没的土路。刚走到两个山疙瘩之间，就有一只狗疯狂地大叫着向我们扑过来。接着，就见两个男人连声呵斥着，连忙从玉米地边的小路跑上来了。这两人一个是老头，七十多岁，鬓发秋霜，精神矍铄；另一个四十多岁，面目苍老，走路有点瘸。他们把狗吆喝着拦下去了。

我们一边吃着他们地里的西红柿和黄瓜，一边和他们攀谈了起来。

老头慢条斯理地说，他祖籍乾县，爷爷那辈儿逃难落脚了这里。眼前的这道梁上，只有两个村，前边那个是五丰村，这个是慢坡村，以前村里的人住得很零散，都分布在周围不同的山头上。村里的年轻人，要么嫁出去了，要么招赘出去了，要么迁出去了，要么出去打工了……现在，这两个村子加起来只剩下五六户人家。这道梁上的土地，前几年被一个公司流转走了，眼前的示范园内养着猪。如今，社会发展了，谋生的路子多了，他们就鼓励孩子们都出去混，奔自己的前程，奔自己的幸福去了。

最后，老人感慨万端地说，这道梁确实很长，没有三个多小时，根本走不出去。但去彬县，路比较平坦，用不着翻沟。在过去的年代里，那些南来北往贩牲口的、驮脚的，拉着马，推着车，都走这条道呢。可当下，村里几乎连人都没有了。

老人的表情里，似乎流露出了一种隐隐约约的伤感。我想到，他忧心忡忡的是：孩子们一个个都出去闯了，在外面落脚扎根了，他们这一代人的养老成了现实问题。

世事变迁，物换星移。应该说，六十里梁上的这条官道早已完成了自己的历史使命；这里的人们必将彻底走出荒山野岭。不信，你回头看看我们的永平镇，一个个集中居住点已经建起来了，一栋栋扶贫搬迁大楼已经建起来了。

山旮旯里的人们，终于要搬出去，过上幸福生活了呢！

人生第一步

一天夜里，西安电视台的一位朋友忽然问我，六十里梁，这个地方怎么走？能否带他们去实际走访一下？我知道，去年以来，他们正在拍摄"一带一路"大型专题片，已经来过永寿好几回。我细细思量了一下，就同意了他们的请求。

六十里梁，人们习惯上称为永寿梁。提到六十里梁，我就不由得感到非常亲切。因为这是一个让我没齿难忘的地方。记得三十四年前，也就是我十八岁的那一年，我曾独自一人，冒着酷暑，忍饥挨饿，在山梁上急急惶惶走过一回。那是我第一次离开家，第一次出远门，第一次忍饥挨饿，第一次翻山越岭，最终晚上 10 点半回到家里，脚肿得像面包，小腿肿得像柳棍，站都站不住了。所以，这人生之旅的第一步，就深深地烙在我的记忆中了。

那是 1985 年，我初中毕业考上了陕西省彬县师范学校。当时，由于家离县城远，不通班车，又不通电话，彬县师范学校来县上面试时，县教育局没有联系上我，后来就捎话通知我，阴历七月二十五日去彬县师范面试。

当时，我的家乡还没有通往其他地方的班车。打问来，打问去，只知道徒步到永平乡街道，也就是 312 国道上，再坐上一辆西安咸阳通往彬县的客车，便可以抵达。7 月 24 日，天下了一场大雨。第二天一大早天放晴，我步行两个多小时，来到了永平乡。在街边，我坐上了一辆通往彬县的客车，车站下车后又步行，找到彬县师范；走进校门后，先找到了比我高一级的乡党卢万社。午饭时，他领着我找到了负责面试的老师，那位老师让我在房子来回走了走，看了我的腿脚没问题，又通过轻声说话，测试了我的听力，然后就说结束了，一切都好了，可以走了。午饭是乡党在学校灶上给我买的，饭后他把我送到了车站。我说剩下的事不麻烦乡党了，让他赶紧回学校。我哪里知道，去售票窗口买票时，服务员却说，今天没有去永寿的车了。出门时，我身上只带了十元钱，在"红军不怕远征难"挎包里，仅仅装了几片圆坨坨锅盔。一听到服务员的话，我的瓜样就来了！我心急如焚，喃喃自语，不停地问着自己。人生地不熟，举目无亲，这可咋办呢？我焦急地徘徊在售票窗口前，忽然想到了一句俗话：活人还能让屎尿憋死不成？既然如此，那就一个字"走"，都十八岁的人了，堂堂一个男子汉，难道还怕这不成？

于是，我拍拍胸膛，义无反顾地走上了步行回家的路。由于不知道具体的路线，我就沿着大路走，边走边问。考虑到路程比较远，我紧紧张张，甚至始终小跑着，从彬县西街车站走到了东街，从东街沿着盘旋的公路爬上了塬面。一路汗流浃背，滴滴答答的汗水模糊了眼睛，两只衣袖和前襟都擦得湿透了。毒辣辣的太阳肆无忌惮地照着，嗓子眼里直冒火，我感觉自己体内的水分快耗干了。走到彬县十里铺时，看见路边一个农民摆着摊子卖西瓜，就忍不住走上前去，二毛五分钱称了一个西瓜，切开大口大口地吃完了。然后，马不停蹄，继续大踏步地赶自己的路。

穿过彬县太峪街道，我来到了通往永寿的山根下。站在一座石桥边上，我看见一条羊肠小路，弯弯曲曲地上山了。就忽然自作聪明，想着公路贴着山根斜着向上延伸过去了，眼前的这条小路绝对是捷径。望着眼前那突兀的山梁，望着一条麻绳似的小路，我经过再三犹豫，最终决定还是爬上去再说。天知道，这道山梁很高很高，我费尽九牛二虎之力，才爬了上去。站在山顶上向远处瞭望，我又一下子傻眼了。远处，沟壑纵横交错，群山连绵起伏，公路像蛇行蜿蜒，在遥远的天际消失了。那些络绎不绝的汽车，像一只只甲虫，蠕蠕而动。我忽然后悔极了，懊丧极了。我甚至一遍遍地骂着自己，怎么如此轻率，如此荒唐。看着天已过午，太阳已经打斜，我心里拔凉拔凉的，再也退不回去了，只能一鼓作气，快马加鞭往前赶了。

好在这莽莽苍苍的山梁上，始终有一条架子车宽的土路，一会儿上坡，一会儿下坡，一会儿左转，一会儿右转。一条高压线路上，一根根电杆高高地挺立着，随着山势迤逦曲折而去。一扭头，忽然看见路边的塄坎上，长着一棵酸桃树，果子黄熟了，摘一颗尝了尝，味浓多汁，酸甜酸甜的。正好带的馍也吃完了，就索性摘了满满一挎包，边走边吃。不知是路太长，还是自己真的太饿了，没走多久，我就吃完了挎包里的所有酸桃。火辣辣的太阳悬在头顶上，我觉得口干舌燥，浑身乏力，渴得要命。无可奈何，我便在路上颓然趴下来，吹去牛蹄窝里的羊粪豆，吹去车辙里的柴草棍儿，一阵咕咚咕咚地猛喝。喝饱了，又继续往前走。走着走着，我觉得这道山梁很长很长，一个山疙瘩连着一个山疙瘩，好不容易走过一个，眼前又冒出一个，接连不断，无穷无尽。渴得实在不行了，就又干脆趴下来，对着牛蹄窝或车辙里的水，就咕咚咕咚地喝起来。就这样，我一直咬牙坚持着。但走过一个山疙瘩，又是一个山疙瘩，路上连一个人也遇不到，连一个村子也看不见。我心里忐忑不安，万一草丛里跳出来一只狼，怎么办呢？我简直恐惧极了，也绝望极了。我拾起一根棍子，下意识地拿在手里。我在想，今天肯定走不出这波谷浪峰、连绵起伏的群山了。如果天快黑了，就一定要找个有人烟的村子，或者野户人家，先栖居下来。在这深山野地里，怎么才能找到有人烟的地方呢？凭生活经验，哪里有炊烟袅袅升起，哪里一定住着人家；哪里有鸡鸣犬吠，哪里就一定住着人家。

所以，一旦看到烟柱从山洼里缭绕着升起，一旦听到鸡鸣狗叫隐隐约约传来，我就觉得很亲切，一点儿也不害怕了。因为我离村子近了，也离人烟近了。

一路上，我跑得上气不接下气，心里像揣了兔子似的，突突突地跳着，除了害怕，就是肚子不停地咕咕叫，前胸贴到了后脊背上，口渴得实在难受，似乎喉咙眼里开始冒烟了，胸腔里要啵啵啵地起火了。渴得撑持不住了，就趴下来，吹去水坑里的草屑柴物，喝着水坑里的泥水。这情景，许多人也许永远不相信。可事实是，我确实被逼急了，饥渴难耐啊。最后，就走出了一片密密的槐树林，来到了一条柏油路上。忽然，我像泄了气的皮球，也像一桩粮食，倒在了柏油路边的细草里，困得几乎昏睡了过去。有风飒然而至，一阵哗啦啦的树叶响声惊醒了我。我睁开眼，急忙爬起来。吹去路边水洼里黑色的煤灰，吹去水面上漂着的一层蓝绿色的油污，就咕嘟嘟地饮了起来。

我站起来左右看了看，不由得欣喜若狂。因为这就是通往家乡的那条柏油路啊！日暮乡关何处是，槐树林里使人愁。我的家乡永太车村，终于越来越近了。眼看着夕阳快落窝了，自己的影子长长地落在地上，我硬是小跑起来。说真的，我害怕极了，唯恐自己走不出这荒山野岭，走不出这前不着村、后不着店的鬼地方。

一步一步，挨到槐山，我心里踏实多了。但看见日头已经落窝，槐树林现出庞大阴森的黑影，夜幕就要哗啦落下来，我拖着灌了铅似的双腿，龇牙咧嘴，艰难地向前挪着步子。虽然是下山路，毕竟离家还有十五里，我盼星星盼月亮一样，盼着快点儿回到家。

我饿极了，也困极了，浑身无力，腿死沉沉的，怎么也拖不动，脚板疼得踏不到地上。须臾间，天已经黑下来了，路上没一个人，想到狼这样的野物可能就要出洞了，我只能逃命似的，不顾一切地向前赶。走到高家村路口，路上出来了一个人，我们相互靠近辨认了一下，他是我们村里的权生，过去曾在公社的电影放映队工作，现在乡政府文化站上班，有时也串村子放个电影。夜幕里，我看见他推着自行车，就赶紧扑上前去主动搭讪，报了自己的名字。不料，他竟然知道我的名字，竖起大拇指夸奖我，说我考上师范学校，确实为家里人争了光，为自己争了一口气。说一句实在话，我真怕他扔下我一个人在夜晚的山路上，骑着车子扬长而去。不料，他连忙取下后座上的向日葵，递给我，然后让我坐在自行车的后座上。他真是一个好心人啊！在漫漫人生路上，在我又饥又饿、又困又乏的时候，他把我用自行车送到了家门口。

回到沟边的家里，爷爷奶奶已经关门睡下了。看见我又累又饿，浑身瘫软了，奶奶起来烧了开水，我泡了蒸馍，吃了一碗又一碗馍，也喝了一碗又一碗水。这一生，我还从来没吃过那么多，喝过那么多。第二天，我两条小腿肿得像柳棍，两只脚板肿得像面包，在炕上躺了三天，才慢慢地恢复过来。

提起这趟曲折的行程，爷爷豪迈地说，男子汉大丈夫，跌倒爬起来，啥事经不起呢？本来从太峪沟端向南，连翻两条沟就到家了。可我却糊里糊涂从六十里梁上爬上来。尽管走了不少冤枉路，但我迈出了人生坚实的第一步。看着爷爷战战巍巍地竖起大拇指，我忽然觉得自己好像成了我们家的英雄人物，心里涌动起一种掩饰不住的荣耀和自豪。

原来，人生就是跌倒再爬起来。我一定要勇往直前。

我在故乡盘旋

走出巷口，我来到了老村的大街上。儿子驱车五里外，去看外爷外婆了，我便踟蹰在街边等着他。

只见头顶的天空，像戴上了偌大的面罩，雾茫茫，灰蒙蒙的。天似穹庐，笼盖四野。向西望去，那高高的槐疙瘩山，早已迷失在雾霭里。不知不觉间，天上就飘起了浪漫的雪花。你看，它像玉屑，像梨花，像蝴蝶，像鹅毛，像柳絮，像精灵……一片两片三四片，五片六片七八片，千片万片无数片，最后竟乱纷纷地飞扬着，翩翩地旋转着，洋洋洒洒，铺天盖地，从渺渺天宫来到了烟火人间。

天降吉祥，雪满人间。有句谚语说："今冬麦盖三层被，来年枕着馒头睡。"我想，近来老天爷很不遂人愿，气候干燥干冷，越冬的麦苗急需一场大雪。雪花飘开了，我的父老兄弟们心里一定充满了丰收的期望。

儿时，在我的记忆里，似乎进入 10 月份，就开始纷纷扬扬飘雪花了。两三天过后，我们这个地平线下的小村子，一下子就被大雪囫囵吞枣似的淹没了。眼前，窑院中，村落里，到处玉树琼枝；远处，田野里，沟壑中，遍地粉妆玉砌。目光所及，只是个干干净净的白，一切都仿佛活在纯粹的童话世界里……

一转眼，就到了旧历年的大年，我们穿着过年的新衣裳，呼朋引伴，成群结队。有的举着鞭炮，有的拿着火柴、揣着鸡毛毽子，有的擎着风车车，在白皑皑的村子里，撒着欢儿疯跑着，玩得不亦乐乎。倘若来到了村中心的老槐树旁，就在白花花的池塘里滑冰，堆雪人，打雪仗。当然，最有趣的还是跟着邻居的水平哥，去村外的麦垛旁，扫开一块地，用脚踢出一个个小小的脚窝，里面撒上金灿灿的玉米粒儿，窝口斜插上几根麦秸，将用蜂蜡打磨得光光溜溜的细麻绳，一头绾个圆圆的环，靠着两根麦秸，另一头拴个钉子揳到地面上。就这样，下好了套子。

然后，我们就远远地离开，来到生产队饲养室门前，或者村口的杏树下，踢毽子，放鞭炮，玩风车车。不久，就从遥远的天际，密集飞来一群苍灰色的野鸽子，遮天蔽日，熙熙攘攘。它们在村庄上空，肆无忌惮地聒噪着，回翘着，寻觅着，最后像一轮轮弧圈坠落下来。忽然，聪明机警的水平哥，指挥我们大声呐喊着，一哄而上，远远地冲了过去。啊，水平哥他真是神了！只见每个小脚窝前的地面上，几乎都有一只野鸽子扑扇着翅膀，无用地挣扎着，在扑棱棱乱飞……

弹指一挥间，四十多年过去了。

老村像个十八岁的大姑娘，从头到脚发生了翻天覆地的变化。人们早已告别了祖祖辈辈的穴居土窑洞，从地平线下的坑洼里搬出来了。昔日的老村落不见了，时尚亮丽的新农村建成了。放眼望去，只见在平坦开阔处，一排排大瓦房整整齐齐，漂亮又气派。沟边的老窑洞被还田了，村中心的老池塘被填平了。在村子的白菜心心里，崭新的村委会盖起了，宽敞的活动广场建成了，一个个商业门店如雨后春笋般兴办起来了。可以想见的是，山外的春风吹进来了，吹遍了槐山脚下的每个犄角旮旯儿，故乡发生了一系列精彩的蝶变，到处呈现着热气腾腾的新气象，到处洋溢着蒸蒸日上的时代气息。

我感到很欣慰，槐山再也不是一道坎，故乡再也不是一个被遗忘的角落。

大雪纷纷扬扬，绵绵密密，越下越大了。故乡的街道很空旷，很寥落，几乎看不到人影。在街边候车时，听到身后的农家小院里传来了一阵放浪粗犷的笑声。回过头来看，这个院子坐南向北，是故乡街道里最平常最普通的一所院子，红砖墙，红屋瓦，正面的墙面上贴着白瓷砖，门房的过道安着红火火的大铁门，门房的窗子宽大亮堂，窗框由银光闪闪的铝合金做成，窗玻璃明晃晃的，可以照出人影来。

我跺着脚，拍打着，抖落一身雪花，走进了院子里东边的偏房。房里，土炕连着锅头，家具什物摆放有序，锅碗瓢盆被主人抹洗得明晃晃，亮晶晶的；炕洞口连接着一座红泥小火炉，炉子上放着一只茶缸，茶缸里咕嘟咕嘟地煮着茶，冒着一股腾腾的热气。屋子里很暖和，有三个人正东拉西扯着，连说带笑。见我进来，他们忙招呼我坐下来烤火。我定睛仔细打量了一下，老三坐在炉子跟前的杌子上，老景盘腿坐在炕上，小景坐在炕沿上。

这是老三的家，老三是他在兄弟中的排行。也不知啥原因，人人都习惯叫他"老三"，叫着叫着，日久天长，老三就成了他的名字，以致他的真名好些人几乎都叫不上来了。他比我大两三岁，实在是一个热心肠人。记得少年时候，他经常领着收购站的人，南塬一回，北塬一回，这个村一趟，那个村一趟，帮助公家物色统购猪，慢慢地经过实际锻炼和生活磨炼，他还当上了顶呱呱响当当的牲口经纪。后来，他还办了几年食堂，学会了杀猪。每年腊月杀年猪时，村里人大都请他出手，人红得简直跟红灯笼一样。再后来，车村中学雇请他给师生烧开水，他成了烧水工人，我们在一块儿待了好几年。现如今，他在街边盖起了房子，儿女都已成家，他也有了孙子，小日子过得非常滋润。

老景坐在热烘烘的土炕上。他是个木匠，能打棺材，手艺在方圆村里颇有名气。儿时，记得邻居的毛爷打棺材，老景当时还是个很年轻的小伙子，正当着学徒。我亲眼看见他，或者一声不响地埋头干活儿，或者吃力地用锯子锯着木头，或者用刨子狠劲地刨着木板，或者蹲在地上霍霍地磨着斧头，一遍又一遍地用大拇指试着斧头的锋刃。据大人们说，他的那个脖子上有个大疙瘩的师傅，非常厉害，如果一时不用心，不长眼色，就火冒三丈，脾气跟吃了火药似的，火暴得很。大概就因为这吧，这个师傅带徒弟不长久。但老景熬了日子熬月子，最终学成出师了。我清清楚楚地记得，爷爷的棺材就是请他来我家打出来的，人们都说他的手艺确实不错。可是，随着时代的发展，各种各样的木质家具大批量地生产，在市场上推销出来。木匠，这种千百年来的传统职业突然间就衰落了，式微了。目前，唯有打棺材这个活儿，在乡下还有一些市场。

小景，吊着腿坐在炕沿上。他年龄比我小得多，是我的一个女同学的弟弟，他不认识我，因为我们以前没有交集。

记得二十年前，垂柳依依的那个春天，我离开了自己的故乡；如今二十年后，大雪纷飞的这个日子里，我回到了故乡。因为是故乡人，我始终感觉眼前的这一切，是那么熟悉，那么亲切。眼前的他们毫无顾忌，有一搭没一搭地拉着呱儿，谝着闲传。他们知道我是回老家跟丧事的，就自然而然地说到了北村那一块，不到一周死了三个人，纷纷感叹说，今冬人脆得很呢。下来，他们又满怀憧憬地说到了银西高铁即将开通，三个小时就可以到达银川了，将来一定要出去，到外边的世界转一转，开开眼界，领略一下外头世界的精彩。接着，老景就说到了一个闹鬼的故事，说是有个老人死了老伴儿，不知什么原因，老伴儿的鬼魂，夜夜来到屋子里，纠缠他，折磨他，把门鼓捣得啪啪响，让他没法睡觉，不得安然。说是有天晚上，念书的孙女回来了，老伴儿大概怕吓着孙女吧，那天夜里竟安然无事。但孙女走了，老伴儿又来捣乱，搞得老人无可奈何。这时，他就想请个阴阳先生清清宅子，把亡人重新安置一下。老景说，他当时给出了一个主意，用五雷碗驱驱邪气。半夜三更，当房门又噼里啪啦响起来时，老人就毫不犹豫地抛出了五雷碗，门被砸得山响，碗碎成了渣，门从此安静下来了。

小时候，在乡下老家，一群孩子经常缠着大人讲鬼故事，我们常常被吓得夜里连门都不敢出。听着眼前这个现实生活中的鬼故事，我禁不住毛骨悚然，似乎一下子又回到了几十年前的童年岁月。

这时，儿子来电话了，我得走了。走出门外，只见一切都笼罩在白茫茫的雪幕中。

忽然，我不伦不类地想起了《诗经》里的一个句子：昔我往矣，杨柳依依；今我来思，雨雪霏霏。

寒衣节里的相思

一天夜里，我忽然梦到了两位已故多年的亲人。先是梦到了奶奶，接着又梦到了爹。

当时的情境是，我站在一个高墙大院里，院子空旷而寂寥，不会说话的奶奶，面黄肌瘦，好像大病初愈的样子。她站在我的对面，咿咿呀呀向我打着手势，似乎给我讲述着什么。忽然，墙外有人敲门，传来很响亮的声音。趋前一听，竟然是爹在喊话。奶奶一脸惊愕，显得很意外。我更是满腹狐疑，惊魂未定，爹不是已经过世多年了吗？他怎么又回来了呢？奶奶和我面面相觑，不知如何是好。便没给他应声，也没给他开门。无奈何，爹就从门前绕过去，渐渐走远了。不料想，一回头，却听见后院的门吱呀一声，爹悄悄地从后门进来了。我们大惊失色，原来他真的活过来了。只见他形容枯槁，面色苍老，疲惫不堪，一条腿瘸了，走路一瘸一拐，颤颤巍巍……

我恐惧极了，两股战战，大汗淋漓，须臾间就惊醒了。睁开眼一看，正是半夜三更，我睡在自家的床上。原来是一场与亲人不期邂逅的梦！在这场梦里，我既真真切切地见到了我的奶奶，还见到了极其颓唐极其苍老的爹。这时，我便不由自主地思量起来，爹四十四岁就过世了，下来是娘，死时四十九岁，爷爷下世时是八十三岁，奶奶下世时近乎八十岁。这些年里，虽然我也曾时时想起他们，但却几乎没有梦到过他们。眼下，奶奶和爹先后来到我的梦里，是想给我说些什么呢？

　　我把这个梦说给了妻子听，她说："一定是亲人手头紧了，没钱花了，没衣穿了，才托梦给你。十月一，送寒衣。赶紧置买些寒衣，送给他们吧。"掰指头一算，再过两天就是寒衣节了。于是，中午下班，我在路边摊上买了一卷烧纸和一摞冥币，准备晚上烧给去世的亲人们。

　　不料，跟着就接到堂弟在老家给我打来电话，说堂叔父殁了。我心头一惊，简直不敢相信自己的耳朵。一眨眼睛，堂叔父就俨然站在我的面前，音容笑貌，举手投足，难以忘怀。我感到非常痛心的是，他才刚刚进入花甲之年，远没有真正进入老年，就撒手西去了。可恨天不假年，老天爷真的有些残酷无情。有人说，人到中年，如牛负重。这几年，高铁从村子北沟钻洞子，他长年早出晚归，在工地上干些杂活儿。说到这个年龄段的人，拼命挣钱，养家糊口，小他八岁的我，不但深有体会，而且颇能理解其中的苦衷。也有人说，堂叔得脑梗已有好几年了，从不吃药，从不住院保养，一点也不爱惜自己的身体，对自己极不负责任。就这样，他还坚持天天打工，风里来，雨里去，拼命三郎似的。话说这天早上起来，他收拾着家具又要出去干活，忽然头疼得要命，腰都直不起来了。接着，人一下子就昏迷过去，赶紧送医院，说是脑出血，然后再转院，再做手术，之后再也没有醒过来。谁也没有想到，他竟然走得这么快，快得简直猝不及防，两个儿子和他连一句话都没有说上。因而，对于他的死，许多人都不敢相信。

　　堂叔父出身于清贫人家。他有两个弟弟，两个妹妹，在兄弟姐妹中，他属于老大，生在前，长在前，吃苦在前，从小受了不少磨难。二十岁出头，他就当上我们北村的小队长、小组长，大凡村上的集体活动，譬如修路、修地，诸如此类公益劳动，再譬如栽苹果树、种烤烟，增加群众家庭收入，他都是实实在在的领路人，辛辛苦苦的组织者。他带领着大伙儿一路踏踏实实走了过来，走进了飞速发展的新时代。后来，眼看着两个儿子慢慢长大了，生活压力越来越大，他就毅然离开村子，进城务工了。据说，他不怕脏、不怕累、不怕苦，干过清洁工、当过门卫，打理过一个什么公司院子的整个环境卫生。后来，为了增加收入，他又卖起了菜，做起了小本生意。

就这样，冬去春来，他默默坚持了好几年。有一年，他回到了老家。一口气盖起了两院庄子，新灿灿，明晃晃，让人们侧目咂舌。然后，他又急急火火张罗着两个儿子的婚事，给他们吹吹打打成了家。在我们乡下的村子，有一种很流行的说法：娶媳妇盖房，花钱没王。但是，这两件大事，他都一鼓作气做成了。正因为这样，有人说，他圆满地完成了自己的人生任务，他出色地完成了自己的人生目标，他绝对是一个尽职尽责的父亲。唯一让人非常遗憾的是，他却是个薄命之人，年龄不大，还没有来得及享受清福，就忽地远去了。

我总是不自觉地想，大概冥冥之中，堂叔是有些预感的吧。要不然，在今年的清明节里，他怎么就以家族中他们那一支里老大的身份，带领着兄弟侄子，刈去杂草，请来一个匠人，在老祖宗的墓冢前立起了石碑，刻上了孝子贤孙的名字。为什么要立碑子呢？也许就是要让他们的子孙后代，记住过去，记住根本，记住他是谁，他从哪里来吧。我想，任何一个家族的繁衍生息，都像一棵蓊郁森然的大树，有着枝枝杈杈，有着根根梢梢，后辈人一定要记下来。这就是所谓的不忘过去，方得始终。如此看来，堂叔也一定是个知大事明大理的人，因为他死前就已经悄悄地安排好了这些事情。

所以，他才无牵无挂地走了。走得如此决断，如此毫不犹豫，如此让人反应不过来。

阴历十月一日这天，儿子驾着车，我们回到了老家。只见家族里在西安咸阳打工的年轻人，一个又一个，都撂下手头的事情赶回来了。那些上了年纪的，聚在巷口拉着呱儿谝着闲传的父老乡亲们，看到年轻一代像熊熊的火焰，像雨后的泡桐，人丁如此兴旺，一个个乐得合不拢嘴。这些年轻人都是专门回来执事的，在大经理的调遣安排下，有的记情收礼，有的掌盘上菜，有的端馍上汤，有的招呼吃饭，有的接客送客……总之，千头万绪的事情，被料理得一板一眼，不乱分寸。

有人说，堂叔的丧事，回来执事的人是最多的，也是最全的。我觉得对他来说，这应该是最高的礼遇。因为在我的记忆里，自从他当上六队的队长以来，我们这个家族里的红白喜事，他总是当着经理或者大经理，起得早，去得迟。所有事情，大大小小，林林总总，里里外外，琐琐碎碎，全靠他跑断腿，磨破嘴，不遗余力地操心，一丝不苟地经管。尽管忙得团团转，忙得像鬼吹火，可他从无一句怨言。譬如眼前，这一伙伙年轻人，他们的结婚大喜事都是他一手操办的。在我们这个家族里，他的年龄不算很大，辈分却很高。年轻人大都是他的孙子辈，爷爷孙子好搭档，彼此之间说话，没大没小，嘻嘻哈哈，毫无顾忌，看似不上心，却没有干砸的。因为堂叔安排的事情，大伙很给面子，没有人敢怠慢，也没有人敢疏忽。

一句话，堂叔在家族中说话是很有分量的。大伙很尊重他，很维护他的权威。

十月一，送寒衣。每年农历十月初一，被称为寒衣节，又称为祭祖节，这个日子是我国传统的祭祀节日。明代对寒衣节曾有非常详细的记载："十月一日，纸肆裁纸五色，作男女衣，长尺有咫，曰寒衣，有疏印缄，识其姓字辈行，如寄书然。家家修具夜奠，呼而焚之其门，曰送寒衣。"

斯人远去，音容宛在。唯其如此，相思才会泛上我的心头。

一次手榴弹的荣耀

几天前,在初中同学的微信群里,我分享了自己为第二本散文集写的一篇后记,儿时的小伙伴云红阅读后,热情洋溢地给予了我很高评价。之后,他又忽然提起了一件往事,说我那年在车村中学的运动会上,把手榴弹都给东门外撂出去了。

他说得一点儿没错。那一次,手榴弹投掷比赛,我获得了冠军,一鸣惊人,可谓出尽了风头。

听到他这句话,我愣怔了一下,真感觉有些恍若隔世。毕竟已经几十年过去了。我仔细钩沉回忆了一下,那是1985年,我在家门口的车村中学读书,正上初中三年级。春季这一学期,面临着决定人生命运的中考,我日日做着鲤鱼跳龙门的梦想,自感身上压力山大。于是,便起早贪黑,一心扑在学习上,无论上学还是放学,来回路上都撒腿跑着。我心里非常清楚,参加学校春季田径运动会,运动员是要花工夫训练的,就一个项目都没有报。那些日子里,班里的同学在早读时间,都不断地强化自我训练,做着提高技能和成绩的努力。唯有我独自一人坐在教室里,书声琅琅。

一天早上,班主任张永忠老师把我叫到了他的办公室,问我为什么不参加运动会。我吞吞吐吐,说自己不行,没有适合自己的项目。哪知,张老师直截了当地说,同学们都反映你的手榴弹扔得好远,班里没人能胜过你。这时候,我才忽然想起几天前的体育课上,我和几个同学打篮球,玩得满身是汗。突然下课铃响了,我走出篮球场,顺手拾起地上的手榴弹用力一扔，就飞出了操场东墙外。几个正在练习这个项目的同学，看得目瞪口呆，感到非常吃惊。他们跑过去，把手榴弹捡回来，又让我扔了一回。可他们怎么用劲扔，都撂不过东墙。跟着，上课铃响了，我们都回到了教室。

张老师微笑着说，你把手榴弹往东门外撂出去了，应该是真的吧。看我点头承认。他便把我带到了操场上，让我现场投掷一下，自己亲眼看看。他还让几个同学跟我比试了一下，我每次都撂过东墙，其他同学没有一个人能撂过去。

然后，他高兴地说，差点儿把人才埋没了。就立即做出决定，让班长给我报了手榴弹、铅球、标枪三个投掷项目。

第二天早饭后，我刚踏进学校大门，就被站在体育老师办公室门前的杨植老师大声喊住了。

"军平，你过来一下。"

"听你张老师说，你手榴弹撂得远。"

"我就不信，我超不过你。"

"来，脱掉上衣，咱师生俩好好比试一下。"

杨老师虽然个子不高，但他的臂力在我们学校却是很有名气的。听一些同学说，他先前在渠子中学，还赤手空拳与一名歹徒搏斗过。我记得很清楚，当时他宿舍的墙壁上还悬挂着一副拉力器，他每天早上都坚持拉力训练。

正这样想着，一些老师和同学围了过来，准备观看我们的比试情况。只见杨老师脱掉外套，露出毛衣，活动着筋骨，抖擞起精神，助跑着、呐喊着投了出去。我感到有些尴尬，甚至有些难为情，因为我还穿着黑布老棉袄，里边没有内衣，脱了就只能赤膊上阵了。我硬着头皮，小跑了两步，就用尽全力投了出去。旁边有同学跑过去，捡回手榴弹，说我撂得远。杨老师有些不服气，又投掷了几次。结果还是一样，成绩没有超过我。这是我怎么也没有想到的。观看的同学们都哗哗哗鼓起了掌，给我投来了羡慕的目光。

　　说真的，我一下子被这么多人围观，心里像揣了兔子，扑腾扑腾地跳着。几天过后，在全校的田径运动会中，我的投掷成绩相当不错，手榴弹夺得了冠军，标枪夺得了亚军，铅球夺得了季军。当然，最难忘记的，还是我穿着黑布老棉袄投掷手榴弹的那个瞬间，被一位摄影老师抢拍下来，贴在了全校体育运动会剪影的墙报上，永远地定格在了我的记忆中。那些天里，我简直风光极了，也高兴极了，仿佛喝了蜜汁一样，径直甜到心坎里。因为投掷手榴弹，让许多同学认识了我，记住了我，也到处说起了我。记得那段时间，在放学或上学路上，我不认识的低年级同学，竟然都欣欣然趔趄摸过来，主动和我搭讪，聊起获得手榴弹冠军的故事，赞不绝口，羡慕不已。我的虚荣心一下子泉水似的，咕嘟咕嘟地直往上冒。

　　那一年，我确实非常幸运，一炮打响，考进了彬县师范学校，实现了我跳出农门的梦想。翌年春季，彬县师范学校也举行田径运动会，我很自信地报了手榴弹、铁饼、标枪三个比赛项目，最后手榴弹获得了亚军，铁饼和标枪获得了季军，也为班上拿到了名次。

　　后来，好像不久吧，手榴弹就完成了历史使命似的，被淘汰出了体育比赛项目。

　　曾记得，我第一次投掷手榴弹就夺得冠军，有好些同学觉得不可思议，就问我，手榴弹投掷得那么远，讲讲你的诀窍？难道是我的身体很强壮吗？好像不是。那究竟为什么呢？我思来想去，过了好久，才算琢磨明白了。原来真的是冰冻三尺，非一日之寒。绝对是过去生活中不自觉地练出来的，只是自己一直没有意识到而已。

　　我家住在沟边，门前的垴坎下，长着一棵高大的洋槐树，一年四季，树杈上老架着一个杂七杂八的树枝垒起来的喜鹊窝；沟边再往下的更远处，也有一棵洋槐树拔地而起，呈顶天立地之势，它高高的树杈上抱着一个喜鹊窝，常年在沟壑的风中摇摆着。童年时候，孩子们大都有猪嫌狗不爱的天性。那时，门前沟边的土坎上，堆着人们刨出来准备铺路的礓石。我时常纠集一群淘气透顶的小伙伴，说着、笑着、喊着，拾起那些礓石，瞄着树上的喜鹊窝，一鼓作气地砸，三番五次地砸，比试谁的靶子准。这下，喜鹊肯定就遭了厄运，它们惊恐万状，在周围的树梢上扑棱棱地起落着，在村庄上空嘎嘎嘎地聒噪着。我们连蹦带跳，乐不可支，简直无视它们的存在。就这样，半个月过去了。有一天早饭后，我们又发起了一番车轮战，喜鹊窝终于噼里啪啦散伙了，两只喜鹊在村子上空，狂躁不安，整整叫唤了多半天。

不久，我们这群小"土匪"又变本加厉，得寸进尺，盯上了更远处那棵树上的喜鹊窝。这棵树毕竟太高，也离我们太远，就是伙伴们用上吃奶的劲儿，射程还是不够，就很难打得上。记得好像仅有我和一两个伙伴，能够偶尔打得着。

哥哥比我大两岁，十三岁就失学，成了生产队里的小放羊娃。几乎每个周末，我都跟着他和老放羊倌们去放羊，在沟里到处跑。有时怕羊吃了庄稼，我就撵前撵后地去帮忙。如果羊确实跑得远了，我就拾起土石块，老远扔过去，阻拦它们。特别是放了寒暑假，我就干脆顶替哥哥去放羊，让他帮家里人干其他农活儿。

如此一来，我的臂力就从小被锻炼出来了。此后，当有人还问我怎么获得手榴弹投掷冠军的那事儿，我就滔滔不绝地讲起自己童年的这些趣事儿。

总之，现实世界根本就没有神话。

今天龙抬头

"二月二，龙抬头。"这是一句流传在中国民间的古谚语。还有："二月二，龙抬头，大家小户使耕牛。二月二，龙抬头，大仓满，小仓流。二月二，龙抬头，家家锅里爆豆豆。惊醒龙王早升腾，行云降雨保丰收。"

龙抬头，古时候称作青龙节。这个节日隐喻着东方这片古老神奇的土地，一元复始，万象更新，又一轮春耕秋收的劳作从此开启了。据说，就在这一天，天龙角星随着地平线冉冉升起，开始在泱泱大地上，油然兴云，沛然播雨，滋养良田，哺育万物，护佑着天地生灵乃至人间百姓繁衍生息，代代不已。

为什么要叫作龙抬头呢？民间流传着这样一个神话故事。

说是武则天废唐立周称帝，惹恼了玉皇大帝。玉皇大帝立即传谕四海龙王，三年内不得向人间降雨。有一天，司管天河的龙王听见民间哭声震天，就赶紧下凡巡游。龙王发现人世间饿殍遍野，尸骨累累，担心老百姓生路断绝，便自作主张，违抗玉帝的旨意，偷偷为人间普降了一次甘霖。玉帝得知，勃然大怒，就把龙王打下凡尘，压在一座大山下受罚，山上立碑："龙王降雨犯天规，当受人间千秋罪；要想重登灵霄阁，除非金豆开花时。"人们为了拯救龙王，到处找开花的金豆。到了次年农历二月初二，人们正在翻晒玉米种子时，想到这玉米就像金豆，炒一炒开了花不就是金豆开花吗？于是，家家户户爆玉米花，在院子里设案焚香，供上开了花的"金豆"。

龙王抬头一看，知道是百姓救它，便大声向玉帝喊道："金豆开花了，快放我出去！"玉帝一看，人间家家户户院里金豆花开放，只好下诏，召龙王回到天庭，继续给人间兴云布雨。从此，习惯成自然，每到二月初二这一天，民间就爆玉米花吃。

天上人间，融为一体，这是古人朴素的宇宙观。这个神话故事，来源于劳动人民的聪明和智慧。一方面，它反映了古代农业受天气制约的现实；另一方面，它又反映了劳动人民渴望风调雨顺、五谷丰登的美好愿望。

其实，据资料记载，"二月二，龙抬头"，与古代天文学对星辰运行的认识和农业节气有关。说是我国古代天文学家根据日月五星的运行轨迹，把天空划分为二十八星宿，即黄道带，以此来表示日月五星的运行和位置。二十八星宿可分为四个大区（四象或四神），东方苍龙（包括角、亢、氐、房、心、尾、箕七宿）；西方白虎（包括奎、娄、胃、昴、毕、觜、参七宿）；南方朱雀（包括井、鬼、柳、星、张、翼、轸七宿）；北方玄武（包括斗、牛、女、虚、危、室、壁七宿）。其中'角宿'就是龙角。在二月初二这一天，东方地平线上升起了龙角星，仿佛龙抬头。民间又传说，这一天，龙神会从睡眠中苏醒过来。因而，古人们就会在这个时候焚香祷告，祈求当年风调雨顺，五谷丰登。日升月落，斗转星移，历史上也便把这一天称为"龙头节""青龙节"。

我们中国人过大年，应该说从腊月初八就开始了，来年二月初二龙抬头之时，大概才算真正结束。对于老百姓而言，二月初二，是一年之中极其重要的一个节日，这天正逢苍龙登天之吉日良辰，民间故而俗称"龙抬头"。这天一般处在惊蛰之后，正值大地回春，万物复苏，农耕在即，一切都是新的开始，一切充满新的希望。

"二月二，龙抬头。"龙是什么？在哪抬头？有什么用意？我怎么看不见呢？童年时候，我总要喋喋不休，打破砂锅问到底。身边的大人没有一个能说出根到梢来。后来，随着年龄渐长，我才慢慢地认识到：龙是人类神话传说中掌管风雨的一位神灵。"龙抬头"，它不仅仅是一个重要的春耕农事节日，还是一个承载着深厚农耕文化内涵的特殊符号。所以，可以这么说，它是我国农业文明时代遗传下来的一块生生不息的胎记。

不信，请翻一翻农耕文化的历史。这个日子的确颇为庄严，颇为隆重，颇为沧桑，也颇有些仪式感。传说，最早的伏羲氏时代，"重农桑，务耕田"，每年二月初二，"皇娘送饭，御驾亲耕"。周武王时，每年二月初二还举行盛大仪式，号召文武百官都要亲耕。如此一来，这个节日就流传演绎下来好些民俗。"二月二，龙抬头。"这一天，大人孩子都抢着剃龙头，也叫剃"喜头"。特别是男孩子，都争先恐后地去理发，谓之"剪龙头"。好些人都说，在这一天，乘龙抬头之吉时理发，预示着这一年创业能从头开始、红运当头，也预示着这一年收成能风调雨顺、五谷丰登。凡此种种，诸如此类的寓意都体现了人们对来年生活的美好期盼。

记得童年时候，二月二这一天，我们那个沟边的小村子就很热闹。特别是二爷的窑院前，那里背风向阳，很温暖，村里的老少爷们儿最爱靠着土墙根晒暖暖。一吃罢早饭，想剃头的就三三两两凑过来了，瘦小的二婆便在大锅里烧上水，咕嘟咕嘟地煮着，待热气腾腾之时，就歇坐在门前的矮凳上，吧嗒吧嗒地抽着旱烟。二爷和几个剃头的人就忙碌起来了，他们在月牙形的磨刀石上，霍霍地磨起了剃头刀子；磨着磨着，就时不时地用刀子刮着胡子，试着刃口锋利不锋利。剃头常常分成两摊子，一摊子为大人剃头，一摊子为孩子们剃头。我们这些小孩子最执拗最难侍弄了，还没洗头，就开始哭天抢地地号开了。没有办法，只能被好几双大手牢牢地钳住。哭，还是照样地哭，杀猪一样地长号。剃完头，只见他们明晃晃亮晶晶的脑门儿上，留下歪歪斜斜的血印子……

为了图个吉利，那时候民间忌讳的事儿还是比较多的。

这一天，家家户户，女人们是不准做针线活儿的，据说是怕扎到龙眼；男人们也不准挑水，据说是这天晚上龙要出来活动，怕惊扰它，招致灾年；也不能盖房打夯，怕伤到龙头；更不能磨面，据说是怕磨面碾到龙头。俗话说"磨为虎，碾为龙"，有石磨的人家，这天都要将磨子上扇撑起，方便"龙抬头升天"。无怪乎，每年农历二月二，爷爷都要将家里的磨扇支起来。原来，这其中竟有这么特殊的用意，这么神秘的讲究。

反正，在我儿时的眼里，这一天非同寻常，大人们抱着极度的虔诚，蹑手蹑脚，战战兢兢，干啥都小心谨慎，马虎不得，唯恐惹恼了冥冥中的神灵。只有我们这些孩子才没天没地，没大没小，不想那么多。

我清清楚楚地记得，每年农历二月二，奶奶要用五色布剪出铜钱大的圆形小块，中间夹上谷草秸秆，一片片摞起来，用线缝在我的两个衣袖上，或者火车头帽子上，或者虎头鞋上，大家把它叫作"财贝贝"，说是它可驱灾辟邪，保人平安吉祥。不过，最能引起我们兴趣的是炒豆豆。每年农历二月二的早上，娘就从门前的土崖下挖来一筐白土，倒在捶布石上，用棒槌细细捣烂，筛在黑老鸹大铁锅里。我坐在灶前，将麦秸一把接一把地塞进灶膛，火烧火燎着锅底，等细面面白土烧热了，娘就舀一碗金灿灿的玉米粒倒进锅里，抓着玉米芯不停地搅着。不一会儿，玉米粒就在滚烫沸腾的细土里，噗噗噗地蹦了起来，一朵两朵三四朵，五朵六朵七八朵……简直就像一朵朵又灿烂又玲珑的白梅花！这时，娘赶紧把锅里的玉米花舀到筛子里，摇晃着身子筛起来。一股浓烈的土腥味伴着玉米香味扑鼻而来。

这就是所谓的神话传说中的金豆开花吧。

"金豆开花，龙王升天，兴云布雨，五谷丰登。"民以食为天，中国的普通老百姓千百年来一直这么期盼着。因为只有五谷丰登，才能民富国强。汉语中有"国家"一词，它向我们说明了什么呢？说明了家与国是息息相关的，是紧密联系在一起的。

二月初二正是惊蛰前后，百虫萌动，疾病易生。过去，人们常常引龙驱虫，保佑人畜平安，五谷丰登。一些人从自家门口用草木灰撒一条"龙"到河边，再用谷糠撒一条"龙"引到家，意为送走懒（青）龙、引来钱（黄）龙，保佑人财两旺。从临街大门外一直撒到厨房灶间，并绕水缸一圈，叫作"引钱龙"；将草木灰撒于门口，拦门辟灾；将草木灰撒于墙脚，呈现龙蛇状，招纳福祥，回避虫害。

今日，街道里车水马龙，熙熙攘攘。我向前走着走着，忽然发现，两旁的理发店生意火爆，里面坐满了等着理发的人。

哦。原来今天二月二，龙抬头。多么好的日子啊！谁不想招祥纳吉，讨个好彩头呢？我忽然想到，苍龙抬头升天了，春天已经悄悄地来了。

炫动的永寿广场

说起永寿县城中心广场，它的前世今生，相信许多人还是比较清楚的。

以前，那一块曾有个大土壕，垃圾成堆，污水横流，杂草丛生。周围有几家机关单位，它们与农户、居民户的土窑洞与土坯房，挨挨挤挤，杂乱无章地混居在一起。2002年4月底，我从乡下的学校调进县城，跳槽到了县政府办公室。接着，就有幸亲眼看见，也亲身经历了县上如火如荼的旧城拆迁改造工作。每个县级领导都分包了区域，每个单位都分包了拆迁户，拆迁会一场接着一场开，你方唱罢我登场，每个人都忙得走马灯似的。

记得我们单位包的是原西三村支部书记的家，黄启平县长带领政府办的同志们来到他的院子里，帮助他从屋顶上往下落瓦。我们将两根手腕粗的长铁管，并排靠在一起，斜斜地搭在房檐上，铁管下面堆上土。不容分说，几个年轻小伙就踊跃而敏捷地爬上了屋顶。他们揭起一片片小瓦，或者两个一摞，或者三个一摞，从下往上，一片压住一片，背靠着两根铁管，手一松，就哧溜滑下来，触到了下面的土堆上。院子里，我们站成一排，黄县长蹲在铁管前，不停地捡起滑下来的屋瓦，传给身边的人。然后你传给我，我传给他，最后一圈又一圈，在院子中间，摞成了一个碾盘大的圆堆。

村看村，户看户，群众看的是干部。就这样，县上整体拆迁工作进展非常顺利，该拆的拆了，该搬的搬了，该填的填了，终于整出了一大片地。在最南边，县上开发建成了商业步行街；在北边，紧挨步行街，开发建成了商业美食街；再往北，精心设计出了一个八卦形的大广场；广场周边空地，经过招商引资，建起了一幢幢崭新的商住楼。这样一来，人流、商流、资金流就跟着来了，县城中心南移了，广场成了永寿县最热闹的地方。

眨眼间，十多年过去了。去年，县上历时半年对中心广场进行修复改建，撤去所有围栏，建成了一个全新开放、时尚亮丽的广场，让永寿人民耳目一新。

在永寿县城，沸腾的夏夜，是从广场中心的喷泉这个序幕开始的。

广场中心竖立着三根别出心裁，富有特色的银白色立柱，明晃晃的，一根比一根高，好像几位亲兄热弟，肩并肩手拉手，精神抖擞地站在一起。在立柱的脚下，安装着喷泉。抬头看半空中，有几十种不同写法的"寿"字，或篆体，或隶书，或简单，或烦琐，一律呈喜庆的大红色，歪歪扭扭，参差错落，链接成一个巨大的圆圈。有人说，它极像小孩子脖子上的红项圈。不错，这个设计造型很精美，它集中凸现了永寿"寿"文化的历史内涵。

傍晚，大约7点半，广场就像大海起潮一样沸腾起来。人们扶老携幼，拖儿带女，从四面八方来到广场里散步休闲娱乐。好在我们的广场无比开阔，也无比豁亮。不同年龄段的人，都能在这里各得其所，找到属于自己的乐趣，肆无忌惮地嗨起来。

忽然，立柱下的喷泉就激情洋溢地喷射开了。

只见一柱柱水花冒出来，跃跃欲试着，哗哗升腾着，越升越高，端直射向高高的天空，到了最高点，竟蓦地散作迷离的水汽，淅沥沥洒落下来。远看，就像一位窈窕淑女，站在半空中翩翩起舞，尽情地挥洒着薄薄的白纱。这空灵剔透的白纱，升腾着，飘洒着，连绵不断，袅袅如烟，朦胧似雾，那么轻盈，那么凉薄，简直像细细的雨丝，也像柔柔的微风扑面而来。那种湿湿的冰凉凉、爽歪歪的感觉，让围观的人们惬意极了。当然，最快乐最开心的还是孩子们，他们无所顾忌，一头钻进水雾里，如癫如狂，连蹦带跳，大呼小叫，追逐着、嬉闹着。有的娃娃更淘气，故意站在水雾下，伸出手掌，仰起面孔，让细雨从天而降，把自己淋成水鸡娃，任凭大人怎么喊叫，都不闻不顾，拉也拉不回来。

广场南边有一棵大槐树，这树郁郁葱葱，遮天蔽日，颇像一把生机盎然的大绿伞。几乎每天下午，这树下就集结着一群秦腔自乐班里的人。这些人男男女女，大都六十岁以上，饱经岁月沧桑，鹤发童颜，焕发出生命的青春。他们当中，既有知识分子，也有普通老百姓；既有退休的干部职工，也有进城务工的农民。他们痴迷着秦腔这个能随时传递释放老陕人喜怒哀乐的传统剧种，共同的兴趣爱好，把他们聚拢到了一块儿。你看，几条长凳随便一摆，就锣锣鼓鼓，噼里啪啦，兴冲冲欣欣然开场了。有人跷起二郎腿，膝盖上架起了板胡，有人手里举起了圆盘样的铜锣，有人拍起了头盔样的铜钹，有人打着竹板，有人敲着小鼓……

一个农村模样的大嫂，大大方方地起身出场了，清唱就要开始了。不知什么时候，远处那些带着孙子闲逛或者接孙子放学回家的大叔大妈大哥大嫂们，早已围拢过来，个个表情庄重肃穆，急切地盼着开场。或许是一个手势，或许是相互间一个有效的眼神，震撼人心的开场音乐就响起来了。那位大嫂打躬作揖，自报家门，清唱的是《下河东》里赵匡胤被困后的一段。也许苦音腔最能代表秦腔特色，也许苦音腔是老陕人最喜爱的腔调，那些老年人都立即下意识地凑上前去。她那一字一顿的哭腔，一串又一串的哭诉，深沉哀婉，悲怆苍凉，表现出了赵匡胤极度无奈之情，可以说感心动耳，回肠荡气。围观的听众屏息静气，听得如痴如醉，进入了忘我的境地。这时，一个两岁左右的男孩，长得虎头虎脑，初生牛犊不怕虎似的径直走了过去，歪着脑袋，傻乎乎地盯着那位大嫂，不眨眼地看着，简直天真极了，也可爱极了。

跳广场舞似乎是更多女人们的乐事。最近这些年，早晚在广场锻炼，学跳广场舞的人是越来越多了。正因为如此，慢慢地，广场舞的种类也如百花盛开一样，越来越多了。在节奏上，有安静徐缓型的，有明快热烈型的，有开放劲爆型的……它们分别适合于不同年龄层次和不同情趣爱好的人。俗话说，物以类聚，人以群分。夜幕降临，广场四面的射灯刚一亮，跳广场舞的人就纷纷上场，进入到不同的圈子，不同的群落。忽然间，广场上就人影幢幢，炫动起来，热闹起来。有一天晚上，我曾经仔细数了一下，跳广场舞的有六七个自然群落，每个群落里好像都有几个领头的人。她们站在自己那个方阵的最前边，面对着眼前的音响，示范性地带领着身后的人们，按着乐曲的节奏，全神贯注，如痴如醉，忘乎所以地跳着，谁也影响不了或者说左右不了她们的情绪。虽说广场舞是女人的阵营，但也不乏一些另类男子汉，他们涉足其中，意气风发地跟着身边的众多女人们，伸胳膊迈腿，摇来晃去，载歌载舞，不亦乐乎。当然，也会偶尔碰到一些外地来卖艺的民间摇滚歌手，边唱边跳，又火辣，又劲爆，还现场直播着视频，里三层外三层，吸引来一大群围观的人。

我特别注意了一下，我们小县城跳交谊舞的人并不多。这是双人舞，极富观赏内涵和唯美艺术情调，可以充分考量一个人的胸襟和修养。所以，只有两个人情投意合，心无旁骛，默契配合，心领神会，才能跳出韵味，跳出风采，跳出优雅，跳出其中的精神。或许由于观念还比较落后，比较保守，甚至说思想比较封建，跳交谊舞的人就那么七八对，还有女同伴领着女同伴在跳，他们被一些人领着带着，翩翩起舞，时而款款前趋，时而浪漫旋转，尽可能玩着花样，向场外的观众毫无保留地表演着示范着。尤其是一位白发皤然的老者，他大约七十多岁，脚步轻捷，动作潇洒，前进后退，左旋右转，风度翩然，直让场外许多人看得眼花缭乱，啧啧称赞不已。他简直就是一位快乐无极的舞蹈王子！

其实，我也看到，场外观看跳交谊舞的人很多，有人明明会跳舞，却始终没有上场，我想大概是过不了心理关；有人的妻子，在场子内跟别人跳着舞，他却站在局外，究竟是酸酸地欣赏着呢，还是心里不放心，偷偷地注视着。我不揣冒昧地猜想，应该是兼而有之吧。如此看来，"男女授受不亲"的观念在大部分人心里还是根深蒂固。我们这个小县城里的人，许多还没有走出它的阴影。

再看看，那众多男人们，他们似乎有着沉闷的心思，低着脑袋，不声不响，只管沿着广场上的环形跑道，一圈又一圈地散着步。最有活力的当是那些青少年学生们，有大学生，有高中生，有初中生，甚至有高年级小学生，他们趁着疫情过后经济复苏的大好形势，趁着暑假假期，积极响应中央的号召，在广场里这儿一堆，那儿一堆，铺摆着电子、手工、玩具、食品等丰富多样的地摊小商品，使我们这个小县城的地摊经济，也像模像样地红火了起来。

还有那些年龄更小的孩子，他们则在广场里欢天喜地，尽情尽兴地玩耍着。特别抢眼的是，一些男孩子猴性十足，简直无法无天，双手按着滑板车，或者穿着饰有彩灯的滑冰鞋，在广场密匝匝的人群里，脚下像踩着风一样，狂奔疾驰，窜来窜去，毫无一点顾忌。

忽然，我想起了一个傍晚的航拍视频：永寿中心广场上，人影点点，密密麻麻；人头攒动，熙熙攘攘。百姓同乐，热闹非凡。

我不禁想到了一句话：炫动的永寿广场。好，就用这个作为这篇文字的题目吧。

尚园的老烧酒

我是一个地地道道的永寿人，吃喝拉撒睡在县城，已经有好几十个年头了。

以前，我曾知道尚丕儒，却不知道尚若，曾知道美井村，也多次去过美井村，在同学家里吃过饭睡过觉，忙天跟同学收过麦子，在老村的大场里看过电影，陪着同学的老父亲，喝过一盅盅烧酒，却不知道美井村竟然还有个叫尚园的地方。

所以，当听到尚园这个名字时，我还以为它就是一个什么荒草园子而已，别无其他。

后来，才听一位文友说，它是永寿已故剧作家尚若先生的故居，位于城南的美井村。记得当时我第一眼看见尚园时，就一下子被迷住了。因为在偌大的永寿县，城里乡下我四处跑得多了，还从来没见过这么大这么美这么有书香味儿的农家院落。不信，你们也去好好看一看，青砖碧瓦，朱门红枋，藤树翠蔓，蒙络摇曳，确实很别致，很吸引人。走进院子，上下左右，曲里拐弯全串遍了，才发现里面居然藏着披着尚园大戏台、尚园大舞台、家酒坊、旧磨坊、古石碾、家藏室等诸多一系列景致，它们肩并着肩，手拉着手，共同依偎着围绕着尚若先生的故居。

于是，就有乡绅赞不绝口："此乃永寿第一院。"

也有名士，津津乐道："此乃家文化传承地。"

更有一个个远远近近的好酒者，喜气洋洋，把酒临风：此乃"尚园老烧酒"。

说真的，这座很漂亮的院落，就在 312 国道西边。沿着一条平坦的水泥路走进美井村，百十米远近，朝右一拐，就到了尚园门口。原来，马路边并排坐落着三所院子，它们比邻相连着，互联又互通，才整体上构成了一个极有形式和内容的尚园。最南边的院子，安着朱红色的大铁门，进门两旁的墙壁上，悬挂着一嘟噜又一嘟噜的七彩大葫芦，有的绘着人物，有的绘着山水，有的绘着花鸟虫鱼……所有的葫芦画儿，五颜六色，栩栩如生，惟妙惟肖，各有特点，每一件都巧夺天工，可谓美轮美奂的艺术品。左手边的房子是农品馆，里面靠墙的货架上，摆放着尚园出产的所有土特产品。院子正面是一座三层小洋楼，院子天井并不大，四四方方的顶头上，平铺着厚厚的特质玻璃，形成尚园大舞台，时常有各种民间文艺节目在这个舞台上热热火火地演出，街坊邻里，方圆好几个村的人，都争相前来观看。实际上，这个南院就是尚园饭庄，每间房子都是过去年代流行的格子门，格子窗，它们整体上营造出过去岁月里古色古香的氛围。大大小小的包间里，白壁粉墙，窗明几净，墙壁上点缀着一幅幅名人字画，处处洋溢出馥郁芬芳的书香气息。

老板尚红文说，尚园农庄是被国家农业主管部门认定的家庭农场，他们的农品馆里日常经营的面粉、菜油、挂面、家酿酒等农产品，丰富多样，颇受都市来客的青睐。目前，尚园饭庄经过重新酝酿定位，努力挖掘整合地方菜肴品系，坚持把小菜做大，把小吃做精，力争让永寿系列美食反映地方文化特色。比如，把尚园的老烧酒，做成远近闻名的绿色品牌，再比如……听着他对他们家老烧酒如此钟情，我终于记住了如今的永寿县还有个"尚酒"的名号。

尚园的中院，有尚老先生纪念馆（书画工作室），还有他生前最爱的书房。平时，每当家里来了一大拨儿客人，倘赶上饭时光景，主人家十来岁的小姑娘就跑出来——永寿非遗项目监军战鼓最年轻的传承人，她花枝招展，落落大方地走过来，两手高高地挥舞起鼓槌，就咚咚咚地为来客现场表演起自己的绝技了。她的动作一点也不扭捏害羞，一点也不忸怩作态；相反，倒很冷静，很沉稳，让身边的人也铙钹动起来，咚咚咚，锵锵锵，咚咚锵锵咚咚锵，惹得大家掌声如潮也如雷，赞叹不已。

最北边的院子里，临街一间土房里，安着一合石磨子。记得我曾有点想不通，在永寿，磨子早过时了呢，许许多多都做了地砖，铺到了院子里，园子里，仅仅成了一个个地域文化的元素符号而已。

石磨子，那是过去自然经济的必然产物，更是小农家庭中一件很普通的农具，它在我们中国已经有了千百年的历史。虽说那个旧时代远去了，再也不复返了，但它却成了我们这一代人心中无法磨灭的记忆、雾蒙蒙的乡愁。如今，城里的芸芸众生，上了年龄的，听说过石磨子的人，也许还不算特别少。但亲眼见过磨面罗面的人，已经寥寥无几了。更不用说那些天真稚气的孩子们。所以，一拨儿又一拨儿的游客们带着孩子来了，都要兴高采烈地推着石磨子，小儿马似的嘚嘚嘚地跑上一阵，或者像老牛一样扑踏扑踏地走上几步，听着磨子霍霍地响着，看着磨碎的五谷杂粮末，从磨口簌簌地淌下来。再看旁边靠墙那儿，还放着一个先前的旧面柜，做得很精致，雕刻着虎爪，也雕刻着云纹或其他，保存得相当完好。这时，有人就来了勃勃兴致，索性把磨台上磨碎的粮食，用小簸箕端来倒在面罗里，手抓住把儿，喝醉了似的，摇头晃脑，咣当咣当地摇起来。一旦主人看见了，也许就会适时地说起关于面柜的谜语来："四四方方一座城，城里下雪城外晴；城内无人雷声大，城外只听咣当声。"快猜一猜，说的是啥东西呢？还有："天上雷隆隆，地上雪飘飘。"说的又是啥玩意儿呢？孩子们就交头接耳，或面面相觑，一下子瞪大了牛眼睛。忽然，就有聪明伶俐的孩子，心有灵犀一点通，"面柜！面柜！是面柜吗？"在一片欢笑声中，他们真实而又新鲜地体验到了一种从未有过的生活。

很明显，主人家摆这个旧磨坊，是为了让城里来的孩子们体验我们过去的生活，也让我们自己记得住乡愁。

20世纪60年代末期，我出生于乡下沟边的小村子。记得那个时候，沟边有个小涝池，池子边有棵老槐树，树旁有座老井坊，井坊对面土崖下的两孔土窑洞里，一孔安着石碾子，一孔安着石磨子，家家户户都来这里碾米舂粮食。这些大型物件都是大户人家的祖上传下来的。所以，那时候家里推磨子，都要提前几天向有磨子的人家去借，提前向队里的饲养员预借牲口，然后再向生产队长请假推磨子，或者套马，或者套骡子，或者套驴，当然也有个别套牛的。倘若牲口排不上，就只能人来推；倘若白天很忙，就夜里一回回地人来推。就这样，日子像一圈一圈推着磨子，一天一天地熬过来了。于是，有人兴冲冲地说，这里有最形象最生动的农耕文化教育课堂，是孩子们最感兴趣的地方。因而，城里人每次都带孩子来，要在这里推推磨，罗罗面，猜猜谜语，尝试着，琢磨着，谈笑着，盘桓着，逗留着，体验一番我们这里深厚的黄土文化和农耕文明。

离开老磨坊，我就又走进了老酒坊。来到这里，我不禁又想到，这磨坊肯定还有一个很重要的作用，就是为老酒坊酿酒磨小麦、磨玉米、磨高粱而设置的。因为尚园里的老烧酒是原汁原味原生态的，是在简易方便的手工作坊里，用最朴素最传统最经典的工艺酿造出来的。酒，"尚酒"，绝对是好酒，绝对是最纯正最接地气的粮食酒。

只见三间土木结构的房子里，地面没有硬化。靠墙摆着一溜儿大瓷缸，每个瓷缸都多半人高，里面装满酒糟，严严实实地捂着盖子，正在经历着漫长岁月的发酵。只闻空气里，弥散着一阵阵扑鼻的酒香。抬头看，一些过去年代里遗留下来的农具，譬如尖杈、土车等，被当作宝贝一样，整整齐齐地挂在墙面上，让年轻人大饱眼福，让像我这样年龄的大人，看到了童年生活的影子，看到了一种淡淡的亲亲的炊烟似的乡愁。我不禁喟然长叹：尚老板，尚红文，真是一个有头脑有思想的人呢。

酒坊门外的过道里，铺着一排排圆圆的磨扇，也铺着一块块青砖。忽然，我看到脚下一个圆坨坨水泥盖子，主人指着它说，下面是家里的酒窖，里面现窖藏着十多缸正儿八经的纯粮食酒呢。我见过他家向外销售的酒，有规范统一的包装，也注册了商标，是装在又黑又亮的小瓷坛里。外观上看，圆圆的肚子，小小的口儿，像个水壶，很玲珑，也很精致。心里正这样想着，我们就跟着他来到了烧酒的蒸炉前，听见了噗噗喷发的声音，闻到了<u>丝丝缕缕</u>的酒香，恍惚间好像有些醉了。主人滔滔不绝地说，这是酒业的蒸馏器，发酵的酒糟连续不断地蒸煮，就像蒸馏水一样，先汽化，再雾化，又落下来，才变成琼浆玉液，变成美酒。眼看着好酒一点一滴，滴到桶里了，他赶紧给我们每个人舀了一黑瓷碗，让我们品鉴。哇！绝了！烧酒有点辣，从喉咙眼下去，回味悠长，舒服极了，也惬意极了。

我忽然想说，这还是我首次喝到的甘露一样的好酒呢！看看，天似穹庐，笼盖四野，它难道不是一个囫囵的天体系统？它多像我们这蒸酒的小小的土炉。

接着，我就看到了介绍美井尚园家酿酒的故事：

话说唐朝以来，监军镇商贾云集，贸易繁盛。有志云：李世民被征途中，坐骑数日不饮。至监军镇，见百姓列队数里取水于一井，异，令人汲水饮马，马一饮而饱。李世民捧水饮之赞曰：美哉此井。从此，以美井之水酿酒烧坊摩肩接踵，监军镇酒业大兴。翌年，李世民凯旋，闻香驻足。把酒洗征尘，目睹监军镇客栈鳞次，酒肆栉比，骡马贸易及制酒业之盛况大悦。敕令监军镇为皇家战马采供地，钦定美井烧为皇家军供。

说是明朝以来，众多烧坊为争夺美井之水而不惜以刃相见，致天怒人怨，美井呼啸作声，人谓井中生妖，警告官府。官府情急，命人以石镇之，美井匿迹，烧坊不再。

美井村尚氏一族，清康熙朝自长武徙来监军镇，以骡马交易"长袖袖"（经纪人）而有名望。尚家为人热情好客，谦和诚信，深得商家信赖，朋友遍及陕、甘、宁、青。为方便客商至监军镇交易，尚家在其居住的窑洞大院附设客栈、饭堂，免费为客商提供食宿，并常买酒与客人共饮。久之，空酒缸堆积如山。有长武尚姓同宗马贩见缸大喜，他窑中凿窑，用自家祖传酿酒术为尚家烧酒，一举成功。尚家为之所动，令家人勘址打井，美井再现，监军镇复有烧坊，但出酒有限，仅够馈赠及家用。清末，由于战乱饥馑，粮食奇缺，烧坊就彻底停业歇火了。

但尚园家酒却始于五年前，因时有西安籍文化名士至永寿观光，宴前有人欲饮永寿酒。实在很遗憾，永寿酒早已销声匿迹了。事后，就有人撺掇尚园发掘先祖酿酒术，搞个作坊来烧酒，经遍访家族老人，外出取经学艺，失传多年的土法酿酒之术，终于被尚园推陈出新复活再世了。到了翌年春天，美井村尚园以玉米、高粱、小麦为原料自产的首批五十五度酱香型纯粮原浆酒酿成了。街坊邻里及好酒者纷纷给予好评：古法天锅工艺生产，纯粮酿造，酒香真实，入口平淡，越喝越香，鲜见上头。还有人竟然写了一首歌谣来赞颂它："尚园农庄五谷香，古法天锅酿玉浆。但使故乡能醉客，纯粮军酒美井坊。"

这时，我才彻底弄明白，尚园家酒真的有源头活水呢，水是美井水，原料是五谷粮。其古韵悠长，余味无穷；知味者停车，闻香者下马。

进了后院，我们来到了尚园的菜园里。一进园，只见搭着一个门洞似的葫芦架，架上摇着片片叶子，挂着一个又一个白葫芦。它的周围，蓬蓬勃勃，时令新鲜蔬菜很多，绿汪汪的大葱，红艳艳的西红柿，茄子、西葫芦；绿豇豆……长得又繁茂又泼辣，给人一种争先恐后、生机勃发的景象。在菜园南边，一个无比庞大的铁围栏里，还开辟出了一个养殖场，鸡鸭鹅们慢悠悠地蹒跚着，摇摆着；还养着肥硕的大黑猪，它们用嘴在地上一拱一拱，弄得满地坑坑洼洼。

老板尚红文说，尚园饭庄百分之九十的菜来源于这里，都是绿色、无公害、原生态的有机食物。"尚酒"，老烧酒，都是纯粮食家酿的。

有人说："酒香不怕巷子深。"来客们纷纷点头称是。

美井村的尚老先生

尚丕儒这个人，大名鼎鼎，如雷贯耳，早就听人说起过。只是一直不知道，他又名尚若、尚若愚。后多方了解打听，才知道他在陕西省戏剧界，是一个颇有建树也颇有名望的文化人。

曾记得 2002 年，我刚从乡下进城不久，就在一些不同的场合，多次听人念念不忘地提到他。说他家在永寿县城美井村，生前曾做过中共地下党员，做过文工团团长，做过戏曲编辑，也创作过、改编过剧本，是一位永寿本土响当当、呱呱叫的文化名人。

有一回，咸阳市来了一批文化人下乡，他们提出要去尚老的家里看看，我就相跟着去了。那是第一次走进尚园，当时我感到非常吃惊，因为我从来没有想到过，区区永寿县竟然还有书香气息如此浓厚的家庭。尚园的一所小院门口，悬挂着一副精妙绝伦的对联："青山不墨千秋画，流水无弦万古琴。"走进院子，扑入眼帘的是若愚祠堂，两旁又挂着一副意味深长的对联："俯仰无愧天地，褒贬自有春秋。"在庭院南北两边，还对称地列侍着两个秦俑士兵，他们身穿黑灰色的铠甲，气宇轩昂，表情肃穆，仪态庄重，英气逼人。我下意识地用手摸了摸，用指头弹了弹，里面空心，原来这些雕像是仿制品。左手边有一座小巧玲珑的假山，山上怪石嶙峋，青苔斑驳，流水淙淙，淅沥而下。水池里养着睡莲，叶子圆圆的，像一个个玉盘，青莹莹的。有只碗口大的乌龟，静悄悄地潜伏池底，一动不动。两条深黑色的鲇鱼，一尺有余，水灵而活泼，摇着头须，摆着尾巴，优游于清凌凌的水中，偶尔还会冒个泡泡，弄个水花。水池旁边，长着一丛纤弱的修竹，清风徐来，婆娑摇曳，极像凤尾森森而动。

进门右手边有三间平房，是尚若纪念馆，从最里面的门进去，先是一间大的会客厅，靠墙摆着沙发，墙上挂着名人字画。从侧门进去，是两间书画室，房子中间摆着长长的书案画案，四面墙壁上挂满了书画名流的墨宝，一股芬芳馥郁的书香气息，充盈弥漫着屋宇。看房间正中的墙面上，最引人注目的还是尚老先生一帧放大的照片，两旁悬挂着永寿书法家王文斌、王鹰题写的对联：执教报国先驱风范，编剧化民大家手笔。这副对联不知是谁拟的，也不知是不是当时的挽联，我个人觉得是盖棺论定之语，是对尚老先生一生最真实的画像，最经典的写照。在屋子的犄角我们还发现了尚老先生生前整理修订的尚氏家谱。多半人高的木架子上，安着一个硕大的圆圆的转盘，几乎和碾盘一样大，上面手绘着一圈又一圈同心圆，从内向外等分出若干扇形，在这些分出的扇形里，又分出了若干大小不等的扇形，里面一层一层条分缕析，用优美的蝇头小楷，清晰地记录着每个家庭子孙后代的繁衍生息情况。可能是许多人和我一样，从来没有见过家谱，更没有见过这样的家谱，大家显得都很兴奋，仿佛发现了藏宝图似的，聚精会神地辨识着，饶有兴味地议论着。

有道是：耳听为虚，眼见为实。我隐隐约约地感觉到，尚老先生真是一个了不起的人。

下来，我们就走进了尚老生前的书房。虽说用汗牛充栋来形容他的书房明显有些夸张，但三面墙确实都靠着高高的书架，书架上都整整齐齐地码着各种各样的书籍。最抢眼最吸引我的还是那些大部头书，比如《辞海》《辞源》《康熙字典》，再比如一本又一本一整套的《二十四史》《二十五史》，还有一些古籍线装书，一些珍贵的孤本残本。徜徉在尚老的书房里，随手翻看着他的藏书，我忽然意识到，尚老先生绝对是一个饱读诗书、学识渊博的文化人。

第二次走进尚园，缘于文友史喜成。一个星期天中午，史喜成开车拉着我，我们一同拜访了永寿书画家安君康先生，蹭了他的午饭和家藏美酒。后，喜成说，自己的饭店因修路这几天歇业，尚园的大厨家里有事，尚园的老板请他过去帮几天忙，让我们跟着他去。就这样，我第二次走进了尚园，第一次认识了尚园的老板、尚若先生的儿子尚红文先生。喜成和红文他们俩，为人实诚，很豪爽，很义气。晚饭时候，自然是美味佳肴又摆满了桌子，我们大碗吃肉，大口喝酒，海阔天空地神聊了一回。

第三次走进尚园，则是跟着永寿本土作家豆冷伯老师去的。以前，他在县文化馆时，文学创作搞得风生水起，轰轰烈烈。作为一名赤诚的文学青年，我曾斗胆拜访过他几回，亲自聆听过他的教诲，接受过他的悉心指导。后来，他接手市级报纸《西部风》的主编，我曾试探着投了几篇稿子，竟然发了出来，颇受鼓舞。慢慢地，天长日久，我们就成了忘年交。尚园的老板尚红文请他吃饭，豆冷伯老师给我打电话，让我跟着他去。那一次，我们没有喝酒，饭吃得温文尔雅，和风细雨。尚红文娓娓而谈，他坦诚地向我们表露了自己经营尚园农家乐的初衷，是想借着挖掘永寿饮食文化特色，融入优秀的家族文化传统，把父亲留下来的文化遗存和内在精神品质，一代一代地传承下去，滋养后来人。

有一句俗话这么说，穷不离猪，富不离书。我个人觉得，尚红文这一点，颇有儒家后人书香世家的绵绵余风。他曾胸有成竹地说，老父亲生前为了党的革命事业，赴汤蹈火，在所不辞，为他们后世留下了极其宝贵的精神财富。他就是想，依托尚园农家乐平台，一边做生意谋划眼前幸福日子，一边把老父亲的文化遗存和精神品质总结提炼推广，传扬开来，传承下去。

就这样，去了几回。一来二去，如此三番，渐渐地，我和尚园的老板也混得熟了，成为好朋友。我经常从他的微信朋友圈里看到，有民间文化人士或采风团，去尚园采风学习，有的还慷慨地留下了酣畅淋漓的笔墨。

人们都说，有再一再二，没有再三再四。可我却在那个周日上午，第四次来到了尚园。去的时候，他们院子大门敞开着，里面静悄悄的。我惊喜地看到，他家的爬山虎长得极其疯狂，一面墙又一面墙的，郁郁葱葱，罩住了墙头，爬上了楼梯，蒙络摇曳着，纠结缠绕着，像一片熊熊燃烧的绿色的火焰，其铺天盖地的势头，实在有些不可一世。我从中院悄悄走了进去，扶住楼梯上了南院二楼，走进每个包间，仔仔细细地巡视着，饶有兴味地欣赏着。无意间，我瞥见了永寿本土书法家耿仕鹏的几幅书法条屏作品，又端庄又厚重，便驻足玩赏起来，久久不忍离去。接着，我终于找到了南院顶上的那个"尚园大舞台"，台子是特殊玻璃做成的，整个覆盖在院子上空，南北两边的房顶，正好做了开阔的看台，摆着精致的圆桌，桌上罩着凉亭。说真的，在这里，完全可以坐下来，慢下来，边吃边看，边饮边看，边聊边看。因为在尚红文的朋友圈里，我时不时地看见有一些秦腔曲艺爱好者，在这个大舞台上，表演着他老父亲改编的《玉堂春》，以及其他一些秦腔曲艺节目。

来客终于到齐了，全围坐在南院一楼的大包间里。看到桌后的横幅，我才恍然大悟，原来是乾县范紫东研究会、永寿文艺界同人及生前好友纪念剧作家尚若先生100周年诞辰座谈会。据详细介绍，今天从乾县来的客人，大都是范紫东研究会的会员，还有一些书画家。为什么呢？因为尚老是范紫东的学生。就凭这层关系，他们受邀来到永寿参加这次纪念活动。座谈会上，尚红文对老父亲的生平进行了简介，作家豆冷伯谈了自己当时作为文学青年与尚老之间终生难忘的一面之缘，正在写《尚若传》的董仲虎（尚若老战友的儿子），现场讲了尚老几个地下斗争的真实故事，范紫东研究会的人也分别发了言，多角度肯定评价了尚老光明磊落的一生，共同表达了对尚老先生无限深切的怀念之情。

在座谈会上，我仔细阅读了2001年陕西省戏曲研究院给尚老先生做出的生平简介和生平记略，简要抄录如下：

尚若，又名尚丕儒、尚若愚，1938年入党，1940年和1943年两次被捕入狱；曾任彬县分区文工团团长，宝鸡地区文工团团长；1953年调入省戏曲修审委员会任秘书、编辑组长，1958年被打成右派，1980年平反，就职于陕西省振兴秦腔委员会。2001年辞世，享年八十二岁。生前系省艺术研究所干部，国家二级编剧，省戏剧家协会会员。他一生创作、移植、改编《光复台湾》《两兄弟》《玉堂春》等剧作三十余部，留下了宝贵的精神财富和丰富的文化遗产。

到这时，我才忽然一下子真正读懂了这位老前辈，觉得他的形象在我心目中陡然高大起来，更加清晰起来：

他的一生，是坎坷曲折的一生；他的一生，是追求进步的一生；他的一生，是富有成就的一生；他的一生，是光明磊落的一生；他的一生，是大公无私的一生。他的人格魅力，使我们在座的每个人心生敬意。

不妨再看一下，尚老的儿子尚红文是怎么咏叹自己的老父亲的：

"不听家劝，荒学从共愚；大刑加身，死不招供愚；接受工作，弃轻从重愚；坚持真理，宁折不弯愚；遇有名利，拱手同志愚；危在旦夕，为国惜财愚。"

的确，愚之为党，愚之为民。似愚不愚，谁还能说这是愚呢？大概若愚堂这个斋名，就是从此而来的。

应该说，这就是尚老留给后世儿孙做人做事的法宝，也算得上一种宝贵的精神财富吧。

斯人已去，尚老千古。

人生就希图个圆满

——散文集《生命之羽》后记

有一天，去乡下行情，遇到一位从前狗皮袜子没反正的朋友，我们坐车同行。回到县城后午饭已过，我们便一块儿走进了羊肉泡馍馆。

聊天时，这位心直口快的老兄，竟然毫不留情地把我戏谑了一顿。他用揶揄的口气说："不是老哥打击你，现在我给你画个像，你早已把自己看透了，所以才拿起笔写开了书。不过，我个人认为，这还真是你的长项呢。男怕入错行，女怕嫁错郎。前些年，你放着阳关道不走，偏要走这独木桥。你究竟有那气质呢？还是有那本事呢？为什么一开始，不选择写作呢？"我一下子被他说得哑口无言，一句话也说不出来。记得好像2013年，一位忘年交老前辈，也曾谆谆告诫过我，说我这样的人不适合干行政，还是抽空好好写些东西，这样的结果最好。

眼前，这位老兄硬逼着问我是不是这样。我是个死爱面子的人，面对着在场的人，没有点头承认，但内心还是很佩服他的。因为他虽然是一个大老粗，但绝对心明眼亮，他像神医一样号准了我的脉搏，戳到了我的痛处。

我禁不住心里感叹，知我者，懂我者，还是这位老兄也。他简直成了我肚子里的蛔虫！其实，我何尝不懂自己，何尝不懂人情世故，何尝不懂这个大千世界。我深深地知道，任何人都生活在一定的社会圈子里，每个圈子都有它的潜规则，倘若不懂规矩，那是绝对不行的。可我自己是一个太正直太老实的人，别人能做出来的事，我不一定能做得出来。因为每个人的命运并非都是掌握在自己手中，人生之路岂能全部由得了自己？！这也许就是人生固有的尴尬，固有的无奈。在我们现实生活中，每个人可能都一厢情愿地设计着自己、计划着自己、安排着自己，但同时也无可奈何地被命运摆布着，极其可怜地被命运左右着。

这就是生活，就是铁青的现实！就是残酷的人生！我想，只要是肉体凡胎，谁也别想做一个无忧无虑、无挂无碍的人！逃避是绝对不可能的，承受也往往是被动的。

人生之途迢迢，文学之路漫漫。人间正道是沧桑。记得1988年，我刚从陕西省彬县师范毕业，带着三年省吃俭用买下的几百本文学书籍，带着坚持写下的几十万字日记，来到了永太乡车村中心校（本村）教书，每月工资八十一元。我记得很清楚，在全县毕业生分配大会上，教育局说我们的粮户关系，来了后就会及时送到大家手里，请大家一定放心去上班。那时的车村小学，有好些曾给我带过课的老师。我被学校安排带一年级语文，兼班主任。不料，才发文分配了两周时间，他们又让我去二里外的一所小学暂时替人代课一周，过了一个多月后，又发文正式调我去那里。我一下子傻了眼，那是只有一个老师的简易学校，一个复式班，三个年级，七个学生。难道红头文件就这么不严肃吗？说得不好听一点，三天没到黑，就变卦了，究竟为什么呢？这是谁在后面捣鬼呢？后来，据一个精通时事的人说，怪就怪在我自己太年轻，不懂社会，不懂人情世故，不会拉二胡，不会上下打点。这件事彻底激怒了我，忍不住找有关领导理论，他气得暴跳如雷，说我八字还没一撇呢，还想弄啥？我那时年轻气盛，得理不饶人，他自知理亏，最后灰溜溜地瘪下去了。

然而，让我意想不到的事情发生了，我的粮户关系从第一学期，等到第二学期快结束了，还没有一点消息。我急坏了，东奔西跑，四处打听，我的同学们都领到手了。问教育局，他们说早都给我们捎下去了。捎给谁了？肯定是经常到教育局开会的人，具体是谁记不清了。乡上能和教育局打上交道的人，我都一一问遍了，都说没有。就这样，我一个师范毕业生的粮户关系，就在光天化日之下丢了。没奈何，我只能背着一大布兜红延安烟前去补办，找学校开具证明，找乡政府、教育局签字盖章，然后去彬县师范学校，去彬县公安局，再去他们的城关派出所。回到永寿后，先找永平派出所，几分钟工夫就办妥了。这是补办粮户关系一路走来，最顺利最让我感动的一次。去槐山粮站时，他们说要先找县粮食局，我费尽九牛二虎之力，三番五次去找，没有任何结果，我流下了无助的泪水，几乎绝望了，崩溃了。好在遇上一个人，很同情我，及时指点了我，说就找粮站，给他们带上东西。说来也真奇怪，我买了一条烟、一瓶罐头，终于打通了最后一关。当想着自己毕业两年后，才拿到了商品户口，吃到了属于自己的商品粮时，悲从中来，涕泪滂沱。为什么呢？因为家里春秋季，粮食短缺，吃饭打断顿，我跟着去槐山粮站，给家里买过玉米、高粱等返销粮，自己的那份商品粮谁拿去吃了呢？

这就是我的人生第一课。我认识了形形色色的人，见识了各种各样的嘴脸，初步看到了这个社会不健康的灰色的一面。也第一次发现，香烟是世俗社会人际关系的润滑剂。从此，我开始学会了抽烟。因为我知道，只有这样，才能进入这个社会，适应这个社会，不至于成为愣头青，被社会无情淘汰。

水往低处流，人往更高处走，此乃人之常情。为了充分实现自己的人生价值，两年后我考上电大，读了汉语言文学专业，相继购买了许多书，也课外阅读了许多书。毕业后，我回到了车村中学任教。这个时候，我一边教书，一边读书，悄悄地开始了业余写作。先是尝试着写了几个短篇小说，接着就写了《冬逝》《回头无岸》。还有一篇"麻将人生"，写到半路撂下了，仅仅是个半成品。原因很简单，到了秋季，我带着初一两个班的语文课和一门常识课，还兼职一个班的班主任，再也挤不出时间了。那时候，教师的工资半年都发不下来，日常生活极其作难。我想，一个人只有先活下来，才可以想其他的事情。大活人难道还能让屎尿憋死不成？无可奈何间，我便和周围的人一样，也撸起袖子栽起了烤烟，务起了苹果树。

1994年暑假，陕西省作协邀请全省部分业余作者参加了暑期文学培训。这次培训没有收取任何培训费，是多年来我觉得规格最高也最为贴心的一次培训。业余作者来自四面八方，为了让大家节省费用，我们的住处被省作协安排在原高桂滋公馆的那个大厅里，他们免费为每个人提供了一张凉席。接着，又安排一位鬓发飞霜、专写武侠小说的作家老师，帮助我们联系好了作协门前的食堂，解决了吃饭问题。给我们讲课的全是省内知名作家、评论家、诗人、资深编辑。在建国路小学的一间教室里，作家老师们站在讲台上，个个满头大汗，汗流浃背地为我们上课。陈忠实、赵熙、京夫、李天芳讲的是小说创作，刘成章等讲的是散文创作，闻频讲的是诗歌创作，毛琦讲的是诗歌和杂文创作，王愚和李星讲的是文学评论，徐岳和张艳茜讲的是文学编辑，还有几位讲的是报告文学创作，他们的名字我记不起来了。那时候没有空调，也没有风扇，五六十个人挤在两间教室里。陈忠实和李星老师大汗淋漓，衬衫都湿透了；王愚老师一边讲着课，一边摇着蒲扇，说话慢条斯理，语调极其幽默。我们被一群著书立说的大师们，整整培训了十六天，眼界大开，收获颇多，我个人觉得对自己的人生影响极大。这些老师们，开诚布公，以时代为背景，紧密结合自己的成长过程，既谈到了自己创作经历，也谈到了自己的人生阅历；既谈到了文学事业的幸运，也谈到了文学事业的坎坷；既谈到了文学与生活、文学与时代，也谈到了文学与政治。从这些作家的亲身经历中，我也慢慢体悟到文学绝不是一朝一夕的事情，文学事业是艰难的，文学之路是漫长的，文学作品掺不了假，也糊弄不了人。就像评论家王愚说的，文学是愚人的事业。一个人如果缺乏攻坚拔寨的意志，没有马拉松的耐力，即使他是天才，也走不了多远。

文学毕竟是文学，就像陈忠实老师说的："文学依然神圣。"不知天高地厚的我，从初生牛犊不怕虎，竟然一下子变得对文学无比敬畏，对大师们无比敬畏，觉得自己微乎其微，如同一只蚂蚁。我甚至自卑得不敢抬头看向我走来的每一个人。

　　但让我感到无比自豪荣耀和激动的是，一位编辑老师讲学员习作时，拿出了我写的第二个中篇小说《回头无岸》，说我的语感极好，问我已发表了多少作品。我红着脸站起来，既尴尬至极，又窘迫至极，说自己还没有发表过一篇作品，但练笔习作已经超过了几十万字，听后这位编辑老师大为惊愕。他接着说，像这样的中篇小说，每年如果能写五篇，他保证三年把我推出去。他的话让学员们对我刮目相看，我实在备受鼓舞。可回来之后，我还是回到了眼前的现实生活中，考虑起了自己的衣食住行，惦记起了自己的吃喝拉撒。我想，要工作，更要生活，迫不得已，只能先把理想搁置下来，有灵感了尝试着写些诗歌。记得在那几年里，利用工作之余，生活闲暇，我先后叼空写出了近乎二百首新诗。1997年，《延安文学》上发表了《鲜红的女人》，这是我公开发表的第一首诗歌作品，记得这本杂志的封面上是柯受良飞越黄河的壮观镜头。不久，我又觉得诗歌空间体量狭小，难以表现复杂的社会现实生活，读者又特别少，路子会越走越窄。于是，我便下意识地放弃了诗歌写作，尝试着散文写作。后来，我把这一时期的诗作整理成一本诗集，取名《生命之火》，请老同学秦力作了序，但由于囊中羞涩，至今都没有出版。自从我爱上了散文，一有空，就钻在房子里一篇一篇地写，一遍又一遍地改，趁着夜晚一篇又一篇往外投。开始，总是石沉大海，但我毫不气馁。我的第一篇散文作品发表在《秦都》文学杂志上，题目是《人生太像鹊燕筑巢》。也许是精诚所至，金石为开吧，门似乎终于被我凭着执拗的傻劲儿，愣头愣脑地撞开了。进县城前的那一年，一个月可以在不同的报纸上，发表到两篇千字散文。我的激情被调动起来了，写作愈加勤奋了。

　　2002年，我的人生发生转折，我来到了县城，跳出了教育系统，进了政府办公室，专门干起了写行政公文材料的工作。上班值班，下乡检查，组织会议，写简报，写总结，写讲话，五更起，半夜睡，连颠带跑，加班加点，经常连轴转，通宵达旦，熬得两眼通红，神经高度紧张，身心疲惫不堪。记得这一行曾经流传着这么几句话，很形象，很传神：喝白水，尿黄尿；费灯泡，省老婆。这些话活灵活现地描绘出了我们这些夜猫子狼狈不堪的日常状态。也记得倘若遇上心情极其郁闷的时候，我曾一个人面对天地发誓：下辈子再也不写材料了！就这样，也经常有人跟我开玩笑说，如果你们死后捣乱，最好的办法就是，拿上一沓材料压到我们的坟墓上。因为如此这般，我们肯定就被镇住了，镇住了当然就消停了，消停了就安然了。

像这样辛苦劳碌的日子，只能一步一步地熬过来。如此一来，想写些红情绿意的文章，哪里还有闲情逸致？哪里还有时间？哪里还有精力？不过，一旦喝得酒酣耳热，心里就像山间的泉子，常常咕嘟咕嘟地往上泛泡，一次次的设想构思，一组组的生活场景，源源不断，滔滔不绝，涌现眼前，呼之欲出。这也许就是灵感前来叩门吧，可惜的是自己不是李白，不能抓住这稍纵即逝的机会，一挥而就。

一句话，对于文字这个魅惑十足的女神，我的贼心原来还没有死呢，只是平常蛰伏起来了而已。

到了 2011 年，我的工作相对轻松多了。有一回，我翻出了自己的习作本，将一篇旧作敲出来，上传到 QQ 空间里。不料想，网友点赞评论的很多，他们给了我莫大的鼓舞。随后，我乘势而上，抽空把那本集子全部敲出来，上传到了我的空间里。到了 2013 年，县文联主席戴莉联系乡党赵杰资助了我，我的第一本散文集《生命之花》，才像一个新生儿顺利问世了！也许是因为写得接地气，带着露水，看到这本书的人中，跟我交流感受的人很多，曾让我感激不已，感动不已。

应该说，这本书的出版，让我看到了自己的人生方向，也找到了自己的人生价值。

接着，我就像打了鸡血一样，在河北网友墨语的鼓励下，一口气整理出了一本诗集《生命之火》，近乎一百三十首新诗。整理完成后，我就利用业余时间，开始了"老村记忆"系列的写作，常常是写着这一篇，下一篇就在脑海里盘旋着。由于是亲身经历的熟悉的生活，就像从仓库里提取东西一样，写得相当顺利，曾经一周最多写过四篇。2015 年，这本书初步写成了，我给它取了一个颇有寓意的名字：《生命之根》。本来，计划 2017 年出版，因为儿子结婚要花钱，就狠心放下了。到了 2018 年，凑齐了出书费用，我才又它把提上了日程。2019 年 11 月，这本书终于出版了。它先后花掉了我四万五千元，过程艰难而富有戏剧性，以后我也许会在另一篇文章里写出来。目前，这本书出版社已印了三版，正在北京、河北、湖北、浙江、江苏、山东、四川、黑龙江、辽宁等省市百十家新华书店销售。

从 2018 年到 2020 年，这三年时间里，我又坚持业余创作，写出了六十多篇散文，抽空整理出来后，一统计竟然达到二十三万多字，又是一本书，我不由得心里充满了喜悦。同时，禁不住自己佩服起自己来。真所谓，不积跬步，无以至千里，不积细流，无以成江河。文学确实离不开日积月累的创作。关于这本书，我把它命名为《生命之羽》。为什么取这个书名呢？因为作家刘震云有个小说的名字叫作《一地鸡毛》，应该说，是鸡毛给了我启发和灵感。当然，更重要的还是，我觉得自己就像一只栉风沐雨的飞鸟，这些文字就是自己一路散落下来的羽毛，仅此而已。

写到这里，回过头来细想，我忽然发现自己的人生拐过了一个大大的弯：从喜欢文学开始，在行政漂泊多年，又回到了文学这块净土上。所以，我给这篇文字取了一个名字：《人生就希图个圆满》。

但愿一切能圆满，修成正果。我想，这一定是我最好的人生结局。